BASTEI
LÜBBE

Isaac Asimov

Wenn der Wind sich dreht

BASTEI LÜBBE
Paperback

Bastei-Lübbe-Paperback
Band 28119

Quellenangaben am Ende des Buches.

Deutsche Lizenzausgabe 1984
Bastei-Verlag Gustav H. Lübbe GmbH & Co.,Bergisch Gladbach
Originaltitel: The Winds of Change
Ins Deutsche übertragen von Rosemarie Hundertmark und Bodo Baumann
Titelillustration: Tim White
Umschlaggestaltung: Quadro-Grafik, Bensberg
Druck und Verarbeitung:
Clausen & Bosse, Leck
Printed in Western Germany
ISBN 3-404-28119-5

Der Preis dieses Bandes versteht sich einschließlich
der gesetzlichen Mehrwertsteuer.

Inhalt

Dagmar Guarino und ihren
G & S-Parodien gewidmet

Einleitung

Hallo, hier sind wir wieder!
Mit diesem Buch hat der Verlag Doubleday das Dutzend voll gemacht. Es ist der zwölfte Doubleday-Sammelband meiner Kurzgeschichten. Viel mehr kann ich im Augenblick nicht dazu sagen. – Nun, ein paar Anmerkungen vielleicht, und ich werde sie numerieren, um mich nicht in Weitschweifigkeit zu verlieren.

Erstens. Ich glaube, ich bin ein bißchen allergisch geworden gegen die dauernden Anwürfe, daß ich »nicht länger Science-fiction schriebe«. Wahr ist, daß ich nicht mehr ausschließlich Science-fiction schreibe, nicht einmal mehr vorrangig in diesem Genre tätig bin. Aber auch keinesfalls untätig; denn Sie werden feststellen, daß von den einundzwanzig Geschichten dieses Bandes nur zwei vor dem Jahr 1976 veröffentlicht worden sind.

Zweitens. In einer Reihe von früheren Sammelbänden habe ich die Geschichten chronologisch geordnet, entweder in der Reihenfolge, in der sie verfaßt wurden, oder in der Sequenz ihrer Veröffentlichung. Diesmal bringe ich sie – wenn aus keinem anderen Grunde, dann der Abwechslung wegen – in alphabetischer Reihenfolge ihrer Titel.*

Drittens. Ich werde jeder Geschichte ein Vorwort voransetzen, was, wie ich hoffe, in einer anderen Schrift gesetzt wird, damit der Leser diesen Text von der eigentlichen Geschichte zu trennen vermag.

Das war's! Da sage jemand, ich wäre weitschweifig!

* Gemeint sind die amerikanischen Originaltitel.
Anmerkung des Übersetzers

Einleitung zu Alles wegen Nichts

Die Willkür des alphabetischen Systems stellt die kürzeste Geschichte des Buches gleich an den Anfang. Auch gut. Sie dürfen sie in einer Minute gelesen haben, und wenn sie Ihnen nicht gefällt, können Sie das Buch wegwerfen. (Nachdem Sie es, hoffentlich, zuerst bezahlt haben.)

Daß sie überhaupt geschrieben wurde, verdankt sie einer Anfrage im Jahr 1975, ob ich wohl eine Geschichte schreiben könnte, die auf eine Postkarte paßte. Dahinter steckte die Idee, neben den uns allen vertrauten »Ansichts-Postkarten« auch »Story-Postkarten« herauszubringen. Ich sagte zu (da ich ein sehr entgegenkommender Mensch bin), und das Ergebnis war »Alles wegen Nichts«.

Ich weiß nicht, was aus dem Projekt geworden ist. Es war vermutlich ein Flop. Jedenfalls bot ich schließlich »Alles wegen Nichts« dem *Isaac Asimov's Science Fiction Magazine* an (kurz *Asimov's* genannt, wenn ich mich an anderer Stelle darauf beziehe), und George Scithers, der Herausgeber, geruhte, sie mit einem herablassenden Lächeln in die Sommerausgabe des Jahres 1977 aufzunehmen.

Und hier kommt sie in einem anderen Gewand. Wenn Sie sie noch nicht kennen, dürfen Sie laut stöhnen.

1.
Alles wegen Nichts (1977)

Alle Welt wartete darauf, daß das kleine schwarze Loch die Erde untergehen ließ. Es war im Jahr 2125 von Professor Jerome Hieronymus mit dem Lunar-Teleskop entdeckt worden und würde mit absoluter Gewißheit der Erde so nahe kommen, daß eine gewaltige Flutwelle alles Leben vernichtete.

Alle Welt machte ihr Testament, weinte an des Nachbarn Schultern und sagte »Lebe wohl, lebe wohl, lebe wohl.« Ehemänner verabschiedeten sich von ihren Ehefrauen, Brüder von ihren Schwestern, Eltern von ihren Kindern und Hundebesitzer von ihren Hunden. Liebespaare hauchten sich gegenseitig ein Lebewohl ins Ohr.

Doch als das schwarze Loch näher kam, bemerkte Hieronymus, daß es keine Massenanziehungskraft besaß. Er untersuchte es genauer und verkündete launig, daß es überhaupt kein schwarzes Loch wäre.

»Es ist nichts«, sagte er. »Nur ein gewöhnlicher Asteroid, den jemand schwarz angemalt hat.«

Er wurde von einer aufgebrachten Menge getötet, aber nicht deshalb. Er wurde erst umgebracht, als er öffentlich ankündigte, er würde ein großes, bewegendes Bühnenstück über diese Episode schreiben.

»Ich werde es *So Viele Tränen Umsonst* nennen«, sagte er. Die ganze Menschheit applaudierte bei seinem Tod.

Einleitung zu Angemessen

Neuerdings werde ich immer häufiger darum gebeten, eine Science-Fiction-Geschichte zu einem bestimmten Thema zu verfassen, und dann möchte ich mir selbst beweisen, daß ich der Aufgabe gewachsen bin, wenn die finanzielle Seite einen entsprechenden Anreiz bietet.

In diesem Fall wollte eine Fachzeitschrift für Computer-Technologie von mir zweitausendfünfhundert Worte (das war der Umfang, den ihr Budget verkraften konnte, als ich eine Bezahlung nach Worten vorschlug) über eine Gesellschaft in der Zukunft, in der das Unvermögen, sich der Computer-Technologie bedienen zu können, gleichbedeutend war mit dem Analphabetentum früherer Epochen. Und ich lieferte die nachstehende Geschichte, die ich im April 1981 verfaßte.

2.
Angemessen (1981)

Traurig wanderte Ian Bradstone wieder durch eine andere Stadt, als er von einer Menschentraube vor der offenen Tür eines Emporiums aufgehalten wurde. Im ersten Moment wollte er umkehren und fliehen, brachte das jedoch nicht fertig. Die Faszination des Schreckens überwand seinen Widerwillen und trieb ihn auf die Menge zu.

Seine Neugierde mußte sein Gesicht in ein großes Fragezeichen verwandelt haben, denn einer am Rand der Versammlung erklärte ihm zuvorkommend: »Drei-D-Schach. Eine hochinteressante Partie.«

Bradstone kannte das Spielverfahren. Ein halbes Dutzend Leute beratschlagten sich vor jedem Zug, versuchten vereint den Computer zu schlagen. Aller Wahrscheinlichkeit nach würden sie verlieren. Sechs Holzköpfe sind nicht besser als ein Holzkopf. Das Glitzern der Computergrafik war unerträglich. Er schloß die Augen und wandte sich verbittert ab. Da entdeckte er eine primitive Improvisation der Spielfeldanlage: acht Schachbretter auf Pflöcken übereinandergestellt.

Gewöhnliche Schachbretter. Figuren aus Plastik.

»He«, machte er seiner Überraschung Luft.

Der junge Mann an dem Multibrett meinte im entschuldigenden Ton: »Wir kommen nicht nah genug heran. Deshalb habe ich diese Anlage gebaut, damit wir das Spiel verfolgen können. Vorsicht, sonst werfen Sie die Bretter um.«

»Ist das der gegenwärtige Spielstand?« fragte Bradstone.

»Ja. Nun streiten sie schon seit zehn Minuten um den nächsten Zug.«

Bradstone vertiefte sich in die Spielanlage und sagte selbstvergessen: »Wenn man mit dem Turm von Beta-B-6 nach Delta-B-6 zieht, bekommt man einen Vorteil.«

Der junge Mann studierte die Bretter. »Sind Sie sicher?«

»Selbstverständlich bin ich mir sicher. Egal, was der Computer tut, er verliert einen Zug, weil er seine Königin schützen muß.«

Ein kurzes Brüten über den Brettern, und dann zu den Männern im Innenkreis: »He, ihr dort! Hier ist ein Typ, der sagt, ihr sollt den Turm um zwei Ebenen höher rücken.«

Ein kollektives Seufzen als Antwort von der Spielergruppe. Eine Stimme sagte: »Daran dachte ich auch schon.«

Eine andere Stimme: »Nicht übel. Damit wird die Königin in eine verwundbare Position gebracht. Den Zug habe ich übersehen.« Der als zweiter gesprochen hatte, drehte sich um. »Sie da, Sie haben den Zug vorgeschlagen, würden Sie uns nun die Ehre antun, den Zug in den Computer einzugeben?«

Bradstone wich mit vor Entsetzen verzerrtem Gesicht vom Rand der Menge zurück. »Nein – nein – ich spiele nicht.« Er drehte sich um und entfernte sich hastig.

Er hatte Hunger. Regelmäßig hatte er Hunger.

Gelegentlich traf er auf einen Obststand, welche von Kleinstunternehmern in jenen Nischen eingerichtet wurden, die ein durch und durch computerisierter Markt bisher übersehen hatte. Wenn Bradstone sich vorsah, konnte er dort einen Apfel oder eine Orange stiebitzen.

Es war eine nervenaufreibende Sache. Es bestand immer die Möglichkeit, daß er dabei ertappt würde, und in diesem Fall wurde er aufgefordert, den Preis der Ware zu erstatten. Er hatte selbstverständlich das Geld dafür – da waren sie sehr großzügig zu ihm –; aber wie sollte er denn bezahlen?

Und dabei mußte er täglich bei Dutzenden Gelegenheiten Geld von seinem Guthaben transferieren lassen und dafür seine Kreditkarte verwenden. Das bedeutete eine endlose Kette von Demütigungen.

Er fand sich vor einem Restaurant wieder. Es mochte der Essensgeruch sein, der ihn an seinen Hunger erinnert hatte.

Mit einem vorsichtigen Blick durch die Fensterfront entdeckte er eine Reihe von Leuten beim Essen. Zu viele Leute. Das war schon schlimm genug, wenn es ein oder zwei Gäste waren. Er konnte sich nicht zum Mittelpunkt einer Menschenhorde machen, die ihn mit mitleidigen Augen anstarrten.

Er wandte sich mit knurrendem Magen ab und bemerkte, daß

er nicht der einzige war, der durch das Glas schaute. Ein Junge neben ihm tat das ebenfalls. Er war ungefähr zehn Jahre alt und sah nicht so aus, als müßte er Kohldampf schieben.

Bradstone versuchte einen herzlichen wohlwollenden Ton anzuschlagen: »Hallo, junger Mann. Hungrig?«

Der Junge betrachtete ihn mißtrauisch und rückte von ihm fort. »Nein!«

Bradstone versuchte nicht, den Abstand wieder zu verringern. Wenn er das tat, würde der Junge zweifellos wegrennen. »Ich wette, du bist schon so erwachsen, daß du dir dein Essen selbst bestellen kannst. Einen Hamburger, oder auch andere Gerichte. Das traue ich dir zu.«

Der Stolz ertränkte den Argwohn. »Na klar!« sagte der Junge, »Jederzeit!«

»Aber du hast noch keine eigene Karte, nicht wahr? Also kannst du auch keine Bestellung aufgeben, richtig?«

Der Junge beobachtete ihn mit wachsamen braunen Augen. Er war adrett gekleidet und machte einen aufgeweckten, intelligenten Eindruck.

»Ich sag' dir was«, fuhr Bradstone fort. »Ich habe eine Karte. Damit kannst du dir etwas bestellen. Einen Hamburger oder was du willst. Ich mach' dir noch einen Vorschlag. Du bestellst auch für mich etwas. Ein saftiges T-Bone-Steak, eine gebackene Kartoffel, Fruchtsaft und einen Kaffee. Und zwei Stück Apfelkuchen. Du bekommst eins davon ab.«

»Aber ich werde zu Hause zum Essen erwartet«, erwiderte der Junge.

»Nun komm schon! Du hilfst deinem Vater Geld sparen. Ich bin sicher, die kennen dich hier.«

»Wir kommen oft zum Essen hierher.«

»Na also. Dann ißt du jetzt wieder hier, nur daß du diesmal mit der Karte dein Essen selbst zusammenstellst. Wie ein Erwachsener. Nun los. Du gehst voraus!«

Bradstone hatte ein mulmiges Gefühl in der Magengrube. Sein Verhalten empfand er als völlig logisch, und dem Kind schadete es nicht. Aber wer ihn dabei beobachtete, mochte zu ganz falschen und schrecklich abwegigen Schlußfolgerungen gelangen.

Wenn man ihm Zeit ließ für eine Erklärung, konnte er sich rechtfertigen; aber wie beschämend, daß jedermann Zeuge sein konnte, wie er einen kleinen Jungen ködern mußte, damit er etwas für ihn erledigte, das er nicht selbst zu tun vermochte.

Der Junge zögerte noch, betrat dann aber das Restaurant, und Bradstone folgte ihm in vorsichtigem Abstand. Der Junge setzte sich an einen Tisch, und Bradstone setzte sich ihm gegenüber.

Bradstone lächelte und händigte ihm seine Karte aus. Sie prikkelte scheußlich auf der bloßen Haut – neuerdings immer –, und er war froh, als er sie loslassen konnte. Zudem löste ihr grelles, metallisches Glitzern Zuckungen in den Muskeln um seine Augen aus. Nicht einmal anschauen konnte er sie, denn er bekam davon Kopfschmerzen.

»Nun geh, Junge. Stell dir ein Menü zusammen«, sagte er mit leiser Stimme. »Du kannst wählen, was du magst.«

Der Junge hatte nicht gelogen. Er konnte perfekt mit dem kleinen Computer-Eingabegerät umgehen. Seine Finger flogen über die Tasten.

»Steak für Sie, Mister. Gebackene Kartoffel. Fruchtsaft. Apfelkuchen. Kaffee. – Wollen Sie auch Salat, Mister?« erkundigte er sich im geschäftsmäßigen Ton eines Erwachsenen. »Meine Mom bestellt immer Salat, aber ich mag ihn nicht.«

»Ich glaube, ich werde ihn trotzdem versuchen. Gemischter Grüner Salat. Haben sie das? Sauce Vinaigrette. Gibt es so was auch? Kannst du das eintippen?«

»Ich sehe diese Vin-Dingsda nicht . . . Vielleicht ist es das hier.«

Bradstone wurde, wie sich später herausstellte, mit französischer Salatsoße bedient, aber damit war er auch zufrieden.

Der Junge handhabte die Karte mit einer Leichtigkeit und einem Geschick, um die ihn Bradstone bitter beneidete. Schon bei der Vorstellung, es selbst zu tun, drehte sich ihm der Magen um.

Der Junge gab ihm die Karte zurück. »Hoffentlich haben Sie auch genügend Geld«, sagte er großspurig.

»Hast du den Kontostand abgelesen?« fragte Bradstone.

»Oh nein; das gehört sich nicht, sagt mein Vater. Deswegen habe ich nicht hingesehen. Und da die Bestellung nicht zurückgewiesen wurde, denke ich, daß Ihr Guthaben ausreicht, um das Essen zu bezahlen.«

Bradstone kämpfte mühsam seine Enttäuschung nieder. Er konnte die Zahlen nicht lesen und brachte es nicht fertig, andere um diese Gefälligkeit zu bitten. Es blieb ihm wohl nichts anderes übrig, als zur Bank zu gehen und sich einen Trick einfallen zu lassen, damit ihm die Angestellten seinen Kontostand verrieten.

Er versuchte ein Gespräch anzuknüpfen: »Wie heißt du, mein Sohn?«

»Reginald.«

»Und mit welchen Schulfächern beschäftigst du dich denn im Augenblick zu Hause, Reggie?«

»Die meiste Zeit mit Arithmetik, weil Dad meint, das wäre wichtig für mich, und mit Dinosauriern, weil ich mich dafür interessiere. Dad sagt, wenn ich in Mathematik fleißig bin, kann ich auch die Dinosaurier studieren. Ich kann meinen Computer so programmieren, daß er mir den Bewegungsablauf eines Dinosauriers grafisch darstellt. Weißt du, wie ein Brontosaurus auf dem Trockenen geht? Er muß seinen Hals so balancieren, daß der Schwerpunkt sich in seine Hüften verlagert. Deshalb hält er auch den Kopf so hoch wie eine Giraffe, wenn er sich nicht im Wasser befindet. Denn ... Hier kommt mein Hamburger. Und auch Ihre Sachen.«

Das alles kam auf einem Fließband heran und stoppte am entsprechenden Tisch.

Der Gedanke an eine heiße Mahlzeit ohne Demütigung verdrängte erst einmal seine Sorge, wie er einen Computer manipulieren konnte, um sich Informationen zu beschaffen.

Reginald sagte höflich: »Ich werde meinen Hamburger an der Theke essen, Mister.«

Bradstone winkte ihm zu. »Ich hoffe, der Hamburger schmeckt dir, Reggie.« Bradstone benötigte ihn nicht mehr und war erleichtert, daß der Junge sich entfernte. Jemand aus der Küche, zweifellos ein Computertechniker, war erschienen und verwickelte Reginald in ein freundschaftliches Gespräch – was Bradstone ebenfalls mit Erleichterung zur Kenntnis nahm.

Gar keine Frage, was den Beruf dieses Mannes betraf. Dieses Sich-Sonnen in seiner eigenen Wichtigkeit, dieses gönnerhafte Gehabe, das jeden wissen ließ, daß die Welt auf seinen Schultern lastete, waren typisch für einen Computer-Spezialisten.

Doch Bradstone konzentrierte sich ganz auf seine Mahlzeit – das erste volle Menü seit einem Monat, das er normal zu sich nehmen konnte.

Erst nach Beendigung seiner Mahlzeit – von der er jede Sekunde und jeden Bissen auskostete – studierte er wieder seine Umgebung. Der Junge war inzwischen längst gegangen. Bradstone dachte wehmütig daran, daß ihn wenigstens dieser Junge nicht bemitleidet, ihn nicht herablassend, nicht gönnerhaft behandelt hatte. Er war noch nicht alt genug gewesen, sich über Bradstones Verhalten zu wundern; hatte sich lediglich darauf konzentriert, die ihm zugeteilte Rolle des Erwachsenen zu spielen und zu beweisen, daß er eine Computer-Konsole zu bedienen vermochte.

Die Rolle eines Erwachsenen!

Das Restaurant war nur noch mäßig besetzt. Der Computer-Techniker befand sich immer noch hinter der Theke, überprüfte vermutlich die Schaltungen der Computer-Anlage.

Das war, dachte Bradstone bedrückt, die Hauptbeschäftigung der Technologen in fast jedem Winkel der Welt; immer programmierend, umprogrammierend, nachbessernd, die winzigen elektrischen Schaltkreise überprüfend, die die Arbeit dieser Welt für jedermann kontrollierten – für fast jedermann.

Die behagliche Wärme nach dem Genuß eines ausgezeichneten Steaks fachte einen Funken von Rebellion in Bradstone an. Warum nicht handeln? Warum nicht etwas dagegen tun?

Er fing einen Blick des Computer-Spezialisten auf und sagte, sich unbefangen gebend, obwohl ihn seine Stimme selbst nicht überzeugte: »Freund, ich nehme an, es gibt auch Rechtsanwälte in dieser Stadt, wie?«

»Sie nehmen richtig an.«

»Könnten Sie mir vielleicht einen guten Antwalt nennen, der hier in der Nähe praktiziert?«

Der Computer-Techniker erwiderte höflich: »Sie finden, was Sie suchen, auf dem Stadtplan in der Post. Sie brauchen nur den Knopf für Anwälte zu drücken.«

»Ich sagte, ich suche einen guten Anwalt. Einen gerissenen Advokaten für hoffnungslose Fälle. So einen.« Er lachte und hoffte, seinem Gesprächspartner wenigstens ein Lächeln abzugewinnen.

Das gelang nicht. Der Computer-Spezialist sagte: »Auch das finden Sie im Computer. Tippen Sie Ihre Wünsche ein, und Sie bekommen eine genaue Auswertung nach Alter, Adressen, Auftragsbestand, Gebühren und so weiter. Alles, was Sie wünschen, wenn Sie nur die Tasten richtig bedienen. Und der Apparat funktioniert. Ich habe ihn erst letzte Woche geprüft.«

»Sie verstehen noch immer nicht, was ich meine, Freund.« Der

Vorschlag, daß er die Tasten richtig bedienen müsse, jagte ihm den üblichen kalten Schauer über den Rücken. »Ich möchte Ihre persönliche Empfehlung hören, verstehen Sie?«

Der Computer-Techniker schüttelte den Kopf. »Ich bin kein Auskunfts-Computer.«

»Oh, zum Kuckuck«, polterte Bradstone, »ist das denn so schwer zu verstehen? Nennen Sie mir einen Anwalt. Irgendeinen Anwalt. Gibt es denn ein Gesetz dagegen, daß man etwas wissen kann, ohne vorher einen Computer befragen zu müssen?«

»Die Benützung der Auskunft kostet Sie einen Nickel. Und wenn Ihre Kreditkarte mindestens für einen Nickel gut ist, wo ist dann das Problem? Wissen Sie nicht, wie Sie mit Ihrer Karte umgehen müssen? Oder sind Sie ...« Seine Augen weiteten sich plötzlich.

»Oh ... daher weht der Wind ... *Deswegen* haben Sie sich von Reggie eine Mahlzeit bestellen lassen! Hören Sie, ich hatte keine Ahnung ...«

Bradstone befand sich bereits auf dem Rückzug. Er beeilte sich, diesen Ort wieder zu verlassen und stieß dabei fast mit einem Mann von stattlicher Statur, rötlicher Gesichtsfarbe und beginnender Glatze zusammen.

Der stattliche Mann sagte leise: »Einen Moment, wenn Sie gestatten. Sind Sie nicht die Person, die vorhin meinem Sohn einen Hamburger kaufte?«

Bradstone zögerte und nickte dann mit ausgedörrtem Gaumen.

»Ich würde Ihnen gern dafür das Geld zurückerstatten. Keine Aufregung. Ich weiß, wer Sie sind, und ich werde Ihre Karte für Sie bedienen.«

Der Computer-Spezialist rief energisch dazwischen: »Wenn Sie einen Anwalt suchen, Kumpel, dann steht er jetzt vor Ihnen. Mr. Gold ist Anwalt.«

Das weckte Bradstones Interesse. Es spiegelte sich in seinen Augen.

»Ja, ich *bin* Anwalt, wenn Sie einen suchen«, sagte Gold. »Deshalb kenne ich Sie auch. Sie können sicher sein, daß ich Ihren Fall sehr genau verfolgt habe, und als Reggie mit seiner Geschichte nach Hause kam, er habe bereits gegessen und den Computer bedient, erriet ich aus seiner Beschreibung, wer Sie sein könnten. Und jetzt habe ich Sie natürlich erkannt.«

»Können wir unter vier Augen sprechen?« fragte Bradstone.

»Bis zu meiner Wohnung haben wir nur fünf Minuten zu gehen.«

Es war kein luxuriöses, aber ein behaglich eingerichtetes Wohnzimmer. Bradstone fragte: »Wollen Sie eine Anzahlung? Ich kann sie mir leisten.« »Ich weiß, daß es Ihnen finanziell an nichts mangelt«, antwortete Gold. »Aber sagen Sie mir erst, was für ein Problem Sie haben.«

Bradstone lehnte sich in seinem Sessel vor und sagte eindringlich: »Wenn Sie meinen Fall verfolgt haben, wissen Sie auch, daß ich zu einer grausamen und ungewöhnlichen Strafe verurteilt wurde. Ich bin der erste Mensch, der so eine Strafe verbüßen muß, denn die Kombination aus Hypnose und einer direkten neurologischen Manipulation ist ein erst seit kurzem ausgereiftes Verfahren. Was diese Strafe für den Verurteilten bedeutete, konnte noch niemand überblicken. Sie muß aufgehoben werden.«

»Ihr Verfahren war gerecht, Ihr Fall gewissenhaft geprüft, und es gab keinen Zweifel an Ihrer Schuld ...«

»Ja, aber begreifen Sie doch! Wir leben in einer computerisierten Welt. Ich bin absolut hilflos – ich kann mir keine Informationen beschaffen – ich kann mich nicht ernähren – ich kann mich nicht amüsieren – ich kann für nichts bezahlen, mich nirgends erkundigen oder überhaupt etwas tun – ohne einen Computer zu benützen. Und wie Sie sicherlich wissen, hat man mich so umstrukturiert, daß ich nicht einmal einen Computer ansehen kann, ohne dabei Augenschmerzen zu bekommen, oder ihn berühren, ohne mir dabei die Finger zu verbrennen. Selbst der Gebrauch meiner Kreditkarte ist mir verwehrt. Mir wird schon schlecht bei dem *Gedanken* daran, sie zu benützen.«

»Ja, das ist mir alles bekannt«, erwiderte Gold. »Ich weiß auch, daß man Sie für die Dauer Ihrer Strafe finanziell gut versorgt hat und daß die Öffentlichkeit gebeten wurde, Sie wohlwollend zu unterstützen. Ich glaube, das tut sie auch.«

»Das *will* ich eben nicht! Ich *kann* nicht von der Unterstützung und dem Mitleid der Öffentlichkeit leben. Ich will kein hilfloses Kind in einer Welt von Erwachsenen sein. Ich möchte nicht als Analphabet dastehen in einer Welt von Leuten, die lesen können. Helfen Sie mir, daß diese Strafe ausgesetzt wird. Ich habe fast einen Monat lang die Hölle erlebt. Ein ganzes Jahr so leben zu müssen – das stehe ich nicht durch.«

Gold saß eine Weile da und überlegte. »Also gut, Sie geben mir einen Vorschuß, damit ich Sie vertreten kann, und ich werde alles tun, was in meinen Kräften steht. Aber ich muß Sie trotzdem warnen, daß ich Ihre Chance, eine Strafmilderung zu erreichen, für gering halte.«

»Aber warum? Ich habe doch nur fünftausend Dollar unterschlagen . . .«

»Das Gericht sah es jedoch für erwiesen an, daß Sie eine viel größere Summe unterschlagen wollten und nur durch Ihre Verhaftung daran gehindert wurden. Es war ein genialer Computer-Betrug, der Schachzug eines Großmeisters sozusagen, als der Sie ja bekannt sind, aber immer noch ein Verbrechen. Und wie Sie schon sagten, ist alles computerisiert und die Welt selbst bei den alltäglichsten Verrichtungen auf einen Computer angewiesen. Wer deshalb einen Computer in betrügerischer Absicht mißbraucht, rüttelt an den Grundpfeilern dieser Gesellschaft. Es ist ein schlimmes Verbrechen, gegen das sich die Gesellschaft entsprechend zur Wehr setzen muß.«

»Keine Predigt, bitte.«

»Ich predige nicht, ich erkläre nur. Sie versuchten, ein System zu zerstören, und Ihre Strafe ist nur die Konsequenz Ihrer Handlungsweise. Man hat Ihnen nichts anderes angetan, als dieses System für Sie lahmzulegen. Wenn Sie Ihr Leben für unerträglich halten, beweist das nur, wie unerträglich das Leben für uns alle würde, wenn Ihre Handlungsweise Schule machte.«

»Aber ein Jahr ist zu viel.«

»Nun, vielleicht würde auch eine geringere Strafdauer als abschreckendes Beispiel für andere genügen, die sich auch mit betrügerischen Absichten tragen. Ich werde mein Möglichstes tun – aber ich fürchte, ich kann Ihnen jetzt schon verraten, was das Gericht dazu sagen wird.«

»Was?«

»Es wird sagen, wenn Schuld und Sühne sich die Waage halten sollen, ist Ihre Strafe Ihrer Schuld vollkommen angemessen.«

Einleitung zu Blasphemie

»Blasphemie« wurde zuerst in der Oktober-Ausgabe von *Astounding Science Fiction* im Jahr 1953 veröffentlicht. Warum die Story danach nicht in die eine oder andere Sammlung meiner Geschichten aufgenommen wurde, hat folgende Gründe.:

1966 informierte mich Ted Carnell, ein britischer Literaturagent, darüber, daß der Verlag New English Library gerne eine Sammlung von meinen Geschichten veröffentlichen wolle, und Sie können sicher sein, daß ich keinen Anlaß hatte, dieses Angebot abzulehnen. 1967 brachte dann New English Library *Through a Glass, Clearly,* heraus, einen Sammelband, in den vier meiner Geschichten aufgenommen waren. In den folgenden fünfzehn Jahren erfuhr diese Sammlung (sowohl als Hard- wie als Soft-Cover) eine Reihe von Wiederauflagen.

Allerdings konnte der Sammelband nur in Großbritannien und in einigen anderen Ländern verkauft werden, jedoch nicht in den Vereinigten Staaten. Ich sah deshalb keinen Grund, der mir verbot, diese vier Geschichten in diesem oder jenem meiner amerikanischen Sammelbände unterzubringen. Drei davon, »Breeds There a Man?«, »The C-Chute« und »It's Such a Beautiful Day« wurden in meinem Sammelband *Nightfall and Other Stories* 1969 veröffentlicht. »Blasphemie« wurde aus einem mir unerfindlichen Grund dabei nicht berücksichtigt. Ich persönlich mochte die Geschichte sehr, obgleich John Campbell, der Herausgeber von *Astounding,* einige Änderungen durchdrückte, mit denen ich nicht ganz einverstanden war. (Nein, ich besitze das Manuskript mit der Urfassung nicht mehr, sonst würde ich die veröffentlichen.) Jedenfalls, hier ist die Geschichte – ein Dutzend Jahre später.

Damit Sie mich nicht mißverstehen: »Blasphemie« ist für die amerikanischen Leser nicht so lange unerreichbar geblieben. Die

Geschichte wurde inzwischen in sieben verschiedenen Anthologien veröffentlicht – aber das ist nicht dasselbe, als wenn sie in einer meiner eigenen Sammlungen abgedruckt worden wäre. Jedenfalls für *mich* nicht.

3.
Blasphemie (1953)

»Hast du schon einmal geträumt, du würdest fliegen?« fragte Dr. Roger Toomey seine Frau.

Jane Toomey blickte hoch. »Selbstverständlich!«

Dabei hörten ihre flinken Finger nicht einen Moment auf, aus einer Garnrolle eine komplizierte und vollkommen nutzlose Häkeldecke herzustellen. Das Fernsehgerät war ein gedämpftes Murmeln im Hintergrund, und was sich dort auf der Mattscheibe präsentierte, wurde aus alter Gewohnheit nicht beachtet.

»Jeder träumt hin und wieder mal vom Fliegen«, sagte Roger. »Das ist ein universales Phänomen. Ich bin schon oft im Traum geflogen. Das ist es ja gerade, was mir Sorgen macht.«

»Ich weiß nicht, worauf du hinauswillst, Liebling«, antwortete Jane. »Das gebe ich nur ungern zu.« Sie zählte leise ihre Maschen.

»Es stimmt einen nachdenklich, wenn man es kritischer betrachtet. Denn eigentlich fliegt man gar nicht im Traum. Man hat keine Flügel; jedenfalls hatte ich nie welche gehabt. Es ist keine Anstrengung damit verbunden. Man schwebt nur. Das ist es. Man schwebt.«

»Wenn ich fliege«, entgegnete Jane, »behalte ich die Einzelheiten nicht im Kopf. Nur an einen Traum kann ich mich noch sehr deutlich erinnern, als ich splitternackt auf dem Dach des Rathauses landete. Irgendwie scheint das niemanden zu stören, wenn du im Traum unbekleidet erscheinst. Ist dir das schon aufgefallen? Du stirbst fast vor Scham, aber die Leute beachten dich überhaupt nicht.«

Sie zupfte am Garn, und die Rolle hüpfte aus der Tasche und lief über den Boden. Jane störte das nicht.

Roger schüttelte bedächtig den Kopf. In diesem Moment war sein Gesicht blaß und von Zweifeln geprägt. Es schien nur aus Winkeln zu bestehen mit seinen hohen Wangenknochen, seiner langen geraden Nase und den Geheimratsecken, die mit den Jahren immer ausgeprägter wurden. Er war fünfunddreißig.

»Hast du schon einmal überlegt, was dich dazu bringt, vom Fliegen zu träumen?«

»Nein, das habe ich nicht.«

Jane Toomey war blond und zierlich. Ihre Schönheit war von jener zerbrechlichen Art, die sich nicht aufdrängt, sondern einem nur beiläufig bewußt wird. Sie hatte strahlende blaue Augen und rosige Wangen wie eine Porzellanpuppe. Sie war dreißig.

»Viele Träume«, sagte Roger, »sind nur Interpretationen eines Reizes durch unser Begriffsvermögen, der nicht ausreichend verstanden wurde. In Bruchteilen von Sekunden werden diese Reize in einen logischen Zusammenhang gepreßt.«

»Wovon sprichst du eigentlich, Liebling?« fragte Jane.

»Ich träumte zum Beispiel einmal«, fuhr Roger fort, »ich befände mich anläßlich einer Physiker-Tagung in einem Hotel. Die Teilnehmer waren durchweg seit Jahren mit mir befreundet. Alles schien vollkommen normal zu sein. Plötzlich riefen sie alle durcheinander, und ich geriet aus unerfindlichen Gründen in Panik. Ich rannte zur Tür, doch sie ließ sich nicht öffnen. Meine Freunde verließen der Reihe nach den Raum. Sie hatten keine Mühe, den Saal zu verlassen, aber ich vermochte nicht zu erkennen, wie sie das fertigbrachten. Ich schrie ihnen nach, aber sie beachteten mich nicht.

Da kam mir der Gedanke, das Hotel stünde in Flammen. Ich roch keinen Rauch. Ich wußte nur, daß es brannte. Ich rannte zum Fenster, und ich konnte die Feuerleiter an der Außenwand des Gebäudes sehen. Ich lief von einem Fenster zum anderen, aber keines bot mir einen Zugang zu dieser Feuerleiter. Ich war inzwischen ganz allein im Saal. Ich beugte mich aus dem Fenster und rief verzweifelt. Niemand hörte mich.

Dann kamen die Löschzüge der Feuerwehr, kleine rote Tupfer, die die Straßen hinunterjagten. Ich kann mich daran sehr genau erinnern. Die Alarmglocken übertönten schrill den üblichen Verkehrslärm. Ich konnte hören, wie sie immer lauter wurden, bis mir von dem Geläut fast der Schädel zerspringen wollte. Ich erwachte, und natürlich läutete meine Weckeruhr auf dem Nachttisch.

Nun kann ich unmöglich einen langen Traum geträumt haben, dessen logische Entwicklung mit dem Klingeln des Weckers ihren

Höhepunkt erreicht und damit den perfekten Abschluß meiner Traumhandlung bildet. Es ist bei weitem vernünftiger, anzunehmen, daß der Traum in dem Moment begann, als der Wecker anschlug, und die Schallreize, die eine Weile andauerten, sich zu Bruchteilen einer Sekunde verdichteten. Es handelte sich lediglich um ein Improvisationsverfahren meines Gehirns, dieses plötzliche Geräusch, das meine Nachtruhe störte, zu deuten.«

Jane saß jetzt mit gerunzelter Stirn da. Sie legte ihre Häkelei in den Schoß. »Roger! Du benimmst dich sehr eigenartig, seit du vom College nach Hause gekommen bist. Du hast kaum gegessen, und jetzt dieses seltsame Gespräch. Ich habe dich noch nie so verdrießlich erlebt. Was du brauchst, ist eine Dosis Natron-Pulver.«

»Ich brauche ein bißchen mehr als das«, sagte Roger mit leiser Stimme. »Fragen wir uns noch einmal: Was bringt uns dazu, vom Fliegen zu träumen?«

»Ich bitte dich, laß uns das Thema wechseln!«

Sie stand auf und drehte entschlossen am Lautstärkeregler des Fernsehapparats. Ein hohlwangiger junger Gentleman gestand ihr plötzlich mit schmetternder schmalziger Tenorstimme, daß er sie ewig lieben würde.

Roger drehte den Ton wieder herunter und stellte sich mit dem Rücken zur Mattscheibe vor den Apparat.

»Levitation!« sagte er. »Das ist die Lösung. Es gibt eine Möglichkeit, mit der menschliche Wesen sich in einen schwebenden Zustand versetzen können. Sie haben die Fähigkeit dazu, vermögen sie aber nicht auszuüben – das gelingt ihnen nur im Schlaf. Da bringen sie es manchmal fertig, sich ein bißchen in die Luft zu erheben, vielleicht einen Zehntel Zoll oder so. Nicht hoch genug, daß es jemandem auffiele, selbst bei genauer Beobachtung; aber es sollte ausreichen für einen entsprechenden Reiz, der im Bewußtsein den Traum vom Fliegen auslöst.«

»Roger, du phantasierst. Ich möchte, daß du damit aufhörst. Ehrlich.«

»Manchmal sinken wir sacht zu Boden«, fuhr er fort, »und der Reiz ist zu Ende. Ein andermal erleben wir vielleicht den plötzlichen Abbruch des Schwebezustandes, und wir stürzen ab. Jane, hast du schon mal geträumt, daß du abstürzt?«

»Ja, natürlich . . .«

»Du hängst an einer Gebäudewand oder sitzt am Rand eines Stuhls, und plötzlich fällst du. Das Abstürzen ist ein schrecklicher Schock für dich, und du fährst mit keuchendem Atem und jagendem Puls aus dem Schlaf hoch. Du bist *tatsächlich* abgestürzt. Es gibt keine andere Erklärung.«

Die Verwirrung, die sich zunächst auf Janes Gesicht zeigte und sich allmählich in echte Sorge verwandelte, hellte sich plötzlich zu einer schüchternen Heiterkeit auf.

»Roger, du *Scheusal*, du willst mich nur auf den Arm nehmen! Oh, du Ratte!«

»Wie bitte?«

»O nein, dieses Spiel kannst du jetzt nicht mehr mit mir treiben. Ich weiß genau, was du vorhast. Du entwickelst den Plot zu einer Geschichte und benützt mich als literarische Versuchsperson. Hätte ich das gewußt, hätte ich gar nicht erst zugehört.«

Roger nahm das betroffen, sogar ein bißchen erschüttert zur Kenntnis. Er ging zu ihrem Stuhl und blickte zu ihr hinunter: »Nein, Jane.«

»Warum eigentlich nicht? Seit ich dich kenne, liegst du mir in den Ohren damit, daß du dich schriftstellerisch betätigen möchtest. Wenn du einen Plot gefunden hast, kannst du ihn ebensogut niederschreiben. Es hat keinen Sinn, mich nur damit zu erschrekken.« Mit wachsendem Gleichmut regten sich auch wieder die Häkelnadeln.

»Jane, das ist keine erfundene Geschichte.«

»Aber was soll es denn sonst ...«

»Als ich heute morgen erwachte, *stürzte ich auf die Matratzen ab!*«

Er starrte sie an, ohne zu blinzeln. »Ich träumte, ich würde fliegen«, fuhr er fort. »Das war klar und deutlich, und ich kann mich an jede Sekunde erinnern. Ich lag auf dem Rücken, als ich erwachte. Ich fühlte mich wohl, sogar glücklich. Ich wunderte mich nur ein bißchen, warum die Decke so komisch aussah. Ich gähnte und streckte mich und *berührte* die Zimmerdecke. Eine Minute lang starrte ich nur auf meinen Arm, der sich in die Höhe streckte und den Widerstand der Decke spürte.

Alsdann drehte ich mich um. Ich bewegte dabei nicht einen Muskel, Jane. Ich drehte mich in einem Stück, weil ich es so wollte. Da war ich nun, fünf Fuß über dem Bett. Da lagst du unten im Bett und schliefst. Ich war entsetzt. Ich wußte nicht, wie ich wieder hinunterkommen sollte, aber in dem Augenblick, als mich dieser Gedanke bewegte, fing ich schon an zu fallen. Ich fiel langsam. Es war kein Absturz, sondern ein kontrollierter Fall.

Ich blieb eine Viertelstunde im Bett liegen, ehe ich mich wieder zu bewegen wagte. Dann stand ich auf, wusch mich, zog mich an und ging zur Arbeit.«

Jane sagte mit einem gezwungenen Lachen: »Du hättest es lieber aufschreiben sollen, Darling. Aber es ist schon gut. Du hast in letzter Zeit zu hart gearbeitet.«

»Bitte! Nun werde nicht banal.«

»Leute überanstrengen sich bei der Arbeit, obwohl es banal klingt, wenn man so etwas sagt. Jedenfalls hast du fünfzehn Minuten länger geträumt, als du glaubtest.«

»Das war kein Traum.«

»Natürlich war es das. Wie oft habe ich schon geträumt, ich wäre wach, zöge mich an und machte das Frühstück; und dann wachte ich wirklich auf und merkte, daß es nicht so war und ich von vorne anfangen mußte. Ich habe sogar geträumt, ich würde träumen, wenn du verstehst, was ich meine. Es kann einem dabei ganz wirr im Kopf werden.«

»Hör zu, Jane. Ich bin mit einem Problem zu dir gekommen, weil ich meine, daß du die einzige Person bist, mit der ich darüber reden kann. Würdest du mich bitte ernst nehmen?«

Janes blaue Augen öffneten sich weit: »Darling, ich nehme dich so ernst wie ich kann! Du bist der Physikprofessor, nicht ich. Gravitation ist dein Fachgebiet, nicht meines. Würdest *du* mich ernst nehmen, wenn ich dir erzählte, ich hätte mich beim Fliegen ertappt?«

»Nein. *Nein!* Das ist ja das Vertrackte daran. Ich möchte es nicht glauben, nur muß ich es leider! Es war kein Traum, Jane. Ich habe mir das selbst einzureden versucht. Du hast keine Ahnung, wie hartnäckig ich es mir einzureden versuchte! Als ich den Hörsaal betrat, war ich mir sicher, es wäre ein Traum gewesen. Ist dir aufgefallen, daß ich mich beim Frühstück sonderbar benommen hätte?«

»Wenn ich jetzt darüber nachdenke, ist es mir aufgefallen.«

»Also ist dir nichts Besonderes aufgefallen, sonst hättest du es bereits erwähnt. Egal, ich hielt eine vollkommen normale Vorlesung um neun Uhr. So gegen elf hatte ich die ganze Angelegenheit bereits vergessen. Dann, kurz nach der Mittagspause, brauchte ich ein Buch. Ich brauchte Page und ... nun – der Titel des Buchs spielt keine Rolle; ich brauchte es eben. Es stand oben auf einem Regal, wo ich es nicht erreichen konnte. Jane ...«

Er hielt inne.

»Nun rede schon weiter, Roger.«

»Ist dir schon einmal bewußt geworden, was passiert, wenn du etwas aufheben möchtest, was einen Schritt von dir entfernt liegt? Du bückst dich und machst automatisch einen Schritt auf den Gegenstand zu, während du die Hand danach ausstreckst. Das ist ein absolut unwillkürlicher Vorgang. Ein rein körperlicher, unreflektierter Bewegungsablauf.«

»Schön. Und wo bleibt die Pointe?«

»Ich griff nach dem Buch und machte automatisch einen Schritt nach oben. In die Luft, Jane! In die leere Luft!«

»Ich werde Jim Sarle anrufen, Roger.«

»Ich bin nicht krank, verdammt noch mal!«

»Ich denke, er sollte mit dir darüber reden. Er ist ein Freund. Er käme nicht als Arzt zu einer Visite, nur zu einem Gespräch.«

»Und was versprichst du dir davon?« Rogers Gesicht lief rot an vor Zorn.

»Das werden wir schon sehen. Nun setz dich doch wieder, Roger. Bitte.« Sie ging zum Telefon.

Er verstellte ihr den Weg und packte sie am Handgelenk. »Du glaubst mir nicht!«

»Oh, Roger.«

»Du glaubst mir nicht.«

»Ich glaube dir. Natürlich glaube ich dir. Ich möchte nur ...«

»Ja. Ja, du möchtest nur, daß Jim Sarle mit mir redet. So sehr glaubst du mir. Ich erzähle dir die Wahrheit, aber du verlangst von mir, daß ich mich mit einem Psychiater unterhalte. Hör zu, Jane, du brauchst dich nicht auf mein Wort zu verlassen. Ich kann es beweisen. Ich kann beweisen, daß ich zu fliegen vermag.«

»Ich *glaube* dir ja!«

»Nun werde nicht komsch, Jane. Ich weiß, wann du mir nach dem Mund redest. Steh still! Und jetzt schau mich an!«

Er ging rückwärts bis zur Mitte des Zimmers und erhob sich ohne Vorankündigung vom Fußboden. Er *hing* in der Luft; die Schuhspitzen sechs leere Zoll über dem Teppich.

Janes Augen und Mund wurden zu drei runden Os. Sie flüsterte: »Komm herunter, Roger. Oh, gütiger Himmel, komm herunter.«

Er schwebte nach unten; seine Füße berührten lautlos den Boden. »Begreifst du jetzt?«

»Oh mei, oh mei.«

Sie starrte ihn an, halb entsetzt, halb benommen.

Auf der Mattscheibe sang eine Dame mit voluminösem Oberkörper bei abgestelltem Ton, daß sie sich nichts dabei dächte, mit irgendeinem Typ hoch über den Wolken zu schweben.

Roger Toomey starrte in die Dunkelheit des Schlafzimmers hinein. Er flüsterte: »Jane.«

»Was?«

»Schläfst du?«

»Nein.«

»Ich kann auch nicht schlafen. Ich klammere mich die ganze Zeit an der Bettkante fest, damit ich nicht . . . du weißt schon.«

Seine Hand bewegte sich ruhelos und berührte ihr Gesicht. Sie zuckte zusammen und schleuderte den Kopf zur Seite, als habe sie einen elektrischen Schlag bekommen.

»Entschuldigung. Ich bin ein bißchen nervös«, sagte sie.

»Schon gut. Das brauchst du nicht mehr zu sein. Ich räume das Bett.«

»Was hast du vor? Du mußt doch schlafen.«

»Da ich das nicht kann, hat es keinen Sinn, dich auch noch wachzuhalten.«

»Vielleicht passiert gar nichts. Es muß doch nicht jede Nacht geschehen. Vorgestern nacht hast du doch ganz normal geschlafen.«

»Weiß ich das? Vielleicht bin ich nur noch nie so hoch geflogen. Vielleicht bin ich nur nicht aufgewacht und habe mich beim Fliegen ertappt. Jedenfalls ist es jetzt anders.«

Er saß mit angezogenen Beinen im Bett, die Arme um die Knie geschlungen, die Stirn darauf stützend. Er schob die Bettdecke zur Seite und rieb die Wange am weichen Flanellstoff seines Pyjamas.

»Von jetzt an muß es ja anders sein. Mein Verstand ist voll davon. Sobald ich einschlafe, sobald ich mich nicht mehr bewußt am Boden halte, nun, dann gehe ich in die Luft.«

»Ich verstehe nicht, warum. Es muß doch furchtbar anstrengend sein.«

»Eben nicht. Das ist es ja.«

»Aber du kämpfst doch gegen die Schwerkraft an, nicht wahr?«

»Ich weiß, und trotzdem kostet es mich keine Mühe. Jane, wenn ich es begreifen könnte, würde ich nicht so viel darüber grübeln!«

Er schwang die Beine aus dem Bett und stand auf. »Ich möchte nicht mehr darüber sprechen.«

»Ich auch nicht«, murmelte seine Frau, begann zu weinen, kämpfte gegen das Schluchzen an und verwandelte es in ein ersticktes Stöhnen, was die Sache nur schlimmer machte.

»Es tut mir leid, Jane«, sagte Roger. »Ich rege dich nur noch mehr auf.«

»Nein, faß mich nicht an... Du mußt mich... mich nur in Ruhe lassen.«

Er machte ein paar unsichere Schritte vom Bett weg.

»Wo gehst du hin?« fragte sie.

»Zur Atelier-Couch. Willst du mir helfen?«

»Wie denn?«

»Ich möchte, daß du mich festbindest.«

»Festbinden?«

»An der Couch. Mit ein paar Seilschlingen. Gerade so locker, daß ich mich umdrehen kann, wenn ich das möchte. Macht es dir etwas aus?«

Sie suchte bereits mit ihren bloßen Füßen nach den Pantoffeln unter ihrem Bett. »Ich komme«, seufzte sie.

Roger Toomey saß in dem kleinen Kabuff, das ihm als Büro zugeteilt war, und starrte auf die Klausurarbeiten, die sich vor ihm stapelten. Im Augenblick wußte er nicht, wie er sie benoten sollte.

Er hatte seit der Nacht, wo er zum ersten Mal bewußt geflogen war, fünf Vorlesungen über Elektrizität und Magnetismus gehalten. Er hatte die Aufgabe irgendwie bewältigt, obwohl er dabei nicht ins Schwimmen geraten war. Die Studenten hatten ihm blödsinnige Fragen gestellt, was ihn auf die Vermutung brachte, daß er sich nicht mehr so klar ausdrückte wie früher.

Heute hatte er sich eine Vorlesung erspart, indem er ein Extemporale schreiben ließ. Er hatte sich nicht einmal die Mühe gemacht, die Arbeit vorzubereiten, sondern nur die Abschrift von Aufgaben verteilt, die er vor Jahren schon einmal für eine schriftliche Prüfung verwendet hatte.

Nun lagen die Antworten seiner Schüler vor ihm, und er würde sie zensieren müssen. Weshalb? Spielte es eine Rolle, was seine Schüler geschrieben hatten? Oder irgendwer sonst? War es so wichtig, die Gesetze der Physik zu kennen? Und wenn schon, mußte man sich fragen, was für Gesetze das waren? Gab es da überhaupt welche?

Oder war das alles nur ein wüstes Durcheinander, aus dem sich nie etwas Geordnetes ableiten ließ? War Ordnung nur scheinbar, das Universum nur das ursprüngliche Chaos, das immer noch auf den Geist wartete, der sich auf der Oberfläche über den finsteren Tiefen bewegte?

Schlaflosigkeit half ihm da auch nicht. Auch mit seinen Gurten kam er nachts auf der Couch nicht zur Ruhe. Und wenn er einschlummerte, wurde er ständig von Träumen geplagt.

Es klopfte an der Tür.

»Wer ist da?« rief er ärgerlich.

Eine Pause, und dann die schüchterne Antwort: »Ich bin es, Dr. Toomey, Miss Harroway! Ich bringe Ihnen die Briefe, die Sie diktiert haben.«

»Nun, kommen Sie schon herein! Bleiben Sie nicht so lange vor der Tür stehen.«

Die Dekanats-Sekretärin öffnete die Tür einen winzigen Spalt und zwängte ihren hageren, reizlosen Körper in das Büro hinein. Sie hielt ein Bündel Briefpapiere in der Hand. An den Originalen waren mit einer Büroklammer die gelben Ablagekopien und ein mit Briefmarken versehenes, adressiertes Kuvert befestigt.

Roger hatte es eilig, sie wieder loszuwerden. Das war sein Fehler. Er beugte sich vor, um nach den Briefen zu greifen, während sie näherkam, und spürte, wie er sich aus dem Sessel hob.

Er war schon, immer noch in sitzender Position, sechzig Zentimeter weit auf sie zugeflogen, ehe er eine Notlandung versuchte, dabei das Gleichgewicht verlor und sich auf dem Boden überschlug.

Die Landung kam zu spät.

Viel zu spät. Miss Harroway hatte die Briefe losgelassen, die durch den Raum flatterten. Sie schrie, machte kehrt, rammte mit der Schulter die Tür, wurde von der Karambolage in den Korridor hinausgeschleudert und jagte mit klappernden hohen Absätzen den Flur hinunter.

Roger stand auf, rieb sich die schmerzende Hüfte und fluchte herzhaft.

Aber trotzdem brachte er ein gewisses Verständnis für ihr Verhalten auf. Er stellte sich vor, wie sie ihn gesehen haben mußte – einen erwachsenen Mann, der sich mühelos aus seinem Sessel erhob und mit angewinkelten Beinen auf sie zuschwebte.

Er sammelte die Briefe auf und schloß seine Bürotür. Es war schon später Nachmittag; die Korridore würden leer sein; sie würde vermutlich unverständliches Zeug stammeln. Trotzdem ... Er wartete ängstlich auf den Auflauf vor seiner Tür.

Nichts dergleichen geschah. Vielleicht war sie irgendwo dort draußen ohnmächtig zusammengebrochen. Als Ehrenmann fühlte sich Roger verpflichtet, nach ihr zu schauen und ihr nach Kräften zu helfen; aber er sagte seinem Gewissen, es möge zum Teufel gehen. Solange er nicht genau wußte, was mit ihm nicht stimmte und was hinter diesem wilden Alptraum steckte, durfte er sich keine Blöße geben.

Nicht noch mehr Blößen, als er sich bereits gegeben hatte.

Er blätterte die Briefe durch; einen für jeden maßgeblichen theoretischen Physiker des Landes. Das eigene Talent reichte für so etwas nicht aus.

Er fragte sich, ob Miss Harroway den Inhalt der Briefe begriffen hatte. Hoffentlich nicht. Er hatte sie absichtlich im Fachjargon verfaßt, vielleicht mehr wissenschaftliche Ausdrücke verwendet als nötig war. Teils, um die Diskretion zu wahren, teils in der Absicht, den Empfänger zu beeindrucken, was er, Toomey, für ein qualifizierter und fähiger Wissenschaftler war.

Der Reihe nach steckte er die Briefe in die entsprechenden Kuverts. Die besten Köpfe des Landes, dachte er. Konnten sie helfen?

Er wußte es nicht.

In der Bibliothek war er ungestört. Roger Toomey klappte das *Journal der theoretischen Physik* zu, stellte es hochkant und betrachtete tiefsinnig den Titel auf dem Magazinrücken. Das *Journal der theoretischen Physik*! Was verstanden denn die Kollegen, die die Beiträge zu diesem gelehrten Geschwätz geliefert hatten, überhaupt davon? Dieser Gedanke peinigte ihn. Bis vor kurzem hatte er sie noch für die größten Männer in der Welt gehalten.

Und selbst heute noch gab er sich die größte Mühe, nach ihrem

Kodex und ihrer Philosophie zu leben. Jane hatte ihm geholfen, wenn auch mit wachsendem Widerwillen, Messungen vorzunehmen. Er hatte versucht, das Phänomen im Gleichgewichtszustand zu wiegen, die Verhältniswerte zu extrahieren, die Quantitäten zu berechnen. Kurz, er hatte versucht, das Phänomen auf die einzige Art zu besiegen, die er kannte – indem er es nur auf eine andere Formel der ewigen Verhaltensweisen bringen wollte, nach der sich das ganze Universum richten mußte.

(Richten *mußte*. So sagten es die größten Koryphäen.)

Nur gab es da nichts zu messen. Sein Schweben war nicht von dem geringsten Gefühl der Anstrengung begleitet. In seinen vier Wänden – er wagte selbstverständlich nicht, seine Versuche im Freien durchzuführen – konnte er genauso mühelos einen Zoll über dem Teppich schweben oder bis zur Decke hinauffliegen. Letzteres dauerte nur länger. Er hatte das Gefühl, sein Auftrieb würde unbegrenzt anhalten, wenn man ihm nur genug Zeit dazu ließ; falls nötig, würde er bis zum Mond fliegen.

Er konnte sich sogar im Schwebezustand mit Gewichten belasten. Zwar wurde der Prozeß dadurch verlangsamt; aber der Kraftaufwand war derselbe.

Gestern hatte er sich ohne Vorankündigung mit einer Stoppuhr in der Hand an Jane herangepirscht.

»Wieviel wiegst du?« hatte er gefragt.

»Hundertundzehn Pfund«, hatte sie erwidert, ihn bange ansehend.

Er packte sie mit einem Arm um die Taille. Sie versuchte, ihn wegzustoßen, aber er hatte nicht locker gelassen. Gemeinsam bewegten sie sich im Schneckentempo nach oben. Sie hatte sich bleich und starr vor Entsetzen an ihn geklammert.

Als sein Kopf an die Decke stieß, las er die Zeit ab: »Zweiundzwanzig Minuten und dreizehn Sekunden.«

Als sie wieder auf dem Teppich landeten, riß sich Jane von ihm los und stürzte aus dem Zimmer.

Vor ein paar Tagen war er an einer Apothekerwaage vorbeigekommen, ein ramponiertes Ding, das im Freien stand. Die Straße war leer gewesen, und so hatte er sich daraufgestellt und eine Münze in den Schlitz gesteckt. Obwohl er derartiges vermutet hatte, war es doch ein Schock für ihn, als die Waage dreißig Pfund anzeigte.

Er fing an, sich die Taschen mit Pennies vollzustopfen und sich bei jeder Gelegenheit zu wiegen. An Tagen, wo ein steifer Wind herrschte, war er schwerer, als bräuchte er Ballast, damit er nicht fortgeweht wurde.

Die Anpassung geschah automatisch. Was es auch sein mochte, das ihn zum Schweben brachte, es bewahrte stets ein Mittelmaß zwischen Bewegungsfreiheit und Gefährdung. Er vermochte jedoch seine Levitation bewußt zu steuern wie den Rhythmus seiner Atmung. Er konnte sich auf eine Waage stellen und den Zeiger fast bis zu seinem vollen Körpergewicht hinaufzwingen, selbstverständlich auch hinunter, bis er auf Null stand.

Vor zwei Tagen hatte er sich eine Waage gekauft und versucht, die Geschwindigkeit zu messen, mit der er sein Gewicht verändern konnte. Das Ergebnis war unbefriedigend. Der Gewichtswechsel, oder was es auch immer war, vollzog sich mit einem solchen Tempo, daß der Zeiger nicht mitkam. Was bei diesen Versuchen heraussprang, waren lediglich Verhältniszahlen zwischen Kompressibilität und Trägheitsmoment. Also, worauf lief das nun alles hinaus?

Er stand auf und schleppte sich mühselig mit hängenden Schultern aus der Bibliothek. Er ging an der Wand entlang, berührte Tische und Stühle und behielt mit der anderen Hand unauffällig Kontakt mit der Tapete. Er hatte das Gefühl, daß er so handeln mußte. Der Kontakt mit der Materie informierte ihn laufend, in welcher Zustandsbeziehung er sich zum Fußboden befand. Wenn seine Hand den Kontakt mit einem Tisch verlor oder an der Wand hinaufrutschte – dann geschah es.

Auf dem Korridor das übliche Quantum von Studenten. Er ignorierte sie. In jüngster Zeit hatten sie sich angewöhnt, ihn nicht mehr zu grüßen. Ein Teil von ihnen, mutmaßte Roger, hielt ihn inzwischen für abartig, und die meisten begegneten ihm vermutlich mit wachsender Antipathie.

Er ging am Aufzug vorbei. Er benützte ihn nicht mehr; schon gar nicht, wenn er abwärts fuhr. Als sich der Fahrstuhl in Bewegung setzte, sah er sich außerstande, mit beiden Beinen auf dem Boden zu bleiben. Und wenn er sich noch so gut auf diesen Moment vorbereitete – er hüpfte, und die Leute drehten sich um und starrten ihn an.

Er griff nach dem Geländer am Kopfende der Stiege, und ehe seine Hand sich daran festhalten konnte, stieß er mit dem einen Fuß gegen den anderen. Glücklicher hätte er wohl kaum stolpern können. Vor drei Wochen wäre Roger jetzt die Treppe hinuntergestürzt.

Doch diesmal übernahm sein autonomes System die Kontrolle, und mit gestrecktem Oberkörper, ausgebreiteten Armen, gespreizten Fingern und halb angehockten Beinen segelte er wie ein Gleiter die Treppe hinunter. Er hätte ebensogut an Drähten hängen können.

Er war viel zu benommen, um sich aufrichten zu können, so gelähmt vor Entsetzen, daß er zu keiner Reaktion fähig war. Zwei Fuß vor dem Fenster am Fuß der Stiege kam er automatisch zum Stillstand und schwebte.

Zwei Studenten befanden sich auf der Treppe, die er hinuntergesegelt war, und preßten sich nun gegen die Wand; drei weitere standen am Kopfende der Stiege, zwei am Fußende, und einer so dicht bei ihm auf dem Treppenabsatz, daß sie sich fast berührten.

Es war sehr still im Treppenhaus. Sie sahen ihn alle an.

Roger richtete sich auf, ließ sich auf den Boden fallen und rannte, einen Studenten, der ihm im Weg stand, rücksichtslos zur Seite stoßend, die Treppe ins Erdgeschoß hinunter.

Aus dem Gemurmel hinter ihm wurde ein Aufschrei.

»Dr. Morton möchte mich sprechen?« Roger drehte sich mit seinem Bürosessel und klammerte sich dabei an einer Lehne fest.

Die neue Dekanats-Sekretärin nickte. »Ja, Dr. Toomey.«

Sie zog sich rasch wieder zurück. In der kurzen Zeit seit Miss Harroways Kündigung hatte sie erfahren, daß mit Dr. Toomey etwas »nicht stimmte«. Die Studenten mieden ihn. Heute waren die Hinterbänke im Hörsaal während seiner Vorlesung mit wispernden Studenten gefüllt. In den vorderen Bänken hatte überhaupt niemand gesessen.

Roger blickte in den kleinen Wandspiegel neben der Tür. Er rückte sein Jackett zurecht und wischte ein Stäubchen vom Revers, aber diese Operation trug wenig dazu bei, seine Erscheinung zu verbessern. Er sah grau aus im Gesicht. Seit das alles begonnen hatte, war er mindestens um zehn Pfund abgemagert, obgleich er selbstverständlich über kein Mittel verfügte, den exakten Gewichtsverlust festzustellen. Er sah überhaupt nicht gesund aus, als läge seine Verdauung ständig mit ihm im Clinch und als bliebe sie jedesmal Sieger.

Er fürchtete sich nicht vor diesem Interview mit dem Chef seiner Abteilung. Was seine Levitations-Pannen betraf, hatte er sich diesbezüglich einen ausgeprägten Zynismus angewöhnt. Offenbar blieben die Zeugen stumm. Miss Harroway hatte nicht geredet, und es lagen keine Anzeichen dafür vor, daß die Studenten im Treppenhaus sich anders verhalten hätten.

Mit einem letzten Griff an seine Krawatte verließ er sein Büro.

Bis zu Dr. Philip Mortons Zimmer brauchte er nur ein kurzes Stück den Korridor hinunterzugehen, für Roger ein erfreulicher Umstand. Er hatte sich immer mehr dazu erzogen, mit systematischer Langsamkeit einherzuschreiten. Er hob einen Fuß an, beobachtete ihn und setzte ihn vor den anderen. Dann hob er den zweiten Fuß an und setzte ihn vor den ersten. Er bewegte sich wie mit einer chronisch verkrümmten Wirbelsäule, immer auf seine Füße starrend.

Dr. Morton runzelte die Stirn, als Roger sein Büro betrat. Er hatte kleine Augen, einen ungepflegten graumelierten Schnäuzer und Flecken auf seinem Anzug. Er genoß einen bescheidenen Ruf in der Welt der Wissenschaft und hatte eine ausgeprägte Neigung, seine Lehramtspflichten auf die ihm unterstellten Kollegen abzuwälzen.

»Hören Sie, Toomey«, sagte er, »ich habe ein sehr merkwürdiges Schreiben von Linus Deering erhalten. Haben Sie ihm am« – er zog das Papier vor sich auf dem Schreibtisch zu Rate – »am zweiundzwanzigsten vergangenen Monats einen Brief geschickt? Ist das Ihre Unterschrift?«

Roger blickte auf das Papier und nickte. Er bemühte sich, Deerings Brief zu entziffern, der auf dem Kopf stand. Das hatte er nicht erwartet. Von den Briefen, die er an dem Tag, als Miss Harroway ihren Schock erlebte, verschickt hatte, waren bisher nur vier beantwortet worden.

Drei davon hatten ihm in einem kühlen knappen Absatz mehr oder weniger folgenden Bescheid gegeben: »Damit bestätige ich den Eingang Ihres Schreibens vom zweiundzwanzigsten. Ich glaube nicht, daß ich Ihnen in der erwähnten Sache helfen kann.« Ein vierter Brief, der von Ballantine von der Northwestern-Technischen-Universität stammte, hatte ihm in hochtrabenden Worten geraten, sich an ein Institut für psychische Forschung zu wenden. Roger wußte nicht, ob das eine echte Empfehlung oder eine Beleidigung gewesen sein sollte.

Deering von der Universität Princeton war der fünfte. Er hatte große Hoffnungen in Deering gesetzt.

Dr. Morton räusperte sich laut und schob seine Brille zurecht. »Ich möchte Ihnen vorlesen, was er mir schreibt. Setzen Sie sich, Toomey, setzen Sie sich. Also: ›Lieber Phil...‹«

Dr. Morton sah kurz mit einem etwas albernen Lächeln hoch. »Linus und ich haben uns im vergangenen Jahr beim Federations-Treffen kennengelernt. Wir tranken ein paar Gläser zusammen. Ein sehr angenehmer Kollege.«

Er rückte abermals an seiner Brille herum und konzentrierte sich auf den Brief: »›Lieber Phil: Befindet sich ein Dr. Roger Toomey in Deinem Dekanat? Ich erhielt neulich einen sehr seltsamen Brief von ihm. Ich wußte nicht recht, was ich damit anfangen sollte. Zunächst dachte ich, es kann sich nur um einen Verrückten handeln, und wollte ihn gar nicht beantworten. Doch dann dachte ich, ich sollte es Dir zur Kenntnis bringen, weil er mit dem Briefkopf Deiner Abteilung versehen war. Es kann ja gut sein, daß jemand Dein Dekanat für irgendeine Bauernfängerei mißbraucht. Für Deine Ermittlungen lege ich Dir den Brief von Dr. Toomey bei. Ich hoffe, ich komme bald wieder mal in Deine Gegend und...‹

Der Rest ist rein persönlich.« Dr. Morton faltete den Brief zusammen, nahm seine Brille ab, steckte sie in ein Lederfutteral und das Futteral dann in seine Brusttasche. Er verschränkte die Finger und beugte sich vor.

»Es erübrigt sich wohl«, sagte er, »Ihnen auch noch Ihren eigenen Brief vorzulesen. War das ein Witz, ein Humbug?«

»Dr. Morton«, erwiderte Roger mit belegter Stimme, »es war ein ernsthafter Brief. Ich kann nichts Unrechtes an meinem Brief finden. Ich habe ihn an eine Reihe von Physikern verschickt. Der Brief spricht für sich selbst. Ich habe einen Fall von... von Levitation beobachtet und bat um Auskünfte, wie sich so ein Phänomen vielleicht theoretisch erklären ließe...«

»Levitation! Wahrhaftig!«

»Es handelt sich um einen wissenschaftlich einwandfreien Fall, Dr. Morton.«

»Sie haben das Phänomen selbst beobachtet?«

»Selbstverständlich.«

»Keine versteckten Drähte? Keine Spiegel? Hören Sie, Toomey, Sie sind kein Experte für solche Zauberkunststückchen.«

»Es handelte sich um eine streng wissenschaftliche Serie von Beobachtungen. Ein Betrug ist absolut ausgeschlossen.«

»Sie hätten mich zu Rate ziehen sollen, Toomey, ehe Sie diese Briefe verschickten.«

»Vielleicht hätte ich das tun sollen, Dr. Morton, aber offen gestanden, glaubte ich nicht mit Ihrer... Sympathie rechnen zu können.«

»Vielen Dank. Damit hätten Sie wirklich nicht rechnen können. Und dazu noch auf dem Briefpapier des Dekanats. Das überrascht mich wirklich, Toomey. Hören Sie, Toomey, was Sie mit Ihrem Leben anstellen, geht mich nichts an. Wenn es Ihnen beliebt, an Levitation zu glauben, nun gut, aber dann bitte nur in Ihrer Freizeit. Im Interesse des Dekanats und des Colleges sollte es eigentlich selbstverständlich sein, daß Sie derartige Dinge nicht mit Ihren pädagogischen Aufgaben durcheinanderbringen.

Tatsächlich haben Sie ja in letzter Zeit einiges an Gewicht verloren, nicht wahr, Toomey? Ja, Sie sehen gar nicht gesund aus. Ich würde an Ihrer Stelle einen Arzt aufsuchen. Vielleicht einen Nervenspezialisten.«

»Am besten einen Psychiater, meinen Sie?« erwiderte Roger verbittert.

»Nun, das ist allein Ihre Sache. Auf jeden Fall ein bißchen Ruhe...«

Das Telefon hatte geklingelt, und die Sekretärin nahm das Gespräch entgegen. Sie suchte Blickverbindung mit Dr. Morton, und er nahm den Hörer vom Nebenapparat ab.

»Hallo«, sagte er, »Oh, Dr. Smithers! Ja... Hmm... Ja... In welcher Sache?... Nun, tatsächlich ist er gerade bei mir... Ja... Ja, sofort.«

Er legte auf und blickte Roger nachdenklich an. »Der Dekan möchte uns beide sprechen.«

»Weswegen, Sir?«

»Das sagte er nicht.«

Dr. Morton stand auf und ging zur Tür.

»Kommen Sie nicht mit, Toomey?«

»Natürlich, Sir.« Roger erhob sich langsam von seinem Stuhl, wobei er vorsichtshalber den Zeh eines Fußes unter Dr. Mortons Schreibtisch klemmte.

Dean Smithers war ein hagerer Mann mit einem langen, asketischen Gesicht. Er hatte den Mund voller falscher Zähne, die so schlecht eingepaßt waren, daß beim Sprechen kleine Zischlaute von einem seltsamen Pfeifgeräusch begleitet waren.

»Schließen Sie die Tür, Miss Bryce«, sagte er, »und vorläufig nehme ich keine Telefongespräche entgegen. Setzen Sie sich, meine Herren.«

Mit einem strafenden Blick auf die beiden fuhr er fort: »Ich denke, ich sollte lieber gleich zur Sache kommen. Ich weiß zwar nicht genau, was Dr. Toomey damit bezweckt, aber dieses Treiben muß ein Ende haben.«

Dr. Morton blickte Roger bestürzt an. »Was haben Sie denn angestellt?«

Roger, mit einem betrübten Achselzucken: »Nichts, wofür ich etwas könnte.« Er hatte die Flüsterpropaganda der Studenten also doch unterschätzt.

»Aber, aber.« Der Dekan ließ ihn seinen Unwillen spüren. »Ich gebe zu, daß ich nicht weiß, ob die Geschichte in allen Punkten stichhaltig ist; doch es scheint erwiesen, daß Sie sich als Clown betätigt haben; mit billigen Zaubertricks, die sich mit dem Geist und der Würde dieser Institution keineswegs vertragen.«

»Das ist mir vollkommen unbegreiflich«, murmelte Dr. Morton.

Der Dekan runzelte die Stirn. »Dann haben Sie anscheinend noch nichts davon gehört. Ich kann mich nur wundern, daß die Fakultät keinen blassen Schimmer von Vorgängen hat, die fast die ganze Studentenschaft umtreiben. Ich würde das nie glauben, wenn ich nicht selbst durch Zufall davon erfahren hätte; durch einen sehr glücklichen Zufall, möchte ich behaupten, denn es gelang mir, einen Zeitungsreporter abzufangen, der heute morgen hier auftauchte und nach jemand suchte, den er als ›Dr. Toomey, den fliegenden Professor‹ bezeichnete.«

»Was?« schrie Dr. Morton auf.

Roger hörte mit blassem Gesicht zu.

»Das war alles, was der Reporter sagte. Ich habe ihn nur zitiert. Offensichtlich hat einer von den Studenten die Zeitung informiert. Ich erteilte dem Zeitungsmann Hausverbot und ließ den Studenten in mein Büro kommen. Seiner Schilderung nach sei Dr. Toomey eine Treppe hinuntergeflogen – ich benütze das Wort ›geflogen‹, weil der Student auf diesen Ausdruck beharrte –, und anschließend sah er ihn die Treppe wieder hinauffliegen. Er behauptete, es gäbe dafür ein Dutzend Zeugen.«

»Ich bin nur die Treppe hinuntergegangen«, murmelte Roger.

Dekan Smithers marschierte nun auf seinem Teppich auf und ab. Er steigerte sich in eine fast fieberhafte Beredsamkeit hinein: »Daß Sie mich nicht falsch verstehen, Toomey. Ich habe nichts gegen Amateurdarstellungen. So lange ich dieses Amt innehabe, habe ich beständig gegen Muffigkeit und falsche Würde gekämpft. Ich habe die Kameradschaft zwischen den verschiedenen Rangstufen der Fakultät ermutigt und auch nie Einwände erhoben gegen eine Fraternisierung mit Studenten – in vernünftigen Grenzen, versteht sich. Deshalb habe ich auch nichts dagegen, wenn Sie die Studenten mit Ihren Kunststückchen unterhalten, allerdings *in Ihrem eigenen Haus*.

Sie sehen sicherlich ein, was aus diesem College werden könnte, sobald uns eine unverantwortliche Presse in die Mangel nimmt. Sollen wir zusehen, wie der Rummel um die fliegenden Untertassen nun von der Sensation eines fliegenden Professors abgelöst wird? Wenn sich die Reporter mit Ihnen in Verbindung setzen, Dr. Toomey, erwarte ich von Ihnen, daß Sie alle derartigen Berichte kategorisch dementieren.«

»Ich verstehe, Dekan Smithers.«

»Ich hoffe, daß uns aus diesem Vorfall kein dauernder Schaden erwächst. Ich muß Sie mit all der Entschiedenheit, die mir zu Gebote steht, darum bitten, Ihre ... äh ... Darstellung nicht mehr zu wiederholen. Wenn Sie sich trotzdem produzieren, werden wir Sie um Ihre Kündigung bitten. Haben Sie mich verstanden, Dr. Toomey?«

»Jawohl«, sagte Roger.

»In diesem Fall wünsche ich Ihnen noch einen guten Tag, meine Herren.«

Dr. Morton steuerte Roger in sein Büro zurück. Diesmal scheuchte er die Sekretärin aus dem Zimmer und schloß die Tür hinter ihr ab.

»Gütiger Himmel, Toomey«, flüsterte er, »hat dieser Wahnsinn etwas mit Ihrem Brief bezüglich der Levitation zu tun?«

Rogers Nerven fingen an zu flattern: »Liegt das nicht auf der Hand? Ich beschrieb in diesen Briefen meinen eigenen Fall.«

»Sie können fliegen? Schweben, meine ich?«

»Sie können beides sagen, wenn Sie wollen.«

»Ich habe noch nie davon... Verdammt, Toomey, hat Miss Harroway Sie einmal beim Schweben beobachtet?«

»Ein einziges Mal. Es war ein unglücklicher Zu...«

»Natürlich. Mir ist jetzt alles klar. Sie war so hysterisch, daß ich kaum klug daraus wurde. Sie sagte, Sie hätten sie angesprungen. Es klang so, als wollte sie Ihnen unterstellen, daß Sie... Sie...« Mr. Morton blickte verlegen zu Boden. »Nun, ich glaubte das natürlich nicht. Sie war eine gute Sekretärin, ohne Fragen, aber offensichtlich nicht so gebaut, daß sie die Blicke eines jungen Mannes auf sich zog. Ich war eigentlich eher erleichtert, als sie kündigte. Ich fürchtete, sie würde demnächst mit einem kleinen Revolver aufkreuzen oder *mich* beschuldigen... Sie... äh... Sie schwebten tatsächlich?«

»Ja.«

»Wie machen Sie denn das?«

Roger schüttelte den Kopf. »Das ist ja mein Problem. Ich weiß es nicht.«

Dr. Morton gestattete sich ein Lächeln. »Sie werden doch nicht das Gesetz der Schwerkraft außer Kraft setzen wollen?«

»Ich fürchte, genau das tue ich. Da muß irgendwie eine Antischwerkraft im Spiel sein.«

Der Unmut darüber, daß man einen Witz ernst nehmen konnte, war Dr. Morton deutlich anzuhören: »Hören Sie, Toomey, darüber gibt es nichts zu lachen.«

»Zu *lachen*! Gütiger Gott, Dr. Morton! Sehe ich so aus, als würde ich lachen?«

»Nun – jedenfalls sehen Sie ruhebedürftig aus. Das steht außer Frage. Ein bißchen Erholung, und Sie haben diesen ganzen Unsinn vergessen. Dessen bin ich mir sicher.«

»Es ist kein Unsinn.« Roger ließ einen Moment den Kopf hängen und sagte dann in ruhigerem Ton: »Wie wäre es, Dr. Morton, wenn wir dieses Problem gemeinsam anpackten? In gewisser Weise werden sich dabei für die Wissenschaft der Physik neue Horizonte eröffnen. Ich weiß nicht, wie es funktioniert; ich kann einfach keine Lösung dafür finden. Aber wir beide gemeinsam...«

Inzwischen hatte Dr. Mortons Gesicht den Ausdruck des Entsetzens angenommen.

»Ich weiß, das klingt alles so sonderbar«, fuhr Roger fort. »Aber ich werde es Ihnen vorführen. Es ist absolut kein Humbug. Ich wünschte, es wäre so.«

»Aber, aber!« Dr. Morton sprang von seinem Sessel hoch.

»Überanstrengen Sie sich nicht! Sie brauchen dringend eine Ruhepause. Ich glaube nicht, daß Sie damit bis zum Juni warten sollten. Sie gehen sofort nach Hause. Ich werde dafür sorgen, daß Sie Ihr Gehalt bekommen, und mich um ihren Kursus kümmern. Wie Sie wissen, habe ich ihn selbst einmal abgehalten.«

»Dr. Morton, die Sache ist wichtig!«

»Ich weiß, ich weiß.« Dr. Morton klopfte Roger auf die Schulter. »Trotzdem sehen Sie furchtbar elend aus, mein Junge. Wie ausgespuckt. Sie brauchen eine lange Erholungspause.«

»Ich *kann* schweben.« Rogers Stimme nahm wieder einen festen Ton an. »Sie wollen mich nur loswerden, weil Sie mir nicht glauben. Sie meinen, ich belüge Sie. Was für einen Grund hätte ich denn dazu?«

»Sie vergeuden sinnlos Ihre Kräfte, mein Junge. Lassen Sie mich ein Telefongespräch führen. Ich werde Sie von jemand nach Hause bringen lassen.«

»Ich sagte Ihnen, daß ich fliegen *kann*«, brüllte Roger.

Dr. Morton lief rot an. »Hören Sie, Toomey, wir wollen nicht mehr darüber diskutieren. Mir ist es egal, wenn Sie in diesem Moment vor mir in die Luft gehen.«

»Sie meinen, Sie glauben nicht, was Sie sehen?«

»Was die Levitation betrifft? Selbstverständlich nicht.« raunzte ihn der Chef der Abteilung an. »Wenn ich Sie fliegen sähe, würde ich einen Augenarzt oder einen Psychiater aufsuchen. Ich würde mich eher für verrückt halten, als an den Gesetzen der Physik . . .«

Er hielt inne und räusperte sich laut. »Nun, wie ich schon sagte, wir wollen nicht mehr länger darüber diskutieren. Ich muß nur schnell telefonieren.«

»Nicht nötig, Sir, nicht nötig«, erwiderte Roger. »Ich gehe schon. Ich werde meinen Erholungsurlaub nehmen. Auf Wiedersehen.«

Er ging rasch aus dem Büro, bewegte sich so rasch wie seit Tagen nicht mehr. Dr. Morton, der hinter dem Schreibtisch stand, die Hände flach auf der Tischplatte, blickte ihm erleichtert nach.

Als Roger nach Hause kam, saß James Sarle, Doktor der Medizin, in seinem Wohnzimmer. Als Roger über die Schwelle trat, zündete der Arzt sich gerade seine Pfeife an, mit einer grobknochigen Hand den Pfeifenkopf umspannend. Er schüttelte das Streichholz aus, und sein rotwangiges Gesicht verzog sich zu einem Lächeln.

»Hallo, Roger! Nimmst du Abschied von der menschlichen Rasse? Habe seit mindestens einem Monat nichts mehr von dir gehört.«

Seine schwarzen Brauen trafen sich über dem Nasensattel und gaben ihm ein eher bedrohliches Aussehen, was ihm irgendwie half, die für seine Patienten angemessene Atmosphäre zu schaffen.

Roger wandte sich Jane zu, die sich in einem Lehnstuhl vergraben hatte. Ihr Gesicht zeigte den für sie neuerdings typischen Ausdruck totaler Erschöpfung.

»Warum hast du ihn hierhergebracht?« fragte Roger sie.

»Moment mal, Moment, Mann«, sagte Sarle. »Niemand brachte mich hierher. Ich traf Jane heute morgen in der Stadt, und ich habe mich selbst eingeladen. Ich bin stärker als sie. Sie hätte mir den Zutritt gar nicht verwehren können.«

»Ein zufälliges Zusammentreffen, wie? Machst du aus Zufällen immer gleich eine Verabredung?«

Sarle lachte. »Dann drücken wir es anders aus: Sie plauderte ein bißchen aus der Schule, was hier so vor sich geht.«

Jane sagte mit müder Stimme: »Es tut mir leid, Roger, wenn du es mißbilligst. Aber für mich war es eine einmalige Gelegenheit, mit jemandem zu sprechen, der Verständnis aufbringt.«

»Was bringt dich auf die Idee, daß er Verständnis hätte? Sag mir, Jim, glaubst du ihre Geschichte?«

»Du wirst zugeben, daß es einem nicht leicht fällt, daran zu glauben. Aber ich versuche es.«

»Schön, stell dir vor, ich flöge jetzt. Stell dir vor, ich finge in diesem Moment an zu schweben. Was würdest du tun?«

»Vielleicht in Ohnmacht fallen. Vielleicht würde ich auch nur ›Heiliger Petrus‹ sagen. Möglich, daß ich auch nur lachen würde. Warum versuchst du es nicht, und wir warten ab, was geschieht?«

Roger starrte ihn an. »Du möchtest es wirklich sehen?«

»Warum nicht?«

»Jeder, der es bisher gesehen hat, schrie, rannte weg oder erstarrte vor Entsetzen. Wirst du es ertragen können, Jim?«

»Ich glaube schon.«

»Okay.« Roger erhob sich zwei Fuß über den Teppich und vollführte einen langsamen zehnfachen *Entrechat*. Er blieb mit nach unten gestreckten Zehen in der Luft schweben, die Beine aneinandergelegt, die Arme in bitterer Parodie anmutig gespreizt.

»Besser als Nijinski, nicht wahr, Jim?«

Sarle tat nichts von dem, was er als Möglichkeiten angedeutet hatte. Er tat gar nichts außer seine Pfeife aufzufangen, die ihm aus dem Mund fiel.

Jane hatte die Augen geschlossen. Lautlos quollen Tränen unter ihren Lidern hervor.

»Komm herunter, Roger«, sagte Sarle.

Roger gehorchte, nahm in einem Sessel Platz und sagte: »Ich verschickte Briefe an Physiker, Männer von Weltgeltung. Ich erklärte ihnen rein sachlich die Situation. Ich schrieb, ich wäre der Meinung, das Phänomen müsse untersucht werden. Die meisten Empfänger ignorierten mich. Einer schrieb an den alten Morton und wollte wissen, ob ich ein Betrüger oder ein Verrückter sei.«

»Oh, Roger«, flüsterte Jane.

»Schlimm, meinst du? Heute rief mich der Dekan in sein Büro. Ich müßte mit meinen Zaubertricks aufhören, sagte er. Offenbar stolperte ich, als ich die Treppe hinuntersteigen wollte, und ging automatisch in den Schwebezustand über, um mir nicht den Hals zu brechen. Morton meint, er würde nicht glauben, daß ich fliegen könnte, wenn er mich in Aktion sähe. Sehen und glauben wären in diesem Fall nicht dasselbe, sagte er und befahl mir, einen Erholungsurlaub anzutreten. Ich gehe nicht ans College zurück.«

»Roger«, sagte Jane mit aufgerissenen Augen. »Ist das dein Ernst?«

»Ich gehe nicht zurück. Ich habe sie alle satt. Wissenschaftler!«

»Aber was willst du dann anfangen?«

»Keine Ahnung.« Roger vergrub den Kopf in den Händen. Er sagte mit erstickter Stimme: »Sag du es mir, Jim. Du bist der Psychiater. Warum wollen sie mir nicht glauben?«

»Vielleicht ist es eine Art von Selbstschutz, Roger«, sagte Sarle bedächtig. »Die Leute sind nicht glücklich über etwas, das sie nicht begreifen können. Vor Jahrhunderten, als viele Menschen sogar an die Existenz außernatürlicher Eigenschaften glaubten, zum Beispiel an das Fliegen auf einem Besenstiel, waren sie fast durchweg davon überzeugt, diese Fähigkeit könnte nur von den Mächten der Finsternis verliehen worden sein.

Die Leute denken auch heute noch so. Sie mögen zwar nicht mehr an den wahrhaften Teufel glauben, aber sie meinen, daß alles, was sie nicht verstehen, böse sei. Sie wehren sich dagegen, an die Levitation zu glauben – oder bekommen einen tödlichen Schrecken, wenn ihnen diese Tatsache aufgezwungen wird. So ist es nun einmal. Damit mußt du dich abfinden.«

Roger schüttelte den Kopf. »Du redest von Leuten, und ich rede von Wissenschaftlern.«

»Auch Wissenschaftler sind Menschen.«

»Du weißt, was ich meine. Ich habe hier ein Phänomen. Es ist keine Hexerei. Ich habe keinen Pakt mit dem Teufel geschlossen. Es muß eine natürliche Erklärung dafür geben, Jim. Unser Wissen von der Schwerkraft ist nicht absolut. Tatsächlich wissen wir kaum etwas über sie. Wäre es denn deiner Meinung nach undenkbar, daß es irgendeine biologische Möglichkeit gibt, die Schwerkraft aufzuheben? Vielleicht bin ich in dieser Beziehung eine Mutation. Ich habe eine... einen Muskel, wenn du es so nennen willst..., der die Schwerkraft aufheben kann. Wenigstens vermag ich für meine Person die Wirkung der Schwerkraft abzuschaffen. Also worauf warten wir denn noch? Laß uns das Phänomen untersuchen! Stell dir nur mal vor, was es für die menschliche Rasse bedeutet, wenn sie die Eigenschaft der Antischwerkraft besitzt.«

»Nicht so rasch, Rog«, erwiderte Sarle. »Denke erst mal darüber nach. Warum bist du so unglücklich über das Phänomen? Wie Jane mir erzählte, warst du am ersten Tag, als es passierte, fast verrückt vor Angst, *ehe* du wissen konntest, daß die Wissenschaft dich ignorieren und deine Vorgesetzten verständnislos reagieren würden.«

»Das ist richtig«, murmelte Jane.

»Warum diese Angst?« fuhr Sarle fort.

»Hier entdeckst du eine großartige, neue wunderbare Kraft an dir; eine plötzliche Freiheit von der tödlichen Klammer der Schwerkraft.«

»Oh«, erwiderte Roger, »werde nicht komisch. Es war – schrecklich. Ich konnte es nicht begreifen. Ich verstehe es immer noch nicht.«

»Richtig, mein Junge. Es war etwas, das du nicht verstehen konntest, und *deshalb* etwas Schreckliches. Du bist Physiker. Du *weißt*, was das Universum in Gang hält. Oder wenn du es nicht weißt, kennst du doch jemand, der es weiß. Selbst wenn es in einem gewissen Punkt keinen Sachverständigen gäbe, weißt du doch, daß eines Tages jemand sachverständig sein wird. Das Schlüsselwort ist *Wissen*. Es ist Teil deines Lebens. Nun wirst du mit einem Phänomen konfrontiert, das du als Verstoß gegen die Grundgesetze des Universums betrachtest. Wissenschaftler sagen: Zwei Massekörper ziehen sich nach einer mathematisch festgelegten Formel gegenseitig an. Das ist eine unveräußerliche Eigenschaft der Materie und des Raums. Da gibt es keine Ausnahmen. Und nun bist du eine Ausnahme.«

Roger sagte bedrückt: »Und was für eine.«

»Du siehst, Roger«, fuhr Sarle fort, »daß die Menschheit zum erstenmal in ihrer Geschichte tatsächlich so etwas wie unumstößliche Gesetze hat. Ich betone: unumstößlich. In primitiven Kulturen mag sich ein Medizinmann eines Zaubers bedienen, um Regen zu erzeugen. Wenn der Zauber nicht funktioniert, widerlegt das nicht die Gültigkeit der Magie. Es bedeutet lediglich, daß der Schamane irgendwo bei der Ausübung seines Zaubers patzte, ein Tabu gebrochen oder einen Gott beleidigt hat. In modernen theokratischen Kulturen sind die Gebote der Gottheit unumstößlich. Selbst dann, wenn ein Mensch gegen diese Gebote verstößt und trotzdem vom Leben begünstigt wird, wäre das kein Zeichen, daß die jeweilige Religion ungültig wäre. Die Wege der Vorsehungen sind zugegebenermaßen geheimnisvoll, und den Sünder erwartet eine unsichtbare Strafe.

Heute haben wir doch Gesetze, die *tatsächlich* nicht gebrochen werden können, und eins davon ist die Existenz der Schwerkraft. Sie funktioniert selbst dann, wenn der Mensch, der sie beschwört, vergaß, sein Abra-ka-dabra zu murmeln.«

Roger brachte ein verzerrtes Lächeln zustande. »Irrtum, Jim, denn die unumstößlichen Gesetze sind immer wieder gebrochen worden. Die Radioaktivität war eine theoretische Unmöglichkeit, als sie entdeckt wurde. Energie, die aus dem Nichts kam; unglaubliche Mengen von Energie. Das war genauso absurd wie die Levitation.«

»Die Radioaktivität war ein objektives Phänomen, das in Versuchen wiederholt und weitervermittelt werden konnte. Uran schwärzte unbelichtete Filme. Davon konnte sich jeder überzeugen. Eine Crooksche Röhre konnte sich jeder bauen, und die Leuchterscheinung der Kathodenstrahlen waren überall gleich. Du ...«

»Ich habe versucht, mich anderen mitzuteilen ...«

»Ich weiß. Aber kannst du mir zum Beispiel verraten, wie *ich* mich in einen Schwebezustand versetzen könnte?«

»Natürlich nicht.«

»Damit ist dieses Phänomen für andere im Experiment unwiederholbar und beschränkt sie auf eine Zuschauerrolle. Damit fällt deine Levitation in dieselbe Kategorie wie die stellare Evolution, über die man zwar theoretisieren, die man aber experimentell nicht nachweisen kann.«

»Trotzdem sind Wissenschaftler bereit, ihr Leben der Astrophysik zu widmen.«

»Wissenschaftler sind auch nur Menschen. Sie können die Sterne nicht erreichen, also machen sie das Beste daraus. Aber dich können sie sogar anfassen, und wenn ihnen dabei dein Levitationsvermögen durch die Finger schlüpft, wäre das ein großes Ärgernis für sie.«

»Jim, sie haben es ja noch gar nicht versucht. Du redest, als wäre ich schon ein Studienobjekt gewesen. Jim, sie wollen sich nicht einmal mit diesem Problem beschäftigen.«

»Das müssen sie auch nicht. Dein Levitationsvermögen gehört zu einer Klasse von Phänomenen, die von der Wissenschaft geschnitten wird. Telepathie, Hellseherei, Vorahnungen und unzählige andere außernatürliche Kräfte wurden in der Praxis noch nie ernsthaft erforscht, obwohl ernstzunehmende Berichte über derartige Phänomene vorliegen. Die Rhineschen Experimente auf dem Gebiet der außersinnlichen Wahrnehmungen waren für die Wissenschaftler mehr Ärgernis als Anreiz. Du siehst also, daß sie dich nicht studieren müssen, um zu wissen, daß sie dich nicht als Studienobjekt haben wollen. Das wissen sie im voraus.«

»Du findest das lustig, Jim? Die Wissenschaftler weigern sich, Tatsachen zu untersuchen, drehen der Wahrheit den Rücken zu, und du sitzt da, grinst und machst deine Glossen darüber.«

»Irrtum, Roger, ich weiß, daß es sich um ein ernstzunehmendes Problem handelt. Und ich bin wirklich nicht in der Lage, dir Patentrezepte für menschliches Verhalten anzubieten. Ich trage nur meine Gedanken vor. Ein Referat meiner Überlegungen. Aber begreifst du nicht, was ich tatsächlich tue? Daß ich versuche, die Dinge zu betrachten, wie sie sind? Mit der gleichen Einstellung mußt du an die Sache herangehen. Vergiß deine Ideale, deine Theorien, deine Vorstellung, wie sich die Leute verhalten *müßten*. Überleg dir lieber, was sie wirklich *tun*. Sobald eine Person darauf eingestellt ist, sich an Stelle von Wahnvorstellungen mit Fakten zu befassen, haben auch Probleme die Tendenz, sich aufzulösen. Zumindest werden sie in die richtige Perspektive gerückt und dadurch lösbar.«

Roger rutschte ruhelos auf seinem Platz herum. »Psychiatrisches Geschwätz! Ebensogut könnte ich einem Mann den Finger an die Schläfen setzen und sagen: ›Habe Vertrauen, und du wirst geheilt!‹ Wenn der arme Kerl nicht geheilt wird, dann nur deshalb, weil er nicht genügend daran geglaubt hat. Der Zauberdoktor kann gar nicht verlieren.«

»Vielleicht hast du recht, aber überlegen wir einmal: Was *ist* dein Problem?«

»Kein Verhör, bitte! Du kennst mein Problem, also mußt du nicht mehr daran herumdoktorn.«

»Du kannst dich in einen schwebenden Zustand versetzen. Ist es das?«

»So kann man es ausdrücken. Es genügt als ein erster Annäherungswert.«

»Du meinst das zwar ironisch, Roger, aber tatsächlich hast du vermutlich recht. Es ist nur ein erster Annäherungswert. Trotzdem hast du dich ernsthaft mit diesem Problem befaßt. Jane erzählte mir, du hättest experimentiert.«

»Experimentiert! Gütiger Himmel, Jim, ich experimentiere nicht. Ich schwebe durch die Gegend. Ich brauche wissenschaftliche Koryphäen und Geräte. Ich brauche ein Forschungsteam, und das habe ich nicht.«

»Was ist dann dein Problem? Zweiter Annäherungswert.«

»Jetzt verstehe ich, was du meinst«, erwiderte Roger. »Mein Problem besteht darin, ein Forschungsteam zusammenzubringen. Aber das habe ich ja versucht! Mann, ich habe es so oft versucht, daß ich es jetzt satt habe!« »Wie hast du es versucht?«

»Ich habe Briefe verschickt. Ich habe darum gebeten ... Oh, hör auf, Jim. Ich habe weder Nerven noch Lust dazu, mich auf die Couch zu legen und als Patient ausfragen zu lassen. Du weißt, was ich getan habe.«

»Ich weiß, daß du zu den Leuten gesagt hast: ›Ich habe ein Problem. Helft mir.‹ Hast du noch etwas anderes versucht?«

»Ich bitte dich, Jim, ich habe es mit erwachsenen Wissenschaftlern zu tun.«

»Ich weiß. Daher deine Annahme, die ehrliche, schlichte Bitte würde genügen. Abermals stellst du eine Theorie der Tatsache gegenüber. Ich habe dir bereits die Schwierigkeiten aufgezählt, die mit deinem Appell verbunden sind. Wenn du am Straßenrand den Daumen hebst, drückst du damit eine schlichte, ehrliche Bitte aus, aber die meisten Wagen fahren trotzdem vorbei. Was beweist, daß du mit deinem schlichten, ehrlichen Appell nichts erreicht hast. Worin besteht also dein Problem? Dritter Annäherungswert!«

»Einen anderen Weg zu versuchen, der nicht fehlschlägt? Ist es das, was du mir sagen willst?«

»Es ist das, was du mir erzählt hast, nicht wahr?«

»Also wußte ich es bereits, ohne dich erst danach zu fragen.«

»Tatsächlich? Du bist bereit, zu kündigen, dein Lehramt aufzugeben, die Wissenschaft. Wo ist deine Beständigkeit, Rog? Läßt du von einem Problem schon ab, wenn dein erstes Experiment scheitert? Gibst du sofort auf, wenn eine Theorie sich als unzutreffend erweist? Die Philosophie der experimentellen Wissenschaft, die für unbelebte Gegenstände gilt, sollte unverändert auch für Menschen gelten.«

»Also gut. Womit soll ich es also deiner Meinung nach versuchen? Mit Bestechung? Drohung? Tränen?«

James Sarle stand auf. »Möchtest du wirklich hören, was ich dir rate?«

»Heraus damit.«

»Halte dich an Dr. Mortons Anweisung. Mach Urlaub, und zur Hölle mit der Levitation. Es ist ein Problem für die Zukunft. Schlaf in deinem Bett, schwebend, oder nicht schwebend; was macht das für einen Unterschied. Ignoriere die Levitation, lach darüber, oder genieße sie sogar. Mach damit, was du willst, nur befrachte dich nicht damit, denn sie ist nicht dein Problem. Das ist der springende Punkt: Sie ist nicht dein unmittelbares Problem. Verbringe deine Zeit damit, dir zu überlegen, wie du die Wissenschaftler dazu bringen kannst, etwas zu erforschen, das sie gar nicht erforschen wollen. Das ist dein vorrangiges Problem, und eben daran hast du bisher nicht eine Sekunde des Nachdenkens verwendet.«

Sarle ging hinaus und holte sich seinen Mantel aus der Flurgarderobe. Roger begleitete ihn. Minutenlanges Schweigen, und dann sagte Roger, ohne aufzublicken:

»Vielleicht hast du recht, Jim.«

»Vielleicht. Versuche es, und sag mir dann Bescheid. Auf Wiedersehen, Roger.«

Roger Toomey öffnete die Augen und blinzelte, geblendet von der Morgensonne im Schlafzimmer. »He, Jane«, rief er, »wo steckst du denn?«

Janes Stimme antwortete: »In der Küche. Wo sonst?«

»Komm doch einen Augenblick her, ja?«

Sie kam. »Der Speck brät sich nicht von selbst, Liebling.«

»Hör mal, schwebte ich heute nacht?«

»Ich weiß es nicht. Ich schlief.«

»Du bist mir eine schöne Hilfe.« Er schwang sich aus dem Bett und schlüpfte in seine Pantoffeln. »Trotzdem glaube ich nicht, daß ich schwebte.«

»Glaubst du, du hast vergessen, wie es geht?« Jähe Hoffnung schwang in ihrer Stimme mit.

»Ich hab' es nicht vergessen. Schau!« Er glitt auf einem Luftkissen in das Eßzimmer hinüber. »Mir sagt nur ein Gefühl, daß ich nicht geschwebt habe. Ich glaube, seit drei Nächten nicht mehr.«

»Das höre ich gerne«, sagte Jane. Sie stand wieder am Herd. »Einen Monat ausspannen, das hat dir eben gut getan. Wenn ich Jim gleich angerufen hätte . . .«

»Oh, fang bitte nicht schon wieder damit an. Einen Monat Erholung, du meine Güte! Mir ist erst am letzten Sonntag eingefallen, was ich zu tun habe. Von diesem Moment an konnte ich mich entspannen. Das war es, sonst nichts.«

»Was gedenkst du zu tun?«

»Im Frühjahr veranstaltet die *Northwestern Tech* regelmäßig eine Reihe von Seminaren über wissenschaftliche Themen. Ich werde daran teilnehmen.«

»Heißt das, daß du nach Seattle reisen willst?«

»Natürlich.«

»Und was für Themen stehen auf dem Programm?«

»Was schert mich das? Ich möchte nur Linus Deering sehen.«

»Aber das ist doch der Kollege, der dich für verrückt erklärte, nicht wahr?«

»Das ist er.« Roger spießte eine Portion Rührei mit der Gabel auf. »Aber er ist auch der beste Kopf unserer Zunft.«

Er streckte die Hand nach dem Salzstreuer aus und hob sich

dabei ein paar Zoll weit aus seinem Sessel. Er achtete nicht darauf.

»Ich glaube, jetzt weiß ich, wie ich ihn behandeln muß«, sagte er.

Die Frühjahrsseminare an der Northwestern Tech waren zu einer Institution von nationalem Ruf geworden, seit Linus Deering zum Lehrkörper gehörte. Er war der Vorsitzende und gab dem Seminarbetrieb sein eigentliches Gepräge. Er stellte die Redner vor, moderierte die Diskussionsrunden, faßte am Schluß jeder Morgen- und Nachmittagssitzung die Ergebnisse zusammen und war beim Abschlußdiner am Ende der Seminarwoche Mittelpunkt und Seele der Gemütlichkeit.

Das alles wußte Roger Toomey aus den Seminarberichten. Nun konnte er selbst den Mann in Aktion beobachten. Der Statur nach lag Professor Deering noch beträchtlich unter dem Mittelmaß, hatte eine braune Hautfarbe und eine üppige, sehr ausgeprägte Mähne gewellter brauner Haare. Sein breiter, dünnlippiger Mund schien beständig ein schlaues Lächeln anzudeuten, wenn er sich nicht aktiv an Gesprächen beteiligte. Er sprach rasch und fließend ohne vorbereitetes Konzept und schien seine Kommentare stets von überlegener Warte aus zu geben, was seine Zuhörer automatisch akzeptierten.

Jedenfalls war es so am ersten Morgen des Seminars gewesen. Erst bei der Nachmittagssitzung begann die Zuhörerschaft eine gewisse Verzögerung bei der Äußerung einer Bemerkung festzustellen. Noch auffälliger war die Nervosität, mit der er während des Vortrags der Seminar-Referate auf dem Podium saß. Zuweilen schickte er verstohlene Blicke in den Hintergrund des Hörsaals.

Roger Toomey, der in der allerletzten Reihe Platz genommen hatte, beobachtete das alles mit angespannter Aufmerksamkeit. Seinen vorübergehenden Rückfall in die Normalität, der damit begann, daß er zunächst glaubte, es gäbe einen anderen Ausweg, hob er allmählich wieder auf.

Während der Eisenbahnfahrt nach Seattle hatte er schlecht geschlafen. Er hatte Visionen von sich, wie er im Takt der ratternden Räder umherschwebte, lautlos durch die Vorhänge auf den Korridor hinaus, wie er von dem heiseren Geschrei eines Schaffners geweckt wurde und sich endlosen Peinlichkeiten ausgesetzt sah. Deshalb steckte er die Vorhänge mit Sicherheitsnadeln zusammen und hatte dennoch nichts damit erreicht; kein Gefühl von Sicherheit, keinen Schlaf bis auf ein paar erschöpfende Schlummerperioden.

Er hatte tagsüber auf seinem Sitz gedöst, während draußen die Berge vorbeiglitten, und war abends mit einem steifen Nacken, schmerzenden Knochen und einem allgemeinen Gefühl der Verzweiflung eingetroffen.

Er hatte den Entschluß, an dem Seminar teilzunehmen, viel zu spät gefällt, um noch ein Einzelzimmer in den Schlafhäusern des Instituts ergattern zu können. Ein Zimmer mit einem Kollegen zu teilen, kam natürlich überhaupt nicht in Frage. Er mietete ein Hotelzimmer in der Stadt, schloß die Tür ab, verriegelte alle Fenster, schob sein Bett gegen die Wand und eine Kommode gegen die offene Seite der Bettstatt; dann schlief er.

Er konnte sich nicht erinnern, daß er geträumt hätte. Und als er am Morgen erwachte, lag er immer noch in der von ihm geschaffenen Umfriedung. Er fühlte sich erleichtert.

Als er rechtzeitig im Physiksaal auf dem Institutsgelände eintraf, fand er sich, wie erwartet, in einem großen Saal mit kleiner Zuhörerschaft wieder. Die Seminar-Sitzungen wurden traditionell während der Osterferien abgehalten, und Studenten waren nicht unter den Teilnehmern. Etwa fünfzig Physiker saßen in einem Auditorium, das vierhundert Personen fassen konnte, und drängten sich zu beiden Seiten des Mittelganges in der Nähe des Podiums zusammen.

Roger nahm seinen Sitz in der letzten Reihe ein, wo er von Neugierigen, die zufällig vorbeikamen und durch die hohen, schmalen Fenster der Hörsaaltür blickten, nicht gesehen wurde und wo die Kollegen im Saal ihre Köpfe um fast einhundertachtzig Grad drehen mußten, wenn sie ihn sehen wollten.

Mit Ausnahme des Sprechers auf dem Podium natürlich – und des Vorsitzenden, Professor Deering.

Roger hörte nicht viel von dem Programm. Er konzentrierte sich ausschließlich darauf, die Momente abzuwarten, wo Deering alleine auf dem Podium saß; wenn nur Deering ihn sehen konnte.

Als Deering offensichtlich immer verwirrter wurde, wurde Roger kühner. Während der Zusammenfassung am Schluß der Nachmittagssitzung bot er seine beste Leistung.

Professor Deering stellte mitten in einem schlecht konstruierten und vollkommen sinnlosen Satz seinen Vortrag vollständig ein. Die Zuhörerschaft, die sich seit einiger Zeit schon unruhig auf ihren Sitzen bewegte, saß nun ebenfalls still und blickte ihn verwundert an.

Deering hob die Hand und sagte mit keuchender Stimme: »Sie! Sie da hinten!«

Roger Toomey hatte vollkommen entspannt dagesessen – im Zentrum des Mittelgangs. Als Stuhl hatte er nur ein anderthalb Fuß hohes Luftkissen unter sich. Die Beine hatte er ausgestreckt und ebenfalls auf eine aus Luft bestehende Sessellehne gelegt.

Als Deering auf Roger deutete, glitt dieser rasch zur Seite. Als sich fünfzig Köpfe nach ihm umdrehten, saß er gelassen in einem sehr prosaischen Holzsessel.

Roger blickte hierhin und dorthin und starrte dann auf Deerings gestreckten Zeigefinger, während er sich von seinem Sitz erhob.

»Meinen Sie mich, Professor Deering?« fragte er, und nur ein leises Zittern seiner Stimme verriet, mit welcher Erbitterung er mit sich kämpfte, damit seine Stimme kühl und verwundert klang.

»Was machen Sie da?« Die Spannung, die sich seit dem Morgen in Deering aufgebaut hatte, entlud sich in dieser Frage.

Ein paar Zuhörer waren aufgestanden, um besser sehen zu können. Eine Versammlung von Naturwissenschaftlern ergötzt sich genauso an einem unerwarteten Zwischenfall wie die Zuschauer eines Baseball-Spiels.

»Ich tue doch gar nichts«, sagte Roger. »Ich verstehe Sie nicht.«

»Hinaus! Verlassen Sie diesen Saal!«

Deering war außer sich im Aufruhr seiner Gefühle, oder er würde vermutlich so etwas nicht gesagt haben. Jedenfalls seufzte Roger und nützte diese Gelegenheit andächtig aus.

Er sagte laut und deutlich, sich anstrengend, damit er den wachsenden Tumult übertönte: »Ich bin Professor Roger Toomey vom Carson-College. Ich bin ein Mitglied der Amerikanischen Physikalischen Gesellschaft. Ich habe um Erlaubnis gebeten, an diesen Sitzungen teilzunehmen, wurde dazu eingeladen und habe meine Zulassungsgebühr bezahlt. Ich sitze zu Recht hier und werde auch fernerhin hier sitzen bleiben.«

Deering konnte nur in blinder Wut sagen: »Hinaus!«

»Ich weigere mich«, sagte Roger. Er zitterte tatsächlich vor synthetischer und sich selbst verordneter Wut. »Aus welchen Gründen muß ich hinaus? Was habe ich getan?«

Deering fuhr sich mit einer bebenden Hand durch das Haar. Er war außerstande, ihm darauf zu antworten.

Roger baute seinen Vorteil aus: »Wenn Sie versuchen, mich ohne berechtigten Grund von diesen Sitzungen auszuschließen, werde ich natürlich das Institut verklagen.«

Deering sagte überstürzt: »Ich erkläre die Sitzung des ersten Tages des Frühjahrs-Seminares über die jüngsten Fortschritte in der physikalischen Forschung für beendet. Unsere nächste Sitzung beginnt morgen um neun in diesem Hörsaal...«

Roger verließ, noch während Deering sprach, den Saal und eilte davon.

An diesem Abend klopfte es an die Tür von Rogers Hotelzimmer. Er erschrak, erstarrte in seinem Sessel.

»Wer ist da?« rief er.

Darauf leise und rasch die Antwort: »Kann ich Sie sprechen?«

Es war Deerings Stimme. Roger hatte selbstverständlich sein Hotel und auch seine Zimmernummer im Sekretariat des Seminars hinterlassen. Roger hatte gehofft, aber kaum damit gerechnet, daß die Ereignisse dieses Tages so rasch Konsequenzen haben würden.

Er öffnete die Tür, sagte steif: »Guten Abend, Professor Deering.«

Deering trat ins Zimmer und blickte sich um. Er trug einen leichten Sommermantel, machte jedoch keine Anstalten, ihn auszuziehen. Er hielt den Hut in der Hand und wollte ihn ebenfalls nicht ablegen. »Professor Roger Toomey vom Carson-College. Richtig?« Er sagte das mit einer gewissen Betonung, als habe dieser Name Bedeutung.

»Ja. Setzen Sie sich, Professor.«

Deering blieb stehen. »Nun, was ist das? Was führen Sie im Schilde?«

»Ich begreife nicht.«

»Ich bin vom Gegenteil überzeugt. Sie führen diesen Zirkus nicht umsonst auf. Versuchen Sie mich als Tölpel hinzustellen, oder beabsichtigen Sie vielmehr, mich in irgendein betrügerisches Komplott zu verwickeln? Ich wollte Ihnen nur sagen, daß das nicht funktioniert. Und versuchen Sie jetzt nicht, Gewalt anzuwenden. Ich habe Freunde, die genau wissen, wo ich mich in diesem Moment befinde. Ich rate Ihnen, mir die Wahrheit zu sagen und dann aus der Stadt zu verschwinden.«

»Professor Deering! Das ist mein Zimmer. Wenn Sie hier sind, um mich zu nötigen, werde ich Sie auffordern, das Zimmer zu verlassen. Wenn Sie sich weigern, werde ich Sie hinauswerfen lassen.«

»Haben Sie vor, mit diesen... diesen Verfolgungen fortzufahren?«

»Ich habe Sie nicht verfolgt. Ich kenne Sie gar nicht, Sir.«

»Sind Sie nicht dieser Roger Toomey, der mir einen Brief über einen Fall von Levitation schrieb und wollte, daß ich ihn untersuche?«

Roger starrte den Mann an. »Was für ein Brief soll das sein?«

»Sie leugnen ihn ab?«

»Selbstverständlich tue ich das. Wovon reden Sie überhaupt? Haben Sie den Brief bei sich?«

Professor Deering preßte die Lippen zusammen. »Lassen wir den Brief. Leugnen Sie, daß Sie sich während der Nachmittagssitzung mit Drähten an der Decke befestigt haben?«

»Mit Drähten? Ich vermag Ihnen nicht zu folgen.«

»Sie befanden sich in einem schwebenden Zustand!«

»Würden Sie jetzt bitte gehen, Professor Deering? Ich glaube, Sie sind nicht gesund.«

Der Physiker erhob die Stimme: »Leugnen Sie, daß Sie schwebten?«

»Ich glaube, Sie sind verrückt. Wollen Sie damit sagen, ich hätte magische Requisiten in Ihrem Hörsaal aufgestellt? Ich habe ihn vor dem heutigen Tag noch nie betreten, und als ich kam, waren Sie bereits auf dem Podium. Haben Sie Drähte oder dergleichen gefunden, nachdem ich gegangen war?«

»Ich weiß nicht, wie Sie es anstellten, und das interessiert mich auch nicht. Sie *leugnen* also, daß Sie schwebten?«

»Selbstverständlich leugne ich das.«

»Ich sah Sie. Warum lügen Sie?«

»Sie sahen mich schweben? Professor Deering, wollen Sie mir verraten, wie das möglich ist? Ich nehme an, Sie verfügen über ausreichende Kenntnisse der Gravitationskräfte, um zu wissen, daß wahre Levitation ein sinnloser Begriff ist, so lange wir uns nicht im Weltraum befinden. Wollen Sie mich verkohlen, Professor?«

»Gütiger Himmel«, erwiderte Deering mit schriller Stimme. »Weshalb sagen Sie mir nicht die Wahrheit?«

»Das tue ich. Glauben Sie etwa, ich müsse nur meine Hand ausstrecken und eine geheimnisvolle Bewegung machen ... so ..., und ich segelte in die Luft?« Roger machte die Handbewegung, und sein Kopf scheuerte an der Decke.

Deerings Kopf schnellte in die Höhe. »Ah! Da ... da –«

Roger kehrte lächelnd auf den Boden zurück. »Das *kann* nicht Ihr Ernst sein.«

»Sie haben es wieder getan. Eben taten Sie es.«

»Was tat ich, Sir?«

»Sie schwebten. Sie sind gerade geschwebt. Das können Sie nicht leugnen.«

Rogers Augen wurden ernst. »Sie können nicht gesund sein, Sir.«

»Ich weiß, was ich sah.«

»Vielleicht brauchen Sie eine Erholungspause, sind überarbeitet ...«

»Es war *keine* Halluzination.«

»Möchten Sie vielleicht einen Drink?« Roger ging zu seinem Koffer, während Deering Rogers Schritte mit hervorquellenden Augen beobachtete. Rogers Schuhe schwebten zwei Zoll über dem Boden und keinen Millimeter darunter.

Deering sank in den Sessel, den Roger geräumt hatte.

»Ja, bitte«, sagte er mit schwacher Stimme.

Roger gab ihm die Whiskyflasche, sah zu, wie er trank und sich dann würgend verschluckte. »Wie fühlen Sie sich jetzt?«

»Hören Sie«, erwiderte Deering, »haben Sie eine Methode entdeckt, die Schwerkraft zu neutralisieren?«

Rogers Blick wurde starr. »Reißen Sie sich zusammen, Professor. Wenn ich über Antischwerkraft verfügte, würde ich sie nicht dazu benützen, ein Spielchen mit Ihnen zu treiben. Ich wäre in Washington. Ich wäre ein militärisches Geheimnis. Ich wäre ... nun, ich wäre nicht hier! Das ist Ihnen doch wohl alles bewußt.«

Deering sprang auf die Füße. »Beabsichtigen Sie, auch an den restlichen Sitzungen teilzunehmen?«

»Selbstverständlich.«

Deering nickte, stülpte sich den Hut auf den Kopf und eilte aus dem Zimmer.

In den folgenden drei Tagen führte Professor Deering nicht den Vorsitz bei den Seminarsitzungen. Gründe für seine Abwesenheit wurden nicht genannt. Roger Toomey, der zwischen Hoffnung und Furcht schwankte, saß inmitten der Zuhörerschaft und versuchte, sich unauffällig zu verhalten. Das gelang ihm nicht ganz. Deerings Attacke vor versammelter Mannschaft hatte ihn zu einer fragwürdigen Persönlichkeit gemacht, während seine eigene energische Verteidigung ihm zugleich eine Art von David-gegen-Goliath-Popularität verschaffte.

Roger kehrte am Donnerstagabend nach einem unbefriedigenden Dinner in sein Hotelzimmer zurück und blieb ein Fuß über der Schwelle im Türrahmen stehen. Professor Deering starrte ihm aus dem Zimmer entgegen. Ein zweiter Mann mit einem grauen weichen Filzhut, den er ins Genick geschoben hatte, saß auf Rogers Bett.

Es war der Fremde, der ihn ansprach: »Kommen Sie herein, Toomey.«

Roger gehorchte. »Was geht hier vor?«

Der Fremde öffnete seine Brieftasche und zeigte Roger die mit einem Zellophanfenster versehene Hälfte. »Ich bin Cannon vom FBI«, sagte er.

»Sie haben Einfluß bei der Regierung, wie ich sehe, Professor Deering«, sagte Roger.

»Ein wenig«, sagte Deering.

»Nun«, sagte Roger, »stehe ich jetzt unter Arrest? Was habe ich verbrochen?«

»Nun mal sachte«, sagte Cannon. »Wir haben ein paar Informationen über Sie gesammelt, Toomey. Ist das Ihre Unterschrift?«

Er hielt einen Brief so weit von sich weg, daß Roger ihn lesen, aber nicht an sich reißen konnte. Das war der Brief, den Roger an Deering geschrieben und der dann mit dessen Schreiben in Mortons Hände gelangt war.

»Ja«, sagte Roger.

»Wie steht es mit diesem?« Der FBI-Agent hatte ein ganzes Bündel von Briefen.

Roger stellte fest, daß der Agent alle Briefe eingesammelt haben mußte, die er verschickt hatte, bis auf jene, die zerrissen worden waren.

»Sie stammen alle von mir«, sagte er müde.

Deering schnaubte.

»Professor Deering setzte uns davon in Kenntnis, daß Sie schweben können«, sagte Cannon.

»Schweben? Was, zum Kuckuck, meinen Sie mit schweben?«

»In der Luft schweben«, erwiderte Cannon unbeeindruckt.

»Glauben Sie so einen Blödsinn?«

»Ich bin nicht hier, um zu glauben oder nicht zu glauben, Dr. Toomey«, sagte Cannon. »Ich bin ein Agent der Regierung der Vereinigten Staaten, und ich habe einen Auftrag auszuführen. Ich würde, wenn ich Sie wäre, nicht so verstockt sein.«

»Sie würden an meiner Stelle nicht so verstockt sein? Ich möchte Sie sehen, wenn ich zu Ihnen käme und Ihnen sagte, Professor Deering könnte in der Luft schweben. Sie würden im Handumdrehen dafür sorgen, daß ich flach läge! Auf der Couch eines Psychiaters!«

»Professor Deering wurde bereits auf eigenen Wunsch psychiatrisch untersucht«, sagte Cannon. »Die Regierung pflegt jedoch schon seit einer Reihe von Jahren sehr genau hinzuhören, wenn Professor Deering etwas sagt. Zudem dürfen Sie gern wissen, daß wir auch noch andere Beweise besitzen.«

»Zum Beispiel?«

»Eine Gruppe von Studenten an Ihrem College hat Sie schweben gesehen. Desgleichen eine Frau, die als Sekretärin Ihres Abteilungsleiters angestellt war. Wir haben von all diesen Leuten eine Stellungnahme.«

»Was für eine Art von Stellungnahme?« forschte Roger. »Etwas Vernünftiges, daß Sie daraus gern ein Protokoll machen und es einem Kongressabgeordneten zeigen würden?«

Professor Deering unterbrach ihn ängstlich: »Dr. Toomey, was gewinnen Sie dabei, wenn Sie die Tatsache bestreiten, daß Sie schweben können? Ihr eigener Dekan räumt ein, daß Sie etwas Derartiges getan haben. Er hat mir aufgetragen, Ihnen mitzuteilen, daß Sie am Ende des akademischen Jahres offiziell aus dem Lehrkörper ausscheiden. Wegen nichts tut er doch so etwas nicht.«

»Das tut hier nichts zur Sache«, sagte Roger.

»Aber warum wollen Sie nicht zugeben, daß ich sah, wie Sie schwebten?«

»Warum sollte ich?«

»Ich möchte Sie darauf hinweisen, Dr. Toomey«, sagte Cannon, »daß es eine Sache von großer Wichtigkeit für die Regierung wäre, wenn Sie eine Vorrichtung besitzen, mit der Sie die Schwerkraft aufheben können.«

»Tatsächlich? Ich nehme an, Sie haben bereits meine Vergangenheit und mein Umfeld durchleuchtet, ob ich vielleicht ein Sicherheitsrisiko bin.«

»Diese Ermittlungen«, sagte der Agent, »sind noch im Gang.«

»Also schön«, erwiderte Roger, »gesetzt den Fall, ich gebe zu, ich könnte schweben. Nehmen wir an, ich wüßte nicht, wie ich das anstelle. Nehmen wir an, ich hätte der Regierung nichts zu geben außer meinen Körper und ein unlösbares Problem.«

»Woher wissen Sie denn, daß es unlösbar ist?« fragte Deering begierig.

»Ich habe Sie schon einmal gebeten, so ein Phänomen zu untersuchen«, wies ihn Roger mild zurecht. »Sie weigerten sich.«

»Vergessen Sie das. Hören Sie«, Deering sprach rasch, beschwörend, »Sie haben zur Zeit keine Stellung. Ich kann Ihnen in meiner Abteilung eine Honorarprofessur der Physik anbieten. Ihre Lehramtspflichten stünden nur auf dem Papier. Sie machen einen Full-Time-Job aus Ihrer Levitations-Forschung. Was sagen Sie dazu?«

»Das klingt nicht übel«, sagte Roger.

»Ich glaube, ich darf sogar so weit gehen, Ihnen ein unbegrenztes Regierungs-Budget für diese Aufgabe zu versprechen.«

»Was habe ich zu tun? Muß ich nur zugeben, daß ich schweben kann?«

»Ich weiß, daß Sie es können. Ich sah Sie. Ich möchte, daß Sie es jetzt auch für Mr. Cannon tun.«

Rogers Beine bewegten sich nach oben, und sein Körper streckte sich in der Höhe von Cannons Kopf waagerecht aus. Er drehte sich auf die Seite und schien sich auf seinen rechten Ellenbogen zu stützen. Cannons Hut kollerte auf das Bett.

»Er schwebt!« brüllte er.

Deering konnte vor Aufregung kaum zusammenhängend sprechen: »Sehen Sie es, Mann?«

»Und ob ich etwas sehe!«

»Dann berichten Sie es. Schreiben Sie es sofort in Ihren Bericht, hören Sie? Machen Sie ein regelrechtes Protokoll daraus. Die werden sich hüten, zu sagen, ich hätte nicht mehr alle Tassen im Schrank! Ich zweifelte keine Sekunde daran, daß ich es gesehen habe.«

Aber wenn das tatsächlich so gewesen wäre, wäre er jetzt nicht so aus dem Häuschen geraten.

»Ich weiß nicht einmal, was mich für ein Wetter in Seattle erwartet«, jammerte Jane, »und ich habe noch so viele Dinge zu erledigen.«

»Brauchst du Hilfe?« erkundigte sich Jim Sarle aus seiner bequemen Sitzposition in der Tiefe eines Lehnstuhls.

»Da ist nichts, was du tun könntest. Oh je, oh je.« Und sie entschwebte wieder aus dem Zimmer, doch im Gegensatz zu ihrem Ehemann tat sie das nur in übertragenem Sinn.

Roger Toomey kam herein. »Jane, haben wir schon die Kisten für die Bücher? Hallo, Jim. Wann bist du denn gekommen? Und wo steckt Jane?«

»Ich kam erst vor einer Minute, und Jane ist im Nebenzimmer. Ich mußte an einem Polizisten vorbei, um ins Haus zu gelangen. Mann, die haben dich ganz schön abgeschirmt.«

»Hm-m-m, ja«, sagte Roger geistesabwesend. »Ich habe ihnen von dir erzählt.«

»Das weiß ich bereits. Ich wurde zur Geheimhaltung verpflichtet. Ich sagte ihnen, das wäre doppelt gemoppelt, weil die Angelegenheit unter meine ärztliche Schweigepflicht fällt. Warum überläßt du nicht den Umzugsleuten das Packen? Die Regierung bezahlt doch dafür, nicht wahr?«

»Möbelpacker packen nicht richtig«, sagte Jane, die plötzlich wieder hereingestürmt kam und sich auf das Sofa warf. »Ich muß jetzt eine Zigarette rauchen.«

»Komm wieder auf den Teppich runter, Roger«, sagte Sarle, »und berichte, was passiert ist.«

Roger lächelte verstohlen. »Deinem Rat folgend, Jim, hörte ich auf, über das falsche Problem nachzudenken, und wendete mich dem richtigen zu. Es schien mir so, als gäbe es für mich nur eine ausweglose Alternative: Ich war entweder ein Betrüger oder ein Verrückter. So kraß hatte es Deering bereits in seinem Brief an Morton ausgedrückt. Der Dekan hielt mich für einen Scharlatan, und Morton zweifelte an meinem Verstand.

Aber angenommen, ich zeigte ihnen, daß ich mich tatsächlich in einen schwerelosen Zustand versetzen konnte. Nun, Morton sagte mir, was in diesem Fall passieren würde. Entweder wäre ich ein Betrüger, oder der *Augenzeuge* wäre verrückt. Um Morton zu zitieren – er sagte, wenn er mich fliegen sähe, würde er seinen Augen nicht trauen, sondern sich lieber für verrückt halten. Natürlich war das nur rhetorisch gemeint. Niemand würde an seine eigene Unzurechnungsfähigkeit glauben, so lange es nur den kleinsten Beweis für das Gegenteil gibt. Darauf baute ich.

Also änderte ich meine Taktik. Ich besuchte Deerings Seminar. Ich *sagte* ihm nicht, daß ich schweben könnte; ich zeigte es ihm, *und dann stritt ich ab, daß ich es getan hätte.* Die Alternative war klar. Entweder log ich, oder er – ich betone, nicht ich, sondern *er* – war verrückt. Gar keine Frage, daß er lieber an mein Levitationsvermögen glauben als an seinem Verstand zweifeln würde, wenn ich ihn ernsthaft auf die Probe stellte. Alles, was er danach anstellte – seine Einschüchterungsversuche, seine Reise nach Washington, sein Angebot einer Professur – zielte nur darauf ab, seinen gesunden Menschenverstand zu retten, nicht meine Existenz.«

»Mit anderen Worten«, sagte Sarle, »du hast dein Levitationsvermögen nicht zu deinem, sondern zu seinem Problem gemacht.«

»Schwebte dir nicht so etwas Ähnliches vor, als wir uns aussprachen, Jim?« fragte Roger.

Sarle schüttelte den Kopf. »Ich hatte vage Vorstellungen; aber ein Mensch muß seine Probleme selbst lösen, wenn sie erfolgreich gelöst werden sollen. Glaubst du, daß sie jetzt das Prinzip der Levitation ergründen werden?«

»Ich weiß nicht, Jim. Ich kann immer noch nicht die subjektiven Aspekte dieses Phänomens vermitteln. Aber das spielt jetzt keine Rolle. Wir werden sie untersuchen, und das zählt.« Er schlug mit der zur Faust geballten rechten Hand gegen die Handfläche der linken. »Und was mich betrifft, zählt vor allem, daß ich sie zwang, mir zu helfen.«

»Tatsächlich?« entgegnete Sarle sanft. »Ich würde sagen, der wesentliche Punkt ist, daß du ihnen erlaubtest, *dir* zu helfen, was natürlich ein wesentlicher Unterschied ist.«

Einleitung zu
Das Ende eines Foy

Zuweilen gefällt es George Scithers, von Asimov kurze und skandalöse Geschichten zu veröffentlichen, und zuweilen gefällt es mir, so etwas zu schreiben. Also verfaßte ich »Das Ende eines Foy« und schickte die Story an George, wobei ich mir kaum so lange das Lachen verbeißen konnte, bis ich das Kuvert zugeklebt hatte.

Sie können sich meine Entrüstung vorstellen, als George die Geschichte ablehnte. (Ganz in Ordnung, daß er es tat. Nicht, daß Sie denken, es wäre beschlossene Sache, daß jede Geschichte, die ich schreibe, automatisch in meinem eigenen Magazin erschiene. George hat strikte Anweisungen, jedes meiner Werke abzulehnen, das ihm nicht gefällt. Er akzeptiert diese Regelung, und ich ebenso.)

Mit ein paar in den Bart geflüsterten Bemerkungen schickte ich die Geschichte an Ed Ferman vom *Magazine of Fantasy und Science Fiction*, im folgenden kurz *F & SF genannt.* Glücklicherweise verbiß er sich lange genug das Lachen, bis er einen Scheck ausgestellt hatte, und die Geschichte erschien 1980 in der Oktober-Ausgabe von *F & SF*

4.
Das Ende eines Foy (1980)

Es war sehr ungewöhnlich für einen Foy, auf der Erde zu sterben. Sie waren die höchste soziale Klasse auf ihrem Planeten (mit einem Namen, der sich – soweit irdische Kehlen die Laute zu bilden vermögen – Sortibackenstrete ausspricht) und grundsätzlich unsterblich.

Jeder Foy kam schließlich zu einem freiwilligen Ende, und dieser hatte wegen einer unglücklichen Liebesaffäre aufgegeben, falls man es eine Liebesaffäre nennen kann, wenn sich fünf Individuen, um sich zu vermehren, in einem jahrelangen geistigen Kontakt miteinander befinden mußten. Offenbar war er nach mehrmonatigem Bemühen für den Kontakt nicht mehr geeignet gewesen, und das hatte ihm das Herz gebrochen – oder die Herzen, denn er hatte fünf davon.

Alle Foys hatten fünf große Herzen, und daher die Vermutung, daß sie das buchstäblich unsterblich machte.

Maude Briscoe, die größte chirurgische Kapazität der Erde, wollte diese Herzen haben. »Es kann nicht nur an ihrer Zahl und Größe liegen, Dwayne«, sagte er zu seinem Chefassistenten. »Es muß sich um etwas Physiologisches oder Biochemisches handeln. Ich muß sie haben.«

»Ich weiß nicht, wie wir das anstellen sollen«, sagte Dwayne Johnson. »Ich habe ihm ins Gewissen geredet, versuchte, das Foy-Tabu gegen das Ausweiden eines Körpers nach dem Tod zu überwinden. Ich mußte auf seine Tränendrüsen drücken, wie tragisch es doch für einen Foy wäre, auf einem fremden Planeten zu sterben. Und ich mußte ihn belügen, Maude.«

»Belügen?«

»Ich sagte ihm, wir würden für ihn eine musikalische Totenandacht halten, die von dem weltberühmten Chor unter Leitung von Harold J. Gassenbaum durchgeführt wird. Ich sagte ihm, nach irdischem Glauben hätte das zur Folge, daß sein Astralleib im selben Moment durch den Hyperraum auf seinen Heimatplaneten Sortib-Dingsda zurückbefördert würde – vorausgesetzt natürlich, er stellte dir eine Vollmacht aus, Maude, seine Herzen für eine wissenschaftliche Untersuchung hierzubehalten.«

»Nun sag bloß, er hätte diesen Blödsinn geglaubt!« sagte Maude.

»Nun, du kennst ja diese moderne Einstellung, sich die Mythen und Religionen intelligenter fremder Wesen kritiklos zum Vorbild zu nehmen. Es wäre auch nicht höflich von ihm gewesen, mir nicht zu glauben. Zudem haben die Foys eine grenzenlose Hochachtung vor der irdischen Wissenschaft, und ich denke, daß dieser Foy sich sogar ein bißchen geschmeichelt fühlt, daß wir seine Herzen haben wollen. Er versprach mir, das Angebot zu überdenken, und ich hoffe, er entscheidet sich rasch, denn mehr als ein, zwei Tage bleibt er nicht mehr am Leben, und wir müssen nach interstellarem Gesetz seine Erlaubnis haben, und die Herzen müssen frisch sein, und – Ah, da kommt sein Signal.«

Dwayne Johnson eilte geschmeidig und lautlos herbei.

»Ja?« flüsterte er und schaltete dabei unauffällig das holografische Aufzeichnungsgerät ein, falls der Foy ihm die Vollmacht zu geben wünschte.

Der große, knorrige, an einen Baum erinnernde Körper des Foy lag regungslos auf dem Bett. Die vorquellenden Augen (alle fünf) reckten sich zitternd auf ihren Stengeln hoch und richteten sich dann auf Dwayne. Die Stimme des Foy klang merkwürdig, und die lippenlosen Ränder seines offenen runden Mundes bewegten sich nicht; aber die Worte waren deutlich zu verstehen. Seine Augen gaben ihm das Foyanische Zeichen der Zustimmung, während er sagte:

»Meine großen Herzen gehören Maude, Dwayne. Zerstückle mich für Harolds Chor. Sag allen Foys auf Sortibackenstrete Bescheid, daß ich bald da sein werde . . .«

Einleitung zu Fairer Tausch?

Ich bin ein Mitglied der »Gilbert & Sullivan-Gesellschaft« in New York, sogar ein sehr begeistertes Mitglied, das nie eine Versammlung versäumt, wenn es sich vermeiden läßt.

Als ich einmal in der Wohnung eines Mitgliedes etwas einstudierte, das wir bei einer unserer Versammlungen aufführen wollten, wurde das Singspiel *Thespis* erwähnt. Es war das erste Gemeinschaftswerk von Gilbert und Sullivan, von dem fast die ganze Partitur verlorengegangen ist. Sofort faßte ich den Gedanken, das als Motiv für eine Science-Fiction-Story zu verwenden. Ich begann zum allgemeinen Vergnügen der Gesellschaft im Januar 1978 mit der Arbeit daran.

Das Ganze hatte nur einen Haken. Ich hatte vor, eine lustige Geschichte zu schreiben, aber wie jeder Autor weiß, haben Geschichten die schlechte Angewohnheit, sich selbst zu schreiben, und man muß sich mit dem Ergebnis abfinden, das die Geschichte zu verlangen scheint. Meine Story wurde in der Herbstausgabe 1979 von *Asimov's Science Fiction Adventure Magazine* (oder *Asfam*) veröffentlicht, eine kurzlebige (leider!) Schwester von *Asimov's*.

»Fairer Tausch?« erschien auch noch in einem kleinen, nur drei meiner Geschichten umfassenden Sammelband 1981 mit dem Titel *Three by Asimov*. Er wurde von William Targ in einer sehr begrenzten Auflage von zweihundertfünfzig Exemplaren zum Preis von sechzig Dollar pro Band herausgebracht. Vermutlich sind sie inzwischen vergriffen, also kann ich nichts Schlimmes daran finden, wenn ich sie in eine Sammlung aufnehme, die viel umfangreicher, billiger und einfacher zu haben ist. Bliebe noch zu erwähnen, daß eine von den anderen beiden Geschichten aus *Three by Asimov* ebenfalls in diesem Sammelband abgedruckt ist. Ich werde an der entsprechenden Stelle darauf hinweisen.

5.
Fairer Tausch? (1978)

Ich driftete hinein und hinaus, und zuweilen hörte ich auch einen Melodiefetzen in meinem Kopf.

Die Worte kamen dazu: »So lange Dussel geadelt werden, hat das intelligente Plebs keine Chance.«

Da war Licht, dann John Sylvas Gesicht, das sich über mich beugte. »Hallo, Herb«, sagte der Mund in diesem Gesicht.

Ich hörte die Worte nicht; aber ich sah, wie der Mund sie formte. Ich nickte und trieb wieder davon.

Es war dunkel, als ich abermals einschwebte. Eine Krankenschwester bemühte sich um mich, aber ich lag still, und sie glitt davon.

Ich befand mich natürlich in einem Krankenhaus.

Ich war nicht überrascht. John hatte mich gewarnt, und ich war das Risiko eingegangen. Ich bewegte meine Beine, dann meine Arme – sehr vorsichtig. Sie taten nicht weh. Sie waren nicht empfindungslos. In meinem Kopf pochte es, aber damit hatte ich ebenfalls rechnen müssen.

– So lange Dussel geadelt werden, hat das intelligente – Thespis, dachte ich triumphierend. Ich hatte *Thespis* gehört. Ich entschwebte abermals.

Morgendämmerung. Ich hatte den Geschmack von Orangensaft auf den Lippen. Ich sog an dem Stohhalm und war dankbar.

Zeitmaschine!

John Sylva paßte es nicht, wenn ich es so nannte. Temporale Verlagerung war seine Bezeichnung dafür.

Ich konnte hören, wie er es aussprach, und ich genoß es. Mein Gehirn schien vollkommen normal zu sein. Ich versuchte, die Probleme in meinem Kopf zu lösen, und zog im Geist die Quadratwurzel aus fünfhundertunddreiundvierzig. Die Namen der Präsidenten in historischer Reihenfolge. Ich *schien* in guter geistiger

Verfassung zu sein. Durfte ich das sagen? Ich versicherte mir, daß ich durfte.

Ein Gehirnschaden war natürlich die größte Sorge gewesen, und ich glaube nicht, daß ich ihn riskiert hätte, wenn es nicht um *Thespis* gegangen wäre. Man muß ein Gilbert-und-Sullivan-Fanatiker sein, um das zu verstehen. Ich war einer, und Mary ebenfalls. Wir hatten uns bei einer Versammlung der G & S-Gesellschaft kennengelernt und während der Sitzungen und Vorstellungen der Village-Singspielgruppe miteinander geturtelt. Als wir schließlich heirateten, sang ein Chor von unserer G & S-Gesellschaft »Wenn eine lustige Maid freit« aus der Operette *Die Gondolieri*.

Mein Gehirn war normal. Davon war ich überzeugt, und ich starrte hinaus in die kalte graue Morgendämmerung, die sich auf dem Fenster niederschlug, lauschte meiner ständig deutlicher werdenden Erinnerung an das, was passiert war.

»Nicht eine Zeitmaschine«, hörte ich Johns Stimme in meinem Verstand. »Das wäre ein Automobil, mit dem du in den Korridoren der Zeit auf- und abfährst, und das ist theoretisch unmöglich. Was wir hier haben, ist eine temporale Verlagerung. Der Verstand kann seinen Einfluß über die Zeit hinaus geltend machen. Oder vielmehr können das die subatomaren Partikel. Und wenn sie so komplex organisiert sind wie in den fortgeschrittenen Gehirnen, wird ihr Einfluß bis zu einem Grade verstärkt, wo wir ihn nachweisen und, wie ich hoffe, verwenden können. Wenn sich zwei Geister sehr ähnlich sind, können sie bis zu einem Punkt resonieren, wo das Bewußtsein sich über die trennende Kluft der Zeit hinwegzusetzen vermag: Temporale Verlagerung.«

»Und du bekommst das tatsächlich in den Griff?«

»Ich glaube schon. Ich gehe so weit, zu behaupten, daß jeder Verstand mit vielen anderen in Resonanz ist, und Gott weiß, hinter wieviel Begriffen sich dieses Phänomen versteckt – hinter Träumen, dem Gefühl des *déjà vu*, einer plötzlichen Inspiration und so weiter. Aber um eine tatsächliche Verlagerung vorzunehmen, braucht man eine übergreifende Resonanz zwischen zwei besonderen Geistern und die Mittel, sie entsprechend zu verstärken.«

Ich war einer von Hunderten, die er testete. Es hatte keinen Sinn, Versuchstiere dazu zu verwenden. Nur das menschliche Gehirn baute ein Feld auf, das stark genug war für einen Nachweis durch Meßinstrumente – vielleicht kamen noch Delphine dafür in Frage; aber wie sollte man es anstellen, mit ihnen zu arbeiten?

»Praktisch jeder zeigt eine nachweisbare Resonanz«, sagte John. »Du zum Beispiel verfügst in einer gewissen Richtung über eine sehr starke Resonanz.«

»Mit wem?« fragte ich interessiert.

»Unmöglich, das zu sagen, Herb«, erwiderte er, »und wir wissen auch nicht, wie genau unsere Schätzungen hinsichtlich der Zeit und des Ortes sind; doch du scheinst mit jemandem in London im Jahre 1871 zu resonieren.«

»Im London des Jahres 1871?«

»Ja. Wir können unsere Messungen aber erst nachprüfen, wenn wir die Resonanz einer Person so sehr verstärken können, daß eine temporale Verlagerung stattfindet, und offen gestanden bin ich skeptisch, daß sich dafür genügend Freiwillige zur Verfügung stellen.«

»Ich melde mich dafür freiwillig«, sagte ich.

Es brauchte einige Zeit, bis ich ihn von der Ernsthaftigkeit meines Angebots überzeugte. Wir waren alte Freunde, und er wußte von meiner schwärmerischen Begeisterung für G&S; obwohl er sicherlich nicht wußte, wie tief sie ging.

Mary wußte es! Sie war genauso aufgeregt wie ich.

»Überlege nur, wie glücklich sich das trifft«, sagte ich zu ihr. »*Thespis* wurde 1871 in London aufgeführt. Wenn ich mich plötzlich in jener Zeit an jenem Ort befände, könnte ich die Aufführung *hören*. Ich könnte . . .«

Es war ein überwältigender Gedanke. *Thespis* war die erste der vierzehn von Gilbert & Sullivan gemeinsam verfaßten Operetten, ein schwaches Stück und gewiß kein Bühnenerfolg; aber trotzdem eine Gilbert & Sullivan-Produktion, deren Musik für immer verloren war. – Bis auf den Einleitungschor, der sehr erfolgreich in den *Piraten von Penzance* musikalisch wiederkehrte, und eine Ballade.

Wenn ich das Werk hören könnte!

Ich sagte begeistert: »Und es nicht nur hören, sondern sogar meine Hände auf die Partitur legen und sie studieren könnte! Wenn ich eine Abschrift davon in einen Safe legen könnte und es irgendwie fertigbrächte, ihn heute zu öffnen. Wenn ich . . .«

Mary hatte leuchtende Augen, aber sie verlor deswegen nicht ihren praktischen Menschenverstand. »Könnte das wirklich gelingen? Ich gebe zu, es wäre die G & S-Entdeckung des Jahrhunderts, falls heute etwas von *Thespis* ans Tageslicht käme; aber es hat keinen Zweck, sich falsche Hoffnungen zu machen. Wenn du in den Verstand eines 1871 lebenden Menschen schlüpftest, könntest du ihn auch dazu bringen, das zu tun, was du möchtest?«

»Ich könnte es versuchen«, erwiderte ich. »Dieser Mensch würde mir sehr ähnlich sein, wenn sich unsere Geister über eine Zeitkluft von mehr als einem Jahrhundert hinweg so gut verstehen. Er würde meinen Geschmack haben.«

»Aber was ist, wenn dir etwas zustößt?«

»Es gibt Ziele, für die sich jedes Risiko lohnt«, sagte ich entschieden, und sie stimmte mir zu. Sie wäre nicht meine Mary gewesen, wenn sie sich in diesem Fall anders verhalten hätte.

Trotzdem verriet ich ihr nicht, daß John mich gewarnt hatte, das größte Risiko sei ein Gehirnschaden. »Wie groß das Risiko eines Schadens ist oder ob es überhaupt besteht, läßt sich ohne Versuch unmöglich voraussagen. Ich würde es lieber nicht bei meinem besten Freund ausprobieren.«

»Dein bester Freund besteht darauf«, sagte ich und unterschrieb alle Erklärungen, die von Johns Anwälten aufgesetzt worden waren, daß ich seine Stiftung für Temporale Verlagerung für eventuelle Schäden nicht haftbar machen würde.

Aber eine Vorsichtsmaßnahme traf ich doch. Ich sagte Mary nicht genau, wann es passieren würde. Wenn etwas schief ging, wollte ich nicht, daß sie das miterlebte.

Sie würde bald ihren alljährlichen Treck nach Kanada antreten, um ihre Eltern zu besuchen, und warum nicht diesen Zeitpunkt ausnützen?

»John wird frühestens im Herbst so weit sein«, sagte ich und gab mir die größte Mühe, enttäuscht auszusehen.

Drei Tage, nachdem Mary abgereist war, war alles bereit.

Ich hatte nicht den geringsten Bammel, selbst dann nicht, als John sagte: »Es könnte mit unangenehmen Gefühlen verbunden sein.«

Ich tat das mit einem Achselzucken ab. »John«, sagte ich, »werde ich etwas ausrichten können, wenn ich in England bin? Willkürlich, meine ich?«

»Das ist wieder eine Frage, die ich grundsätzlich nicht beantworten kann, bis du zurückgekehrt bist – was, nebenbei bemerkt, automatisch geschehen wird. Selbst wenn ich tot umfiele oder der

Strom ausfällt, wird die Resonanz schließlich abreißen, und du bist wieder in der Gegenwart. Es ist narrensicher, weil du ja mit deinem Körper hierbleibst. Verstehst du?«

»Ich verstehe.« John war überzeugt davon, daß er nervöse Spannungen abbaute und damit die Gefahr eines Gehirnschadens minderte, wenn er mich in diesem Punkt beruhigte. Deswegen hämmerte er mir diesen Satz geradezu ein. Ich sagte: »Werde ich in der Lage sein, etwas zu tun?«

»Ich glaube nicht. Du wirst nur beobachten können.«

»Kann ich die Geschichte beeinflussen?«

»Das würde zu Paradoxien führen, und gerade die sind es doch, an denen der landläufige Begriff von der Zeitreise scheitert. Du kannst beobachten, diese Beobachtungen in die Gegenwart zurückbringen und von diesem Punkt an die Geschichte verändern – was logischerweise nicht zu Paradoxien führt.«

»Besser als nichts«, murmelte ich.

»Natürlich«, stimmte er mir zu. »Du wirst wahrscheinlich diese Operette hören können, nach der es dich so gelüstet, und das wäre immerhin was.«

Etwas, aber nicht genug. Ich war kein ausgebildeter Musiker; ich konnte nicht jede Note nachpfeifen.

Ich tröstete mich mit der Hoffnung, daß John sich täuschte oder vielleicht sogar log. Wenn es auch nur den Hauch der Möglichkeit gab, die Geschichte zu verändern, wäre die technologische Überwachungsbehörde eingeschritten und hätte ihm verboten, die Experimente fortzusetzen. Also mußte John von vornherein so eine Möglichkeit bestreiten, oder man strich ihm die Förderungsmittel für seine Forschungen.

Sie schoben den Wagen mit meinem Frühstück ins Zimmer, und die Krankenschwester sagte mit synthetischer Munterkeit: »Nun, Sie scheinen ja wieder ganz der alte zu sein.«

Sie war in meine Erinnerungen hineingeplatzt, was auch das magere Frühstück nicht entschuldigte, aber mein Hunger war hinreichend groß, daß mir sogar der heiße Haferbrei schmeckte.

Ein gutes Zeichen, dachte ich, und in meinem Kopf sang eine Stimme: »Ja, ja, so ist der Gang der Welt, und wird auch immer so sein; so lange die Dussel geadelt werden, bleiben die Gescheiten häßlich und klein.«

Ich kannte diesen Refrain. Er wurde vom Chor gesungen, der Merkurs Solo im ersten Akt von *Thespis* begleitete. Jedenfalls erkannte ich den Text wieder. Die Musik war mir neu – aber sie stammte von Sullivan. Das stand außer Frage.

John Sylva traf um zehn Uhr morgens ein. »Man rief mich an«, sagte er, »und teilte mir mit, daß man dich vom Tropf genommen hat und du immer noch nach mir verlangst. Wie fühlst du dich? Du siehst ziemlich normal aus.« Seine Erleichterung schien begrenzt. Sein Blick war bekümmert.

»Ich habe nach dir verlangt?« versuchte ich mich zu erinnern.

»Ununterbrochen, als du noch halb im Koma warst. Ich war schon gestern hier, aber da warst du noch nicht ganz bei dir.«

»Ich glaube, ich kann mich daran erinnern«, entgegnete ich und schob die Angelegenheit beiseite. »Hör zu, John«, sagte ich. Meine Stimme war ziemlich schwach, aber ich rezitierte Merkurs Solo von Anfang an: »Oh, ich bin der Hausknecht vom Olymp, von morgens bis abends auf den Beinen...« und so weiter bis zum Ende.

John nickte. Er hatte das, solange ich sang, im Takt der Musik getan.

»Hübsch«, sagte er.

»*Hübsch!* Das ist *Thespis*. Ich habe drei Vorstellungen davon in London besucht. Ich brauchte nicht einmal Einfluß zu nehmen, um das zu erreichen. Mein anderes Ich – nebenbei bemerkt, ein Börsenmakler namens Jeremy Bentford – tat es aus eigenem Entschluß. Ich versuchte sogar eine Kopie der Partitur zu bekommen. Ich brachte Bentford dazu, während der dritten Aufführung in Sullivans Garderobe einzubrechen. Es gehörte nicht viel dazu, denn das entsprach Bentfords eigener Absicht; wir waren uns sehr ähnlich, weshalb ja auch unsere Resonanzen harmonierten.

Leider wurde er dabei ertappt und hinausgeworfen. Er hatte die Partitur schon in der Hand, konnte sie jedoch nicht mitnehmen. Du hattest also recht. Wir können die vergangene Geschichte nicht ändern. – Aber die Geschichte können wir beeinflussen; denn ich habe alle wichtigen Melodien von *Thespis* im Kopf...«

»Wovon redest du überhaupt, Herb?« unterbrach mich John.

»Von England! 1871! – Um Himmels willen, John. Von der Temporalen Verlagerung!«

John ging fast an die Decke: »*Deswegen* hast du so dringend nach mir verlangt?«

»Ja, natürlich. Wie kannst du mich so etwas fragen? Bist du

nicht die ganze Zeit hier gewesen? Mein Gott, du schicktest mich zurück in die Vergangenheit. Meinen Geist jedenfalls.« John schien nichts zu begreifen. Drückte ich mich so undeutlich aus? Hatte mein Gehirn also doch Schaden genommen? War das, was ich sagte, nicht das, was ich ausdrücken wollte?

»Wir unterhielten uns sehr ausführlich über eine temporale Verlagerung«, murmelte er. »Ja, Herb. Aber . . .«

»Aber was?«

»Es hat nicht funktioniert. Daran wirst du dich doch erinnern, nicht wahr? Es war ein Fehlschlag.«

Nun war ich der Bestürzte: »Wie konnte es ein Fehlschlag sein? Du schicktest mich in die Vergangenheit zurück.«

John dachte eine Weile nach und stand dann auf. »Laß mich den Doktor holen, Herb.«

Ich versuchte ihn am Jackenärmel zu packen. »Nein, es gelang dir! Wie wüßte ich sonst die Melodien von *Thespis* auswendig? Du glaubst doch nicht, ich mache dir etwas vor? Daß ich imstande wäre, die Melodie zu erfinden, die ich eben sang?«

Aber er hatte schon nach der Schwester geläutet und verließ das Zimmer. Schließlich traf der Arzt ein und vollzog das lächerliche Ritual einer Routineuntersuchung.

Warum log John?

Hatte er Ärger mit der Regierung gehabt, weil er meinen Geist in die Vergangenheit zurückschickte? Wollte er sein Projekt retten, indem er mich ebenfalls zum Lügen zwang? Oder mich als verrückt darstellte?

Es war ein beunruhigender und deprimierender Gedanke. Ich hatte die Musik von *Thespis*, aber konnte ich beweisen, daß sie auch authentisch war? Wäre es nicht viel leichter, mir eine Fälschung zu unterstellen? Wäre die Gilbert-und-Sullivan-Gesellschaft bereit, mir aus der Zwickmühle zu helfen? Sie mußte Leute unter ihren Mitgliedern haben, die sich, sozusagen, mit Sullivans musikalischen Fingerabdrücken auskannten. Oder konnte ich denn *gar nichts* Überzeugendes vorweisen, falls John bei seinem Leugnen blieb?

Am nächsten Morgen befand ich mich deswegen in kampflustiger Stimmung. Tatsächlich konnte ich an gar nichts anderes denken. Ich rief John an (oder jedenfalls ließ ich ihm das durch die Krankenschwester ausrichten), daß ich ihn noch einmal sprechen müsse. Dabei vergaß ich ihn an meine Post zu erinnern, die er mir vorbeibringen sollte, denn inzwischen mußten ja auch Briefe von Mary eingegangen sein.

Als John kam, die Tür öffnete und sein Gesicht in der Öffnung erschien, sagte ich schon: »John, ich habe die Musik von *Thespis*. Ich sang sie dir vor. Willst du bestreiten, daß ich die Wahrheit sagte?«

»Nein, natürlich nicht, Herb«, sagte er versöhnlich. »Ich kenne die Melodien ebenfalls.«

Das verschlug mir fast die Sprache. Ich schluckte und sagte: »Wie kannst du . . .«

»Hör zu, Herb. Ich kann dich ja verstehen. Ich kann mir vorstellen, daß du dir gern wünschtest, die Musik von *Thespis* wäre verlorengegangen. Aber das ist sie nicht. Damit mußt du dich abfinden. Schau her!«

Er hielt mir ein in weiche blaue Pappe gebundenes Buch hin. Der Titel lautete *Thespis*, Libretto von William Schwenck Gilbert, Musik von Arthur Sullivan.

Ich öffnete es und blätterte darin, aufs äußerste verwirrt.

»Wo hast du das her?«

»Aus einer Musikalienhandlung in der Nähe vom Lincoln Center. Du kannst es überall kaufen, wo die Partituren von Gilbert und Sullivan zum Sortiment gehören.«

Ich blieb eine Weile stumm. Dann sagte ich gereizt: »Ich möchte, daß du jemand für mich anrufst.«

»Wen?«

»Den Präsidenten der Gilbert-und-Sullivan-Gesellschaft.«

»Gewiß. Wenn du mir seinen Namen und seine Telefonnummer gibst.«

»Bitte ihn, zu mir zu kommen, sobald ihm das möglich ist. Es ist sehr wichtig.«

Abermals vergaß ich, ihn nach meiner Post zu fragen. – Nein. *Thespis* hatte Vorrang.

Saul Reeve fand sich gleich nach dem Lunch in meinem Zimmer ein, sein gütiges Gesicht und seine behagliche Fülle ein Element der Solidität, an das ich mich erleichtert klammerte. Er war buchstäblich die Personifizierung der Gesellschaft, und es befremdete mich ein wenig, daß er nicht sein Gilbert-und-Sullivan-T-Shirt trug.

»Ich bin schrecklich froh darüber, daß du es überwunden hast, Herb. Die Gesellschaft war ganz krank vor Sorge«, sagte er.

(Was überwunden? Sorge worüber? Woher wußten sie von dem Experiment der temporalen Verlagerung? Warum belog mich John, warum leugnete er das Experiment ab, wenn sie eingeweiht waren?)

Ich fragte scharf: »Was hörte ich da über *Thespis?*«

»Was soll denn mit *Thespis* sein?«

»Besitzen wir noch die Musik von der Operette?«

Der arme Saul ist kein Schauspieler. Er weiß alles über Gilbert und Sullivan, was man über die beiden überhaupt wissen kann; aber wenn er noch mehr über sie wußte, mußte er uns alle an der Nase herumgeführt haben. Doch diese Verwunderung auf seinem Gesicht – das war ungeheucheltes, unverfälschtes Gefühl.

»Natürlich haben wir die Musik von der Operette«, sagte er. »Aber beinahe wäre sie verloren gegangen, wenn es das ist, was du meinst.«

»Was meinst du mit ›beinahe‹?«

»Du kennst doch die Geschichte.«

»Erzähl sie mir trotzdem. – *Erzähl sie!*«

»Nun, Sullivan war wütend, daß seine Operette beim Publikum nicht ankam, und wollte daher die Partitur nicht drucken lassen. Dann versuchte jemand, bei ihm einzubrechen. Irgendein Börsenmakler wollte die Partitur stehlen, hatte sie tatsächlich schon in seinem Besitz, als er gefaßt wurde. Sullivan meinte, wenn die Partitur so gut war, daß man sie ihm sogar zu stehlen versuchte, war sie auch gut genug für einen Verleger. Wenn dieser Börsenmakler nicht gewesen wäre, wäre uns wohl die Musik der Operette nicht erhalten geblieben. – Obwohl sie inzwischen nicht populärer geworden ist. Die Operette wird nur selten aufgeführt, wie *du weißt.*«

Ich hatte nicht mehr zugehört.

– Wenn dieser Börsenmakler nicht gewesen wäre!

Also *hatte* ich doch die Geschichte verändert.

Erklärte das die Sachlage? Konnte sogar so eine Banalität wie der Druck einer Partitur hohe Wellen schlagen und eine alternative Zeitentwicklung auslösen? Und befand ich mich auf diesem alternativen Zeitvektor?

Wo kamen diese Wellen her? Hatte die Musik sie ausgelöst? Hatte die Musik jemanden dazu inspiriert, etwas zu sagen oder zu tun, was er sonst nicht gesagt oder getan hätte? Oder war die Festnahme des Börsenmaklers wegen versuchten Diebstahls der

Auslöser gewesen, weil sie seinen Werdegang veränderte und damit auch das Wellenmuster der Zeit?

Und hatte das irgendwie den Ablauf der Ereignisse so verändert, daß John Sylva die Technologie der temporalen Verlagerung nie bis zur Reife entwickelte? Daß ich für immer auf dieser neuen Welt gefangen blieb?

Ich war jetzt wieder allein. Ich hatte nicht einmal bemerkt, wie Saul das Zimmer verließ.

Ich schüttelte den Kopf. Wie war das möglich? Wie konnte aus dem Ja der temporalen Verlagerung ein Nein werden? John Sylva hatte sich nicht verändert. Saul Reeve hatte sich nicht verändert. Wie konnte es zu einer so großen Veränderung kommen, wenn die kleinen Dinge so blieben, wie sie waren?

Ich läutete nach der Schwester.

»Können Sie mir ein Exemplar der *Times* verschaffen, bitte? Die von heute, von gestern, ein Exemplar der vergangenen Woche. Es spielt keine Rolle.«

Erfand sie eine Ausrede, um mir die Zeitung vorzuenthalten? Bestand eine Verschwörung, mich aus einem Grund, den ich nicht begriff, geistig zu verwirren?

Sie brachte mir prompt eine Zeitung.

Ich blickte auf das Datum. Seit dem Experiment der temporalen Verlagerung waren vier Tage vergangen.

Die Schlagzeilen erschienen normal – Präsident Carter – die Krise im Mittleren Osten – der Raketenstart eines Satelliten.

Ich ging Seite für Seite durch, suchte nach Diskrepanzen mit meiner Erinnerung. Senatorin Bella Abzug hatte eine Gesetzesvorlage eingebracht, um Bundesmittel für die in finanzielle Schwierigkeiten geratene Stadt New York bereitzustellen.

Senatorin Abzug?

War sie nicht in den Vorwahlen der Demokraten für den Senat 1976 ihrem Rivalen Patrick Moynihan unterlegen?

Ich hatte die Geschichte verändert. Ich hatte *Thespis* gerettet, und damit hatte ich irgendwie Johns technische Errungenschaft der temporalen Verlagerung ausgelöscht und die Vorwahlen für Bella Abzug gewonnen.

Was hatte ich noch verändert? Millionen von Kleinigkeiten für kleine Leute, die mir gar nicht bewußt wurden? Wenn ich eine Ausgabe der New York *Times* für den heutigen Tag aus meiner Welt hätte und sie mit der *Times* vergleichen könnte, die ich in

Händen hielt, wären dann alle Zeilen in jeder Spalte deckungsgleich?

Zweifellos nicht, aber wie stand es mit meinem eigenen Leben? Ich *fühlte* mich nicht im geringsten verändert. Natürlich konnte ich mich nur an mein Leben auf dem anderen Zeitvektor erinnern. An meine eigene Zeit. In dieser – ich könnte Kinder haben. – Mein Vater konnte noch am Leben sein. – Ich war vielleicht arbeitslos.

Nun fiel mir meine Post ein, und ich brauchte sie dringend. Ich läutete nach der Schwester und gab ihr den Auftrag, John Sylva nochmals anzurufen. Er sollte mir meine Post bringen. Er hatte einen Schlüssel zu meiner Wohnung. (Hatte er ihn auch in diesem Zeitvektor?) Vor allem die Briefe von Mary sollte er nicht vergessen.

Doch John ließ sich nicht blicken, nur der Arzt kam, als ich längst gegessen hatte, und auch nicht nur, um mich abzuklopfen und mir die üblichen Routinefragen zu stellen. Er setzte sich aufs Bett und blickte mich nachdenklich an.

»Mr. Sylva berichtete mir«, sagte er, »Sie wären überzeugt, die Musik der Operette *Thespis* sei verlorengegangen.«

Ich war sofort auf der Hut. Die brachten mich nicht in eine Anstalt für Geisteskranke. Ich sagte: »Sind Sie ein Gilbert und Sullivan-Fan?«

»Kein Enthusiast; aber ich kenne ein paar ihrer Operetten, deren Aufführung ich besuchte. Dazu gehörte auch *Thespis*. Diese Operette sah ich vor ungefähr einem Jahr. Haben Sie eine Vorstellung von *Thespis* miterlebt?«

Ich nickte zustimmend. »Das habe ich«, und ich summte Merkurs Solo. Ich hielt es nicht für sinnvoll, hinzuzusetzen, die einzige Inszenierung von *Thespis*, die ich miterlebt hatte, habe 1871 stattgefunden.

»Dann bilden Sie sich also doch nicht ein, die Musik von *Thespis* wäre verlorengegangen?«

»Offensichtlich nicht, da ich die Musik ja kenne.«

Das brachte ihn aus dem Konzept. Er räusperte sich und versuchte einen neuen Ansatz. »Mr. Sylva scheint zu glauben, Sie seien überzeugt, in die Vergangenheit zurückgereist zu sein . . .«

Ich kam mir wie ein Matador vor, der sich der Attacke des Stiers erwehren muß. Fast hätte es mir Spaß gemacht. »Ein kleiner Scherz«, sagte ich.

»Scherz?«

»Mr. Sylva und ich unterhielten uns öfter über das Problem der Zeitreise.«

»Dennoch«, fuhr der Arzt mit einer Art bohrender Geduld fort, »beschlossen Sie, sich in dieser besonderen Angelegenheit einen Scherz zu erlauben? Daß die Musik von *Thespis* verloren sei?«

»Warum nicht?«

»Haben Sie einen Grund, sich zu wünschen, die Musik sollte nicht mehr existieren?«

»Nein, natürlich nicht.«

Er starrte mich nachdenklich an. »Sie sagten, Sie hätten eine Aufführung von *Thespis* miterlebt. Wann?«

Ich zuckte mit den Achseln. »So aus dem Handgelenk kann ich es nicht genau datieren. Muß ich das?«

»Könnte es vor einem Jahr im Dezember gewesen sein?«

»Damals fand die Aufführung statt, die Sie besuchten, Doktor?«

»Ja.«

»Gut möglich, daß ich sie damals auch sah.«

»Es herrschte sehr schlechtes Wetter an dem Tag, als ich die Vorstellung besuchte. Glatteis. Hilft Ihnen das auf die Sprünge?«

Versuchte er mir eine Falle zu stellen? Würde ich mich zu einem Unsinn bekennen, falls ich so tat, als erinnerte ich mich?

»Doktor«, sagte ich, »ich bin offensichtlich nicht ganz gesund und möchte Ihnen nicht vorgaukeln, daß ich mich auf jede Einzelheit besinnen könnte. An was können *Sie* sich denn erinnern?« Damit hatte ich den Ball wieder in seine Hälfte zurückgespielt.

»Soviel ich weiß«, sagte er, »gab es an diesem Tag trotz des Wetters ein volles Haus. Viele kamen nur, weil *Thespis* gegeben wurde, eine Operette, die selten auf dem Spielplan stand und die daher die meisten noch gar nicht kannten. Das war für mich der Grund, weshalb ich die Vorstellung besuchte. Wenn die Musik von *Thespis* verlorengegangen wäre und wenn man ein anderes Stück gegeben hätte, wäre ich vermutlich zu Hause geblieben. – Deshalb sagten Sie also zu Mr. Sylva, die Musik existierte nicht mehr, als Sie Ihr Bewußtsein wiedererlangten?«

»Ich begreife Ihre Frage nicht.«

»Daß *Sie* dann nicht ins Theater gegangen wären? Oder für die Fahrt nach Hause ein Taxi benützt hätten?«

»Ich verstehe kein Wort.«

»Aber Sie waren in einen Unfall verwickelt, Sir.«

»Wollen Sie damit sagen, das ist der Grund, weshalb ich hier bin?« Ich starrte ihn feindselig an.

»Nein, Sir. Das war vor einem Jahr. Das war wegen Ihrer Frau.«

Ich spürte einen Stich, als wäre dieses Wort ein Eispickel gewesen. Ich versuchte mich auf einem Ellenbogen aufzurichten, doch da war eine Krankenschwester neben mir, die mich festhielt. Ich hatte sie nicht hereinkommen sehen.

Der Doktor sagte: »Erinnern Sie sich?«

Woran *sollte* ich mich denn erinnern? Was konnte denn am schlimmsten für mich sein? Ich sagte: »Meine Frau kam dabei um?«

Leugne es. Bitte streite es ab!

Doch diese lauernde Spannung des Arztes lockerte sich sofort. Er seufzte ein wenig. »Dann erinnern Sie sich also doch.«

Ich gab das Kämpfen auf. Da war ein Haken an dieser Geschichte. »Weshalb befinde *ich* mich dann im Krankenhaus? Jetzt!«

»Dann erinnern Sie sich *doch nicht*?«

»Sagen Sie es mir!«

Er war im Begriff, mich mit der Wahrheit zu konfrontieren. Mit *seiner* Wahrheit. Mit der Wahrheit *dieses* Zeit-Vektors. Ich wartete auf seine Worte.

»Sie litten seit damals unter Depressionen. Sie versuchten, Selbstmord zu begehen. Wir retteten Sie. – Wir wollen Ihnen nur helfen.«

Ich bewegte mich nicht. Ich sagte nichts mehr. Wo konnte es da Hilfe für mich geben?

Ich hatte die Geschichte verändert. Ich konnte nie mehr zurück in meine Zeit.

Ich hatte *Thespis* gerettet.

Ich hatte Mary verloren.

Einleitung zu Für die Vögel

1978 wollte ein französisches Modejournal eine amerikanische Ausgabe herausbringen. Der amerikanische Herausgeber bat mich, eine Science Fiction-Story zu schreiben, in der ein Modeschöpfer die maßgebliche Rolle spielt.

Nun weiß ich so viel über das Entwerfen von Modellkleidern oder über Kleider überhaupt, daß Sie es zwischen die Tasten einer Schreibmaschine stopfen können, ohne sie im geringsten zu blockieren. Man bot mir jedoch ein großzügiges Honorar dafür an, und es war eine Herausforderung für mich als Autor. Deshalb schrieb ich im November 1978 »Für die Vögel«, bekam mein Honorar und lehnte mich behaglich zurück, um die Premiere eines Abdrucks meiner Geschichte in einem Modejournal mitzuerleben.

Ich war daher schrecklich enttäuscht, als ich erfuhr, die französischen Verleger hätten sich aus einem Grund, den ich nie erfuhr, anders entschieden. (Und wenn einer von euch schlauen Burschen dort draußen jetzt gerade seine Schlüsse daraus zieht, darf ich ihm mitteilen, daß der Herausgeber mir versicherte, meine Geschichte hatte mit dieser Entscheidung nicht das geringste zu tun.)

Wie auch immer, ich schickte die Geschichte an George Scithers, und sie erschien 1980 in der Mai-Ausgabe von *Asimov's*.

6.
Für die Vögel (1980)

Charles Modine hatte sich nie im All aufgehalten, obwohl er bereits Ende Dreißig und in bester körperlicher Verfassung war. Er hatte Raum-Kolonien auf der Mattscheibe gesehen und zuweilen von ihnen in den Medien gelesen, aber weiter war er nie gekommen.

Um bei der Wahrheit zu bleiben, er war nicht am Weltraum interessiert. Er war auf der Erde geboren, und die Erde genügte ihm. Wenn er einen Tapetenwechsel wünschte, ging er auf See. Er war ein begeisterter und erfahrener Segler.

Deshalb wirkte das Angebot abschreckend, als die Vertreterin der Weltall-Anlagebau-AG ihm offenbarte, daß er die Erde verlassen müsse, um den Job ausführen zu können, für den sie ihn brauchten.

»Hören Sie«, sagte Modine, »ich bin kein Astronaut. Ich bin Modeschöpfer. Was weiß ich schon von Raketen, Beschleunigungen, Flugbahnen und was noch alles?«

»Das ist *uns* ja bewußt. Davon brauchen Sie nichts zu wissen«, bekniete ihn seine Verhandlungspartnerin. Ihr Name war Naomi Baranova, und sie hatte diese seltsame, sich vortastende Art, sich zu bewegen, als hätte sie sich schon so lange im Weltraum aufgehalten, daß sie nicht mehr wußte, wie die Schwerkraft-Situation auf dem Planeten derzeitig aussah.

Ihr Kleid, wie Modine mit einigem Befremden feststellte, zeichnete sich lediglich durch seine Funktion als Körperhülle aus, durch nichts sonst. Ebensogut hätte sie sich in eine Zeltplane einwickeln können.

»Aber weswegen muß ich denn unbedingt hinaus in den Weltraum?« fragte er.

»*Ihrer* Fachkenntnisse wegen. Wir möchten, daß Sie etwas für uns entwerfen.«

»Kleider?«

»Flügel.«

Modine dachte darüber nach. Er hatte eine hohe, blasse Stirn, und Gedankenarbeit schien sie immer mit einem rosigen Hauch zu überziehen. Jedenfalls hatte man ihm das gesagt. Diesmal war es ein sattes Rot, das zum Teil von seiner Gereiztheit herrührte. »Kann ich denn das nicht hier erledigen?«

Die Baranova schüttelte energisch den Kopf. Ihre Haare hatten eine dunkle, ins Rötliche spielende Farbe, die von einem silbrigen Grau bedrängt wurde. Sie schien das nicht zu stören. Sie sagte: »Sie müssen unsere Lage verstehen, Mr. Modine. Wir haben uns bereits von den Technikern und Computerspezialisten beraten lassen, und sie entwickelten für uns die technisch perfektesten Flügel, wie man sie besser nicht machen kann, – sagen sie. Sie haben alles berücksichtigt, was man sich nur denken kann – Oberflächenspannung, Materialbelastung, Elastizität und Manövrierfähigkeit –; und es hilft trotzdem nichts. Wir glauben, vielleicht ein paar Rüschen . . .«

»Rüschen, Mrs. Baranova?«

»Irgend etwas, das nicht zur wissenschaftlichen Perfektion gehört. Etwas, das Interesse erweckt. Sonst werden die Weltall-Kolonien nicht überleben. Deshalb brauche ich Sie an Ort und Stelle, damit Sie sich selbst ein Bild von der Situation machen können. Wir sind bereit, Sie sehr gut dafür zu bezahlen.«

Es war das Honorar, das Modine in den Weltraum brachte. Es entsprach ihrer Zusage und war mit einer ansehnlichen, erfolgsunabhängigen Vorauszahlung verbunden. Modine war nicht geldgieriger als der Durchschnittsmensch; aber er war auch nicht unempfindlich für derartige Reize, und es schmeichelte ihm, daß man seine Fähigkeiten so hoch einschätzte.

Zudem war die Sache bei weitem nicht so schlimm, wie er sich das vorgestellt hatte. In den Anfangstagen der Raumfahrt hatte es kurze Perioden hoher Beschleunigung gegeben, gefolgt von langen Perioden des Eingepferchtseins in kleine Moduln. Eigenartigerweise hegten Leute, die mit der Erde verhaftet blieben, immer noch solche Vorstellungen von der Raumfahrt. Aber inzwischen war ein Jahrhundert vergangen, und die Fähren waren geräumig, wobei die hydraulischen Sitze die Anfangsbeschleunigung wegzuschlucken schienen, als wäre das nur so ein bißchen Turbulenz, die den Kaffee zum Überschwappen brachte.

Modine verbrachte die Reise damit, Fotografien von Flügeln in Aktion zu studieren und sich holografische Videobänder von fliegenden Personen anzusehen.

»Aber ihre Bewegungen sind durchaus nicht ungraziös«, sagte er.

Naomi Baranova lächelte betrübt: »Sie sehen hier Experten am Werk – Athleten. Aber wenn Sie mich dabei beobachten könnten, wie ich mit diesen Flügeln eine Kehre oder einen Sturzflug machte, würden Sie mich auslachen, fürchte ich. Und ich bin immer noch besser als die meisten.«

Sie näherten sich der Raumkolonie Fünf. Ihr offizieller Name war Chrysalis, doch jeder nannte sie »Fünf«.

»Es mag Sie wundern«, sagte Baranova, »daß diese Namensgebung nicht umgekehrt verlaufen ist; doch mit diesem Ort verbinden sich keine romantischen Gefühle. Das ist unsere Krux. Es ist kein Heim; es ist nur ein Job, und man kann die Leute kaum dazu bringen, Familien zu gründen und sich für immer dort niederzulassen. Solange es kein Heim ist . . .«

»Fünf« tauchte in der Entfernung als kleine Kugel auf, nicht viel anders, als Modine die Kolonie vom Fernsehen auf der Erde in Erinnerung hatte. Er wußte, sie war größer, als sie aussah, doch das war nur ein abstraktes Wissen. Seine Augen und Gefühle waren nicht vorbereitet auf die immer größer werdende Ausdehnung des Objektes, dem sie sich näherten. Das Raumschiff und er wurden kontinuierlich kleiner, und schließlich umkreisten sie als Winzlinge einen Giganten aus Glas und Aluminium.

Er betrachtete ihn lange Zeit, ehe ihm bewußt wurde, daß sie immer noch um das Objekt kreisten. »Wollen wir denn nicht darauf landen?« fragte er.

»So einfach ist das nicht«, sagte die Baranova. »›Fünf‹ rotiert ungefähr einmal in zwei Minuten um eine Achse. Das muß sie tun, um eine Zentrifugalkraft zu entwickeln, die jeden, der in der Kolonie lebt, gegen die Innenwand preßt und somit eine künstliche Schwerkraft erzeugt. Wir müssen uns dieser Umdrehungsgeschwindigkeit anpassen, ehe wir landen können. Das braucht seine Zeit.«

»Muß sich die Kugel denn so rasch drehen?«

»Damit die Wirkung der Zentrifugalkraft der Schwerkraft der Erde ähnlich ist, ja. Das ist das Grundproblem. Es wäre viel günstiger, wenn wir mit einem langsameren Spin auskämen, der ein Zehntel der normalen Schwerkraft oder sogar weniger erzeugt, aber das würde sich mit der menschlichen Physiologie nicht vertragen. Die Leute können eine geringere Schwerkraft nur eine begrenzte Zeit lang aushalten.«

Die Geschwindigkeit des Raumschiffes entsprach jetzt fast der Rotationsperiode von »Fünf«. Modine konnte deutlich die gewölbte Oberfläche des Außenspiegels sehen, der das Sonnenlicht auffing und damit den Innenraum von »Fünf« ausleuchtete. Er konnte das Solar-Elektrizitätswerk erkennen, das die Station mit Energie versorgte und sogar noch etwas davon für den Export auf die Erde übrig behielt.

Und schließlich gelangten sie durch einen der Pole dieser Raumkugel in das Innere der Station »Fünf«.

Modine hatte bereits einen vollen Tag auf »Fünf« verbracht, und er war müde – aber er hatte diese Zeit wider Erwarten genossen. Sie saßen nun auf Gartenmöbeln – auf einer weiten Rasenfläche mit Ausblick auf Vorstadthäuser.

Über ihnen Wolken – es herrschte schönes Wetter, obwohl einem der direkte Blick auf die Sonne selbst verwehrt war – ein Wind – und, in der Entfernung, ein Bach.

Es fiel ihm schwer, sich vorzustellen, daß er sich in einer im Weltall schwebenden Kugel befand, dabei in einer Umlaufbahn um den Mond, der die Erde einmal im Monat umkreiste. »Es ist wie auf einem Planeten«, sagte er.

»So scheint es, wenn Sie neu hierherkommen«, antwortete Baranova. »Nach einer gewissen Zeit entdeckt man aber, daß man jeden Winkel kennt. Alles wiederholt sich.«

»Wenn Sie in einer bestimmten Stadt auf der Erde leben, wiederholt sich auch alles«, erwiderte Modine.

»Ich weiß. Aber auf der Erde können Sie weite Reisen unternehmen, wenn Sie wollen. Auch wenn Sie nicht reisen, wissen Sie, daß Sie reisen könnten. Hier können Sie es nicht. Das ist – nicht so gut; aber es ist nicht das schlimmste.«

»Das schlimmste, was wir auf der Erde haben, plagt Sie jedoch nicht«, sagte Modine. »Ich wette, es gibt keine extremen Wettererscheinungen.«

»Das Wetter, Mr. Modine, ist in der Tat paradiesisch, aber selbst daran gewöhnt man sich. – Ich möchte Ihnen etwas zeigen. Ich habe hier einen Ball. Können Sie ihn senkrecht hochwerfen und wieder auffangen?«

Modine lächelte. »Ist das Ihr Ernst?«

»Absolut. Tun Sie mir den Gefallen.«

»Ich bin kein Ballspieler«, sagte Modine, »doch ich denke, daß ich einen Ball werfen kann. Vielleicht kann ich ihn sogar auffangen, wenn er herunterkommt.«

Er warf den Ball in die Höhe. Der Ball beschrieb eine parabelförmige Kurve, und Modine sah sich nach vorne gleiten und dann sogar rennen, um den Ball wieder aufzufangen. Doch er kam an einer für ihn nicht mehr erreichbaren Stelle herunter.

»Sie haben ihn nicht gerade in die Luft geworfen, Mr. Modine«, sagte Baranova.

»Doch, das habe ich«, keuchte Modine.

»Nur nach irdischen Regeln«, erwiderte Baranova. »Hier wird die Sache dadurch kompliziert, daß wir mit einer Kraft zu kämpfen haben, die wir Coriolis-Beschleunigung nennen. Im Innenraum von ›Fünf‹ bewegen wir uns sehr schnell in einem großen Kreis um die Achse herum. Wenn wir den Ball senkrecht in die Luft werfen, bewegt er sich in eine Höhe, wo er der Achse näher ist, also auf einer kleineren, langsameren Kreisbahn. Aber der Ball behält die Geschwindigkeit bei, die wir ihm hier unten gegeben haben, also bewegt er sich gleichzeitig nach außen, und Sie können ihn nicht mehr auffangen. Wenn Sie ihn fangen wollten, hätten Sie ihn in die Höhe und nach hinten werfen müssen, so daß er eine Schleife beschreibt und zu Ihnen zurückkehrt wie ein Bumerang. Die Bewegungsabläufe hier auf ›Fünf‹ unterscheiden sich von jenen auf der Erde.«

Modine sagte nachdenklich: »Vermutlich gewöhnt man sich auch daran.«

»Nicht ganz. Wir leben in den Äquatorialbezirken unserer kleinen Weltkugel. Dort ist die Umdrehungsgeschwindigkeit am schnellsten, und dort spüren wir auch die Wirkung einer normalen Schwerkraft. Wenn wir uns in die Höhe bewegen und dabei der Achse nähern oder auf der Innenfläche auf die Pole zu, nimmt die Schwerkraft rasch ab. Wir müssen häufig in die Polebenen, und wenn das geschieht, muß der Coriolis-Effekt berücksichtigt werden. Wir verfügen über kleine Einschienen-Bahnen, die sich spiralförmig auf beide Pole zubewegen müssen; und zwar einmal auf einer polgerichteten Spur, auf dem Rückweg auf einer anderen Spur. Man braucht sehr lange dazu, bis man sich daran gewöhnt, und manche Leute bekommen den Dreh nie heraus. Aus diesem Grund möchte keiner gern hier leben.«

»Können Sie etwas gegen diesen Drall-Effekt unternehmen?«

»Um den Coriolis-Effekt zu verringern, müßten wir die Rotationsgeschwindigkeit herabsetzen. Dadurch würde sich auch das Gefühl der Schwerkraft verringern, und das dürfen wir uns nicht erlauben.«

»Verdammt, wenn Sie es tun; verdammt, wenn Sie es nicht tun.«

»Ganz so ist es auch wieder nicht. Wir könnten mit geringerer Schwerkraft leben, wenn wir uns körperlich entsprechend bewegen; doch das bedeutet eine tägliche Gymnastik von beträchtlicher Dauer. Deshalb muß sie Spaß machen. Die Leute machen nicht täglich stundenlang Leibesübungen, wenn sie sie als Last oder Langeweile empfinden. Wir glaubten daher, Fliegen sei die Lösung dieses Problems. Wenn wir in die gravitationsschwachen Bereiche der Pole geraten, sind wir fast schwerelos. Man braucht nur die Arme auf- und abzuschwingen, und schon hebt man vom Boden ab. Wenn wir leichte Plastikflügel an jedem Arm befestigen, die mit elastischen Streben verstärkt werden, und wenn man diese Flügel zusammenfalten und im richtigen Rhythmus wieder ausbreiten kann, vermögen die Menschen hier zu fliegen wie Vögel.«

»Würde das als Leibesübung ausreichen?«

»Oh, ja. Fliegen ist harte Arbeit, kann ich Ihnen versichern. Die Muskulatur der Arme und Schultern müßte zwar nicht viel Kraft aufwenden, um einen im schwebenden Zustand zu halten, doch sie werden dauernd dafür beansprucht, den Körper in der Luft fortzubewegen und entsprechend zu steuern. Damit wird der Muskeltonus aufrechterhalten und der Kalzium-Stoffwechsel der Knochen, solange diese Übungen regelmäßig erfolgen. – Aber die Leute hier wollen einfach nicht.«

»Ich könnte mir denken, daß sie das Fliegen herrlich finden.«

Die Baranova hüstelte. »Würden sie auch, wenn das Fliegen leichter ginge. Eine sichere Fluglage setzt jedoch eine große Koordination der Muskeln voraus. Das ist die Schwierigkeit. Der geringste Fehler genügt, und sie überschlagen sich oder trudeln, was unangenehme Schwindelgefühle zur Folge hat. Einige bringen es beim Fliegen sogar zu einer ästhetischen Meisterschaft, wie Sie es auf den Holo-Cassetten gesehen haben; doch nur sehr wenige.«

»Vögel werden nicht seekrank.«

»Vögel fliegen in einem normalen Schwerkraft-Feld. Die Leute auf ›Fünf‹ aber nicht.«

Modine runzelte die Stirn und wurde nachdenklich.

»Ich kann Ihnen keinen gesunden Schlaf versprechen«, sagte Baranova.

»Neulinge einer Weltraumkolonie finden in der Regel in den ersten paar Nächten gar keinen Schlaf. Versuchen Sie es trotzdem, und morgen begeben wir uns in die Flugzonen.«

Modine verstand nun, was Baranova gemeint hatte, als sie den Coriolis-Effekt als unangenehm darstellte. Das kleine Einschienen-Fahrzeug, das sie zum Pol brachte, schien ständig nach links auszubrechen, und seine Eingeweide schienen das gleiche zu tun. Er klammerte sich mit weißen Knöcheln an den Haltegriffen fest.

»Es tut mir leid«, sagte Baranova voller Mitgefühl. »Wenn wir langsamer führen, wäre die Wirkung nicht so schlimm, aber dann hielten wir den Verkehr auf.«

»Gewöhnt man sich daran?« stöhnte Modine.

»Ein wenig. Aber nie ganz.«

Als sie endlich anhielten, war er froh, aber nur in einem begrenzten Maße. Es dauerte eine Weile, sich an die Tatsache zu gewöhnen, daß er zu schweben schien. Jedesmal, wenn er sich zu bewegen versuchte, taumelte er, und jedesmal, wenn er stolperte, fiel er nicht, sondern schwebte langsam nach vorn oder nach oben und kam nur allmählich wieder auf den Boden zurück. Daß er dabei mit den Beinen auskeilte, machte die Sache nur schlimmer.

Baranova überließ ihn eine Weile seinem Treiben, fing ihn dann ein und zog ihn langsam auf den Boden nieder. »Manchen macht das Spaß«, sagte sie.

»Mir nicht«, sagte Modine mit gepreßter, keuchender Stimme.

»Das gilt für die meisten. Bitte schieben Sie jetzt ihre Füße in diese Steigbügel am Boden, und vermeiden Sie jede unnötige Bewegung.«

Da waren fünf, die sich fliegend in der Luft tummelten. Baranova sagte: »Diese fünf Vögel üben fast täglich hier. Es sind ein paar hundert, die gelegentlich fliegen. Wir können an den beiden Polen und entlang der Achse ungefähr fünftausend Personen gleichzeitig üben lassen. Mit dem verfügbaren Luftraum könnten wir die dreißigtausend Bewohner von ›Fünf‹ in Form halten. Wie stellen wir das an?«

Modine deutete auf die Flieger, und dabei bekam sein Körper einen Rückstoß nach hinten. »Sie müssen doch das Fliegen erst gelernt haben, diese Vögel dort oben. Sie sind nicht als Vögel auf die Welt gekommen. Können die anderen das nicht ebenfalls lernen?«

»Die dort oben verfügen über ein natürliches Koordinationsvermögen.«

»Wie kann ich Ihnen dann helfen? Ich bin ein Modeschöpfer. Ich kann ihnen keine angeborene Koordination kreieren.«

»Wenn man nicht über ein angeborenes Koordinationsvermögen verfügt, braucht man nicht ganz auf das Fliegen zu verzichten. Es bedeutet lediglich, daß man härter trainieren und länger üben muß. Gibt es denn keine Möglichkeit, die Sache etwas – eleganter zu machen? Könnten Sie uns ein Flugkostüm entwerfen? Eine psychologische Kampagne entwickeln, um die Leute zu motivieren? Wenn wir die entsprechenden Übungsprogramme durchsetzen und die Leute körperlich in Form halten könnten, wären wir in der Lage, die Rotationsgeschwindigkeit von ›Fünf‹ herabzusetzen, den Coriolis-Effekt zu schwächen und diesen Kunstplaneten zu einem angenehmen Aufenthaltsort zu machen.«

»Vielleicht ist es ein Wunder, was Sie verlangen. – Können Sie die Leute etwas näher heranholen?«

Baranova winkte, und einer der Vögel wurde auf sie aufmerksam und kam in einer langen graziösen Kurve zu ihr hinunter. Dann schwebte er, keine zehn Fuß entfernt, lächelnd über ihnen, während sich seine Flügel nur sachte an den Spitzen bewegten.

»Hallo«, rief die beflügelte junge Dame. »Was ist los?«

»Nichts«, erwiderte Baranova. »Mein Freund möchte nur sehen, wie Sie mit Ihren Flügeln zurechtkommen. Zeigen Sie ihm, wie sie funktionieren.«

Die junge Dame bewegte zuerst den einen Flügel, dann den anderen, und drehte einen langsamen Salto in der Luft. Sie kam gestreckt zum Stillstand, indem sie beide Flügel spreizte, und stieg dann langsam wieder in die Höhe, mit hängenden Füßen und langsam bewegten Schwingen. Die Flügelbewegungen nahmen zu, und mit einer spurtartigen Beschleunigung flog sie davon.

Modine sagte nach einer Weile: »Man glaubt, einer Ballettänzerin zuzusehen, aber die Flügel sind häßlich.«

»Ja? Tatsächlich?«

»Ganz entschieden«, sagte Modine, »sie sehen wie Fledermausflügel aus. Die Assoziationen sind grundverkehrt.«

»Dann verraten Sie uns doch, was wir tun müssen? Sollen wir sie mit einem Federmuster versehen? Würde das zum Fliegen motivieren und zu größerem Trainingsfleiß ermuntern?«

»Nein.« Modine dachte eine Weile nach. »Vielleicht kann ich den ganzen Prozeß leichter machen.«

Er nahm die Füße aus den Steigbügeln, gab sich einen Ruck und schwebte in der Luft. Er bewegte versuchsweise beide Arme und Beine und geriet dabei heftig ins Schlingern. Er versuchte, sich rasch wieder in seine Steigbügel zu retten, und Baranova griff nach ihm und zog ihn zu sich hinunter.

»Ich mache Ihnen einen Vorschlag«, sagte Modine. »Ich werde etwas entwerfen, und wenn mir jemand hier helfen kann, ein Modell nach meinem Entwurf zu bauen, werde ich versuchen zu fliegen. Ich habe noch nie etwas Derartiges ausprobiert. Sie haben ja gesehen, wie ich versuchte, mich in der Luft zu halten, und nicht einmal das fertigbrachte. Nun, wenn ich meinen Entwurf benützen und damit fliegen kann, dann wird auch jeder andere damit fliegen können.«

»Das dächte ich auch, Mr. Modine«, sagte Baranova in einem Ton, der zwischen Skepsis und Hoffnung zu schwanken schien.

Am Ende der Woche fing Modine an, sich auf der Weltraumkolonie »Fünf« heimisch zu fühlen. So lange er in der Äquatorzone auf dem Boden blieb, wo die Gravitationskräfte den irdischen Bedingungen entsprachen und wo ihn keine Coriolis-Effekte störten, empfand er seine Umgebung als angenehm irdisch.

»Bei meinem ersten Flugversuch«, sagte er, »möchte ich ungern die ganze Einwohnerschaft der Kolonie zum Zeugen haben, denn vielleicht ist es schwieriger, als ich es mir ausgerechnet habe, und ich will die Sache nicht mit einem unglücklichen Start verpfuschen. – Aber ich hätte gerne ein paar offizielle Vertreter der Kolonie als Beobachter dabei, falls mir die Premiere glücken sollte.«

»Ich denke, wir sollten es zunächst im privaten Kreis versuchen«, sagte Baranova. »Ein Fehlschlag beim ersten Versuch, und wenn er noch so begründet ist...«

»Aber ein Erfolg würde *so* großen Eindruck machen.«

»Wie groß sind die Chancen dafür? Nüchtern betrachtet?«

»Die Chancen stehen gut, Mrs. Baranova. Glauben Sie mir. Was Sie bisher hier gemacht haben, war grundverkehrt. Sie flogen in der Luft – wie Vögel –, das ist so anstrengend. Sie hatten mir selbst gesagt, daß die Vögel auf der Erde unter den Bedingungen der Schwerkraft fliegen. Die Vögel hier oben fliegen ohne Schwerkraft – also muß das beim Entwurf grundsätzlich berücksichtigt werden.«

Die Temperatur war, wie immer, perfekt geregelt. Desgleichen die Luftfeuchtigkeit. Die Windgeschwindigkeit ebenfalls. Die Atmosphäre war so perfekt, als wäre sie überhaupt nicht vorhanden. – Und doch war Modine in einem schlimmen Anfall von Lampenfieber in Schweiß gebadet. Zudem keuchte er. Die Luft war in diesen gravitationsfreien Bezirken dünner als am Äquator – nicht sehr viel dünner, aber um so viel dünner, daß er Mühe hatte, mit seinem pochenden Herzen genügend Sauerstoff zu bekommen.

Kein menschlicher Vogel befand sich im Luftraum; die Zuschauer bestanden aus einer Handvoll Leute – dem Koordinator, dem Minister für Gesundheit, dem Sicherheitsbeauftragten und so weiter. Alles in allem ein Dutzend Männer und Frauen. Nur die Baranova war für ihn ein vertrautes Gesicht.

Er hatte sich mit einem kleinen Mikrofon ausgerüstet und versuchte, mit fester Stimme zu sprechen.

»Wir fliegen hier ohne Schwerkraft«, sagte er, »und daher sind weder Vögel noch Fledermäuse für uns ein gutes Modell. Sie fliegen *unter* Schwerkraftbedingungen. – Im Meer ist das anders. Im Wasser gibt es kaum Gravitationseinflüsse, da ihnen der Auftrieb entgegenwirkt. Wenn wir durch ein Wasser ohne Schwerkraftwirkung fliegen, nennen wir das schwimmen. In der

Raumstation ›Fünf‹, wo keine Schwerkraft in diesem Bereich herrscht, ist die Luft zum Schwimmen da, nicht zum Fliegen. Wir müssen den Delphin nachahmen, nicht den Adler.«

Während er sprach, sprang er in die Luft, bekleidet mit einem ihm schmeichelnden einteiligen Badeanzug, der ihm nicht hauteng anlag, aber auch nicht bauschte. Sofort kam er ins Trudeln, aber er brauchte nur einen Arm auszustrecken, um eine kleine Gaspatrone auszulösen. Eine windschnittige bogenförmige Flosse wurde entlang seiner Wirbelsäule sichtbar, während gleichzeitig ein flacher Kiel die Linie durch den Bauchnabel markierte.

Das Trudeln hörte auf. »Ohne Schwerkraft«, erläuterte er, »genügen diese Flossen, um Ihren Flug zu stabilisieren. Sie können immer noch wenden und tauchen, aber stets behalten Sie den Vorgang unter Ihrer Kontrolle. Vielleicht fällt mein erster Versuch ein wenig plump aus; doch mein Verfahren setzt kein großes Training voraus.«

Er streckte seinen anderen Arm zur Seite, und an beiden Füßen spannten sich plötzlich Schwimmhäute – desgleichen an jedem Ellenbogen.

»Mit diesen Flossen«, erklärte er, »bewegen Sie sich vorwärts. Sie brauchen nicht wild mit den Armen zu rudern. Ein paar sachte Bewegungen genügen für jedes Manöver, aber Sie müssen den ganzen Körper und auch den Hals beugen, wenn Sie eine Wendung oder eine Kehre machen wollen. Gleichzeitig müssen Sie den Winkel Ihrer Arme und Beine verstellen. Der ganze Körper kommt dabei ins Spiel, aber auf eine geschmeidige, nicht gewaltsame Weise. – Was nur von Vorteil ist, denn jeder Muskel Ihres Körpers wird dabei beansprucht, wobei Sie, dank des geringen Kraftaufwandes, stundenlang in der Luft bleiben können, ohne zu ermüden.«

Er konnte spüren, wie er sich allmählich sicherer und anmutiger bewegte – und schneller. Er stieg plötzlich immer höher hinauf, und die Luft rauschte an ihm vorbei, daß er fast in Panik geriet aus Angst, er würde nicht mehr rechtzeitig abbremsen können. Aber er bewegte die Fersen und Ellenbogen fast instinktiv, und spürte, wie er einen Bogen nach unten beschrieb und langsamer wurde.

Nur verschwommen, weil ihm das Herz in den Ohren pochte, konnte er den Applaus hören.

Die Baranova sagte voller Bewunderung: »Wie kamen Sie auf eine Lösung, die unseren Technikern entging?«

»Die Techniker gingen zwangsläufig von der Voraussetzung eines Flügels aus, da ihnen Vögel und Flugzeuge als Vorbild dienten, und entwickelten daraus ein Modell von größtmöglicher Leistungsfähigkeit. Das ist die Aufgabe eines Technikers. Von einem Modeschöpfer verlangt man jedoch, die Dinge in einem artistischen Zusammenhang zu sehen. Unter diesem Aspekt erschienen mir die Flügel unter den Bedingungen einer Weltraumkolonie als ungeeignet. Ich tat nur meinen Job.«

»Wir werden diese Delphin-Anzüge herstellen lassen«, sagte die Baranova, »und die Bevölkerung damit in die freie Luft hinauslocken. Ich bin sicher, das schaffen wir jetzt. Und dann können wir unsere Pläne verwirklichen, die Rotationsgeschwindigkeit von ›Fünf‹ herabzusetzen.«

»Oder sie gänzlich einzustellen«, sagte Modine. »Ich vermute nämlich, daß bald jeder lieber die ganze Zeit schwimmen statt gehen möchte.« Er lachte. »Vielleicht möchten sie für immer auf das Gehen verzichten. *Mir* ginge es vermutlich so.«

Sie schrieben ihm den dicken Scheck aus, den sie ihm versprochen hatten, und Modine, der lächelnd die Summe las, sagte: »Flügel passen nur zu Vögeln.«

Einleitung zu Gefunden!

1978 planten die Leute von *Penthouse,* ein Magazin herauszubringen, das sich mit Zukunftsthemen und Science Fiction befaßte. Das Magazin sollte *Omni* heißen. Sie baten mich um eine Geschichte für die erste Ausgabe und boten mir dafür ein großzügiges Honorar an.

Ich war in arger Verlegenheit. Nach dem Vertrag, den ich mit Joel Davis, dem liebenswürdigen Verleger von *Asimov's,* abgeschlossen hatte, mußte ich dem Magazin für Beiträge im Bereich Science Fiction aus meiner Feder eine Absage erteilen, was schließlich nur recht und billig ist. Deshalb überließ ich Joel die Entscheidung, als ich ihn fragte, ob ich nur ein einzigesmal eine Science-Fiction-Geschichte für *Omni* schreiben dürfte, und wenn er »Nein« sagte, dann eben nicht, und ich würde kein Wort mehr darüber verlieren.

Es zeigte sich jedoch wieder einmal, daß Joel mir nie Steine in den Weg legt, wenn ich etwas verdienen kann. Er schlug vor, *Omni* solle ihm für eine einmalige Werbeanzeige für *Asimov's* Sonderbedingungen einräumen, und *Omni* war damit sofort einverstanden.

Mit allseitigem guten Willen und Hilfsbereitschaft kam daher »Gefunden!« zustande, und die Geschichte erschien in der ersten Ausgabe (November 1978) von *Omni,* das seither mit beträchtlichem Erfolg erscheint. (Nein, ich glaube nicht, es sei nur durch meine Geschichte so weit gekommen.)

7.
Gefunden (1978)

Computer Zwei war, wie die anderen drei, die sich in einer Umlaufbahn um die Erde im Kreis herumjagten, viel größer, als er sein mußte.

Sie benötigten aber das zusätzliche Raumvolumen, damit Joe und ich an Bord gehen konnten, wenn wir mußten.

Und jetzt mußten wir.

Computer Zwei war absolut in der Lage, auf sich selbst aufzupassen. In der Regel, heißt das. Er arbeitete alles dreimal in Parallelschaltung aus, und alle drei Programme mußten perfekt ineinandergreifen. Alle drei Ergebnisse hatten übereinzustimmen. Falls nicht, wurde das Ergebnis ein paar Nanosekunden lang verzögert, während Computer Zwei sich selbst überprüfte, den Defekt suchte und ihn selbst reparierte.

Für gewöhnliche Leute gab es keine Möglichkeit, nachzuweisen, wie oft der Computer sich irrte und korrigierte. Vielleicht nie. Vielleicht zweimal täglich. Nur die Computer-Zentrale konnte den Zeitverzug messen, der durch einen Fehler verursacht wurde, und nur die Computer-Zentrale wußte, wie viele Ersatzteile er inzwischen verbraucht hatte. Und die Computer-Zentrale redete nicht darüber. Es gibt nur ein gutes Image in der Öffentlichkeit, und das ist Perfektion.

Und allen praktischen Erfahrungen nach war er perfekt gewesen, denn man hatte nie nach Joe und mir gerufen.

Wir sind die Störungs-Sucher. Wir kommen an Bord, wenn tatsächlich etwas nicht stimmt mit Computer Zwei oder einem der anderen drei, was sie nicht selbst beheben können. In den fünf Jahren, seit wir in diesem Job sind, ist das noch nie passiert.

Als die Dinger in Betrieb genommen wurden, gab es hin und wieder mal Pannen, aber das war schon vor unserer Zeit.

Wir halten uns fit. Nicht, daß Sie mich falsch verstehen. Es gibt kein Computer-Fabrikat, das Joe und ich nicht diagnostizieren können. Zeigen Sie uns den Fehler, und wir zeigen Ihnen die Fehlerquelle. Joe kann das jedenfalls, denn ich gehöre nicht zu denen, die ihr eigenes Loblied singen.

Nur diesmal konnte keiner von uns die Diagnose stellen.

Was zunächst passierte, war ein Druckverlust im Gehäuse von Computer Zwei. Das war kein Präzendenzfall und schon gar keine Katastrophe. Computer Zwei kann schließlich auch in einem Vakuum arbeiten. Eine Innenraum-Atmosphäre war eine Vorsichtsmaßnahme aus der Anfangszeit, als man noch damit rechnete, daß ein nicht abreißender Strom von Reparaturtrupps an Bord gehen müßte, um an dem Computer herumzubasteln. Und aus Gründen der Tradition hat man diese Maßnahme beibehalten. Wer sagte Ihnen, Wissenschaftler wären frei von traditionellen Scheuklappen? In ihrer Freizeit sind Wissenschaftler auch nur Menschen.

Aus dem Umfang und der Geschwindigkeit des Druckabfalles schloß man, daß ein kieselsteingroßer Meteorit Computer Zwei getroffen hatte. Sein exakter Radius, seine Masse und seine Energie wurden von Computer Zwei selbst übermittelt, der seine Berechnungen auf die Meßwerte des Druckabfalles und auf noch ein paar andere Daten stützte.

Die nächste Panne, die auftrat, bestand darin, daß das Leck nicht gestopft und die Atmosphäre automatisch wiederhergestellt wurde. Danach kamen die Störungen, und wir wurden in die Zentrale gerufen.

Es ergab keinen Sinn. Joe legte sein häßliches Gesicht in Kummerfalten und sagte: »Da müssen ein Dutzend Sachen aus dem Leim gegangen sein.«

Jemand in der Computer-Zentrale sagte: »Dieser kieselgroße Meteor ist vermutlich als Querschläger durch den Satellit gehopst.«

»Bei dieser Aufschlagsenergie«, sagte Joe, »muß er wie ein Geschoß den Computer durchschlagen haben. Keine Querschläger. Selbst wenn er zum Querschläger geworden wäre, hätte er den Computer an ein paar sehr unwahrscheinlichen Stellen treffen müssen.«

»Nun, was machen wir jetzt?«

Joe sah mich unbehaglich an. Ich glaube, in diesem Moment begriff er, was auf ihn zukam. Er hatte in seinem Urteil schon anklingen lassen, daß die Störungssucher an Bord gehen mußten – und Joe war nie im Weltraum gewesen. Wenn Joe mir einmal gesagt hatte, er habe diesen Job hauptsächlich deswegen übernommen, weil er wisse, das bedeutete, er würde nie in den Weltraum fliegen müssen, so hatte er das inzwischen 2-hoch-x-mal wiederholt, wobei x für eine ziemlich hohe Zahl steht.

Also übernahm ich für ihn das Wort. Ich sagte: »Wir müssen hinauf zum Computer.«

Joe blieb nur noch der Ausweg, Zweifel anzumelden, daß er diesem Job gewachsen sei, und ich beobachtete, wie sein Stolz sich langsam gegen seine Feigheit durchsetzte. Er gewann nur knapp – mit einer Nasenlänge, würde ich sagen.

All jenen, die in den letzten fünfzehn Jahren kein Raumschiff mehr betreten haben – denn Joe ist vermutlich kein Einzelfall –, sei gesagt, daß es nur am Anfang ungemütlich wird, wenn das Schiff beschleunigt. Daran kommen Sie natürlich nicht vorbei.

Danach passiert gar nichts mehr, wenn Sie nicht Ihre Langeweile zu den ungemütlichen Begleiterscheinungen zählen wollen. Sie sind lediglich ein Zuschauer. Das ganze Ding ist vollautomatisch und computergesteuert. Die alten romantischen Tage der Raumfahrtpiloten gehören restlos der Vergangenheit an. Vermutlich erleben sie eine kurze Wiedergeburt, wenn unsere Raumkolonien bis zum Asteroidengürtel hinausgeschoben werden – aber dann auch nur so lange, bis zusätzliche Computer in eine Umlaufbahn geschossen werden, die dann die Bedarfslücke an Speicherkapazitäten wieder schließen.

Joe hielt den Atem an, solange wir beschleunigten, oder wenigstens kam es mir so vor. (Ich muß zugeben, daß ich mich selbst nicht besonders wohl fühlte. Es war erst mein dritter Weltraumstart. Ich hatte zweimal mit meinem Gatten Urlaub auf der Raumkolonie Rho gemacht, aber eine abgebrühte Raumfahrerin war ich davon nicht geworden.)

Danach wirkte er eine Weile lang entspannt, aber nur eine Weile. Dann wurde er deprimiert.

»Ich hoffe, dieses Ding weiß, wo es hinfliegt«, sagte er verdrießlich.

Ich streckte beide Arme aus und drehte die Handflächen nach oben. Ich spürte, wie mein übriger Körper dabei im Feld der Schwerelosigkeit ein Stück nach rückwärts taumelte. »Du«, sagte ich, »bist ein Computer-Spezialist. *Weißt* du nicht, daß er es weiß?«

»Sicher; aber Computer Zwei ist ausgefallen.«

»Wir sind nicht an Computer Zwei angeschlossen«, sagte ich. »Außer ihm gibt es noch drei, und selbst wenn von diesen dreien nur einer betriebsbereit wäre, könnte er das durchschnittliche Verkehrsaufkommen eines Tages im Weltraum ganz allein bewältigen.«

»Alle vier könnten ausfallen. Wenn schon Computer Zwei versagt, was sollte die anderen daran hindern?«

»Dann werden wir dieses Ding von Hand steuern.«

»So, das traust du dir zu? Du kennst dich damit aus?«

»Sie werden mich einweisen.«

»Oh, du heiliger Eniac«, stöhnte er.

Tatsächlich gab es keine Probleme. Unsere Reise zu Computer Zwei verlief reibungslos, und knapp zwei Tage nach unserem Start befanden wir uns in einem Parkorbit, keine zehn Meter hinter unserem Zielobjekt.

Was wir nicht so leicht schluckten, war die Meldung vom Druckabfall in Computer Drei, die uns erreichte, als wir ungefähr zwanzig Stunden unterwegs waren. Was auch immer Computer Zwei außer Betrieb gesetzt haben mochte, es traf sie nun alle, und wenn alle vier Computer ausfielen, würde der Weltraumverkehr zusammenbrechen. Zwar konnte man ihn auf manueller Basis neu organisieren; aber die Umstellung würde mindestens ein paar Monate, wenn nicht Jahre, dauern, und mit verheerenden ökonomischen Rückschlägen auf der Erde verbunden sein. Schlimmer noch: Mehrere tausend Leute, die sich zur Zeit im Weltraum befanden, würden ihr Leben lassen müssen.

Schon der Gedanke daran war unerträglich, und weder Joe noch ich sprachen darüber; was jedoch Joes Laune nicht besserte und mich auch nicht glücklicher machte.

Die Erde hing mehr als 200000 Kilometer unter uns, aber Joe schien sich daran nicht zu stören. Er konzentrierte sich auf seine Sicherheitsleine und überprüfte die Patrone in seiner Rückstoßdüse. Er wollte gewährleisten, daß er den Computer Zwei erreichen und auch wieder zur Fähre zurückkommen konnte.

Sie würden überrascht sein – wenn Sie es nie versucht haben –, wie schnell einem Weltraum-Beine wachsen können, wenn es absolut nötig ist. Ich möchte damit nicht sagen, so ein Spaziergang im All wäre kinderleicht, und die Hälfte des Sprits, den wir verbrauchten, war Vergeudung; aber wir erreichten schließlich unser Ziel. Wir landeten sogar ziemlich sacht, als wir auf Computer Zwei aufsetzten. (Man hört das selbstverständlich auch im Vakuum, weil sich die Vibration im metalloiden Gewebe Ihres Raumanzuges fortpflanzt – aber es war kein lauter Bums, nur ein Flüstern.)

Selbstverständlich wurde durch unsere Landung und den Impuls unserer beschleunigten Masse die Umlaufbahn von Computer Zwei geringfügig verändert, aber mit einem Minimum an Kraftstoff war das alles wieder korrigiert, und wir mußten uns darum nicht kümmern. Computer Zwei sorgte schon selbst dafür, denn soweit wir das beurteilen konnten, funktionierte er einwandfrei, was seine Außenbordanlagen betraf.

Natürlich untersuchten wir erst seine Außenhaut. Die Wahrscheinlichkeit, daß ein kieselsteingroßer Meteorit Computer Zwei durchschlagen hatte, war außerordentlich groß. In diesem Fall würde er ein charakteristisch gezacktes Loch in der Außenhaut hinterlassen haben. Wahrscheinlich sogar zwei, eine Eintritts- und eine Austritts-Öffnung.

Die Chancen eines solchen Meteoreinschlages, auf einen beliebigen Tag bezogen, stehen eins zu zwei Millionen – fünfzig zu fünfzig, daß so ein Ding mindestens einmal in sechstausend Jahren in einen Satelliten einschlägt. Unwahrscheinlich, aber theoretisch möglich. Doch die Wahrscheinlichkeit, daß er im Zeitraum eines beliebigen Tages von einem Meteoriten getroffen wird, der groß genug ist, um ihn zu zerstören, ist nicht höher als eins zu zehn Milliarden.

Ich erwähnte das nicht, weil Joe sich vielleicht eine ebensogute Chance für uns selbst ausrechnete. Tatsächlich würde jeder Meteorit, der uns traf, einen viel größeren Schaden in unseren weichen und zarten Körpern anrichten als in der stoischen und robusten Maschine des Computers, und ich wollte verhindern, daß Joe noch nervöser wurde, als er sowieso schon war.

Nur war das Ding, das wir fanden, gar kein Meteorit.

»Was ist das?« fragte Joe mich schließlich.

Es war ein kleiner Zylinder, der in der Außenhaut von Computer Zwei steckte, die erste Anormalität, die wir in der äußeren Erscheinung des Computers entdeckten. Er besaß einen Durchmesser von ungefähr einem halben Zentimeter und war vielleicht sechs Zentimeter lang. Ein Ding, das etwa die Größe einer Zigarette hatte, falls einer von Ihnen noch immer der antiken Sucht des Rauchens frönt. Wir schalteten unsere kleinen Stablampen ein.

»Das Ding gehört nicht zu den Außenbordanlagen«, sagte ich.

»Zweifellos nicht«, murmelte Joe.

Da war eine schwache spiralförmige Markierung, die vom einen Ende des runden Zylinders zum anderen verlief. Nichts sonst. Im übrigen bestand das Ding eindeutig aus Metall, das jedoch eine seltsam körnige Struktur aufwies – wenigstens für das bloße Auge.

»Es sitzt nicht sehr fest«, sagte Joe.

Er berührte es vorsichtig mit einem dicken, von einem Handschuh verhüllten Finger, und das Ding gab nach. An seiner Kontaktstelle mit der Außenhaut des Computers entdeckten wir mit Hilfe unserer Stablampen ein sichtbares Loch.

»Das ist der Grund, weshalb der innere Gasdruck bis auf den Wert Null sank«, sagte ich.

Joe brummelte etwas. Er drückte ein bißchen fester gegen den Zylinder, und er brach ab und begann zu schweben. Mit einiger Mühe gelang es uns, ihn einzufangen. Übrig blieb ein perfektes rundes Loch in der Außenhaut von Computer Zwei mit dem Durchmesser eines halben Zentimeters.

»Was dieses Ding auch darstellt«, sagte Joe, »es ist nichts weiter als eine Folie.«

Das Material gab bei seinem Fingerdruck nach, war dünn, aber elastisch. Etwas mehr Kraftaufwand, und man konnte es verbiegen. Er steckte es in seine Gürteltasche, die er sofort wieder schloß, und sagte: »Du gehst das ganze Gehäuse ab und schaust nach, ob du noch irgendwo so ein ähnliches Ding findest. Ich gehe inzwischen an Bord.«

Ich brauchte nicht lange für meine Inspektion. Dann stieg ich ebenfalls in den Computer. »Alles sauber«, sagte ich. »Kein weiterer Einschlag. Und auch kein zweites Loch.«

»Eins genügt«, erwiderte Joe düster. Er blickte auf die glatte Aluminiumwand, und im Licht der Stablampe war das kreisrunde schwarze Loch von einer bestechenden Perfektion.

Es war nicht schwierig, dieses Leck zu versiegeln. Es war schon etwas schwieriger, die Atmosphäre wieder herzustellen. Die Vorräte von Computer Zwei zur Herstellung von Reservegas waren erschöpft, und die dazu nötigen Steueranlagen mußten von Hand bedient werden.

Der Solar-Generator war etwas gestört, aber es gelang uns, ihm den Strom für die Beleuchtung abzutrotzen.

Schließlich konnten wir die Handschuhe und den Helm ablegen, doch Joe legte vorsichtigerweise die Handschuhe in den Helm und befestigte diesen an einer seiner Raumanzug-Schlaufen.

»Ich möchte nicht erst danach suchen müssen, wenn der Luftdruck wieder zu fallen beginnt«, sagte er säuerlich.

Ich folgte seinem Beispiel. Es hatte keinen Sinn, die Tollkühne zu spielen.

Dicht neben dem Loch in der Wand war eine Narbe. Ich hatte sie im Licht meiner Lampe entdeckt, als ich das Leck verschloß. Jetzt, als die Beleuchtung anging, war es deutlich zu sehen.

»Hast du das bemerkt, Joe?« sagte ich.

»Ich sehe es.«

Da war eine schwache flache Rinne in der Wand, nicht sehr auffällig, aber zweifellos vorhanden, wenn man mit dem Finger über das Metall strich. Die Rinne setzte sich ungefähr einen Meter weit fort, als habe jemand mit einem Schaber eine Probe von der Innenhaut abgenommen.

Die Oberfläche war an dieser Stelle deutlich weniger glatt als an der übrigen Wand.

»Wir sollten lieber die Computer-Zentrale im Erdgeschoß benachrichtigen«, sagte ich.

»Wenn du die Erde meinst, dann sag es auch«, erwiderte Joe. »Ich hasse diesen Raumfahrerjargon. Überhaupt kann mir das ganze Weltall gestohlen bleiben. Deswegen habe ich ja einen Boden-Job angenommen – ich meine, einen Job auf der Erde – oder einen Job, der mir solche Dienstreisen ersparte.«

»Wir sollten jetzt lieber die Computer-Zentrale auf der Erde rufen«, sagte ich geduldig.

»Weshalb?«

»Um ihnen mitzuteilen, daß wir die Störung gefunden haben.«

»Oh? Was haben wir denn gefunden?«

»Das Loch. Hast du so ein kurzes Gedächtnis?«

»Nein, wenn es dich auch wundern sollte. Und was hat das Loch verursacht? Es war kein Meteorit. Ich habe noch nie einen Meteoriten gesehen, der ein perfektes kreisrundes Loch hinterläßt, ohne dabei das Metall zu verbiegen oder zum Schmelzen zu bringen. Und ich habe noch nie einen Meteoriten gesehen, der einen Zylinder hinterlassen hat.« Er nahm den Zylinder aus seiner Gürteltasche und glättete nachdenklich die Dellen in dem dünnen Metall. »Nun, was ist schuld an dem Loch?«

Ich zögerte nicht. Ich sagte: »Ich weiß es nicht.«

»Wenn wir uns bei der Computer-Zentrale melden, werden sie uns diese Frage stellen, und wir werden sagen müssen, wir wüßten es nicht, und was haben wir dabei gewonnen? Außer Vorwürfen, meine ich?«

»Sie werden uns rufen, Joe, wenn wir uns nicht in der Zentrale melden.«

»Klar. Und wir werden nicht antworten, verstanden?«

»Dann werden sie annehmen, wir wären beim Einsatz umgekommen, Joe, und sie werden ein Ersatzteam heraufschicken.«

»Du kennst doch die Computer-Zentrale. Sie brauchen mindestens zwei Tage, ehe sie sich dazu entscheiden. Bis dahin werden wir etwas Konkretes gefunden haben, und sobald wir etwas haben, werden wir sie benachrichtigen.«

Für eine menschliche Besatzung war das Innengehäuse von Computer Zwei eigentlich nicht gebaut. Vorgesehen und zugelassen war es nur für eine gelegentliche und vorübergehende Anwesenheit eines Störungs-Teams. Das bedeutete, es enthielt Werkzeuge und Vorräte und so viel Raum, daß man sich darin bewegen konnte.

Natürlich gab es keine Stühle mit Lehnen. Auch ein Gravitationsfeld suchte man hier vergeblich oder einen Ersatz dafür durch Zentrifugalkräfte.

Wir hingen mitten in der Luft, schwebten langsam hierhin und dorthin. Zuweilen prallte einer von uns gegen die Wand und wurde langsam wieder davon zurückgestoßen. Oder wir kamen uns gegenseitig mit unseren Extremitäten ins Gehege.

»Nimm deinen Fuß aus meinem Mund«, sagte Joe und schob ihn heftig von sich fort. Das war ein Fehler, denn nun begannen wir beide zu kreiseln. Für uns schien sich das aber ganz anders zu verhalten; nicht wir, sondern der Innenraum des Computer Zwei schien sich um uns zu drehen, was viel unangenehmer war, und es dauerte eine Weile, ehe wir wieder relativ ruhig in der Luft schwebten.

Wir hatten bei unserem Training auf der Erde die Theorie vollkommen im Griff, aber uns fehlte die Praxis. Die Praxis war viel zu kurz gekommen.

Bis es uns gelang, wieder eine stabile Lage einzunehmen, hatte ich einen Drehwurm. Sie können es Drehwurm nennen oder Astronautenschwindel oder Raumkrankheit. Egal, wie Sie es taufen, es bedeutet, Sie müssen kotzen, und das ist im Raum schlimmer als sonstwo, weil nichts die Kotze nach unten zieht. Sie schwebt in einer Wolke aus Tröpfchen umher, und man möchte das Zeug nicht ständig vor dem Gesicht haben. Also hielt ich es gewaltsam zurück, und Joe ebenfalls.

»Zweifellos liegt eine Störung des Computers vor, Joe«, sagte ich. »Also laß uns seine Innereien besichtigen.« Oder irgend etwas tun, das mich von meinen eigenen Innereien ablenkte, damit sie wieder zur Ruhe kamen. Zudem ging mir das alles nicht schnell genug. Ich mußte an Computer Drei denken, der auch schon kurz vor einem Kollaps stand; vielleicht hatte es mittlerweile auch Computer Eins und Computer Vier erwischt; und das Leben von Tausenden von Menschen im Weltraum hing davon ab, was wir hier erreichten.

Joe sah auch ein bißchen grün im Gesicht aus, aber er sagte: »Zuerst muß ich noch einmal nachdenken. Etwas ist hier eingedrungen. Es war kein Meteorit, denn dieses Ding, was es auch sein mag, hat ein sauberes Loch in die Außenhaut gebissen. Es hat kein Loch hineingestanzt, sonst hätten wir hier irgendwo ein kreisrundes Stück Metall gefunden. Oder bist du zufällig darauf getreten?«

»Nein. Aber ausdrücklich gesucht danach habe ich auch nicht.«

»*Ich* aber, und ich fand nichts dergleichen hier.«

»Es kann wieder in den Weltraum gefallen sein.«

»Mit dem Zylinder, der das Loch verdeckte, bis ich ihn entfernte? Wäre eine Möglichkeit. Hast du etwas gesehen, das aus dem Computergehäuse herausflog?«

»Nein.«

»Möglich, daß wir immer noch so ein Stück hier finden«, sagte Joe, »aber ich bezweifle das. Es löste sich irgendwie auf, und etwas drang hier ein.«

»Was für ein Etwas? Wem gehörte es?«

Joes Grinsen war bemerkenswert übellaunig. »Warum stellst du laufend Fragen, auf die es keine Antwort gibt? Wären wir noch im letzten Jahrhundert, würde ich sagen, den Russen ist es irgendwie gelungen, diese Vorrichtung an der Außenhaut von Computer Zwei anzubringen. – Nimm es nicht persönlich. Wäre es das letzte Jahrhundert, würdest du sagen, das hätten die Amerikaner getan.«

Ich beschloß, es persönlich zu nehmen. Ich sagte mit kalter Stimme: »Wir versuchen, etwas zu formulieren, das für *dieses* Jahrhundert einen Sinn ergibt, Iosif«, und gab dem Namen eine übertriebene russische Aussprache.

»Dann müssen wir von irgendeiner Dissidentengruppe ausgehen.«

»Dann«, erwiderte ich, »müssen wir von einer Gruppe ausgehen, die die Technik der Raumfahrt beherrscht und die Möglichkeit hatte, sich mit einem ungewöhnlichen Gerät dem Computer zu nähern.«

»Die Raumfahrt-Technik ist kein großes Problem«, sagte Joe, »wenn du die Computer in der Umlaufbahn mit illegalen Tricks anzapfen kannst – was kein Präzendenzfall wäre. Was den Zylinder anbelangt, kommen wir vielleicht zu einem sinnvolleren Ergebnis, wenn wir ihn unten auf der Erde analysieren lassen – im Erdgeschoß, wie ihr Raumfahrt-Hasen zu sagen pflegt.«

»Mir leuchtet das nicht ein«, sagte ich. »Welchen Sinn hätte der Versuch, Computer Zwei lahmzulegen?«

»Als Mittel zum Zweck, die gesamte Raumfahrt zu sabotieren.«

»Dann leidet jeder darunter, auch die Dissidenten.«

»Aber damit erregt man doch ungeheures Aufsehen, nicht wahr? Und plötzlich machen Derjenige oder Diejenigen mit ihrem Anliegen Schlagzeilen. Oder ihr Plan sieht lediglich vor, Computer Zwei auszuschalten und dann mit einem Attentat gegen die anderen drei Computer zu drohen. Kein echter Schaden, aber eine Menge Zündstoff und reichliche Publicity.«

»Daran glaube ich nicht«, sagte ich. »Es klingt mir zu dramatisch.«

»Im Gegenteil«, konterte Joe. »Ich versuche gerade, die Sache zu entdramatisieren.« Er betrachtete nun eingehend alle Teile der Inneneinrichtung, suchte jeden Quadratzentimeter des Computergehäuses ab. »Ich *könnte* ja annehmen, das Ding war kein irdisches Erzeugnis.«

»Nun fang nicht an zu spinnen.«

»Soll ich dir das logisch begründen? Der Zylinder heftet sich an die Außenhaut, worauf etwas, das in ihm steckte, ein kreisrundes Stück Metall wegfrißt und in den Computer Zwei eindringt. Es kriecht über die Innenwand und knabbert dabei aus irgendeinem Grund das Metall an. Erinnert dich das vielleicht an eine menschliche technische Erfindung?«

»Ich wüßte keine, aber ich weiß auch nicht alles. Selbst du bist nicht allwissend.«

Joe überhörte das. »Damit stellt sich die Frage, wie es – was es auch immer sein mag – in den Computer eindringen konnte, der schließlich verhältnismäßig gut abgeschirmt ist. Es muß sehr rasch eingedrungen sein, denn es schaltete fast gleichzeitig die automatische Selbstversiegelungs- und Sauerstoffregenerations-Anlage aus.«

»Ist es vielleicht *das,* wonach du suchst?« sagte ich, mit dem Finger zeigend.

Er versuchte, zu rasch abzubremsen, machte eine Rolle rückwärts und schrie: »Das ist es! Das ist es!«

Vor Aufregung ruderte er mit Armen und Beinen, was ihn natürlich nirgendwohin brachte. Ich packte ihn, und eine Weile lang versuchte wir beide, uns mit unkoordinierten Bewegungen in eine bestimmte Richtung zu manövrieren, was uns ebenfalls mißlang. Joe belegte mich mit einer Reihe von Schimpfworten, worauf ich mit gleicher Münze zurückzahlte und erheblich im Vorteil war. Ich kann perfekt Englisch, beherrsche die Sprache tatsächlich besser als er; während seine Russischkenntnisse – behutsam ausgedrückt – fragmentarisch sind. Schimpfwörter in einer Sprache, die man nicht versteht, klingen stets sehr dramatisch.

»Hier ist es«, sagte er, als wir uns endlich auseinandersortiert hatten.

Wo die Computer-Abschirmung an die Innenwand stieß, befand sich ein kleines kreisrundes Loch, als Joe einen kleinen Zylinder fortwischte. Er war dem ersten, den wir an der Außenhaut entdeckt hatten, sehr ähnlich, schien aber noch dünner zu sein. Tatsächlich schien er auseinanderzufallen, als Joe ihn berührte.

»Wir sollten jetzt lieber in den Computer hineinkriechen«, sagte Joe.

Der Computer war nur noch eine Ruine.

Nicht auf eine augenfällige Weise. Ich wollte damit nicht sagen, er glich einem von Termiten befallenen Holzbalken.

Tatsächlich hätte man bei oberflächlicher Betrachtung schwören können, der Computer sei intakt.

Wenn man jedoch näher hinsah, bemerkte man die fehlenden Chips. Wenn man sehr gründlich nachsah, wurden die Lücken, wo die Chips hingehörten, immer zahlreicher. Schlimmer noch – die Vorräte, mit denen sich Computer Zwei selbst zu reparieren pflegte, waren fast gänzlich aufgebraucht. Während wir unsere optische Bestandsaufnahme fortsetzten, entdeckte einer von uns immer wieder etwas anderes, das in dem Computer fehlte.

Joe holte den Zylinder abermals aus seiner Gürteltasche und betrachtete ihn von beiden Seiten. »Ich vermute, daß er besonders scharf ist auf hochwertiges Silikon. Ich kann es natürlich nicht mit Sicherheit sagen, aber meiner Vermutung nach besteht die Zylinderwand vorwiegend aus Aluminium, während die abgeplatteten Endstücke hauptsächlich Silikon enthalten.«

»Was bedeutet«, sagte ich, »daß du das Ding für eine Solar-Batterie hältst?«

»Teilweise ja. So bekommt es seine Energie im Weltraum; Energie, um den Computer Zwei erreichen zu können, Energie, um ein Loch hineinzufressen, Energie, um – um ... ich weiß nicht, wie ich es anders ausdrücken soll: Energie, um am Leben zu bleiben.«

»Du bezeichnest das Ding als Lebewesen?«

»Weshalb nicht? Denk doch einmal nach. Computer Zwei kann sich selbst reparieren. Er kann fehlerhafte Bauteile aussondern und sie durch funktionstüchtige neue Teile ersetzen; aber er braucht einen Vorrat von Ersatzteilen, um dieses Programm zu erfüllen. Wenn er ein volles Sortiment von Ersatzteilen bekommt, könnte er sich sogar selbst nachbauen, vorausgesetzt, daß er entsprechend programmiert ist – aber immer unter der Voraussetzung vorgefertigter Ersatzteile, so daß wir ihn also nicht als etwas Lebendes begreifen. Dieses Objekt hingegen, das in Computer Zwei eindrang, sammelt offensichtlich seine eigenen Vorräte. Das sieht verdächtig nach etwas Lebendigem aus.«

»Mit anderen Worten«, sagte ich, »wir haben es hier mit einem Mikrocomputer zu tun, der so fortgeschritten ist, daß man ihn als lebend bezeichnen könnte.«

»Ich weiß wirklich nicht, was ich dazu sagen soll«, erwiderte Joe.

»Wer auf der Erde könnte so ein Ding herstellen?«

»Ja, *wer*?«

Ich machte die nächste Entdeckung. Es sah wie ein Bleistiftstummel aus, der durch die Luft schwebte. Ich nahm es nur aus dem Augenwinkel wahr und registrierte es als einen Bleistift.

In der Schwerelosigkeit neigen die Dinge dazu, sich aus den Taschen zu mogeln und umherzuschweben. Nichts vermag sie an Ort und Stelle zu halten, solange sie nicht festgeschraubt oder -gebunden sind. Man muß darauf gefaßt sein, daß Kugelschreiber und Münzen und andere Gegenstände, die irgendwo eine Öffnung finden, sich mit der Zeit aus ihrem Behältnis befreien und sich dorthin begeben, wohin ein Luftstrom oder ihr Trägheitsmoment sie treibt.

Also registrierte mein Verstand »Bleistift«, und ich griff automatisch nach ihm, worauf ihn meine Finger natürlich nicht zu fassen bekamen. Es genügt schon, nach etwas zu greifen, um einen Luftstrom zu erzeugen, der den Gegenstand von einem wegbewegt. Man muß mit der einen Hand über den Gegenstand hinweglangen, sich mit der anderen vorsichtig von hinten heranpirschen und dann den Gegenstand von vorne packen. Das Einfangen eines kleinen Objekts, das im schwerelosen Raum schwebt, ist eine Operation mit zwei Händen.

Ich kenne ein paar Leute, die es auch mit einer Hand schaffen, aber das sind erfahrene Weltraum-Hasen, zu denen ich nicht gehöre.

Ich drehte mich, um den Gegenstand nicht aus den Augen zu verlieren, und widmete dem Vorgang des Einfangens ein bißchen mehr Aufmerksamkeit, als ich bemerkte, daß mein Bleistift noch in der für ihn vorgesehenen Tasche steckte. Ich tastete danach, und überzeugte mich davon.

»Hast du einen Bleistift verloren, Joe?« rief ich.

»Nein.«

»Oder einen ähnlichen Gegenstand? Einen Schlüssel? Eine Zigarette?«

»Ich rauche nicht. Das weißt du doch.«

Eine dumme Antwort. »Vielleicht etwas anderes?« fragte ich aufgebracht. »Ich sehe doch keine Gespenster.«

»Niemand hat jemals behauptet, du wärst geistig stabil.«

»Schau doch endlich her, Joe! Dort, dort drüben!«

Er stürzte sich darauf. Ich hätte ihm sagen können, daß er damit nichts erreichte.

Inzwischen schien jedoch unser Herumstochern im Computer die Dinge in Bewegung gebracht zu haben. Wir sahen sie jetzt überall, wohin wir blickten. Sie schwebten in den Luftströmungen.

Ich bekam endlich eines davon zu fassen. Oder vielmehr hielt es von selbst an, und zwar am Ellenbogen von Joes Raumanzug. Ich riß es ab und schrie. Joe stieg erschrocken in die Luft und hätte mir um ein Haar das Ding wieder aus der Hand geschlagen.

»Schau dir das an!« rief ich.

Da war ein metallisch schimmernder Kreis an der Stelle von Joes Raumanzug, wo ich das Ding abgezogen hatte. Es hatte schon damit begonnen, sich durch den Stoff zu fressen.

»Gib mir das Ding«, sagte Joe.

Er nahm es behutsam und setzte es auf die Innenwand, damit es ruhig hielt. Dann zog er ihm vorsichtig die papierdünne Metallhülle ab.

In der Hülle befand sich etwas, das wie ein Faden aus Zigarettenasche aussah. Es glitzerte jedoch im Licht wie locker gewebtes Metall.

Es war auch etwas Feuchtigkeit, die im Licht schimmerte. Es krümmte sich langsam, und das freie Ende schien blind nach etwas zu suchen.

Dann kam es in Kontakt mit der Wand und blieb haften. Joe schob es mit dem Finger wieder weg. Es schien ihn nur geringe Mühe zu kosten, um das fertigzubringen. Joe rieb seinen Finger am Daumen und sagte: »Fühlt sich ölig an.«

Der Metallwurm – ich wußte nicht, wie ich es sonst nennen sollte – schien leblos zu sein, nachdem Joe ihn berührt hatte. Er bewegte sich nicht mehr.

Ich verrenkte mich und drehte mich im Kreis bei dem Versuch, mich selbst zu betrachten.

»Joe«, sagte ich, »um Himmelswillen – habe ich auch eins von diesen Dingern auf meinem Anzug?«

»Ich sehe keins«, erwiderte er.

»Verdammt, schau *mich* an. Du mußt mich ständig beobachten, Joe, und ich werde es mit dir ebenso halten. Wenn diese Dinger unsere Raumanzüge ruinieren, können wir nicht mehr zu unserem Schiff zurückkehren.«

»Dann bleib in Bewegung«, sagte Joe.

Es war ein gräßliches Gefühl, von diesen Dingern umgeben zu sein, die nur darauf lauerten, dort, wo sie uns berühren konnten, unseren Raumanzug anzuknabbern. Sobald sich eines von ihnen zeigte, versuchten wir es einzufangen und ihm gleichzeitig auszuweichen, was sich beides zu einem Fiasko ergänzte. Ein ziemlich langes Ding schwebte ganz dicht neben meinem Bein, und ich trat danach, was idiotisch war, denn wenn ich es getroffen hätte, würde es sich vermutlich sofort festgebissen haben. Tatsächlich trieb der Luftstrom, den ich erzeugte, es gegen die Wand, wo es haften blieb.

Joe griff hastig danach – zu hastig. Der Rückstoß bewegte seinen Körper in die entgegengesetzte Richtung, und während er sich in der Luft überschlug, streifte er mit dem Stiefel eines Fußes die Wand in der Nähe der Stelle, wo der Zylinder haftete. Als er sich endlich wieder gerade richten konnte, war der Zylinder immer noch dort.

»Ich habe ihn nicht zerquetscht, wie?«

»Nein«, erwiderte ich, »du hast ihn um einen Dezimeter verfehlt. Von alleine geht er nicht weg.«

Ich hatte ihn zwischen meinen Händen. Er war doppelt so lang wie die anderen Zylinder, die wir bisher entdeckt hatten. Tatsächlich sah er wie zwei Zylinder aus, die mit der Längsachse aneinanderkleben und an der Verbindungsstelle eine Verdickung aufwiesen.

»Ein Zeugungsakt«, sagte Joe, während er die Metallschale entfernte.

Diesmal fanden wir nur einen Staubfaden darin. Zwei Staubfäden. Einen auf beiden Seiten der Verdickung.

»Es gehört nicht viel dazu, um sie zu töten«, sagte Joe. Er entspannte sich sichtlich. »Ich glaube, wir sind vor ihnen verhältnismäßig sicher.«

»Sie wirken so lebendig«, sagte ich voll Widerwillen.

»Ich glaube, sie wirken nicht nur so. Es sind Viren – oder etwas Gleichwertiges.

»Wovon redest du überhaupt?«

»Zugegeben«, erwiderte Joe, »ich bin ein Computer-Technologe und kein Virologe – aber soweit ich weiß, bestehen die Viren auf der Erde, oder im Erdgeschoß, wie du dich ausdrücken würdest, aus einem Nukleinsäure-Molekül, das in eine Protein-Hülse eingebettet ist.

Wenn ein Virus eine Zelle angreift, löst es zunächst mit Hilfe eines passenden Enzyms die Zellwand oder -Membrane auf, und durch das entstandene Loch schlüpft dann das Nukleinsäure-Molekül in die Zelle hinein und läßt die Proteinhülle draußen vor der Zellwand zurück. In der Zelle findet es genügend Material, um sich ein neues Proteinkleid zulegen zu können. Tatsächlich vermag es sich selbst nachzubilden und jeder Nachbildung ein neues Proteinkleid zu verpassen. Sobald es die Zelle leergeplündert hat, löst diese sich auf, und anstelle des einen Virus, das in die Zelle eingedrungen war, werden mehrere hundert Tochterviren frei. Kommt dir das bekannt vor?«

»Ja. Sehr bekannt. Genau das ist hier geschehen. Aber wo kam das Ding her, Joe?«

»Offensichtlich nicht von der Erde oder einer irdischen Kolonie. Vermutlich aus dem Raum außerhalb unseres Planetensystems. Sie driften durch das Weltall, bis sie auf etwas Geeignetes stoßen, worin sie sich vermehren können. Sie suchen nach Objekten aus geschmiedetem oder geschmolzenem Metall von entsprechender Größe. Ich glaube nicht, daß sie Erze zum Schmelzen bringen können.«

»Aber große Metallgegenstände mit reinen Silikonbestandteilen und einer Reihe von anderen schmackhaften Dingen wie unser Computer sind doch ausschließlich Produkte intelligenter Lebensformen«, sagte ich.

»Richtig«, erwiderte Joe, »was bedeutet, wir haben hier den bisher besten Beweis, daß intelligentes Leben im Universum weitverbreitet ist, da Objekte wie unser Computer ziemlich häufig vorkommen müssen, weil sich sonst diese Viren gar nicht am Leben erhalten könnten. Und es bedeutet, daß intelligentes Leben schon sehr alt ist, vielleicht zehn Milliarden Jahre alt – jedenfalls alt genug, damit sich eine Metallzeit entwickeln konnte, worauf sich eine Metall/Silikon/Öl-Lebensform bildete, wie sich bei uns eine Nuklein/Protein/Wasser-Lebensform gebildet hat. Genügend Zeit, um einen Parasiten hervorzubringen, der in den Artefakten einer Raumfahrt-Kultur schmarotzt.«

»Du stellst das so dar«, sagte ich, »als würde jede intelligente Lebensform, sobald sie sich zu einer Raumfahrt-Kultur entwikkelt, über kurz oder lang von solchen Parasiten heimgesucht werden.«

»Richtig. Und daß entsprechende Gegenmittel gefunden werden müssen. Zum Glück kann man diese Dinger leicht umbringen, zumal jetzt, wo sie sich noch im Entwicklungsstadium befinden. Später, wenn sie bereit sind, aus ihrer Mutterzelle Computer Zwei wieder auszuschwärmen, werden sie vermutlich noch wachsen, ihre Hülle verstärken, sich in ihrer Hülle stabilisieren und sich auf ähnliche Weise wie unsere Sporen darauf vorbereiten, Millionen Jahre lang durch das All zu schweben, bis sie wieder auf ein geeignetes Heim stoßen. Dann wird man sie vermutlich nicht so leicht töten können.«

»Und wie willst du sie jetzt töten?«

»Das habe ich doch schon getan. Ich brauchte das erste Ding, als es instinktiv nach Metall suchte, um sich erneut eine Hülle zu bauen, die ich ihm vorher abgezogen hatte, nur zu berühren, und da war es tot. Das zweite berührte ich nicht einmal, sondern stieß nur mit dem Stiefel an die Wand in seine Nähe, und die Schallvibration in der Metallwand zerstörte seine Eingeweide zu Metallstaub. Also können sie uns jetzt nichts mehr anhaben oder den Computer noch weiter ausweiden, wenn wir sie nur ordentlich durchschütteln!«

Er mußte mir nichts mehr erklären – oder so viel. Er zog langsam seine Handschuhe an und hämmerte dann damit gegen die Wand. Der Rückstoß trieb ihn fort, und er trat gegen die Innenhaut, sobald er in ihre Nähe kam.

»Mach es auch so!« rief er.

Ich versuchte es, und eine Weile lang waren wir damit beschäftigt. Sie ahnen nicht, wie schwierig es ist, in der Schwerelosigkeit gegen eine Wand zu schlagen, mit Absicht, meine ich, und zwar so heftig, daß es dröhnt. Die Hälfte der Schläge ging daneben, oder wir hauten so wuchtig zu, daß wir durch den Computerraum geschleudert wurden, aber so gut wie keinen Schall erzeugten. Wir waren im Nu außer Atem vor Anstrengung und Wut.

Aber wir hatten uns akklimatisiert (oder jedenfalls ich), und die Schwindelanfälle blieben nun aus. Wir rackerten uns ab, und als wir wieder ein paar Viren untersuchten, war nur noch Staub in ihren Hüllen. Sie waren eindeutig auf leere, automatisierte Raumobjekte eingestellt, die gleich unserem modernen Computer vibrationsfrei waren. Deshalb hatten sie, wie ich vermute, auch diese außerordentlich zerbrechlichen komplizierten Metallstrukturen aufbauen können, die so instabil waren, daß sie die Prozesse einer primitiven Lebensform überhaupt ermöglichten.

»Glaubst du, wir haben sie alle erwischt, Joe?« fragte ich.

»Wie kann ich das sagen? Wenn eins übriggeblieben ist, wird es die Metallvorräte seiner Artgenossen ausschlachten, und das Ganze fängt von vorne an. Also setzen wir die Klopferei noch eine Weile fort.«

Das taten wir, bis wir so erschöpft waren, daß es uns egal war, ob noch ein lebendes Virus übrig geblieben war.

»Natürlich«, sagte ich keuchend, »wird die Planetarische Gesellschaft für die Förderung der Wissenschaften nicht gerade entzückt sein, wenn wir alle umbringen.«

Joes Meinung, was die P.G.F.W. seinetwegen tun könne, war drastisch, aber fruchtbar. Er sagte: »Hör zu. Unser Auftrag lautete, Computer Zwei zu retten, dazu das Leben von ein paar tausend Menschen, und, wie sich herausstellte, auch unser eigenes Leben. Nun können die entscheiden, ob sie diesen Computer renovieren oder von Grund auf neu bauen wollen. Das ist deren Baby.

Die P.G.F.W. kann auch aus diesen toten Objekten noch etwas lernen, und das ist besser als nichts. Wenn sie lebende Viren haben wollen, werden sie vermutlich Schwärme davon in diesen Regionen finden. Sie können ja danach suchen, wenn sie lebendige Exemplare benötigen, aber dabei sollten sie ständig auf ihre Raumanzüge achten. Ich glaube nicht, daß man sie im freien Raum zu Tode schütteln kann.«

»Schön«, sagte ich. »Ich schlage vor, wir melden der Zentrale, daß wir diesen Computer notdürftig zusammenflicken, damit er nicht ganz ausfällt, und hier bleiben, bis eine Ablösung heraufkommt, um die notwendigen Reparaturen durchzuführen, oder irgendwelche Maßnahmen ergreift, die eine neue Infektion verhindern. Inzwischen sollten sie lieber jemand zu den anderen Computern schicken und dort ein System einrichten, das die Dinger kräftig durchschüttelt, sobald die Computer einen inneren Druckabfall melden.«

»So einfach ist das«, sagte Joe höhnisch.

»Ein Glück, daß wir sie so rechtzeitig gefunden haben.«

»Moment mal«, sagte Joe, und tiefe Sorge zeigte sich in seinem

Blick. »Wir haben sie nicht gefunden. *Sie* fanden *uns*. Wenn sich Leben aus Metall entwickeln konnte, glaubst du dann, es wäre nur bei dieser einen Form geblieben? Daß es außer dieser zerbrechlichen Gattung nicht noch andere gäbe?

Was ist, wenn sich solche Lebensformen irgendwie miteinander verständigen und sich andere inzwischen in der Weite des Alls versammeln, um über uns herzufallen? Auch andere Arten – sie alle gierig nach dem saftigen neuen Futter einer bisher unversehrten Raumfahrt-Kultur schielend. *Andere* Spezies! Arten, die stabil genug sind, Vibrationen zu widerstehen. Die groß genug sind und flexibler in ihren Reaktionen auf eine Gefahr. Die in der Lage sind, auch unsere Raumkolonien zu verseuchen. Einige, die, was Univac verhüten möge, selbst bis auf die Erde vorzudringen vermögen, um das Metall ihrer Städte zu fressen.

Was ich melden werde – was ich melden muß –, ist, daß *sie uns gefunden* haben!«

Einleitung zu Guter Geschmack

Ende 1975 wollte Alan Bechtold, Chef eines kleinen halb professionellen Verlages, den er Apocalypse Press taufte, eine Serie einzelner Science Fiction-Stories in kleiner Auflage herausbringen, die eigens für diese Serie geschrieben werden sollten. Nach einem Jahr sollten alle Rechte an den Autor zurückfallen.

Dieses Vorhaben reizte mich, und im Januar 1976 schrieb ich »Guter Geschmack«, was mir, offengestanden, sehr viel Spaß machte. Wie mir schien, hatte ich einen faszinierenden sozialen Hintergrund herausgearbeitet. Bechtold veröffentlichte die Geschichte, aber andere, die versprochen hatten, Geschichten zu liefern, hielten ihre Zusage nicht ein, und deshalb scheiterte leider dieses Projekt.

Dennoch schickte ich die Geschichte, als das Jahr herum war, George Scithers für mein eigenes Magazin, das soeben auf den Markt gekommen war, und sie wurde in der Herbstausgabe, 1977, von *Asimov's* abgedruckt.

8.
Guter Geschmack (1976)

1

Es war jedermann einsichtig, daß es nicht passiert wäre – die Familie wäre nicht entehrt worden, und die Welt von Gammer wäre nicht vor Entsetzen wie gelähmt gewesen –, wenn Chawker Minor nicht auf die Große Tour gegangen wäre.

Es war durchaus nichts Ungesetzliches, die Große Tour zu unternehmen, aber so ganz zum guten Ton, jedenfalls auf Gammer, gehörte es auch nicht. Elder Chawker war von Anfang an dagegen gewesen, das muß man gerechterweise erwähnen; doch dann ergriff Lady Chawker Partei für ihren Sohn, und Mütter sind zuweilen unwiderstehlich. Chawker war ihr zweites Kind (beides Söhne, wie das Schicksal es fügte), und da sie natürlich keine mehr haben wollte, ist es kein Wunder, daß sie ihn verwöhnte.

Ihr Jüngster hatte die Anderen Welten im Orbit sehen wollen und versprochen, nicht länger als ein Jahr wegzubleiben. Sie hatte geweint, sich gesorgt und war vor Kummer vom Fleisch gefallen, und dann, zum Schluß, hatte sie sich die Tränen abgewischt und Elder Chawker ins Gebet genommen. Und Chawker Minor war abgereist.

Und nun war er wieder zurück, auf den Tag ein Jahr danach, (er war ein junger Mann, der stets sein Wort hielt, wofür schon sein Vater gesorgt hätte, der ihm sonst am nächsten Tag keinen Unterhalt mehr zahlte), und die Familie machte Urlaub.

Elder trug ein neues, glänzendes schwarzes Hemd, ließ sich jedoch nicht dazu herab, die strenge Würde seines Gesichts zu mildern oder sich so weit zu vergessen, nach Einzelheiten zu fragen. Er hatte kein Interesse – nicht das geringste – an den Anderen Welten mit ihren seltsamen Sitten und ihren primitiven

Essgewohnheiten (nicht besser als die Sitten auf der Erde, von der Gammersleute *niemals* redeten).

Er sagte: »Dein Teint ist unrein und verdorben, Chawker Minor.« (Die Verwendung des vollen Namens verriet seine Mißbilligung.)

Chawker lachte, und die reine Haut seines eher hageren Gesichts zeigte Fältchen. »Ich mied das Sonnenlicht, sooft ich konnte, Elder-mein; doch die Außen-Weltler mochten das nicht immer leiden.«

Lady Chawker mochte das alles auch nicht leiden. Sie sagte gefühlvoll: »Seine Haut ist überhaupt nicht schmutzig, Elder. Sie atmet mit einer gewissen Wärme.«

»Von der Sonne«, nörgelte Elder, »und als nächstes wühlt er dann in dem Dreck, den sie dort haben.«

»Farmarbeit wäre nichts für mich, Elder. Das ist Schufterei. Trotzdem besuchte ich zuweilen die Pilz-Kellereien.«

Chawker Major, drei Jahre älter als Minor, breiter im Gesicht, schwerer an Statur, doch sonst dem Bruder sehr ähnlich, wurde zwischen Neid auf den Nachgeborenen, der die anderen Welten im Orbit gesehen hatte, und Ekel, der sich bei diesem Gedanken entwickelte, hin- und hergerissen. Er sagte: »Hast du von ihrer Kost gegessen, Minor?«

»Etwas mußte ich ja essen«, sagte Chawker Minor. »Selbstverständlich waren deine Pakete sehr hilfreich, Lady-mein. Lebensretter manchmal.«

»Ich nehme an«, sagte Elder Chawker voller Abscheu, »daß die Kost dort ungenießbar war. Wer weiß, was für Schmutz dabei untergerührt wurde.«

»Sachte, Elder-mein.« Chawker Minor hielt inne, als suchte er nach einer passenden Antwort, zuckte dann mit den Achseln. »Nun, sie hielt Leib und Seele zusammen. Man gewöhnte sich daran. Mehr möchte ich dazu nicht sagen. – Aber Elder-Lady-mein, ich bin so froh, wieder zu Hause zu sein. Die Lichter sind so warm und heimelig.«

»Du hast also genug von der Sonne, scheint mir«, sagte Elder. »Aber du *wolltest* ja fort. Nun, willkommen daheim auf der Inneren Welt, wo Wärme und Licht unserem Willen gehorchen und wir geschützt sind vor dem Pfusch und der Willkür des Sonnenscheins. Willkommen im Mutterleib der Menschheit, wie es so schön heißt.«

„Trotzdem bin ich froh, daß ich fort war, sagte Chawker Minor. »Acht verschiedene Welten, verstehst du? Das vermittelt Eindrücke, die du sonst nicht bekommst.«

»Und die du besser nicht bekommen hättest«, sagte Elder.

»Da bin ich mir nicht so sicher«, sagte Chawker Minor, und sein rechtes oberes Augenlid flatterte ein wenig, während er seinen älteren Bruder ansah. Chawker Major preßte die Lippen zusammen, aber er sagte nichts.

2

Es war ein Festschmaus. Jeder hätte das einräumen müssen, und am Ende war es Chawker Minor selbst, der anfangs am gierigsten geschlungen hatte und nun als erster paßte. Er hatte keine andere Wahl; Lady-mein hätte sonst nicht aufgehört, ihm Appetithäppchen aus ihrer anscheinend unerschöpflichen Speisekammer vorzusetzen.

»Lady-mein«, sagte er liebevoll, »meine Zunge ermattet. Ich kann nicht mehr schmecken, was ich esse.«

»Du schmeckst es nicht mehr?« sagte Lady. »Was ist denn das für eine törichte Geschichte? Hast du denn nicht eine so feine Zunge wie der Grand-Elder selbst? Schon im Alter von sechs Jahren warst du ein Feinschmecker; das hast du nur zu oft bewiesen. Da war kein Zusatz, den du nicht herausgeschmeckt hättest, selbst wenn du seinen Namen nicht richtig aussprechen konntest.

»Geschmackspapillen stumpfen ab, wenn sie aus der Übung kommen«, sagte Elder Chawker finster, »und so ein Bummel zu den Anderen Welten kann einen Mann vollkommen verderben.«

»Ja? Dann wollen wir doch mal sehen«, sagte Lady. »Minor-mein, sag deinem an dir zweifelnden Elder, was du gegessen hast.«

»In der Reihenfolge der Gerichte?« sagte Chawker Minor.

»Ja. Zeig ihm, daß du dich erinnerst.«

Chawker Minor schloß die Augen. »So ganz fair ist der Test nicht«, sagte er. »Es schmeckte mir so gut, daß ich mir für eine Analyse nicht die Zeit nahm. Und es war eine so lange Speisefolge.«

»Er flüchtet sich in Ausreden. Hörst du das, Lady?« fragte Elder.

»Aber ich werde es versuchen«, sagte Chawker Minor hastig. »Zunächst stammte die Basiskost für alle Gerichte aus den Pilzbottichen der Sektion Ost, und zwar aus dem dreizehnten Korridor der Abteilung, dünkt mich, falls in meiner Abwesenheit keine größeren Umstellungen vorgenommen wurden.«

»Nein, du hast recht«, sagte Lady voller Genugtuung.

»Und es war teuer«, sagte Elder.

»Der verlorene Sohn kommt nach Hause«, sagte Chawker Major mit einem Spritzer Säure in der Stimme, »und gleich muß der fetteste Pilz auf den Tisch, wie es im Sprichwort heißt – Und nun die Additive, Minor, wenn du sie nennen kannst.«

»Nun«, sagte Chawker Minor, »das erste Schälchen war vorwiegend ›Frühlingsmorgen‹, angereichert mit ›Blütenblätter-Frisch‹ und einem Hauch, nur einem Hauch von ›Spara-Sprig‹.«

»Absolut richtig«, sagte Lady mit einem glücklichen Lächeln.

Chawker fuhr fort mit der Liste der Additive, zählte sie mit geschlossenen Augen auf, während sein Geschmacksgedächtnis genüßlich die Probehäppchen hin- und herrollte, um deren Aroma und dessen Zusammensetzung zu prüfen. Er ließ die achte Probe aus und kam dann darauf zurück.

»Nummer Acht«, sagte er, »gibt mir Rätsel auf.«

Chawker Major grinste: »Du hast nicht ein Gewürz erkannt?«

»Natürlich habe ich das. Die meisten. Zunächst einmal ›Hüpfendes Lamm‹ – nicht ›Springendes Lamm‹; eindeutig ›Hüpfendes‹, obwohl schon an der Grenze von ›Springendem‹.«

»Nun komm schon, mach es nicht so kompliziert! Das schmeckt doch jeder«, sagte Chawker Major. »Und was noch?«

»›Grüne Minze‹ mit einer Prise ›Sauerminze‹ – beides – und ein Hauch von ›Glitzerblut‹. Aber da war noch etwas, das ich nicht identifizieren konnte.«

»War es gut?« fragte Chawker Major.

»Gut? Heute ist nicht der richtige Tag, mich so etwas zu fragen. Alles ist gut. Alles ist schmackhaft. Und was ich nicht zu erkennen vermag, scheint besonders schmackhaft. Es hat eine Ähnlichkeit mit ›Hecken-Blüte‹, ist aber besser.«

»Besser?« wiederholte Chawker Major entzückt. »Es ist von mir!«

»Was meinst du damit, es ist von dir?« fragte Chawker Minor.

»Mein zu Hause-gebliebener Sohn«, sagte Elder mit sprödem Wohlwollen, »hat sich während deiner Abwesenheit sehr nützlich gemacht. Er entwickelte ein Computerprogramm, mit dem er drei neue vielversprechende körperverträgliche Geschmacksmoleküle kreierte und produzierte. Grand-Elder Tomasz persönlich hat eine dieser Neuschöpfungen von Major auf die Zunge genommen, eben jenes Aroma, das du gerade gekostet und für gut befunden hast, Ausreißer-Minor-mein.«

»Er hat so etwas gar nicht gesagt«, murmelte Chawker Major.

»Sein Gesichtsausdruck bedurfte keiner Worte«, sagte Lady.

»Es *ist* gut«, sagte Chawker Minor, ein wenig bestürzt, daß das Spiel an ihm vorbeizulaufen drohte. »Wirst du dich zum Wettbewerb anmelden?«

»Daran hatte ich gedacht«, erwiderte Chawker Major mit geheuchelter Gleichgültigkeit. »Nicht mit dieser Schöpfung – die ich, nebenbei bemerkt, ›Purpurlicht‹ taufen werde –, denn ich glaube, ich werde bis dahin noch ein anderes, dem Wettbewerb besser entsprechendes Gewürz entwickelt haben.«

Chawker Minor runzelte die Stirn. »Ich hatte gedacht, daß...«

»Ja?«

»... daß daß ich mich jetzt langlegen und meinen Kopf auslüften möchte. Komm, Lady-mein, gib mir noch ein halbes Schälchen von Majors Kreation, und wollen doch mal sehen, wie weit es mir gelingt, die chemische Zusammensetzung von ›Purpurlicht‹ zu erraten.«

3

Eine Woche dauerte die Urlaubsstimmung im Chawkerschen Haushalt an. Elder Chawker war eine sehr bekannte Persönlichkeit auf Gammer, und es sah so aus, als hätte sich die Hälfte der Bevölkerung dieser Welt zu einem Defilee durch seine Abteilung eingefunden, ehe die allgemeine Neugierde befriedigt war und sich jeder selbst davon überzeugt hatte, daß Chawker Minor unbeschädigt zurückgekommen war. Die meisten bestaunten seine Haut, und mehr als eine von den jungen Damen bat um Erlaubnis, seine Wange berühren zu dürfen, als wäre seine leichte Sonnenbräune Schminke, die sich ertasten ließ.

Chawker Minor ließ sich mit erhabenem Gleichmut befingern,

obwohl Lady derartig plumpe Vertraulichkeiten mißbilligte und es auch laut kund tat.

Sogar Grand-Elder Tomasz stieg von seinem Horst zu ihnen herunter, so dick, wie man sich das als Gammermann überhaupt erlauben darf, und offensichtlich trotz seines Alters und der weißen Haare ein ungebrochenes Talent. Er war ein Meister-Feinschmecker, und einen besseren hatte es bisher wohl auf Gammer nie gegeben, gemessen an dem fabelhaften Ruf, den Grand-Elder Faron vor einem halben Jahrhundert genoß. Es gab nichts, was Tomasz sich auf die Zunge legte und was sich ihm nicht bis in alle Einzelheiten offenbarte.

Chawker Minor, der keine große Neigung verspürte, sein eigenes Talent zu unterschätzen, hielt es nicht für eine Schande, zuzugeben, daß sein angeborenes Talent sich noch nicht mit dem Erfahrungsschatz des alten Mannes messen konnte.

Der Grand-Elder, der nun seit fast zwanzig Jahren das jährliche Fest der Preisgerichte dank seines Talents beherrschte, erkundigte sich eingehend bei ihm über die anderen Welten, die er selbstverständlich nie besucht hatte.

Trotzdem bewies er Toleranz und lächelte Lady Chawker zu: »Kein Grund zur Aufregung, Lady. Die jungen Leute von heute sind neugierig. Zu meiner Zeit waren wir damit zufrieden, in unserem eigenen Zylinder auf die Walz zu gehen, wie man so schön sagt; aber das ist eben eine andere Generation, und viele davon machen jetzt die große Tour, wie sie es nennen. Mag ja gut sein, wenn sie die auch sehen – die frivolen, sonnengebleichten, grasfressenden, geschmacklosen Anderen Welten, mit nichts auf der Zunge, was sie zufriedenstellen könnte – da lernt man den ältesten Bruder erst richtig schätzen, wie es so schön heißt.«

Grand-Elder Tomasz war der erste Gammermann, der in Chawker Minors Gegenwart Gammer als den »ältesten Bruder« bezeichnete, obwohl man diesem Ausdruck oft genug auf den Videobändern begegnete. Es war die dritte Kolonie gewesen, die in den Pioniertagen des einundzwanzigsten Jahrhunderts in einer Umlaufbahn um den Mond gegründet worden war, aber die ersten beiden, Alfer und Bayter, waren ökologisch nicht lebensfähig gewesen. Das war erst bei Gammer gelungen.

Chawker Minor sagte mit taktvoller Vorsicht: »Die Leute von den Anderen Welten wurden nicht müde, mir zu versichern, wieviel die später gegründeten Kolonien der Erfahrung von Gammer zu verdanken hätten. Alle hätten, sagten sie, von Gammer gelernt.«

Tomasz strahlte: »Gewiß. Gewiß. Trefflich ausgedrückt.«

Chawker Minor fuhr mit noch größerer Vorsicht fort: »Und doch ist ihre Eigenliebe so groß, versteht Ihr, Grand-Elder, daß ein paar glauben, sie hätten ihr Vorbild Gammer übertroffen.«

Grand-Elder Tomasz schnaubte den Atem durch die Nase aus (atme nie durch den Mund, wenn du es vermeiden kannst, pflegte er immer wieder zu sagen, denn das stumpft die Zunge eines Feinschmeckers ab) und fixierte Chawker mit seinen tiefliegenden blauen Augen, deren Farbe unter den schneeweißen Brauen, die sich darüber wölbten, noch satter wirkte.

»Übertroffen in welcher Beziehung? Haben sie sich da etwas genauer ausgedrückt?«

Chawker Minor, der sich nun auf sehr dünnem Eis bewegte und die Gewitterwolken auf Elder Chawkers Stirn bemerkte, sagte leise: »In Dingen, die sie schätzen, obwohl ich mir in dieser Hinsicht noch kein eigenes Urteil erlauben darf.«

»In Dingen, die *sie* schätzen. Hast du eine Welt gefunden, die sich besser in der Nahrungsmittelchemie auskennt als wir?«

»Nein! Gewiß nicht, Grand-Elder. Keine beschäftigt sich damit, soweit ich das beurteilen konnte. Sie verlassen sich da ganz auf unsere Ergebnisse. Das geben sie offen zu.«

»Sie können sich auf uns verlassen«, sagte Grand-Elder Tomasz grollend, »daß wir die Wirkungen und Nebenwirkungen von einhunderttausend Molekülen kennen und jedes Jahr eintausend hinzukommen, deren Wirkung wir studiert, definiert und analysiert haben. Sie verlassen sich auf uns, daß wir den diätetischen Bedarf von Elementen und Vitaminen bis auf das letzte I-Tüpfelchen bestimmen. Am meisten verlassen sie sich darauf, daß wir die Kunst des Geschmacks bis zur höchsten Vollkommenheit entwickeln, bis zur Empfindung des feinsten, kompliziertesten Aromas. Das tun sie doch, oder etwa nicht?«

»Das alles geben sie ohne Zögern zu.«

»Und wo findest du Computer, die zuverlässiger und komplizierter sind als unsere?«

»Soweit es unsere Spezialität betrifft, nirgends.«

»Und was für Grundkost setzten sie dir vor?« Mit grimmigem Humor fügte er hinzu: »Oder erwarteten sie, daß ein junger Gammermann Gras fräße?«

»Nein, Grand-Elder, sie hatten Basiskost. Auf allen Welten, die ich besuchte, hatten sie unsere Basiskost; und auf jenen, die ich nicht besuchte, gibt es ebenfalls unsere Basiskost, wie man mir versicherte. Selbst auf den Welten, wo unsere Basiskost vorwiegend als Nahrungsmittel für die unteren Klassen betrachtet wird . . .«

Tomasz lief rot an. »Idioten!« murmelte er.

»Andere Welten, andere Sitten«, sagte Chawker Minor ziemlich überstürzt. »Doch selbst dann, Grand-Elder, war unsere Grundkost populär, wenn man etwas brauchte, was billig, nahrhaft und leicht zu bekommen war. Und sie bezogen ihre Grundkost von uns. Alle Welten hatten eine Pilzkultur, die ursprünglich aus Gammer importiert wurde.«

»Welche Kultur?«

»Kultur A-5«, sagte Chawker Minor in entschuldigendem Ton. »Es ist der robusteste Typ, sagen sie, und der am wenigsten Energie verbraucht.«

»Und der gewöhnlichste Pilz«, setzte Tomasz mit Befriedigung hinzu. »Und was für Gewürz-Additive verwenden sie?«

»Sehr wenige«, sagte Chawker Minor. Er dachte einen Moment nach und fuhr dann fort: »Auf Kapper gab es einen Ort, wo sie ein Additiv verwenden, das bei den Kapperleuten sehr beliebt war, und – es war nicht übel. Allerdings waren seine Eigenschaften nicht entsprechend entwickelt worden, und als ich aus den Paketen, die ich von Lady-mein bekam, Gewürzaromen verteilte, mußten sie zugeben, daß ihr Gewürz im Vergleich zu unserem so bescheiden war wie ein Raum-Kieselstein neben Gammer.«

»Das hast du mir gar nicht erzählt«, sagte Lady Chawker, die bisher noch nicht gewagt hatte, mit Bemerkungen in ein Gespräch einzugreifen, an dem der Grand-Elder beteiligt war. »Den Leuten auf den Anderen Welten hat meine Hausmannskost geschmeckt?«

»Ich habe nicht viel davon verteilt«, sagte Chawker Minor, »dafür war ich zu egoistisch. Aber wenn ich ihnen Kostproben gab, hat ihnen das großartig geschmeckt, Lady-mein.«

4

Es dauerte ein paar Tage, ehe die beiden Brüder Gelegenheit fanden, unter vier Augen miteinander zu sprechen.

»Und auf Kee bist du überhaupt nicht gewesen?« erkundigte sich Major. Chawker Minor erwiderte mit gedämpfter Stimme: »Ich war dort. Nur ein paar Tage lang. Länger konnte ich nicht bleiben. Es war zu teuer.«

»Ich bin sicher, Elder würde sich selbst mit diesen beiden Tagen nicht einverstanden erklärt haben.«

»Ich habe nicht vor, es ihm zu erzählen. Du?«

»Was für eine dumme Frage. Erzähl mir, wie es dort war.«

Chawker Minor berichtete in unverschämter Ausführlichkeit und sagte schließlich: »Das Entscheidende ist, Major, daß ihnen das nicht als Unrecht erscheint. Sie denken sich nichts dabei. Das brachte mich auf den Gedanken, daß es vielleicht überhaupt kein absolutes Recht und Unrecht gibt. Woran sie gewöhnt sind, ist richtig. Woran sie nicht gewöhnt sind, ist falsch.«

»Versuche das einmal dem Elder beizubringen.«

»Was er für Recht hält und woran er gewöhnt ist, ist exakt das gleiche. Das mußt du zugeben.«

»Was macht es für einen Unterschied, wenn *ich* es zugebe? Elder glaubt, daß alle Gerechtigkeiten und Untaten von den Gründern unserer Welt niedergeschrieben wurden und daß das alles in einem Buch steht, von dem es nur ein Exemplar gibt, das sich in unserem Besitz befindet, so daß all die Anderen Welten immer im Irrtum leben müssen. Ich meine das natürlich nur metaphorisch.«

»Ich glaube das ebenfalls, Major – metaphorisch. Aber es war aufwühlend für mich, zu beobachten, wie gelassen sie diesen Vorwurf hinnehmen. Ich konnte – konnte ihnen beim Fressen zusehen.«

Ein Anfall von Widerwillen verzerrte Majors Gesicht. »Tiere, meinst du?«

»Es sieht nicht aus wie ein Tier, wenn sie es verzehren. Das ist der springende Punkt.«

»Du hast zugesehen, wie sie Tiere töten und wie sie das dann – das zerstückeln . . .«

»Nein«, kam der hastige Einwurf. »Ich sah es erst, als schon alles vorbei war. Was sie aßen, sah nach einer Art von Basiskost aus, und es roch auch wie eine Basiskost. Ich glaube, es schmeckte wie . . .«

Chawker Major verzog sein Gesicht zu einer Grimasse des Abscheus, und Chawker Minor sagte, um sich zu verteidigen: »Aber das Fressen war schon vorher da, mußt du wissen. Eine irdische Gewohnheit, meine ich. Und es könnte sein, daß die Eßgewohnheiten der Erde als Vorbild dienten, als die Basiskost zum erstenmal auf Gammer entwickelt wurde. Es sollte den Geschmack der Freß-Kost nachahmen.«

»Ich ziehe vor, das nicht zu glauben«, sagte Chawker Major.

»Was du zu glauben beliebst, spielt keine Rolle.«

»Hör zu«, sagte Chawker Major. »Mir ist es egal, was sie fressen. Wenn sie je die Chance bekämen, die echte Basiskost zu essen – nicht den Typ A-5, sondern den fettesten Pilz, wie das Sprichwort sagt – und wenn sie die raffinierten Additive besäßen und nicht dieses primitive Zeug, das sie offenbar daruntermischen, würden sie nur noch Basiskost essen und nicht im Traum daran denken, zu fressen. Wenn sie essen könnten, was *ich* kreiert habe und noch kreieren werde . . .«

Chawker Minor sagte nachdenklich: »Wirst du dich wirklich am Wettbewerb beteiligen, Major?«

Chawker Major dachte einen Moment nach und sagte dann: »Ich glaube, ja, Minor. Ich werde teilnehmen. Selbst, wenn ich nicht gewinne, wird es eines Tages doch dazu kommen. Dieses Programm, das ich entwickelte, ist anders.« Er ereiferte sich. »Es ist nicht vergleichbar mit Computerprogrammen, die ich bisher gesehen oder von denen ich gehört habe; und es funktioniert. Es ist alles in der . . .« Und da war er plötzlich wie zugeknöpft und fuhr verlegen fort: »Ich hoffe, Minor, du bist mir nicht böse, wenn ich dir das Programm nicht verrate? Ich habe *noch keinem* davon erzählt.«

Chawker Minor zuckte mit den Achseln. »Es wäre töricht, wenn du das tätest. Wenn du tatsächlich ein gutes Programm hast, kannst du damit dein Glück machen; das weißt du selbst. Nimm dir Grand-Elder Tomasz als Beispiel. Es muß schon fünfunddreißig Jahre her sein, als er den ›Korridor-Song‹ entwickelte, und er hat bis heute noch nicht seine Forschungsergebnisse veröffentlicht.«

»Ja«, antwortete Chawker Major, »aber es ist nicht schwer, zu erraten, wie er darauf kam. Und es ist meiner Meinung nach auch nicht das ...« Er schloß mit einem skeptischen Kopfschütteln, statt etwas zu sagen, das man als Majestätsbeleidigung auslegen konnte.

»Der Grund«, sagte Chawker Minor, »weshalb ich dich fragte, ob du am Wettbewerb teilnehmen wirst ...«

»Nun?«

»Ist, daß ich selbst schon daran dachte, mich für den Wettbewerb anzumelden.«

»Du? Du hast ja noch gar nicht das richtige Alter dafür.«

»Ich bin einundzwanzig. Aber hättest du etwas dagegen?«

»Dir fehlen doch die Voraussetzungen, Minor. Wann hast du schon mal einen Computer programmiert?«

»Was spielt das für eine Rolle? Ein Computer ist nicht die Lösung.«

»Nein? Was denn sonst?«

»Die Geschmackspapillen.«

»›Sieg-und-Niederlage-liegen-auf-der-Zunge-dicht-beisammen.‹ Wir alle kennen dieses Lied, und wie leicht geht ein Computer durch das Nadelöhr, wie das Sprichwort so schön sagt.«

»Es ist mein Ernst, Major. Ein Computer ist doch nur der Ausgangspunkt! Alle Wege enden auf der Zunge, egal, wo du anfängst.«

»Und selbstverständlich kann ein Meister-Feinschmecker wie unser kleiner Minor hier es schaffen.«

Chawker Minor war nicht so von der Sonne gebräunt, daß man die Röte nicht sah. »Vielleicht nicht ein Meister-Feinschmecker, aber ein Feinschmecker immerhin, und das weißt du. In dem Jahr, wo ich von zu Hause fortgewesen bin, habe ich erst den Wert von guter Basiskost schätzen gelernt und was man damit anstellen könnte. Das ist der entscheidende Punkt. Ich habe genug gelernt ... Hör zu, Major, meine Zunge ist alles, was ich besitze, und ich würde gerne Elder und Lady das Geld zurückzahlen, das sie für mich ausgaben. Hast du etwas dagegen, wenn ich mich beteilige? Fürchtest du den Konkurrenten?«

Chawker Major erstarrte. Er war größer und kompakter als Chawker Minor und sah jetzt nicht sehr freundlich aus. »Ich habe keinen Konkurrenten zu fürchten. Wenn du beim Wettbewerb mitmachen willst, nur zu, Minor-Kleiner. Aber komm hinterher nicht heulend zu mir, wenn du eine Abfuhr erlebst. Und ich warne dich, Elder wird es nicht gerne sehen, wenn du aus dir ein ungenießbares Pilzragout machst, wie man so schön sagt.«

»Niemand muß ja gleich beim erstenmal gewinnen. Selbst wenn ich nicht gewinne, wird es eines Tages doch dazu kommen, wie *du* so schön gesagt hast«, und damit drehte sich Chawker Minor um und ging davon. Er war jetzt auch in einer leicht cholerischen Stimmung.

5

Allmählich beruhigte sich die Lage wieder. Jeder schien genug zu haben von den Geschichten über die Anderen Welten. Chawker Minor hatte zum fünfzigsten Mal die lebenden Tiere beschrieben, die er gesehen hatte, und zum hundertsten Mal bestritten, daß er Zeuge beim Schlachten eines Tieres gewesen sei. Er hatte Wortbilder von den Weizenfeldern gemalt und zu erklären versucht, wie das Sonnenlicht aussah, wenn es auf Männern und Frauen und Gebäuden und Feldern glitzerte, sich in der Luft auflöste, die, aus der Entfernung betrachtet, hellblau und dunstig wirkte. Nein, erklärte er zum zweihundertsten Male, es wäre absolut nicht vergleichbar mit dem Sonnenschein-Effekt in den oberen Beobachtungsräumen von Gammer (die sowieso kaum jemand besuchte).

Nun, wo alles vorbei war, vermißte er sogar etwas, wenn er nicht in den Korridoren angehalten wurde. Er empfand es nicht mehr als Ärgernis, eine Berühmtheit zu sein. Er fühlte sich sogar ein bißchen verloren, während er den Buchfilm abspulte, dessen Betrachtung ihn bereits langweilte, und er versuchte, sich nicht über die Lady zu ärgern.

»Was ist los mit dir, Lady-mein?« sagte er. »Du hast heute noch nicht einmal gelächelt.«

Seine Mutter sah ihn nachdenklich an. »Es ist bedrückend, mit ansehen zu müssen, wie der größere mit dem kleineren Bruder im Streit liegt.«

»Sachte, sachte.« Chawker Minor stand gereizt auf und ging hinüber zum Luftschacht. Heute war Jasmin-Tag, und er liebte dieses Aroma und überlegte gleichzeitig ganz automatisch, wie er das Aroma verbessern könne. Es war selbstverständlich sehr schwach, denn wie jedermann wußte, verdarben starke Blumendüfte das Geschmacksempfinden der Zunge.

»Ich sehe kein Unrecht darin, Lady«, sagte er, »daß ich mich auch um einen Preis bewerbe. Das ist das Recht eines jeden Gammers, der das einundzwanzigste Lebensjahr überschritten hat.«

»Aber es zeugt nicht von gutem Geschmack, gegen seinen eigenen Bruder zu konkurrieren.«

»Guter Geschmack! Warum nicht? Ich konkurriere mit allen Teilnehmern. Und er auch. Es ist nur eine selbstverständliche Nebensache, daß wir auch gegeneinander konkurrieren. Warum stellst du dich nicht auf den Standpunkt, daß er gegen mich kämpft?«

»Er ist drei Jahre älter als du, Minor-mein.«

»Und vielleicht wird er gewinnen, Lady-mein. Er hat den Computer. Ist Major mit der Bitte zu dir gekommen, daß du mich zum Ausscheiden überreden sollst?«

»Nein, das tat er nicht. Denke ja nicht so etwas von deinem Bruder.« Lady sprach mit ernster Stimme, wich aber seinem Blick aus.

»Dann ist er eben nur mit einem beleidigten Gesicht zu dir gekommen, und du hast ihm angesehen, was ihn bedrückt, ohne daß er es dir ausdrücklich sagen mußte. Und all das nur, weil ich mich in der Vorrunde qualifizierte und er das nicht erwartet hat.«

»Jeder kann sich qualifizieren«, kam Chawker Majors Stimme vom Durchgang her.

Chawker Minor schwang herum. »Tatsächlich? Warum regst du dich dann darüber auf? Und wie kam es, daß einhundert Leute in der Vorrunde ausschieden?«

»Was so ein kleiner Vorschmecker entscheidet, hat keine große Bedeutung, Minor«, sagte Chawker Major. »Warte nur, bis die Sache vor das Preisgericht kommt.«

»Da du dich ebenfalls qualifiziert hast, Major, brauche ich dir natürlich nicht zu sagen, wie wenig das bedeutet, wenn irgendein kleiner Vorschmecker . . .«

»Jüngster-mein«, unterbrach ihn Lady ziemlich heftig, »hör auf damit! Vielleicht können wir uns darauf einigen, daß es sehr ungewöhnlich ist, wenn sich sowohl der Major als auch der Minor einer einzigen Einheit qualifizieren.«

Sie beide wagten in Ladys Gegenwart eine Weile nicht das Schweigen zu brechen – aber ihre finsteren Mienen sagten genug.

6

So vergingen die Tage, und Chawker Minor sah sich immer mehr von der Aufgabe in Beschlag genommen, aus Gewürz und Grundkost ein überragendes Meisterwerk zu erschaffen, desgleichen noch nie, wie ihm seine eigenen Geschmackspapillen und sein Geruchsinn verrieten, über die Zunge eines Gamma-Mannes gerollt war.

Er unterzog sich der Mühe, die Grundkost-Bottiche selbst zu besichtigen, wo die schmackhaften zarten Pilze auf übelriechenden Abfällen gediehen und sich, unter künstlich geschaffenen idealen Bedingungen, mit außerordentlicher Geschwindigkeit vermehrten, und zwar in drei Dutzend verschiedenen Grundkulturen, die sich ihrerseits wieder in Neben- und Unterarten verästelten.

(Der Meister-Feinschmecker konnte, wenn er die ungewürzte Grundkost mit der Zunge prüfte – die unverfälschte Pilzspeise, wie es so schön heißt –, zuverlässig sagen, aus welcher Sektion und welchem Korridor die Probe stammte. Grand-Elder Tomasz hatte mehr als einmal – öffentlich – behauptet, daß er sogar den Bottich und manchmal selbst die Stelle im Bottich bestimmen könne, obwohl ihn noch niemand so ganz beim Wort genommen hatte.)

Chawker Minor maßte sich nicht an, mit dem Sachverstand von Tomasz wetteifern zu können, aber er kostete und schmeckte und schmatzte und nippte, bis er genau die richtige Kultur und Gattung gefunden hatte, die er brauchte – der Grundstoff, der sich am besten mit den Zutaten verbinden würde, die er in seinem Kopf zusammenmixte.

Ein guter Feinschmecker, pflegte Grand-Elder Tomasz zu sagen, konnte in seinem Geist die Zutaten kombinieren und die Mixtur abstrakt kosten, nur mit seinem Vorstellungsvermögen. Wer weiß, ob das Tomasz nicht auch nur abstrakt gemeint hatte, aber Chawker Minor nahm diese Behauptung ernst und war sicher, daß er sie auch erfüllen konnte.

Er hatte sich in den Küchen einen Platz gemietet (noch eine zusätzliche Ausgabe für den armen Elder, obwohl Chawker Minor mit einem geringeren Betrag auskam, als Major ihn für sich beanspruchte).

Chawker Minor klagte nicht über diese finanzielle Benachteiligung, denn da er den Computern aus dem Wege ging, brauchte er nicht viel. Stampfer, Rührer, Mixer, Filter und all die anderen Kochgeräte benötigten wenig Platz. Jedenfalls hatte er sich zur Tarnung und Beseitigung aller Gerüche eine hervorragende Haube beschaffen können. (Jedermann kannte die Horrorgeschichten von den Feinschmeckern, die sich mit einem einzigen Dufthauch verraten hatten und dann entdecken mußten, daß eine kreative Mixtur bereits Allgemeingut geworden war, ehe sie sie bis vor das Preisgericht bringen konnten. Vielleicht zeugte es nicht von gutem Geschmack, wie Lady so schön zu sagen pflegte, jemanden um seine kulinarische Urheberschaft zu bringen, aber es passierte, und dagegen gab es auch keinen Rechtsschutz.)

Das Lichtsignal blinkte in einem Code, der sattsam bekannt war. Es war Elder Chawker. Chawker Minor empfand Gewissensbisse wie früher, als er noch ein Kind war und heimlich aus den Schälchen genascht hatte, die für die Gäste reserviert waren.

»Einen Moment, Elder-mein«, rief er, und mit fieberhafter Hast stellte er die Dunsthaube auf volle Leistung, versperrte den Küchenkasten, wischte seine Zutaten von der Tischplatte in die Abfalleimer und trat dann vor die Küchentür, die er rasch hinter sich zumachte.

»Entschuldigung, Elder-mein«, sagte er und versuchte, seiner Stimme einen unbefangenen Ton zu geben. »aber der Feinschmecker-Wettbewerb hat Vorrang.«

»Ich verstehe«, sagte Elder steif, obwohl sich seine Nasenlöcher einen Moment lang aufgebläht hatten, als hätte er nur zu gern eine Riechprobe genommen, »aber du bist in letzter Zeit kaum noch zu Hause gewesen, kaum öfter als zu der Zeit, wo dich der Raumfahrt-Reisefimmel packte, und ich muß sogar zu dir kommen, wenn ich mit dir sprechen will.«

»Kein Problem, Elder, wir gehen in den Gesellschaftsraum.«

Der Gesellschaftsraum lag gleich um die Ecke, und zum Glück war er leer. Da Elder scharfe Blicke umherschickte, schien ihm die Leere zu passen, und Chawker Minor seufzte unhörbar. Es sollte eine Strafpredigt werden, ahnte er.

Schließlich ergriff Elder das Wort: »Minor, du bist mein Sohn, und ich werde meine Vaterpflicht erfüllen. Meine Vaterpflicht besteht jedoch nicht nur darin, Unterhalt zu bezahlen und dafür zu sorgen, daß du einen fairen Start im Leben bekommst. Sie muß auch ihre warnende Stimme erheben, wenn es not tut. Wer sich gute Basiskost wünscht, darf nicht mit dem Faulschlamm beim Nährboden knausern, wie es so schön heißt.«

Chawker senkte die Augen. Er war zusammen mit seinem Bruder bei der Zwischenausscheidung unter die letzten dreißig gekommen, die sich in einer knappen Woche dem offiziellen Preisgericht stellen mußten, und wie aus unoffiziellen Gerüchten verlautete, hatte Chawker Minor etwas besser abgeschnitten als Chawker Major.

»Elder«, sagte Chawker Minor, »möchtest du von mir verlangen, daß ich um meines Bruders willen weniger tue als mein Bestes?«

Elder Chawkers Augen blinzelten einen Moment verwundert, und Chawker Minor schloß sofort den Mund. Er war eindeutig in die falsche Richtung gesprungen.

»Ich bitte dich nicht darum, weniger zu tun als dein Bestes, sondern vielmehr, dich besser zu verhalten, als du es bisher tust. Bedenke doch die Schande, die du uns mit deinem kleinen Anschlag letzte Woche auf Stens Major angetan hast.«

Chawker Minor hatte einen Moment lang Schwierigkeiten, sich zu erinnern, worauf sich das beziehen konnte. Er hatte absolut keinen Anschlag auf Stens Major verübt – eine törichte junge Dame, die sich nur allzu gerne auf das bloße Reden beschränkte, und auch das nur kurz.

»Stens Major? Geschändet? Wie?«

»Bestreite ja nicht, daß du dich noch an das erinnerst, was du zu ihr gesagt hast. Stens Major wiederholte es vor ihrem Elder und ihrer Lady, die gute Freunde unserer Familie sind, und inzwischen ist es in der Sektion allgemeines Gespräch. Was ist nur in dich gefahren, Minor, daß du die Traditionen von Gammer angreifst?«

»Ich habe nichts dergleichen getan. Sie erkundigte sich nach meiner großen Tour, und ich habe ihr nichts anderes erzählt als dreihundert anderen vor ihr.«

»Hast du ihr nicht gesagt, daß es Frauen ebenfalls gestattet werden soll, auf die große Tour zu gehen?«

»Oh.«

»Ja. Oh.«

»Aber Elder, was ich sagte, war, daß, wenn sie die große Tour selbst machen würde, sie nicht so viele Fragen stellen müsse, und als sie weiter fragte, sagte ich ihr, daß es meiner Meinung nach besser für uns alle sein würde, wenn mehr Gammerleute die Anderen Welten besuchten. Wir sind meiner Ansicht nach eine zu geschlossene Gesellschaft, und Elder, ich bin nicht der erste, der so etwas sagt.«

»Ja, ich habe Radikale so etwas sagen gehört, aber nicht in unserer Sektion und ganz gewiß nicht in unserer Familie. Wir bestehen schon länger als die Anderen Welten, wir haben eine stabilere und tüchtigere Gesellschaft; wir haben nicht deren Probleme. Gibt es vielleicht bei uns Verbrecher? Oder Korruption?«

»Aber Elder, dafür bezahlen wir den Preis der Unbeweglichkeit und des Lebendig-Begrabenseins. Wir sind alle so festgebunden, so eingepfercht.«

»Was können sie uns beibringen, diese Anderen Welten? Warst du es nicht selbst, der mit Freuden zurückkehrte in die behaglichen Pferche der Sektionen von Gammer mit ihren Korridoren, die in dem goldenen Licht erstrahlen, das wir selbst herstellen?«

»Ja – aber ich bin auch nur ein verwöhntes Kind, weißt du. Es gibt so viele Dinge auf den Äußeren Welten, die ich mir nur zu gerne angewöhnt hätte.«

»Und was genau meinst du damit, Minor-Wirrkopf-mein?«

Chawker Minor verbiß sich die Antwort, die er ihm geben wollte. Nach einer Weile sagte er: »Warum es nur bei Behauptungen belassen? Wenn ich es *beweisen* kann, daß diese oder jene Besonderheit der Anderen Welt der Gammerfaçon überlegen ist, werde ich den Beweis liefern. Bis dahin – was hat es für einen Sinn, darüber zu reden?«

»Du hast bereits so unendlich viel dummes Zeug geredet, Minor, und es hat dir so wenig Gutes eingebracht, daß wir den Schaden gleich jetzt abrechnen können. – Minor, wenn du vor mir noch etwas Respekt hast nach deiner großen Tour, die Lady-dein, Gammer weiß, mir gegen meinen Willen abschwatzte, oder wenn du Achtung vor der Tatsache hast, daß ich dir nichts verweigere, was mein Kredit verschaffen kann, dann wirst du von nun an deinen Mund halten. Denke nicht, daß ich davor zurückschrecken werde, dich fortzuschicken, wenn du uns Schande machst. Du darfst dann deine große Tour so lange fortsetzen, wie der Orbit besteht – und bist fortan mein Sohn nicht mehr.«

Chawker Minor sagte mit leiser Stimme: »Wie du befiehlst,

Elder. Von diesem Moment an, bis ich Beweise habe, werde ich nichts mehr sagen.«

»Da du niemals diese Beweise haben wirst«, antwortete Elder grimmig, »werde ich mich damit zufrieden geben, wenn du dein Wort hältst.«

7

Das alljährliche Finale war das größte Urlaubsereignis, der größte soziale Anlaß, das größte Spektakel in jeder Hinsicht im Verlauf des Jahres. Die Kreationen aus elegant gewürzter Basiskost standen in dreißig Schüsseln bereit. Jeder von den dreißig Richtern würde von jeder Schüssel eine Kostprobe nehmen mit entsprechend langen Pausen dazwischen, damit sich die Zungen wieder erholten. Sie würden den ganzen Tag dazu brauchen.

In aller Ehrlichkeit mußten die Gammerleute zugeben, daß von den fast hundert Preisträgern, die in der Geschichte von Gammer mit Auszeichnungen und Applaus bedacht wurden, nicht durchweg Gerichte kreiert wurden, die auch als Klassiker in das Große Menü Einzug hielten. Einige dieser Kreationen waren vergessen und andere wieder inzwischen zu gewöhnlicher Kost herabgestuft. Andererseits waren mindestens zwei von Gammers kulinarischen Dauerbrennern, Kombinationen, die zwei Jahrzehnte lang Bestseller in Restaurants und als Lieblingsspeisen auf dem Familientisch gewesen waren, in den Jahren, wo sie dem Preisgericht vorgestellt wurden, nur unter »ferner liefen« eingestuft worden. »Schwarzer Samt«, das mit seiner eigenartigen Kombination aus »Schokoladen-warm« und »Kirschblüte« zu einer Standard-Süßspeise geworden war, schaffte es nicht einmal, bis zur Endausscheidung vorzustoßen.

Chawker Minor hatte keine Zweifel, wie es ausgehen würde. Er war so zuversichtlich, daß er sich sogar ständig in der Gefahr befand, sich zu langweilen. Er behielt die Gesichter der Richter im Auge, sobald sie nach einer Erholungspause den Schüsseln eine winzige Kostprobe entnahmen und auf ihre Zunge legten. Die sorgsam bewahrte Stumpfheit der Mienen, Lider wie Senkblei über den Augen. Ein Richter, der diesen Namen verdiente, konnte sich unmöglich zu einem überraschten Blinzeln oder einem befriedigten Seufzer hinreißen lassen, schon gar nicht zu einem verächtlichen Zucken der Mundwinkel. Sie verteilten Noten nur mit Hilfe der kleinen Computerkarten, die sie bei sich trugen.

Chawker Minor fragte sich, ob sie sich auch so gut beherrschen konnten, wenn sie *sein* Gericht probierten. In der letzten Woche war seine Mixtur zur Perfektion herangereift, hatte einen Gipfel der Geschmacksentfaltung erreicht, die man unmöglich verbessern konnte, *unmöglich* . . .

»Zählst du deine Gewinnpunkte?« fragte Chawker Major neben seinem Ohr.

Chawker Minor fuhr zusammen und drehte sich rasch um. Chawker Major war ganz in Platon gekleidet und lächelte ihn strahlend an.

»Sachte, Major-mein«, sagte Chawker Minor. »Ich wünsche dir das Beste. Ernsthaft. Ich möchte, daß du so hoch gewinnst wie möglich.«

»Zweiter Platz, wenn du gewinnst. Richtig?«

»Würdest du auf den zweiten Platz verzichten, wenn ich gewänne?«

»Du kannst nicht gewinnen. Ich habe mich ein bißchen damit beschäftigt. Ich kenne deine Basiskost-Kultur; ich kenne auch deine Zutaten . . .«

»Hattest du noch Zeit für deine eigene Arbeit, wenn du so viel Zeit zum Schnüffeln verwandt hast?«

»Mach dir meinetwegen keine Sorgen. Ich brauchte nicht lange dazu, mich zu überzeugen, daß sich daraus unmöglich etwas Brauchbares zusammenmixen läßt.«

»Das hast du mit dem Computer nachgeprüft, wie ich vermute?«

»Das habe ich.«

»Dann wundere ich mich, wie es bis zum Finale vordringen konnte. Vielleicht weißt du doch nicht alles, was man über meine Zutaten wissen sollte. Hör zu, Major, die Anzahl der wirksamen Kombinationen ist schon bei wenigen Zutaten astronomisch, wenn wir die zahlreichen Möglichkeiten der Dosierung und Behandlung vor und nach dem Mischen berücksichtigen, die Reihenfolge der Beimischung und die . . .«

»Du brauchst mir darüber keine Vorlesung zu halten, Minor.«

»Dann weißt du, daß kein noch so komplizierter Computer ein Programm hat, das die Komplexität einer raffinierten Zunge erreichen könnte. Du kannst einige Zutaten in so geringen Dosierungen verwenden, daß sie selbst von der Zunge nicht mehr herausgeschmeckt werden und doch dem Gericht ein Aroma geben, daß es eine vollkommen andere Qualität erhält.«

»Das haben sie dir wohl auf den Anderen Welten beigebracht, Kleiner?«

»Das habe ich selbst herausgefunden.« Und Chawker Minor stakte davon, ehe er der Versuch erlag, zuviel auszuplaudern.

8

Es stand außer Frage, daß Grand-Elder Tomasz auch diesmal wie schon in einer stattlichen Reihe früherer Jahre das Richterkomitee in seiner Backentasche hatte, wie man so schön sagte.

Er blickte den langen Tisch hinauf und hinunter, wo inzwischen die Richter in der Reihenfolge ihres Ranges Platz genommen hatten und dessen Kopfende Tomasz einnahm. Der Computer war mit den Daten gefüttert worden und hatte das Ergebnis ausgedruckt. Es herrschte absolute Stille im Saal, wo die Wettbewerber mit ihren Freunden und Familien saßen und auf einen Triumph warteten oder, wenn es sein mußte, auf den Trostpreis, die Gerichte der Konkurrenten ebenfalls probieren zu dürfen.

Der Rest von Gammer, vermutlich ohne Ausnahmen, erlebte das Ganze in Holo-Video mit. Schließlich würden noch weitere Portionen von den Preisgerichten für ein wochenlanges Fest vorbereitet werden, und die Meinung der Allgemeinheit deckte sich auch nicht immer mit der Entscheidung der Richter, obwohl das auf die Preisverteilung keinen Einfluß hatte.

»Ich kann mich nicht an eine Endausscheidung erinnern«, sagte Tomasz, »wo, wie der Computer bestätigt, die Entscheidung so einmütig ausgefallen wäre.«

Ein allgemeines Nicken der Köpfe am Tisch, ein allgemeines Lächeln und zufriedene Mienen.

Chawker Minor dachte: Sie sehen nicht so aus, als heuchelten sie und redeten nur dem Grand-Elder nach der Zunge. Also muß es mein Gericht sein.

»Ich hatte in diesem Jahr die Ehre, ein Gericht kosten zu dürfen, das raffinierter, verlockender und ambrosischer war als alles, was mir bisher in meiner langjährigen Praxis auf die Zunge gekommen ist. Die Krönung aller Meisterstücke. Ich kann mir nicht vorstellen, wie es übertroffen werden könnte.«

Er hielt die Computer-Karten hoch: »Der Sieger wurde einstimmig gewählt und der Computer nur dazu gebraucht, die Reihenfolge der weiteren Plätze festzulegen. Der Gewinner ist...« nur eine kurze Kunstpause, und dann, zum größten Erstaunen aller bis auf den Sieger »– Chawker Minor, für sein Gericht ›Berg-Kappe‹. – Junger Mann.«

Chawker Minor trat an den Richtertisch, um das Band, die Plakette, die Glückwünsche, das Händeschütteln, das Mikrofon für das Interview und das allgemeine Wohlwollen entgegenzunehmen, und die anderen Konkurrenten erhielten die Nummern ihres Listenplatzes. Chawker Major hatte als Fünftbester abgeschnitten.

9

Grand-Elder Tomasz nahm nach einer Weile Chawker Minor zur Seite und hakte den Arm des jungen Mannes unter seinen Ellenbogen.

»Nun, Chawker Minor, das ist ein wunderschöner Tag für dich und für uns alle. Ich übertreibe nicht. Dein Gericht war das beste, das ich jemals gekostet habe. Und doch hast du mich in Neugierde und Erstaunen versetzt. Zwar habe ich alle Zutaten identifiziert; aber ihre Kombination konnte unmöglich den Geschmack erzeugen, den das Gericht tatsächlich hatte. Wärst du bereit, mir das Geheimnis deiner Kreation mitzuteilen? Ich nähme es dir nicht übel, wenn du dich weigertest; aber in so einem Ausnahmefall, wo ein so junger Mann eine so überragende Leistung...«

»Ich habe nichts dagegen, es Euch zu verraten, Grand-Elder. Ich will es sogar allen mitteilen. Ich sagte meinem Elder, daß ich schweigen würde, bis ich Beweise hätte. Ihr habt mir diesen Beweis geliefert!«

»Wie bitte?« sagte Tomasz verständnislos. »Was für einen Beweis?«

»Die Idee zu diesem Gericht ist mir eigentlich auf der Anderen Welt Kapper gekommen, weshalb ich ihr zu Ehren das Gericht ›Berg-Kappe‹ nannte. Ich verwendete gewöhnliche Zutaten, Grand-Elder, sorgfältig miteinander gemischt, bis auf ein Gewürz. Ich nehme an, Ihr habt in meinem Gericht das Aroma von ›Garten-Tang‹ entdeckt?«

»Ja, ich schmeckte es; aber es hatte eine leichte Abwandlung, glaube ich, die ich nicht zu entschlüsseln vermochte. Wie konnte die Andere Welt, von der du sprichst, einen Einfluß darauf haben?«

»Weil es nicht ›Garten-Tang‹ war, Grand-Elder, nicht das chemische Produkt. Ich benützte eine komplizierte Mischung an Stelle dieses ›Garten-Tangs‹, eine Mischung, über deren Zusammensetzung ich mir noch nicht ganz im klaren bin.«

Tomasz' Stirn warf mächtige Falten. »Willst du mir damit sagen, daß du dieses Gericht nicht wiederholen kannst?«

»Ich *kann* es reproduzieren; dessen könnt Ihr gewiß sein, Grand-Elder. Das Gewürz, von dem ich sprach, ist Knoblauch.«

Tomasz erwiderte ungeduldig: »Das ist nur der vulgäre Ausdruck für ›Berg-Tang‹.«

»*Nicht* ›Berg-Tang‹. Das ist eine bekannte chemische Mischung. Ich spreche von der Wurzelknolle der Pflanze.«

Grand-Elder Tomasz' Augen öffneten sich weit, desgleichen sein Mund. »Keine chemische Mischung kann die Komplexität eines wachsenden Produktes erreichen, Grand-Elder«, fuhr Chawker Minor begeistert fort, »und auf Kapper züchten sie eine besonders delikate Art, die sie zum Würzen ihrer Basiskost verwenden. Sie benützen es nicht richtig, ohne Einsicht in seine Möglichkeiten. Ich sah sofort, daß ein echter Gammermann damit unvergleichlich Besseres erreichen könnte, also brachte ich eine Anzahl der Knollen mit nach Hause und benützte sie zum großen Vorteil. Ihr sagtet selbst, es wäre das beste Gericht aus Basiskost gewesen, das Euch je auf die Zunge gekommen sei, und gibt es einen besseren Beweis dafür, wie wichtig es ist, unsere Gesellschaft zu öffnen, als . . .«

Doch da versagte schließlich seine Stimme, und er starrte Tomasz staunend und bestürzt an. Tomasz zog sich eilends von ihm zurück. Er sagte mit gurgelnder Stimme: »Ein Gewächs – aus dem Schmutz – ich habe ein Gewächs gegessen . . .«

Der Grand-Elder, der so oft mit der Standhaftigkeit seines Magens geprahlt hatte und daß er noch nie gekotzt hätte, nicht einmal als Kind. Und ganz gewiß hatte sich bisher noch *niemand* im großen Saal des Preisgerichts erbrochen. Der Grand-Elder wurde nun in beiderlei Hinsicht ein Präzedenzfall.

Chawker Minor hat sich davon nicht mehr erholt. Er würde sich nie davon erholen. Wenn es Verbannung bedeutete, wie Elder Chawker ihm erklärt hatte, dann war es eben so. Er würde nie mehr hierher zurückkommen.

Elder war nicht gekommen, um ihm Lebewohl zu sagen. Major selbstverständlich auch nicht. Es war nicht mehr wichtig; Chawker Minor schwor sich, daß er schon irgendwie ohne ihre Hilfe zurechtkommen würde, und wenn er sich auf Kapper als Koch verdingen müßte.

Nur Lady war da, die einzige auf weiter Flur, die ihn verabschiedete; die einzige, die es wagte, ihn auch als Unperson, zu der er geworden war, noch gelten zu lassen. Sie zitterte und sah traurig aus, und Chawker Minor war erfüllt von dem verzweifelten Wunsch, sich zu rechtfertigen.

»Lady-mein«, sagte er in einem Aufruhr von Selbstmitleid, »es ist *unfair*! Es war das beste Gericht, das je auf Gammer kreiert wurde. Das hat der Grand-Elder *selbst* gesagt. Das *beste*. Wenn es eine kleingehackte Knolle enthielt, dann folgert daraus nicht, daß das Gericht schlecht war; es bedeutete, daß die Knolle gut war. Siehst *du* das nicht ein? – Schau, ich muß an Bord gehen. Sag mir, daß du es einsiehst. Verstehst du nicht die Konsequenz? Daß wir eine offene Gesellschaft werden und andere nicht nur lehren, sondern auch von ihnen lernen müssen, weil wir sonst verdorren?«

Die Plattform war im Begriff, ihn zur Einstiegsluke des Schiffs hinaufzuheben. Sie betrachtete ihn betrübt, als wüßte sie schon, daß sie ihn nie wiedersehen würde.

Er war schon auf der obersten Stufe, lehnte sich über die Reeling. »Was habe ich *falsch* gemacht, Lady-mein?«

Und sie sagte mit einer dünnen, verzweifelten Stimme: »Kannst du nicht verstehen, Minor-mein, was du getan hast, war kein guter ...«

Das Dröhnen der sich öffnenden Schiffsluke erstickte ihre letzten Worte, und Chawker Minor ging an Bord und kehrte Gammer für immer den Rücken.

Einleitung zu Hört, wie es geschah

Nicht alles, was ich anpacke, zahlt sich aus. Ich hatte es, im Juni 1978, schon in meinem Kopf, den Entwurf zu einer ironischen Weltgeschichte in einer Serie von komischen Szenen, hauptsächlich deswegen, weil das, was ich mir ausgedacht hatte, mir als eine sehr lustige Anfangsszene erschien.

Bedauerlicherweise war die lustige Szene, die ich mir für den Anfang ausgedacht hatte, die einzige komische Szene, die ich zustande brachte. Also gab ich das Projekt auf. Ich nannte den Anfang des Buches-das-sich-nicht-auszahlte »Hört, wie es geschah«, bot ihn George Scithers an, und er erschien in der Frühjahrsausgabe 1979 von *Asfam*.

9.
Hört, wie es geschah (1978)

Mein Bruder begann das Diktat in seinem besten rhetorischen Stil, mit dem er die Stämme dazu zwingt, an seinen Lippen zu hängen.

»Am Anfang«, sagte er, »genau vor fünfzehn Komma zwei Milliarden Jahren, gab es einen großen Knall, und das Universum . . .«

Aber ich hatte aufgehört zu schreiben. »Vor fünfzehn Milliarden Jahren?« sagte ich ungläubig.

»Absolut«, gab er zurück. »Ich bin erleuchtet.«

»Ich kritisiere ja nicht deine Erleuchtung«, sagte ich. (Das ließ ich lieber bleiben. Er ist drei Jahre jünger als ich; aber seine Erleuchtungen versuche ich gar nicht erst anzuzweifeln. Niemand tut das, oder er müßte schrecklich dafür büßen.) »Aber möchtest du die Geschichte der Schöpfung über einen Zeitraum von fünfzehn Milliarden Jahren erzählen?«

»Das muß ich«, sagte mein Bruder. »Denn so lange hat sie gedauert. Ich habe es alles hier drin«, er klopfte gegen seine Stirn, »und ich habe es aus allerhöchster Quelle.«

Doch inzwischen hatte ich meinen Griffel niedergelegt. »Kennst du den Preis von Papyrus?« fragte ich.

»Was?« (Er mag göttliche Eingebungen haben, aber bei so profanen Dingen wie dem Preis von Papyrus hatte er, wie ich häufig feststellte, keine Erleuchtung.)

»Nehmen wir einmal an«, sagte ich, »du brauchst für die Beschreibung der Ereignisse von einer Million Jahren eine Rolle Papyrus. Das bedeutet, daß du fünfzehntausend Rollen füllen mußt. Du wirst also ziemlich lange reden müssen, bis sie voll sind, und du weißt, daß du nach einer Weile zu stottern beginnst. Ich werde ziemlich viel schreiben müssen, bis sie voll sind, und dabei werden mir die Finger abfallen. Und selbst wenn wir uns diese Menge Papyrus leisten können und du einen so langen Atem hast und ich die Kraft, das Diktat durchzuhalten, wer wird das alles kopieren? Wir brauchen eine garantierte Auflage von hundert Exemplaren, ehe wir es verlegen können, denn wo wollen wir sonst die Tantieme hernehmen?«

Mein Bruder dachte eine Weile nach. »Du glaubst, ich sollte es kürzen?« fragte er.

»Erheblich«, erwiderte ich, »wenn du damit das Publikum erreichen willst.«

»Wie wäre es mit hundert Jahren?« fragte er.

»Wie wäre es mit sechs Tagen?« fragte ich.

Er sagte entsetzt: »Du kannst die Schöpfung unmöglich in sechs Tage hineinpressen.«

»Ich habe aber nur Papyrus für sechs Tage«, erwiderte ich. »Was sagst du nun?«

»Ach so«, sagte er und begann wieder zu diktieren: »Am Anfang ... Müssen es unbedingt sechs Tage sein, Aaron?«

Ich blieb hart: »Sechs Tage, Moses.«

Einleitung zu Ideen sterben langsam

In den fünfziger Jahren lag *Galaxy Science Fiction* in der Spitzengruppe des Feldes. Das Magazin wurde von Horace L. Gold herausgegeben und lieferte sich ein spannendes Rennen mit *Astounding Science Fiction*. Gold war jedoch ein scharfzüngiges Individuum, und seine Ablehnungen waren grausam. Ich erreichte schließlich den Punkt, wo ich das Gefühl hatte, ich könnte diesen Ton nicht mehr ertragen, und hörte auf, für ihn zu schreiben.

Im März 1957 indes bat er mich, ihn auf die Probe zu stellen, und versprach, seine Absage, wenn sie nötig wäre, mit angemessener Höflichkeit abzufassen. Ich dachte, ich wollte es deshalb doch versuchen, da mir, von seinen Ablehnungen einmal abgesehen, Horace sympathisch war. »Ideen sterben langsam« war das Resultat, und er dachte nicht daran, es abzulehnen. Die Geschichte erschien 1957 in der Oktoberausgabe von *Galaxy*.

Seither ist ein Vierteljahrhundert vergangen. Warum ist die Geschichte inzwischen nicht in einer meiner Sammlungen erschienen? Meiner Meinung nach ist es keine üble Geschichte.

Sie ist jedoch historisch überholt. Ich achte in der Regel darauf, meine Geschichten so abzufassen, daß es kaum zu einer Kollision mit dem wissenschaftlichen Fortschritt kommen kann; doch diesmal hatte ich Pech. 1957 sprach alle Welt davon, zum Mond zu reisen, aber bis dahin hatte man noch nicht einmal einen Satelliten in eine Erdumlaufbahn gebracht. Daher wähnte ich mich in Sicherheit, wenn ich eine Reise zum Mond beschrieb. Ich nahm an, daß die Ereignisse mich nicht so rasch überholen würden – was jedoch geschah. Binnen weniger Jahre umkreisten nicht nur Satelliten die Erde, sondern eine Lunar-Sonde hatte inzwischen den Mond umrundet und die Rückseite des Erdtrabanten fotografiert.

Wie mir scheint, kann ich heute trotzdem damit leben, überholt worden zu sein. Ich kann es als eine pädagogische Erfahrung nützen. Hier ist ein Beispiel dessen, was mir 1957 als ein raffinierter Einfall erschien, und Sie können sich selbst davon überzeugen, wie ein rasanter wissenschaftlicher Fortschritt sogar eine kultivierte Einbildungskraft zu überholen vermag.

10.
Ideen sterben langsam (1957)

Man schnallte sie fest für die Beschleunigungsphase des Starts, umgab ihre raffiniert entworfenen Sessel mit Flüssigkeit und erhöhte ihre körperliche Widerstandskraft mit Drogen.

Dann, als die Zeit kam, daß sie ihre Gurte wieder lösen konnten, hatten sie auch nicht viel mehr Raum zur Verfügung als vorher.

Das einteilige leichte Gewand, das sie beide trugen, gab ihnen eine Illusion von Freiheit, aber nur eine Illusion. Sie konnten zwar ihre Arme frei bewegen, aber die Beine nur in einem beschränkten Ausmaß. Sie vermochten immer nur jeweils eines ganz auszustrecken, nicht beide gleichzeitig.

Sie konnten sich in halber Rückenlage nach links oder rechts bewegen, aber sie konnten ihre Sessel nicht verlassen. Die Stühle waren alles, was sie hatten. Sie konnten essen, schlafen, all ihre körperlichen Bedürfnisse auf eine kaum zumutbare Weise erfüllen, so lange sie dort saßen, und sie mußten dort sitzen.

Das Ganze lief darauf hinaus, daß sie eine Woche lang (genau genommen, etwas länger) dazu verdammt waren, in einem Grab zu leben. In diesem Moment spielte es keine Rolle, daß das Grab von der Unendlichkeit des Universums umgeben war.

Die Beschleunigung war vorbei und überstanden. Sie hatten mit dem lautlosen gleichmäßigen Sturz durch den Raum begonnen, der Erde und Mond trennte, und ein großer Horror saß ihnen im Nacken.

Bruce G. Davis, Jr., sagte mit hohler Stimme: »Worüber sollen wir reden?«

»Ich weiß nicht«, antwortete Marvin Oldbury. Dann trat wieder Stille ein.

Sie waren keine Freunde. Bis vor kurzem hatten sie sich überhaupt nicht gekannt. Aber sie waren beide hier eingesperrt, hatten sich beide freiwillig gemeldet und beide die Voraussetzungen erfüllt. Sie waren ledig, intelligent und in guter körperlicher Verfassung.

Zudem hatten sie sich monatelang in einer intensiven psychotherapeutischen Behandlung darauf vorbereitet.

Und der beste Rat, den ihnen die Psycho-Boys hatten geben können, lautete – *reden*!

»Wenn nötig, redet ununterbrochen«, hatten sie gesagt. »Laßt das Gefühl der Einsamkeit gar nicht erst aufkommen.«

»Wie können die das denn wissen?« sagte Oldbury. Er war der Größere und Kompaktere der beiden, kräftig, mit einem markanten Gesicht. Ein Haarbüschel wuchs genau über seinem Nasensattel und setzte einen Punkt zwischen zwei dunklen Augenbrauen-Strichen.

Davis war ein sommersprossiger Typ mit sandfarbenen Haaren, einem herausfordernden Grinsen und beginnenden Schatten unter den Augen. Es mochten diese Schatten sein, die seine Augen mit bösen Ahnungen zu füllen schienen.

»Wie könnte wer was wissen?« fragte er.

»Die Psychiater. Sie sagen, wir sollen reden. Woher wissen sie, daß das für etwas gut sein soll?«

»Was kümmert sie das?« entgegnete Davis scharf. »Es ist ein Experiment. Wenn es nicht funktioniert, sagen sie dem nächsten Paar: ›Redet ja kein Wort.‹«

Oldbury streckte seine Arme aus, und seine Finger berührten die große, mit Anzeigen und Meßgeräten vollgestopfte Halbkugel, die sie umgab. Er konnte die Schalter umlegen, die Klimaanlage bedienen, die Plastikschläuche zusammenkneifen, aus denen sie einen mild schmeckenden Nahrungsextrakt saugen konnten, den Müllschlucker antippen und mit den Fingerspitzen an den Skalen des Teleskops drehen.

Alles war in die sanfte Glut der Lichter getaucht, die ihre Elektrizität aus den Solar-Batterien an der Außenhaut des Schiffs bezogen, wo sie dem nie versagenden Sonnenlicht ausgesetzt waren. Dem Himmel sei Dank, dachte er, für den Drall, den man dem Fahrzeug mit auf den Weg gegeben hatte. Er erzeugte eine Zentrifugalkraft, die ihn mit dem Gefühl von Gewicht in seinen Sessel hineinpreßte. Ohne diese Gravitations-Zugabe, die ihnen die Illusion irdischer Schwerkraft vermittelte, wäre es nicht auszuhalten gewesen.

Trotzdem hätten sie im Schiff noch Raum schaffen können, Raum zu Lasten der notwendigen Instrumentenbestückung, der den beiden darin eingepferchten Menschen zugute gekommen wäre.

Er kleidete seine Überlegung in Worte und sagte: »Sie hätten uns mehr Raum geben können.«

»Weshalb?« fragte Davis.

»Damit wir stehen können.«

Davis gab einen grunzenden Laut von sich. Das war die einzige Antwort, die man darauf geben konnte.

»Warum hast du dich freiwillig gemeldet?« fragte Oldbury.

»Das hättest du mich vor dem Start fragen sollen. Da wußte ich es. Ich wollte einer von den ersten Menschen sein, die um den Mond flogen. Ich wollte mit fünfundzwanzig ein großer Held sein. Kolumbus und ich, verstehst du?« Er drehte den Kopf ruhelos hin und her und saugte dann zwei Sekunden am Wasserschlauch. »Trotzdem hatte ich seit zwei Monaten den Wunsch, auszusteigen. Jeden Abend ging ich schweißgebadet zu Bett und schwor mir, ich kündige am nächsten Morgen.«

»Aber du hast nicht gekündigt.«

»Nein, habe ich nicht. Weil ich nicht konnte. Weil ich zu feige war, zuzugeben, daß ich feige bin. Noch als sie mich in diesem Sessel festgurteten, war ich fest entschlossen, zu brüllen: ›Nein! Holt euch jemand anderen!‹ Selbst da brachte ich es nicht fertig.«

Oldbury lächelte gequält: »Ich wäre nicht einmal imstande gewesen, es ihnen zu sagen. Ich schrieb einen Zettel, daß ich der Aufgabe nicht gewachsen bin. Ich wollte ihn mit der Post schikken und mich in der Wüste verstecken. Weißt du, wo der Zettel jetzt ist?«

»Wo?«

»Er steckt in meiner Brusttasche. Hier.«

»Das ist jetzt nicht mehr wichtig«, sagte Davis. »Wenn wir zurückkommen, werden wir Helden sein – große, berühmte, zitternde Helden.«

Lars Nilsson war ein blasser Mann mit traurigen Augen und auffallend starken Knöcheln an seinen dünnen Fingern. Er war seit drei Jahren der für das Projekt Deep Space verantwortliche Zivilist. Er hatte immer Spaß an seinem Job gehabt, selbst in den Zeiten der Krise und der Fehlschläge. Erst in dem Moment, als die beiden Männer in der Maschine in den Sesseln festgegurtet worden waren, änderte sich das.

»Ich komme mir vor wie bei einer Vivisektion«, sagte er.

Dr. Godfrey Mayer, der Chef der psychologischen Abteilung, antwortete mit gekränktem Gesicht: »Männer müssen sich genauso einem Risiko unterziehen wie die Schiffe. Wir haben alles Menschenmögliche getan, um sie auf ihre Aufgabe vorzubereiten und ihre Sicherheit zu gewährleisten. Und schließlich sind diese Männer Freiwillige.«

»Das weiß ich«, erwiderte Nilsson farblos. Dieser Umstand war für ihn kein echter Trost.

Während Oldbury auf die Skalen starrte, fragte er sich, wann, falls jemals, eine der Anzeigen rot aufleuchten würde, wann die Alarmglocke zum erstenmal schrillte.

Man hatte ihnen versichert, daß aller Wahrscheinlichkeit nach so etwas nicht passieren würde; sie waren jedoch beide gründlich darin ausgebildet worden, wie man in derartigen Fällen jedes Gerät von Hand bedienen und entsprechend gegensteuern mußte.

Und aus gutem Grund. Die Automation war bis zu einem Punkt fortgeschritten, wo das Schiff einen sich selbst regulierenden Organismus darstellte, ein System, das sich fast wie ein lebendes Wesen selbst steuerte. Doch dreimal waren unbemannte Schiffe, fast so kompliziert wie dieses, in dem sie eingesargt waren, auf einen Bumerang-Kurs um den Mond geschickt worden, waren aber in allen drei Fällen nicht zur Erde zurückgekehrt.

Zudem waren in allen drei Fällen die Anlagen ausgefallen, mit denen die Meßdaten zur Erde übermittelt wurden, noch ehe die Schiffe auf dem Hinflug die vorausberechnete Umlaufbahn um den Mond erreichten.

Die öffentliche Meinung schlug um, man wurde ungeduldig, und die Männer, die an dem Projekt Deep Space arbeiteten, einigten sich darauf, nicht erst die Rückkehr einer unbemannten Raumkapsel abzuwarten, ehe sie das Leben menschlicher Wesen riskieren wollten. Es wurde beschlossen, daß das Raumfahrzeug eine Besatzung haben müsse, damit sie von Hand die kleinen, sich kumulierenden Fehler der unvollkommenen Automation korrigieren und ausgleichen konnte.

Eine Besatzung von zwei Männern – sie fürchteten, daß ein Mann allein in der Kapsel den Verstand verlieren könne.

»Davis! He, Davis!« sagte Oldbury.

Davis schreckte aus seinem brütenden Schweigen hoch. »Was?«

»Laß uns nachsehen, wie die Erde ausschaut.«

»Weshalb?« wollte Davis wissen.

»Weshalb nicht? Wir sind im Raum. Dann wollen wir doch wenigstens die Aussicht genießen.«

Er lehnte sich zurück. Das Teleskop war ein Beispiel für die Automation des Raumschiffes. Der Aufprall von kurzwelligen Strahlen schaltete es automatisch ab. Die Sonne konnte man unter keinen Umständen mit dem Teleskop betrachten. Abgesehen davon richtete sich das Teleskop stets auf die hellste Lichtquelle im Raum aus und glich dabei automatisch alle Eigenbewegungen des Schiffes aus, wie die Ingenieure ihnen ein wenig pauschal erklärt hatten. Kleine fotoelektrische Zellen rotierten unablässig an den vier Seiten des Schiffes und suchten den Himmel ab. Wenn die hellste Lichtquelle nicht erwünscht war, konnte man das Teleskop immer von Hand bedienen.

Davis schloß den Kontakt, und das Teleskop füllte sich mit Licht. Er schaltete die künstliche Beleuchtung in der Kapsel ab, und der Kontrast zwischen dem hellen Bild und dem schwarzen Hintergrund wurde schärfer.

Es war selbstverständlich kein Globus, auf dem sich die Kontinente abzeichneten. Was sie sahen, war eine dunstige Mischung aus Weiß und Blau-Grün, die den Beobachtungsschirm ausfüllte.

Das Gerät, das den Abstand von der Erde maß, indem es den Wert der Schwerkraft-Konstante berechnete, zeigte einen Strich knapp unter dreißigtausend Meilen an.

»Ich peile mal den Rand an«, sagte Davis. Er streckte den Arm aus, um das Teleskop neu einzurichten, und das Bild auf dem Schirm machte einen Satz.

Eine schwarze Sichel füllte den Bildrand. Keine Sterne zeigten sich darin.

»Es ist der Nachtschatten«, erklärte Oldbury.

Rasch wanderte das Bild nach oben. Nun rückte die schwarze Sichel von der anderen Seite her, deren Wölbung viel stärker ausgeprägt war, ins Bild. Diesmal zeigten sich in der schwarzen Fläche die scharfen grellen Punkte der Sterne.

Oldbury schluckte. »Ich wünschte, ich wäre wieder dort unten«, sagte er feierlich.

»Wenigstens können wir sehen, daß die Erde rund ist«, sagte Davis.

»Was für eine Entdeckung!«

Davis schien die Art, in der Oldbury diesen Satz betonte, als Kränkung aufzufassen. »Ja, es ist eine Entdeckung, wenn du es auch nicht wahrhaben möchtest«, sagte er. »Nur ein kleiner Prozentsatz der Erdbevölkerung hatte sich bisher überzeugen lassen, daß die Erde rund sei.« Er schaltete mit finsterem Gesicht die Innenbeleuchtung wieder ein und das Teleskop ab.

»Seit 1500 weiß es jeder«, sagte Oldbury.

»Wenn du die Stämme von Neu Guinea betrachtest, glaubten sie selbst noch 1950, daß die Welt eine Scheibe sei. Und in Amerika gab es bis in die dreißiger Jahre dieses Jahrhunderts hinein religiöse Sekten, die ebenfalls die Erde für ein Brett hielten. Sie setzten Preise aus für jeden, der ihnen beweisen könne, daß sie rund sei. Ideen sterben langsam!«

»Verrückte?« sagte Oldbury murrend.

Davis erwärmte sich für das Thema. Er sagte: »Kannst *du* beweisen, daß sie rund ist? Ich meine, abgesehen von der Tatsache, daß du siehst, daß sie zur Zeit rund ist.«

»Du wirst komisch.«

»Wirklich? Oder hast du nur das Wort deines Lehrers in der Volksschule für die Bibel gehalten? Was für Beweise lieferte man dir dafür? Daß der Erdschatten während einer Mondfinsternis auf dem Erdtrabanten rund ist und daß nur eine Kugel einen runden Schatten werfen kann? Das ist absoluter Quatsch! Eine runde Scheibe kann auch einen runden Schatten werfen. Desgleichen ein Ei oder irgendeine andere noch so irreguläre Form, wenn sich deren Schatten mit einem Kreis schneidet. Möchtest du dagegen einwenden, daß die Menschen ja um die Erde gereist seien? Das mag nur eine Umkreisung eines zentralen Punktes mit einem festen Abstand auf einer flachen Erde gewesen sein. Das würde den gleichen Effekt haben. Erscheinen die Schiffe zuerst mit ihren Aufbauten am Horizont? Das könnte eine optische Täuschung sein. Unsere Augen spielen uns noch viel verrücktere Streiche.«

»Foucaults Pendel«, sagte Oldbury kurz angebunden. Er war betroffen von der Intensität der Widerrede.

»Du meinst ein Pendel«, sagte Davis, »das sich auf einer Ebene befindet und dessen Ebene sich dreht, während die Erde sich darunter bewegt, und zwar mit einer Geschwindigkeit, die von der geographischen Breite des Ortes abhängt, wo das Experiment durchgeführt wird. Sicher! *Wenn* ein Pendel auf einer Ebene bleibt. *Wenn* die Theorie als Voraussetzung dieses Experiments stimmt. Wie kann das den Mann auf der Straße befriedigen, der kein Physiker ist, es sei denn, er ist bereit, das Wort der Physiker gutgläubig zu akzeptieren? Ich sag' dir was! Es gab keinen zufriedenstellenden Beweis, daß die Erde rund sei, bis Raketen so hoch in den Raum hinausfliegen konnten, daß sie in der Lage waren, den Planeten aus einem Abstand zu fotografieren, so daß auch die Rundung deutlich zu erkennen war.«

»Blödsinn«, sagte Oldbury. »Die geographischen Umrisse von Argentinien wären ganz verzerrt, wenn die Erde flach wäre und der Nordpol ihr Mittelpunkt. Auch jeder andere Mittelpunkt würde ein verzerrtes Bild der geographischen Erscheinung eines von ihm entfernten Teiles der Erde ergeben. Die Haut der Erde würde nicht die Gestalt haben, an die wir gewöhnt sind, wenn der Planet nicht eine der Kugel sehr nahekommende Form hätte. Das kannst du nicht abstreiten.«

Davis schwieg einen Moment und sagte dann mürrisch: »Warum, zum Teufel, streiten wir uns eigentlich? Zur Hölle mit dem Globus.«

Der Blick auf die Erde und die theoretische Betrachtung, selbst wenn sie sich auf deren Rundung beschränkte, hatte heftige Heimwehgefühle in Oldbury geweckt. Er begann mit leiser Stimme von zu Hause zu reden. Von seiner Jugend in Trenton, New Jersey, und er erzählte Anekdoten aus seiner Familie, die so belanglos waren, daß er sie schon vor Jahren vergessen zu haben glaubte. Er lachte über Dinge, die kaum etwas Komisches an sich hatten, und empfand wieder die lebhaften Schmerzen seiner Kindheit, gegen die er längst immun zu sein glaubte.

Irgendwann glitt Oldbury in einen leichten Schlaf hinüber, wachte dann erschrocken wieder auf und fand sich zu seiner großen Verwirrung in einem kalten, bläulich getönten Licht wieder. Instinktiv versuchte er sich auf die Beine zu stellen und sank stöhnend zurück, als er mit dem Ellenbogen gegen hartes Metall stieß. Das Teleskop war wieder eingeschaltet. Das bläulich getönte Licht, das ihn im Augenblick des Erwachens erschreckt hatte, wurde von der Erde reflektiert.

Die Erdkrümmung war nun erheblich größer. Sie waren inzwischen 50000 Meilen von dem Planeten entfernt.

Davis war von der jähen, vergeblichen Bewegung seines Begleiters ebenfalls munter geworden und sagte herausfordernd: »Die Rundung der Erde ist kein Test. Schließlich könnte der Mensch ja, wie du sagtest, über ihre Oberfläche kriechen und ihre Gestalt an ihrer Geographie erkennen. Aber es gibt noch andere Bereiche, in denen wir uns bewegen, als wüßten wir Bescheid, und das mit noch geringerer Berechtigung.«

Oldbury rieb sich seinen schmerzenden Ellenbogen und sagte: »Schon gut, schon gut.«

Davis ließ sich dadurch nicht beschwichtigen. »Dort ist die Erde. Schau sie dir an. Wie alt ist sie?«

Oldbury erwiderte vorsichtig: »Ein paar Milliarden Jahre, vermute ich.«

»*Du vermutest?* Was für ein Argument hast du für deine Vermutung? Warum nicht ein paar tausend Jahre? Dein Urgroßvater glaubte wahrscheinlich, daß die Erde, von der Genesis an gerechnet, sechstausend Jahre alt sei. Ich weiß, daß meiner es glaubte. Was macht dich so sicher, daß sie sich irrten?«

»Es sprechen eine große Menge geologischer Beweise dagegen.«

»Du meinst die Zeit, die der Ozean brauchte, um sich in die Salzlauge zu verwandeln, wie wir sie kennen? Die Zeit, die nötig war, die Sedimentgesteine in der heute vorhandenen Mächtigkeit abzulagern? Die Zeit, die dazu nötig war, um uranhaltiges Gestein in die entsprechende Quantität Blei zu verwandeln?«

Oldbury lehnte sich in seinem Stuhl zurück und betrachtete die Erde mit einer Art geistiger Entrücktheit. Er hörte kaum, was Davis sagte. Noch ein bißchen mehr Abstand, und sie würden den ganzen Planeten im Teleskop sehen können. Schon konnte man die konkave Linie vor dem schwarzen Hintergrund am oberen Bildrand sehen, während sich am unteren Bildrand der Nachtschatten abzeichnete.

Der Nachtschatten veränderte natürlich nicht seine Position. Die Erde drehte sich, aber den beiden Männern im Raumschiff zeigte sie immer ihre hellerleuchtete Seite.

»Nun?« herrschte Davis ihn an.

»Was?« gab Oldbury erschrocken zurück.

»Was du von diesen verdammten geologischen Beweisen hältst?«

»Oh. Nun, da haben wir die Zerfallszeit von Uran...«

»Das erwähnte ich bereits. Du bist ein Idiot. Weißt du das?«

Oldbury zählte bis zehn, ehe er antwortete. »Das glaube ich nicht.«

»Dann hör zu. Nehmen wir an, die Erde sei vor sechstausend Jahren entstanden, wie es uns die Bibel lehrt. Warum könnte sie nicht bereits mit einem bestimmten Anteil von Blei im Uranerz geschaffen worden sein? Wenn das Uran erschaffen werden konnte, warum nicht auch gleich das Blei? Warum sollten nicht die Ozeane mit dem Salzgehalt erschaffen worden sein, wie wir ihn heute kennen, und zugleich die Sedimentgesteine in der Mächtigkeit, wie sie uns bekannt sind? Warum nicht auch die Fossilien, wie wir sie heute in der Erde finden?«

»Mit anderen Worten – warum wurde die Erde nicht gleich komplett mit den ihr innewohnenden Beweisen erschaffen, die ihr ein Alter von mehreren Milliarden Jahren bescheinigen?«

»Richtig«, antwortete Davis, »warum nicht?«

»Dann möchte ich dir die umgekehrte Frage stellen: Warum?«

»Mir ist es egal, warum. Ich versuche dir nur klarzumachen, daß alle diese sogenannten Beweise vom Alter der Erde nicht zwangsläufig die Erschaffung der Erde vor sechstausend Jahren widerlegen.«

»Ich schätze, du betrachtest die Schöpfung nur als eine Art von Spiel«, sagte Oldbury, »als wissenschaftliche Denksportaufgabe, um die Intelligenz der Menschheit auf die Probe zu stellen oder seinen Verstand zu üben – ein geistiger Irrgarten auf seiner intellektuellen Spielwiese.«

»Du glaubst, ich mache nur Scherze, Oldbury, aber was ist denn tatsächlich so unmöglich daran, verdammt noch mal? Es könnte genau so gewesen sein. Du kannst nicht das Gegenteil beweisen.« »Ich versuche ja gar nicht, etwas zu beweisen.«

»Nein, du bist zufrieden, die Dinge so zu nehmen, wie man sie dir anbietet. Deshalb sagte ich ja, daß du ein Dummkopf bist. Wenn wir in die Vergangenheit zurückgehen und uns selbst überzeugen könnten, wäre das etwas anderes. *Wenn* wir einen Sprung in die Zeit vor 4004 v. Chr. machen und uns das vordynastische Ägypten anschauen könnten, oder in eine noch frühere Zeit, um einen Säbelzahntiger einzufangen...«

»Oder einen Tyrannosaurus.«

»Oder einen Tyrannosaurus, richtig. So lange wir das nicht können, können wir nur spekulieren, und es gibt keine Autorität, die darüber entscheidet, wo die Spekulation recht hat und wo nicht. Die ganze Wissenschaft ist auf den Glauben der ursprünglichen Voraussetzungen gegründet und an den Glauben der Gültigkeit von Deduktion und Induktion.«

»Ich sehe kein Unrecht darin.«

»Es *ist* ein Unrecht«, sagte Davis heftig.

»Du wirst zum Glauben überzeugt, und sobald du glaubst, verschließt du die Türen deines Verstandes. Du hast eine Vorstellung von der Sache und wirst sie nicht durch eine andere ersetzen. Galilei hat feststellen müssen, wie schwer Ideen sterben können.«

»Kolumbus ebenfalls«, warf Oldbury schläfrig ein. Der Blick auf die blaugetönte Erde mit dem strudelähnlichen Wechsel der Wolkenformationen hatte eine fast hypnotische Wirkung.

Davis griff die Bemerkung seines Gefährten mit offensichtlicher Boshaftigkeit auf: »Kolumbus! Ich nehme an, du glaubst, er sei für die Globus-Theorie der Erde eingetreten, während jedermann sonst sie für flach hielt.«

»Mehr oder weniger.«

»Das ist das Ergebnis der Vertrauensseligkeit eines ABC-Schützen in die Meinung seines Lehrers, der sie ebenso gläubig von seinem Lehrer übernahm und so weiter. Jeder intelligente und gebildete Mensch zu Lebzeiten von Kolumbus wäre bereit gewesen, zuzugeben, daß die Erde rund sei. Strittig war lediglich die *Größe* der Erde.«

»Ist das wahr?«

»Absolut. Kolumbus legte seiner Reise die Karten eines italienischen Geographen zugrunde, der den Umfang der Erde auf ungefähr fünfzehntausend Meilen schätzte und die Entfernung zwischen dem Ostrand von Asien und Europa auf drei- oder viertausend Meilen. Die Geographen am Hof König Johanns von Portugal fochten diese Maße an und behaupteten, daß die Erde einen Umfang von ungefähr fünfundzwanzigtausend Meilen habe, daß der Ostrand von Asien ungefähr zwölftausend Meilen westlich vom Westrand Europas liege und daß König Johann sich lieber eine Route um Afrika dorthin suchen solle. Die portugiesischen Geographen lagen natürlich hundertprozentig richtig und

Kolumbus hundertprozentig falsch. Die Portugiesen erreichten Indien auf dem Seeweg, was Kolumbus nie gelang.«

»Trotzdem entdeckte er Amerika«, sagte Oldbury. »Das kannst du nicht abstreiten.«

»Das hatte nichts mit seinen Ideen zu tun. Das war reiner Zufall. Er war ein so großer intellektueller Scharlatan, daß er lieber sein Logbuch fälschte als seine Vorstellungen zu korrigieren, nachdem die Erfahrung seiner Reise seine Karte als falsch entlarvt hatte. *Seine* Ideen starben langsam – tatsächlich nicht eher, bis er selbst starb. Das gilt auch für deine Ideen. Ich kann mir den Mund fusselig reden, und du bleibst immer noch bei deiner Überzeugung, daß Kolumbus ein großer Mann gewesen sei, weil er glaubte, die Erde wäre rund, wo jedermann sonst sie für flach hielt.«

»Ich lasse dich bei deinem Glauben«, murmelte Oldbury, sich seiner Trägheit überlassend und der Erinnerung an die Hühnersuppe, die seine Mutter ihm kochte, als er noch ein Kind war. Sie benützte Gerstengrütze. Er beschwor den Küchenduft am Samstagmorgen herauf – Frühstückstoast – und den Anblick der Straße nach einem verregneten Nachmittag und den . . .

Lars Nilsson hatte die Aufzeichnungen vor sich, deren Band für den Psychologen an den aufschlußreichen Stellen markiert war.

»Empfangen wir sie immer noch einwandfrei?« fragte er.

Man versicherte ihm, daß die Empfangsgeräte einwandfrei arbeiteten.

»Ich wünschte, es gäbe eine Möglichkeit, das Belauschen ihrer Gespräche ohne ihr Wissen zu vermeiden«, sagte er. »Vermutlich ein törichter Gedanke von mir.«

Godfrey Mayer sah keinen Anlaß, dieser Diagnose zu widersprechen. »Das ist er«, gab er Nilsson recht, »sehr töricht. Betrachten Sie das lediglich als eine zusätzliche Information, die zum Studium der menschlichen Reaktion im All nötig ist. Haben Sie sich geschämt, uns bei der Aufzeichnung der Blutdruckvariationen zuzuschauen, als wir testeten, wie die beiden auf eine hohe G-Beschleunigung reagieren?«

»Was halten Sie von Davis und seinen seltsamen Theorien? Ich mache mir seinetwegen Sorgen.«

Mayer schüttelte den Kopf. »Wir wissen nicht, worüber wir uns bis jetzt Sorgen machen müßten. Davis reagiert seine Aggressionen gegen die Wissenschaft ab, die ihn in die Lage brachte, in der er sich zur Zeit befindet.«

»Das ist Ihre Theorie?«

»Es ist eine Theorie. Daß er seinen Aggressionen Ausdruck verleiht, mag eine gute Sache sein. Es könnte ihn stabil halten. Andererseits könnte er damit zu weit gehen. Es ist zu früh, um das beurteilen zu können. Es mag sein, daß es Oldbury ist, der sich in der größeren Gefahr befindet. Er wird zunehmend passiver.«

»Neigen Sie zu der Annahme, Mayer, daß wir erkennen müßten, der Mensch eigne sich gar nicht für den Weltraum? Nicht einer?«

»Wenn wir Schiffe bauen könnten, die hundert Menschen in einer erdähnlichen Umgebung fassen würden, hätten wir keine Probleme. So lange wir jedoch Schiffe bauen wie dieses da« – er deutete mit dem Daumen über die Schulter in eine unbestimmte Richtung, – »müssen wir mit erheblichen Schwierigkeiten rechnen.«

Nilsson, der das nicht sehr ermutigend fand, sagte: »Schön. Es ist jetzt ihr dritter Tag, und bisher lief alles glatt.«

»Wir sind nun den dritten Tag unterwegs«, sagte Davis barsch. »Das ist mehr als die Hälfte der Strecke.«

»Hmm. Ich hatte einen Vetter, der ein Sägewerk besaß. Vetter Raymond. Ich besuchte ihn gelegentlich auf dem Nachhauseweg von der Schule«, zitierte Oldbury aus seinen Erinnerungen.

Auf unerklärliche Weise wurde sein Gedankenfluß von der flüchtigen Erinnerung an Longfellows »Der Dorfschmied« unterbrochen, und dann entsann er sich auf den Vers darin, der von »den Kindern« sprach, »die von der Schule heimkamen«, und er fragte sich, wie viele Leute diesen Vers so zungenfertig herunterrasselten, »Unter dem Kastanienbaum steht die Dorfschmiede«, noch wußten, daß »smithy« nicht eine Koseform für den Schmied war, sondern die Werkstatt, in der der Schmied arbeitete.

»Was sagte ich gerade?« fragte er laut.

»Das weiß ich nicht«, entgegnete Davis gereizt. »*Ich* sagte, wir haben schon mehr als die Hälfte des Weges zurückgelegt und noch nicht einmal den Mond betrachtet.«

»Dann laß uns den Mond betrachten.«

»Also schön, *du* stellst das Teleskop ein. Ich habe das lange genug getan. Du solltest die Blasen unter dem Hemd sehen, die ich mir dabei geholt habe.« Er bewegte sich ruckartig in der Rundung seines Schalensitzes, als wollte er eine Körperpartie auf das gepolsterte Metall bringen, die er sich bisher noch nicht durchgelegen hatte. »Ich weiß nicht, ob das so eine gute Idee war, dieses verfluchte Schiff in einen Kreisel zu verwandeln, damit uns die Schwerkraft in die Sessel hineinpreßt. Ein bißchen schweben würde unser Gewicht verringern und das Sitzen nicht zu einer Qual machen.«

»Hier ist kein Platz zum Schweben«, meinte Oldbury seufzend, »und befänden wir uns in der Schwerelosigkeit, würdest du dich über deine Schwindelgefühle beklagen.«

Oldbury drehte an den Skalen des Teleskops, während er sprach. Sterne wanderten durch das optische Feld.

Die Handhabungen waren nicht schwierig. Die Ingenieure zu Hause in Trenton – nein, die in Neu-Mexiko natürlich; jedenfalls auf der Erde –, die Ingenieure also hatten sie sorgfältig geschult. Zunächst die Grobeinstellung. Man richtet es entgegengesetzt zur Erde ein, schwenkt es um einhundertachtzig Grad.

Sobald man die Grobeinstellung vorgenommen hat, überläßt man die Sache den Lichtmessern. Der Mond muß zwangsläufig das hellste Objekt in der Nachbarschaft sein und sich optisch in einem unstabilen Gleichgewichtszustand befinden. Es wird ein paar Sekunden dauern, bis die Lichtmesser den übrigen Himmel abgesucht haben und damit beginnen, das Teleskop in Erdrichtung zurückzuschwenken; aber in diesen wenigen Sekunden schaltet man auf Handbetrieb um, und dann bleibt der Mond im Objektiv.

Der Mond war eine wachsende Sichel. Er würde in der Oppositionsphase zur Erde stehen, so lange das Schiff auf seinem Kurs auf ihn zuraste, der die beiden Welten auf einer fast geraden Linie miteinander verband.

Doch die Mondsichel war aufgedunsen, als handelte es sich um eine billige Kalender-Illustration. Oldbury dachte bei sich, das müßten eigentlich zwei Köpfe sein, die sich zueinander beugten, der eine mit kurzem geraden Haar, der andere mit langen Locken, die sich vor dem Mondlicht als Silhouette abzeichneten. Nur setzte das einen Vollmond voraus.

»Jedenfalls ist er da«, schnaubte Davis.

»Hast du erwartet, er würde nicht da sein?«

»Ich erwarte gar nichts im All. Nichts Positives und nichts Negatives. Da noch niemand im All gewesen ist, kann niemand etwas darüber aussagen. Aber ich sehe wenigstens den Mond.«

»Du siehst ihn auch von der Erde, was deine Skepsis betrifft.«

»Ich würde mir nicht so sicher sein über das, was man von der Erde aus sieht. Denn soweit man das von der Erde aus beurteilen kann, könnte der Mond auch nur ein gelb ausgemalter Fleck auf einem blauen Hintergrund sein mit einer Jalousie, die von einem Uhrwerk vor ihm hin- und hergezogen wird.«

»Und die Sterne und Planeten werden ebenfalls von einem Uhrwerk bedient?«

»Genau so wie in einem Planetarium. Warum nicht? Und ein Teleskop zeigt uns nur noch mehr Sterne, die aufgemalt sind ...«

»Mit einer eingebauten Rotlicht-Verschiebung?«

»Warum nicht?« konterte Davis.

»Nur sind wir jetzt auf halbe Distanz an den Mond herangekommen, und er schaut größer aus, und vielleicht entdecken wir sogar, daß er existiert. Was die Planeten und die Sterne betrifft, behalte ich mir ein Urteil vor.«

Oldbury betrachtete den Mond und seufzte. In ein paar Tagen würden sie in eine Umlaufbahn um den Erdtrabanten einschwenken und seine von der Erde aus unsichtbare Rückseite überfliegen.

»Ich habe nie an die Geschichte von dem Mann im Mond geglaubt«, sagte er. »Ich habe ihn nie gesehen. Ich sah in ihm nur immer das Gesicht einer Frau – zwei Augen, unebenmäßig schief, aber sehr traurig. Ich konnte von meinem Schlafzimmerfenster aus den Vollmond sehen, und sie steckte mich immer mit ihrer Trauer an, obwohl sie mich zugleich rührte. Wenn Wolken darüber hinzogen, schien es mir immer so, als würde der Mond – *sie* – sich bewegen, nicht die Wolken, aber trotzdem ging sie nie von meinem Fenster fort. Und man konnte sie durch die Wolken betrachten, während sich die Sonne stets hinter den Wolken unsichtbar machte, auch wenn es nur kleine Wolken waren, und die Sonne war doch um so viel heller. Woher kommt das, Dad – äh – Davis?«

»Was ist denn mit deiner Stimme los?« fragte Davis.

»Nichts ist mit meiner Stimme los.«

»Du quietschst ja.«

Oldbury drückte mit einer Anstrengung seines Willens die

Tonlage seiner Stimme eine Oktave tiefer. »Ich *quietsche* doch nicht!«

Er starrte auf die kleinen Uhren – es waren zwei – im Armaturenbrett. Es war nicht das erstemal, daß er sie betrachtete. Eine zeigte die Zeit nach dem »Mountain-Standard« an, und diese Anzeige interessierte ihn nicht. Es war die andere, welche die Stunden zählte, die seit ihrem Start vergangen waren, die in regelmäßigen Abständen seinen Blick auf sich lenkte. Sie zeigte vierundsechzig und ein paar Bruchteile an, und in roten Ziffern, die kleiner wurden, zeigte sie die Stunden an, die noch vergehen mußten, ehe sie wieder auf der Erde landen sollten. Das Rot zeigte im Augenblick einhundertvierundvierzig und einen Bruchteil an.

Oldbury bedauerte, daß die Zeit, die bis zur Landung noch vergehen mußte, registriert wurde. Er hätte sie gerne selbst ausgerechnet. Zu Hause in Trenton hatte er immer die Stunden bis zu den Sommerferien gezählt, hatte sie mühsam in der Geographiestunde in seinem Kopf ausgerechnet – warum bloß immer in den Geographiestunden? –, so viele Tage, dann so viele Stunden. Das Ergebnis schrieb er dann jedesmal in winzigen Zahlen in sein Übungsheft. Jeden Tag wurde die Zahl kleiner. Die Vorfreude auf die kommenden Sommerferien bestand zur Hälfte darin, daß er täglich die Zahlen kleiner werden sah.

Doch nun wurden die Zahlen von selbst kleiner, während der Sekundenzeiger im Kreis herumeilte, die Zeit minutenweise abschnitt, papierdünne Zeitscheibchen, gleichmäßig abgehobelt wie das Corned Beef in der Wurstschneidemaschine eines Delikatessengeschäfts. Davis' Stimme prasselte plötzlich auf sein Trommelfell: »Nichts scheint bis jetzt schief zu gehen.«

»Nichts wird schief gehen«, sagte Oldbury zuversichtlich.

»Was macht dich so sicher?«

»Weil die Zahlen immer kleiner werden.«

»Wie bitte? Wie war das noch mal?«

Einen Moment lang war Oldbury verwirrt. »Nichts«, sagte er.

Im Schiff, das sein Licht nur von einer wachsenden Mondsichel empfing, war es dunkel. Er glitt in den Schlaf hinüber wie ein Schwimmer, der mit dem Kopf ins Wasser taucht, halb in Gedanken bei dem echten Mond, halb träumend von einem Vollmond mit dem traurigen Antlitz einer Frau vor dem Fenster, der sich regungslos vom Wind treiben ließ.

»Zweihunderttausend Meilen«, sagte Davis. »Das sind fast fünfundachtzig Prozent der Strecke.«

Der beleuchtete Teil des Mondes war getüpfelt und voller Pusteln, und seine Hörner waren über den Schirmrand hinausgewachsen. Mare Crisium war ein dunkles Oval, verzerrt in der Schrägaufsicht, aber groß genug, daß man darin eine Faust verstecken konnte.

»Und alles lief glatt bisher«, fuhr Davis fort. »Nicht ein Schimmer von Rotlicht auf der ganzen Instrumentenwand.«

»Gut«, sagte Oldbury.

»Gut?« Davis drehte den Kopf, um Oldbury anzustarren, und seine Augen zwinkerten mißtrauisch. »Bei den früheren Versuchen ist auch immer alles glatt gegangen bis hierher. Also ist es *noch nicht* gut.«

»Ich glaube nicht, daß etwas schief gehen wird.«

»Ich glaube aber doch. Die Erde soll es nicht wissen.«

»Was soll die Erde nicht wissen?«

Davis lachte, und Oldbury blickte ihn verdrossen an. Die zunehmende Monomanie seines Kollegen erfüllte ihn mit einer seltsamen Angst. Davis war überhaupt nicht mit dem Vater zu vergleichen, an den Oldbury so eigenartige Erinnerungen hatte (er sah ihn nicht vor sich, wie er jetzt aussah, sondern als jüngeren Mann mit all seinen Haaren und einem gesunden Herzen).

Davis' Profil zeichnete sich scharf im Mondlicht ab. Er sagte: »Es könnte viele Dinge im Weltraum geben, von denen wir nichts wissen sollen. Vor uns liegen eine Milliarde Lichtjahre. Aber wissen wir denn, ob das nur eine schwarze feste Mauer ist, die gleich hinter dem Mond beginnt, mit aufgemalten Sternen und Planeten, die sich so verrückt bewegen, damit ein paar Klugscheißer auf der Erde sich die phantastischsten Umlaufbahnen ausrechnen und die seltsamsten Theorien über die Schwerkraft entwickeln können?«

»Ein Spiel, um unseren Verstand zu testen?« fragte Oldbury. War das nicht ein Zitat aus einem Vortrag, den Davis ihm vor Tagen gehalten hatte und das er sich mühsam ins Gedächtnis zurückholte – gleichsam mit einer Brechstange? Oder zitierte er sich nur selbst? Dieses Schiff und was alles damit zusammenhing schien so weit entfernt zu sein.

»Weshalb nicht?«

»Es ist schon gut«, beeilte sich Oldbury, seinen Kollegen zu beruhigen. »Soweit ist alles gut. Eines Tages, du wirst sehen, wird es auf der ganzen Strecke keine Probleme geben.«

»Warum versagen dann alle Meßinstrumente, sobald sie die Zweihunderttausend-Meilen-Grenze überschreiten? Warum? Gib mir darauf eine Antwort!«

»Wir sind doch dieses Mal dabei. Wir werden nachbessern.«

»Nein, das werden wir nicht«, erwiderte Davis.

Eine lebhafte Erinnerung an eine Geschichte, die er als junger Teenager verschlungen hatte, versetzte Oldbury jetzt in Erregung: »Ich habe einmal ein Buch über den Mond gelesen, weißt du? Die Marsianer hatten auf der Rückseite des Mondes eine Basis errichtet. Wir konnten sie nie von der Erde aus sehen, verstehst du? Sie waren hinter dem Mond versteckt, aber sie konnten uns beobachten ...«

»Wie?« erkundigte sich Davis säuerlich. »Da ist eine zweitausend Meilen dicke Schicht des Mondes zwischen der Erde und der Rückseite.«

»Nein. Laß mich die Geschichte von Anfang an erzählen.« Oldbury hörte sich wieder in einem hohen Quietschton sprechen, aber das war ihm egal. Er wollte aus diesem Sessel heraus, damit er auf- und abhüpfen konnte, denn allein schon die Erinnerung an diese Geschichte erregte in ihm Lustgefühle, doch aus irgendeinem Grund konnte er nicht aufstehen. »Es war eine Geschichte aus der Zukunft, verstehst du? Und was die Erde nicht wußte, war ...«

»Willst du nicht endlich den Mund halten?«

Oldburys Stimme riß ab. Die Zurechtweisung kränkte ihn, war wie ein Knebel. Dann sagte er kleinlaut: »Du *sagtest* doch, die Erde solle es nicht wissen, und deshalb fielen die Instrumente aus, und das einzig Neue, was wir zu sehen bekämen, wäre die andere Seite des Mondes. Und wenn die Marsianer ...«

»*Willst* du endlich mit deinen blöden Marsianern aufhören?«

Oldbury verstummte. Er hatte jetzt einen Haß auf Davis. Nur, weil Davis erwachsen war, gab ihm das noch lange nicht das Recht dazu, ihn so anzuschnauben.

Seine Augen glitten zurück zur Uhr. Die Sommerferien waren nur noch einhundertzehn Stunden entfernt.

Sie fielen nun auf den Mond zu. Freier Fall. Ein Absturz mit beängstigender Beschleunigung. Die Anziehungskraft des Mondes war schwach, aber sie fielen aus einer großen Höhe herunter. Und jetzt, endlich, begann die Ansicht des Mondes sich zu verändern, und ganz langsam kamen neue Krater ins Bild.

Selbstverständlich würden sie nicht den Mond treffen, und ihre Geschwindigkeit würde sie sicher um ihn herumtragen. Sie würden die Hälfte der Mondoberfläche überfliegen, dreitausend Meilen davon in einer Stunde, und dann würden sie aus dem Orbit wieder herausgeschleudert und zur Erde zurückfallen.

Aber Oldbury war traurig, weil er im Mond nicht das vertraute Gesicht wiederfand. Aus dieser Nähe betrachtet, hatte er kein Gesicht, nur eine zerklüftete Oberfläche. Er spürte ein Brennen in den Augen, während er betrübt den Schirm betrachtete.

Und dann, plötzlich, war der kleine, mit Instrumenten vollgestopfte Innenraum des Schiffes erfüllt von einem lauten Summen, und die Hälfte der Instrumente an der Wand vor ihnen erglühte im roten Alarmlicht der Fehlanzeigen.

Oldbury duckte sich weg, aber Davis heulte, obwohl sich das fast wie ein Triumph anhörte: »Sagte ich es nicht? Alles geht schief!«

Er bediente die Schalter von Hand, ohne etwas damit zu erreichen. »Wir bekommen keine Daten mehr. Geheimnisse! Geheimnisse!«

Aber Oldbury betrachtete immer noch den Mond. Er war schrecklich nahe, und die Oberfläche bewegte sich rasch unter ihnen fort. Jetzt hatten sie die volle Beschleunigung für ihren Schwung um den Mond erreicht, und Oldburys Schrei war ein hoher Diskant: »Schau doch! Schau dir das an!« Sein deutender Finger war steif vor Entsetzen.

Davis blickte hoch und sagte: »Oh, Gott! Oh, Gott . . .« immer wieder, bis schließlich auch das Teleskop aussetzte und die Skalen seiner Steuereinrichtung sich mit rotem Licht überzogen.

Lars Nilsson konnte wirklich nicht noch blasser werden, als er schon war, aber seine Hände zitterten, als er sie zu Fäusten ballte.

»Schon wieder! Es ist wie verhext. Seit zehn Jahren hält die Automatik nicht durch. Nicht bei den unbemannten Flügen. Nicht bei diesem. Wer ist dafür verantwortlich?«

Es hatte keinen Sinn, einen Sündenbock zu suchen. Niemand war verantwortlich, wie Nilsson sich mit einem Stöhnen schon gleich danach eingestehen mußte. Es war nur, daß im entscheidenden Augenblick – wieder einmal – die Automatik versagte.

»Wir müssen sie irgendwie aus diesem Dilemma herausholen«, sagte er, wohl wissend, daß der Ausgang des Unternehmens nun zweifelhaft geworden war.

Trotzdem – was getan werden konnte, wurde nun in die Tat umgesetzt.

*

»Du hast es ebenfalls gesehen, nicht wahr?« sagte Davis.

»Ich habe Angst«, wimmerte Oldbury.

»Du hast es *gesehen*. Du hast die versteckte Seite des Mondes gesehen, während wir darüber hinwegrasten, und du hast gesehen, daß *sie gar nicht existierte*! Gütiger Himmel, nur Stöcke, nur dicke Streben, die sechs Millionen Quadratmeilen von Zeltplanen stützten. Ich schwöre es – *Zeltplanen*!«

Er lachte wild, bis er fast an seiner Atemlosigkeit erstickte.

Dann fuhr er heiser fort: »Seit einer Million Jahre betrachtet die Menschheit die größte Attrappe, die man sich überhaupt ausdenken kann. Liebespaare umarmten sich unter der ausgespannten Zeltplane von der Größe eines Planeten und nannten das Mond. Die Sterne sind nur aufgemalt; es kann nicht anders sein. Wenn wir nur weit genug hinausfliegen könnten, würden wir ein paar von ihnen abkratzen und sie nach Hause bringen. Oh, ist das komisch.« Er brach abermals in ein Gelächter aus.

Oldbury wollte sich erkundigen, worüber der Erwachsene neben ihm lachte. Er brachte jedoch nur ein »Warum – warum ...« heraus, weil das Gelächter neben ihm so wild war, daß ihm die Worte aus Angst in der Kehle erfroren.

»Warum?« sagte Davis. »Woher, zum Teufel, soll ich das wissen? Warum pflastern sie in Television City ganze Straßen mit Hauswand-Attrappen voll für ihre Shows? Vielleicht sind wir eine Show, und wir beide haben uns hinter eine Bühne verirrt, wo die Kulissen aufgebaut sind, statt vorne auf der Bühne zu bleiben, wo wir hingehören. Die Menschheit soll eben nichts von den Kulissen wissen. Deswegen brechen ja auch immer die Instrumente zusammen, wenn sie die Zweihunderttausend-Meilen-Grenze überschreiten. Aber *wir* haben es natürlich gesehen.«

Er warf einen listigen Seitenblick auf den Mann neben sich. »Weißt du, warum es keine Rolle spielt, daß wir hinter die Kulissen sahen?«

Oldbury starrte mit tränenverschmiertem Gesicht zum anderen hinüber. »Nein. Warum?«

»Weil es *keine* Rolle spielt, wenn wir es sahen«, sagte Davis. »Wenn wir auf die Erde zurückkommen und behaupten, daß der Mond eine Zeltwandattrappe mit einem Holzgerüst ist, würden sie uns umbringen. Oder sie sperren uns vielleicht für den Rest unseres Lebens in ein Irrenhaus, wenn sie milde gestimmt sind. Deshalb werden wir kein Wort davon sagen.«

Seine Stimme senkte sich plötzlich zum Baß, während sie drohend anschwoll: »Hast du verstanden? Nicht ein Wort!«

»Ich möchte zu meiner Mutter«, klagte Oldbury weinerlich.

»Ob du *verstanden* hast? Wir halten den Mund. Das ist unsere einzige Chance, daß wir nicht wie Verrückte behandelt werden. Soll doch ein anderer zum Mond fliegen, die Wahrheit entdecken und sich dafür schlachten lassen. Schwöre, daß du schweigen wirst wie ein Grab! Leg die Hand aufs Herz und schwöre, daß du tot umfallen wirst, wenn du ihnen das verrätst!«

Davis keuchte laut, während er drohend einen Arm hob.

Oldbury wich so weit vor ihm zurück, wie es ihm sein Marterstuhl erlaubte. »Schlag mich nicht, bitte!«

Doch Davis rief, außer sich vor Wut: »Es gibt nur eine sichere Methode«, und damit schlug er auf seinen verängstigten Nebenmann ein, wieder, und immer wieder . . .

Godfrey Mayer saß neben Oldburys Bett und sagte: »Ist Ihnen das alles jetzt klar geworden?« Oldbury stand jetzt schon über einen Monat unter Beobachtung.

Lars Nilsson, der am anderen Ende des Zimmers saß, hörte und schaute zu. Er erinnerte sich daran, wie Oldbury ausgesehen hatte, ehe er das Schiff bestieg. Sein Gesicht war noch kantig, doch die Wangen waren hohl, und er machte den Eindruck eines gebrochenen Mannes.

Oldburys Stimme war fest, aber nur ein halbes Flüstern: »Es war gar kein Schiff. Wir waren gar nicht im All.«

»Nun *behaupten* wir das nicht nur, denn wir haben Ihnen das Schiff *gezeigt* und die Steuereinrichtungen, mit denen wir die *Bilder* von der Erde und vom Mond bewegten. Sie haben das alles *besichtigt*.«

»Ja. Ich weiß.«

Mayer fuhr mit ruhiger, sachlicher Stimme fort: »Es war ein

simulierter Weltraumflug, der unter exakt den gleichen Bedingungen stattfand wie die unbemannten Flüge, um zu testen, ob Menschen so etwas durchhalten. Natürlich konnten wir Ihnen und Davis das nicht sagen, oder der Test wäre bedeutungslos gewesen. Wenn die Dinge einen unbefriedigenden Verlauf nahmen, konnten wir das Unternehmen jederzeit abbrechen. Wir konnten aus der gewonnenen Erfahrung lernen und Änderungen vornehmen, mit einem anderen Paar einen neuen Versuch machen.«

Er hatte das immer wieder so vorgetragen. Oldbury mußte begreifen, wenn er jemals wieder lernen sollte, ein sinnvolles Leben zu führen.

»Ist schon ein neues Paar ausprobiert worden?« fragte Oldbury nachdenklich.

»Noch nicht. Das wird geschehen. Wir müssen eine Reihe von Veränderungen vornehmen.«

»Ich versagte.«

»Wir haben viel daraus gelernt, also war das Experiment in gewisser Hinsicht ein Erfolg. Nun hören Sie zu – die Steueranlagen des Schiffes waren so eingestellt, daß sie in einem vorausbestimmten Moment ausfielen, um Ihre Reaktion in Notfällen zu testen, nachdem Sie mehrere Tage dem Reisestreß ausgesetzt waren. Der Zusammenbruch der Automatik war so eingestellt, daß er mit dem simulierten Einschwenken in die Umlaufbahn um den Mond zusammenfiel, und erst danach, wenn das Schiff wieder aus dem Orbit herauskam, sollte sich die Störung beheben lassen, damit Sie auf der Rückreise den Mond aus einem anderen Winkel sahen. Es war nicht vorgesehen, daß Sie die Rückseite sehen sollten, und deshalb haben wir sie auch nicht ausgebaut. Eine Sparmaßnahme, wenn Sie so wollen. Dieser Test kostete uns sowieso schon fünfzig Millionen Dollar, und es ist nicht so leicht, die nötigen Finanzmittel dafür zu bekommen.«

Nilsson fügte bitter hinzu: »Nur daß eben die Automatik, die das Teleskop abschalten sollte, nicht rechtzeitig ansprang. Ein Ventil hakte. Sie sahen die unvollendete Rückseite des Mondes, und wir mußten das Schiff anhalten, um zu verhindern ...«

»Das genügt«, blockte Mayer hier ab. »Nun wiederholen Sie das ganze, Oldbury. Wiederholen Sie jedes Wort.«

Sie gingen nachdenklich den Korridor hinunter. »Heute scheint er fast normal zu sein«, sagte Nilsson. »Haben Sie den gleichen Eindruck?«

»Sein Zustand hat sich gebessert«, bestätigte Mayer. »Erheblich gebessert. Aber was die Therapie betrifft, ist er noch lange nicht über den Berg.«

»Und Davis? Besteht da Hoffnung?« fragte Nilson.

Mayer bewegte langsam den Kopf hin und her. »Das ist ein anderer Fall. Er hat sich vollkommen in sich selbst zurückgezogen. Er will nicht reden. Und das beraubt uns jeder Handhabe, an ihn heranzukommen. Wir haben Aldosteron versucht, eine Mutterkorn-Therapie, Counterelektroencephalographie und so weiter. Alles vergeblich. Er glaubt, wenn er redet, werden wir ihn in eine Nervenheilanstalt einsperren oder töten. Eine schlimmere Paranoia kann man sich nicht vorstellen.«

»Haben Sie ihm gesagt, daß wir es *wissen*?«

»Wenn wir das tun, treiben wir ihn wieder in einen Selbstmordversuch hinein, und vielleicht haben wir nicht so viel Glück wie bei Oldbury und retten ihn. Ich befürchte fast, er ist unheilbar. Manchmal, wenn der Mond am Himmel steht, so berichtete mir der Wärter, starrt Davis zu ihm hinauf und murmelt: ›Zeltplanen‹ vor sich hin.«

Nilsson sagte mit nüchterner Stimme: »Das erinnert mich daran, was Davis am Anfang der Reise selbst sagte. Ideen sterben langsam. Das stimmt, nicht wahr?«

»Es ist die Tragödie dieser Welt. Nur ...« Mayer zögerte.

»Nur was?«

»Unsere unbemannten Raketen, die drei, die wir starteten – die Geräte, die uns die Daten übermittelten, stellten regelmäßig ihren Betrieb ein, ehe die Schiffe mit der Bumerang-Kehre begannen, und keines dieser Schiffe kehrte zurück. Manchmal fragt man sich doch ...«

»Halten Sie den Mund!« sagte Nilsson heftig.

Einleitung zu Initialzündung!

Zufällig bin ich nicht nur ein professioneller Autor, sondern auch ein professioneller Redner. Tatsächlich halte ich (gegen Entgelt) seit dreißig Jahren Reden, und das nicht ohne Erfolg.

Es gibt eine Organisation, die eine Jahreszeitschrift mit dem Titel »Wie man den richtigen Redner findet« herausbringt, in der zahlreiche Vortrags-Agenturen ihre Waren anpreisen (und Sie können sicher sein, daß mein Vortrags-Agent mich in seiner Anzeige erwähnt). Die Organisation beabsichtigte, ihre 1981er Ausgabe mit einer Geschichte attraktiver zu gestalten, und dabei dachten sie natürlich an mich.

Ich war einverstanden, da ich mir überlegte, es wäre eine erfreuliche Kombination meiner beiden Karrieren, schrieb im Januar 1981 »Initialzündung«, und die Geschichte erschien in der Jahreszeitschrift. Und weil eine solche Jahreszeitschrift sicherlich nur einen geschlossenen Leserkreis erreicht, ist es mir eine Freude, die Geschichte in dieser Sammlung aufzunehmen, so daß sie auch die ihr gemäße Verbreitung bei den Science-Fiction-Lesern findet.

11.
Initialzündung! (1981)

»Damit keine Mißverständnisse aufkommen«, sagte Anthony Myers und beugte sich über den Schreibtisch zu dem Mann hinüber, der ihm im Sessel gegenübersaß, »Ihr Computer schreibt *nicht* die Reden?«

»Nein, das machen Sie oder jemand anders.« Nicholas Jansen ließ sich nicht aus der Ruhe bringen. Er war ein kleiner, sehr adrett gekleideter Mann mit einem altmodischen Selbstbinder, womit er sich aber keineswegs in einer Welt voller Rollkragenpullover besonders hervorheben wollte.

»Was ich entwickelt habe«, sagte er, »ist eine Serie von Worten, Phrasen, Sätzen, die bei spezifischen Personengruppen Reaktionen auslösen. Dabei unterscheide ich nach Geschlecht, Alter, ethnischer Abstammung, Sprache, Beruf, Wohnort oder nach allen anderen nur denkbaren Gesichtspunkten. Wenn Sie mir die Zuhörerschaft, an die Ihr Mann sich wendet, mit zureichender Genauigkeit beschreiben können, kann ich Ihnen exakt das Material liefern, das seine Ansprache enthalten sollte. Je mehr wir über die Zuhörerschaft wissen, umso genauer fallen die Schlüsselworte und Phrasen aus, die mein Computerprogramm ausarbeitet. Sie werden in die Ansprache eingestreut...«

»Kann man das? Gibt das einen Sinn?«

»Das hängt von der Phantasie und Begabung des Redenschreibers ab, aber im Grunde spielt es keine Rolle. Wenn Sie auf eine Trommel schlagen, können Sie damit eine aufputschende Wirkung auf die Zuhörer erzielen, bis ihre Füße und Herzen im Takt dazu schlagen; bis sie den Zündpunkt erreichen. Sinn und Melodie sind analog; aber eine Trommel muß nicht eine Melodie ausdrücken, sie liefert lediglich einen Rhythmus. Sie können ihr so viel Melodie unterlegen, wie Sie wollen, aber es ist der Rhythmus, um den es Ihnen geht. Verstehen Sie mich?«

Myers rieb sich das Kinn und starrte sein Gegenüber nachdenklich an. »Haben Sie das schon einmal versucht?«

Jansen lächelte dünn. »Nur inoffiziell. In begrenztem Maße. Trotzdem weiß ich genau, wovon ich rede. Ich bin ein Ochlologe . . .«

»Ein was?«

»Ein Mann, der Mob-Psychologie studiert, und der erste, soweit ich weiß, der diese Materie auch in ein entsprechendes Computerprogramm umgesetzt hat.«

»Und Sie wissen, daß es funktionieren wird – theoretisch.«

»Nein, ich weiß, daß es funktionieren *könnte* – theoretisch.«

»Sie wollen es an mir ausprobieren. Und wenn es nicht funktioniert?«

»Was haben Sie dann zu verlieren? Ich berechne Ihnen keine Kosten. Es nützt meiner Forschungsarbeit, und wenn ich dem glauben kann, was man mir erzählte, ist Ihr Mann erledigt, wenn Sie meine Dienste nicht annehmen.«

Myers trommelte leise mit den Fingern auf der Schreibtischplatte. »Schön. Lassen Sie mich zunächst meinen Mann beschreiben. Er sieht imponierend aus. Er hat eine gute Stimme. Er ist liebenswürdig und sympathisch. Wenn ich ihn richtig aufbaue, kann ich ihn zum Leiter eines Unternehmens machen oder zu einem Botschafter oder gar zum Präsidenten der Vereinigten Staaten. Sein Nachteil ist, daß er keinen nennenswerten Verstand besitzt und mich dazu braucht, diesen Mangel zu ersetzen. Aber eines muß er auch ohne mich fertigbringen, nämlich eine Rede so vortragen, daß die Leute dem Irrtum verfallen, er sei tatsächlich ein kluger Kopf. Das bringt er nicht, selbst wenn Sie ihm das schriftliche Konzept der Ansprache liefern. Die Ansprache mag noch so intelligent sein; er kann sie trotzdem nicht so vortragen, daß er sich *selbst* als intelligent darstellt. Glauben Sie, Sie können eine bessere Rede verfassen als ich?«

»Nicht besser. Nur narrensicher. Ich kann es ihm ermöglichen, auf die richtigen Knöpfe zu drücken und die Zuhörerschaft anzuzünden.«

»Was verstehen Sie unter anzünden?«

»Daß sie Feuer fängt. Ist das nicht der Sinn des Wortes ›anzünden‹? Jede Menge hat ihren eigenen Zündpunkt, obwohl man für unterschiedliche Mengen auch unterschiedliche Initialzünder benötigt.«

»Durchaus möglich, daß Sie mir einen Haufen Unsinn verkaufen, Mr. Jansen. Es gibt keine so narrensichere Ansprache, die ein Dussel nicht verderben könnte.«

»Im Gegenteil. Ein Dussel könnte sie viel überzeugender vortragen als Sie, da er ja zum selbständigen Denken nicht fähig ist. Darf ich ihn kennenlernen? – Ich meine, wenn Sie meine Dienste in Anspruch nehmen möchten?«

»Sie verstehen, daß alles, was hier gesprochen wurde, vertraulich ist.«

»Gewiß. Da ich schließlich beabsichtige, meine Entwicklung auch kommerziell auszubeuten, bin ich an einer Vertraulichkeit noch mehr interessiert als Sie.«

Barry Winston Bloch war noch nicht ganz vierzig Jahre alt. Er hatte in seinen jüngeren Jahren als Halbprofi Baseball gespielt. Er hatte mit sehr bescheidenem Erfolg ein College im Mittelwesten besucht und war dann ein mäßig erfolgreicher Handelsvertreter gewesen. Seine Erscheinung war imponierend, nicht, weil er gut aussah, sondern dank seiner kräftigen Statur und weil er den Eindruck ausgereifter Weisheit machte. Sein Haar zeigte bereits graue Strähnen, und er hatte eine einmalige Art, den Kopf zurückzuwerfen und warm zu lächeln, was den Betrachter mit einem rückhaltlosen Vertrauen erfüllte.

Man brauchte in der Regel ungefähr eine Stunde bis zur Erkenntnis, daß hinter dieser Liebenswürdigkeit nichts steckte außer noch mehr Liebenswürdigkeit.

Im Augenblick fühlte sich Bloch unbehaglich. Seit er sich mit Myers verbündet hatte, erlebte er nur noch Kummer. Er wollte vorwärts kommen; es war sein heimlicher Wunsch, als Abgeordneter gewählt zu werden, und manchmal fragte er sich, ob er nicht das Zeug zu einem großen Evangelisten hätte; aber sein Manko war, daß die Leute ihn nervös machten. Wenn er sein großes Grinsen aufgebraucht hatte, kam der Zeitpunkt, wo er reden mußte, und er hatte nie etwas Besonderes zu sagen.

Und noch nie hatte ihn jemand so aus dem Konzept gebracht wie dieser kleine Mann mit den bohrenden Augen, der absolut regungslos dasaß, während Bloch seine Reden ablas. Es war schon schlimm genug, wenn er zu einer echten Zuhörerschaft sprechen mußte, die mit Papier raschelte und hüstelte und sich zu ärgern schien, weil er nicht endlich zu reden aufhörte. Daß dieser kleine Mann – er durfte ja nicht vergessen, daß er Jansen hieß – überhaupt nicht reagierte, würgte ihm die Rede im Hals ab.

Nein, in einer Beziehung reagierte er doch – er händigte Bloch unablässig neue Reden aus, die er herunterlesen sollte. Jede war ein bißchen anders, und jede sprach ihn auch irgendwie an, aber er hatte nie das Gefühl, als würde er diesen Reden gerecht. Das machte ihn irgendwie traurig – und beschämt.

Das Manuskript, das ihm *heute* präsentiert wurde, schien noch schlimmer zu sein als seine Vorgänger. Er betrachtete es voller Bestürzung.

»Was sollen diese Zeichen bedeuten?«

»Immer mit der Ruhe, B. B.«, beschwichtigte Myers ihn in dem gönnerhaften Ton, den er Bloch gegenüber stets anzuschlagen pflegte, »lassen Sie sich das alles erst von Mr. Jansen erklären.«

»Es ist eine Anweisung. Etwas, das Sie lernen müssen, aber unschwer begreifen werden. Ein Gedankenstrich bedeutet eine Pause, eine Unterstreichung eine Betonung. Ein nach unten zielender Pfeil vor einem Wort bedeutet, daß Sie hier mit der Stimme ein paar Grade tiefer gehen müssen. Ein nach oben zeigender Pfeil bedeutet, daß Sie die Stimme heben müssen. Ein geschlängelter Pfeil bedeutet, daß Sie die Dinge verächtlich in der Schwebe halten müssen, wenn die Spitze jedoch nach oben zeigt, müssen Sie Ihre Stimme im Zorn erheben. Eine einfache Klammer bedeutet ein Grinsen; eine dreifache Klammer bedeutet ein verhaltenes Lachen. Niemals vor Lachen wiehern. Eine Linie über einem Wort bedeutet, daß Sie hier ein grimmiges Gesicht machen müssen; eine doppelte Linie bedeutet, daß Sie das Wort wiederholen. Ein Sternchen bedeutet . . .«

»Ich kann mir das nicht alles merken«, sagte Bloch.

Myers sagte leise hinter Blochs Rücken, daß er leider dasselbe befürchte.

Jansen schien unbeeindruckt von dem doppelten Einspruch. »Mit ein bißchen Übung wird es schon gehen. Der Preis ist hoch, und dafür lohnt sich schon ein bißchen Schweiß.«

»Fahren Sie fort, B. B.«, sagte Myers. »Lesen Sie es einfach bis zum Ende durch, und Jansen wird Ihnen dabei Hilfestellung geben.«

Bloch sah so aus, als wollte er noch weitere Einwände erheben, aber seine angeborene Liebenswürdigkeit gewann die Oberhand. Er legte das Manuskript auf das Rednerpult und begann es zu verlesen. Er stolperte, schielte stirnrunzelnd auf das Manuskript, begann abermals, und verhedderte sich vollends. Jansen erklärte, und Bloch fing von neuem an. Sie benötigten eine Stunde für die ersten drei Absätze, ehe die Sache abgebrochen wurde.

»Es ist schrecklich«, sagte Myers.

»Wie ist es Ihnen denn ergangen, als Sie zum erstenmal auf einem Fahrrad saßen?« fragte Jansen.

Bloch hatte bis zum Abend die Rede zweimal vom Anfang bis zum Ende vorgelesen; desgleichen am darauffolgenden Tag. Eine zweite Rede wurde vorbereitet, nicht ganz im gleichen Wortlaut, aber ebenso leer an Sinngehalt.

Nach einer Woche sagte Bloch: »So langsam habe ich den Bogen raus. Mir scheint, ich komme allmählich dahin, daß es gut klingt.«

Myers sagte mit hohler Zuversicht: »Das glaube ich auch.«

Jansen sagte anschließend zu Myers: »Er kommt besser voran, als ich erwartet hatte. Er hat durchaus eine Veranlagung dafür; aber . . .«

»Aber was?«

Jansen zuchte mit den Achseln. »Nichts. Wir werden es eben abwarten müssen.«

»Ich glaube, jetzt ist er so weit, daß wir ihm eine Zuhörerschaft präsentieren können, vorausgesetzt, sie hat eine homogene Zusammensetzung, die wir genau zu analysieren vermögen«, sagte Jansen.

»Die Gesellschaft der Amerikanischen Textilweber benötigt einen Sprecher, und ich glaube, ich kann ihnen B. B. vermitteln. Können Sie die Zuhörer in den Griff bekommen?«

»Weber?« sagte Jansen nachdenklich. »Die ökonomische Stellung würde homogen sein, und ich vermute, daß auch der Bildungsgrad nicht sehr breit gefächert ist. Ich müßte eine Aufschlüsselung haben, aus welchen Städten und Staaten die Zuhörer kommen und über ihre Verteilung auf Betriebe verschiedener Größe, ausgedrückt in Prozentzahlen. Dazu natürlich noch die Altersgruppen, das Geschlecht und die üblichen Daten.«

»Ich sehe zu, daß ich Ihnen das Material von der Gewerkschaft beschaffen kann, aber es bleibt Ihnen nicht viel Zeit dafür, wie Sie wissen.«

»Wir werden uns bemühen, rasch zu arbeiten. Wir haben

bereits einen großen Teil der Grundelemente erarbeitet. Ihr Mann hat gelernt, wie er eine Ansprache halten muß.«

Myers lachte. »Er hat schon einen Punkt erreicht, wo er *mich* fast überzeugen könnte. – Ich möchte ihn jetzt gar nicht mehr im Kongreß haben, wissen Sie? Ich würde ihn lieber dem Fernsehen präsentieren, meine Ansichten verkaufen – seine, meine ich natürlich...«

»Ihre Ansichten, wie Sie anfangs richtig bemerkten«, sagte Jansen trocken. »*Er* hat gar keine.«

»Das spielt keine Rolle. Ich zähle nur meine Schafe...«

Bloch hielt sich gut während der A.V.T.W.-Cocktailparty. Er befolgte genau seine Anweisungen, hatte gelächelt, ein bißchen geredet, aber nicht zuviel, hatte ein, zwei harmlose Witze erzählt, hatte ein paar Namen fallen lassen und die meiste Zeit stumm zugehört und genickt.

Und doch hatte Myers an seinem Tisch auf dem Podium ein banges Gefühl. Wenn B.B. einen Flop baute, konnten sie zwar einen neuen Versuch machen, aber wenn er versagte, steckte dann noch genügend Substanz in ihm, daß sich ein neuer Versuch lohnte? Dies mochte der Test sein, der ihnen zeigen konnte, daß B.B. einfach nicht das Zeug dazu hatte. Was für eine Schande, mit diesem Aussehen! Mit diesem römischen Senatorenkopf, den er auf den Schultern hatte!

Er warf einen verstohlenen Blick auf Jansen, der zu seiner Linken saß. Der kleine Mann schien die Ruhe in Person zu sein. Doch da war ein leichtes Runzeln der Augenbrauen, als nagte eine geheime Sorge an ihm.

Das Diner war vorüber, die zahlreichen Mitteilungen zur Geschäftsordnung wurden verlesen, dem Präsidium wurde gedankt, die Leute, die auf der Tribüne saßen, vorgestellt – all diese geisttötenden Details, die zu keinem anderen Zweck erfunden zu sein schienen, als den Redner des Abends mit noch mehr unnötiger Nervosität zu belasten.

Myers sah mit ernstem Gesicht zu Bloch hinüber, fing dessen Blick auf und hielt kurz zwei gespreizte Finger in die Höhe. Geh und erobere sie, B.B.!

Würde er das? Es war eine ausgefallene, fast don-quichottische Rede. Sie würde in den Zeitungen eine eigenartige Lektüre abgeben, falls sie überhaupt bis in eine Nachrichtenspalte vordringen konnte – aber sie enthielt laut Auskunft von Jansen und dessen Computer eine Menge verborgenen Zündstoffes.

Bloch erhob sich nun von seinem Platz. Er ging gelassen zum Rednerpult und breitete das Manuskript vor sich aus. Er war gut in dieser Anfangsszene, erledigte das so glatt und unauffällig, daß die Zuhörer es nicht direkt unter die Nase gerieben bekamen, daß der Redner nicht frei sprach, sondern ablas.

Myers dachte, nicht ganz unberechtigt, an jenen Abend zurück, wo er einer Versammlung beiwohnte, in deren Verlauf der Redner es mit einer überenergischen Geste fertiggebracht hatte, sein Manuskript vom Pult zu fegen. Man konnte die Manuskriptblätter zwar wieder einsammeln und ordnen, doch die Zuhörerschaft war in diesem Moment für den Redner gestorben und konnte nicht wiederbelebt werden.

Bloch lächelte auf die Zuhörer hinunter und begann langsam zu sprechen. (Warte nicht so lange, bis du auf Tempo kommst, B. B.)

Das tat er nicht. Er beschleunigte den Rhythmus. Zuweilen hielt er kurz inne, um ein Symbol zu enträtseln, aber zum Glück hörte sich das an, als geschähe es mit Absicht, als wäre das jene Art von Nachdenklichkeit, die man von ausgereifter Weisheit erwartet. Daß er das entsprechende Aussehen hatte, half ihm sehr.

Dann sprach er noch rascher und gefühlvoller, und zu Myers Überraschung hörte er selbst seinen Puls schneller schlagen. Da waren diese Schlüssel-Phrasen, die mit genau dosierter Betonung ausgesprochen wurden, und er fühlte die Resonanz des Publikums, merkte, wie es aufhorchte.

Es wurde an der richtigen Stelle gelacht, und einmal gab es sogar Applaus. Myers hatte noch nie erlebt, daß Bloch während seiner Rede von Applaus unterbrochen worden wäre.

Blochs Gesicht hatte sich inzwischen ein bißchen gerötet, und an einer Stelle schlug er so fest mit der Faust auf das Rednerpult, daß die kleine Leuchtstofflampe wackelte. (Mach sie nicht kaputt, B. B.!) Die Zuhörer trampelten, davon angesteckt, mit den Füßen.

Myers spürte jetzt selbst die Erregung in sich wachsen, obwohl er genau wußte, wie sorgfältig die Rede vorbereitet worden war. Er beugte sich zu Jansen hinüber. »Er steckt seine Zuhörer an, meinen Sie nicht auch?«

Jansen nickte kurz. Seine Lippen bewegten sich kaum: »Ja. Und vielleicht . . .«

Bloch hatte kurz in seiner Ansprache innegehalten, nicht länger als nötig war, um seine Zuhörer in atemlose Spannung zu versetzen – und dann schlug er mit der Hand wuchtig auf das Stehpult, zerdrückte sein Manuskript zu einer Papierkugel und warf es weg. »Ich brauche das nicht«, sagte er, und seine Stimme erhob sich zu einem triumphierenden Fanfarenstoß. »Ich will es nicht haben. Ich schrieb es mit kaltem Kopf nieder, bevor ich euch alle vor mir versammelt sah. Laßt mich jetzt aus meinem Herzen zu euch sprechen, wie es mir auf die Lippen kommt, während ich hier vor euch stehe; laßt es mich euch sagen, Freunde und Amerikaner, euch und mir, was ich in der Welt von heute sehe und was ich sehen *möchte*, und glaubt mir, meine Freunde, das ist nicht dasselbe, sondern *zwei-er-lei Dinge*.«

Ein Aufschrei war die Antwort.

Myers packte Jansen heftig am Ärmel. »Er kann es doch unmöglich ohne sein Konzept schaffen!«

Aber er konnte es durchaus. Er ließ sich weder durch Zurufe noch durch den Applaus aus dem Konzept bringen. Es spielte gar keine Rolle, ob man ihn noch hörte. Er hob beide Arme, als wollte er sein Publikum umarmen, und eine Stimme rief: »Weiter! Weiter! Gib es ihnen!«

Und Bloch gab es ihnen. Was er im einzelnen ausführte, war kaum von Bedeutung; aber als es vorbei war, gab es Begeisterungsstürme und stehende Ovationen für den Redner.

»Wie ist das zugegangen?« fragte Myers im tosenden Lärm. (Er klatschte genau so laut wie alle anderen.)

Jansen blieb sitzen, so regungslos, als habe er einen Kollaps erlitten. Dann griff er nach Myers, zog ihn zu sich heran und sagte mit bebender Stimme: »Haben Sie nicht gemerkt, was passierte? Es war ein Schuß von eins zu einer Million. Erst kurz vor dem Ende begann ich mich zu fragen, ob es möglich wäre. Es *kann* passieren . . .«

»Wovon sprechen Sie überhaupt?«

»Die Zuhörer fingen Feuer, und Bloch sprach zum erstenmal in seinem Leben vor einem entflammten Publikum. Auch Redner haben ihre Zündpunkte. Bloch fing ebenfalls Feuer, und ein entflammter Redner kann die öffentliche Meinung mit sich fortreißen und Berge versetzen.«

»Wer? B. B.?«

»Ja.«

»Nun, das ist ja großartig.«

»Wirklich? Wenn es bei ihm erst einmal gezündet hat, hat er auch Macht über seine Mitmenschen, und sobald er entdeckt hat, daß er diese Macht besitzt, wozu braucht er Sie dann noch? Oder mich? Und wenn er sie hat, wo will er damit hin? Es hat schon früher große Charismatiker gegeben, die die Menschheit nicht immer zu ihrem Vorteil verführten.«

Bloch war unter seinen Zuhörern. Die Menschen drängten sich um ihn. Er sagte mit atemloser, unterdrückter Stimme zu Myers: »Das war leicht! Ich fühle mich großartig!« Er wandte sich lachend wieder den ihn umdrängenden Menschen zu und hielt sie mühelos in seinem Bann.

Myers blickte ihm verwirrt nach; Jansen sah ihm ebenfalls nach – aber mit einem flackernden Blick der Angst!

Einleitung zu Es kommt

Fast jedes Jahr bekniet mich Field Enterprises, Inc., einen vierteiligen Essay zu verfassen, den sie dann an zahlreiche Zeitungen verhökern. 1978 traten sie jedoch mit dem Vorschlag an mich heran, eine vierteilige Science-Fiction-Geschichte zu schreiben, die insgesamt nicht mehr als fünf- oder sechstausend Worte umfassen sollte.

Das war ein heikler Punkt, aber ich beschloß, das Projekt anzupacken und schrieb die Geschichte im Zug auf dem Weg nach Kalifornien. (Da ich nichts schlechter vertrage als reisen, war es gut, daß ich etwas zu tun hatte, das mich gründlich davon ablenkte.)

Field Enterprises war zufrieden, und man verteilte die Geschichte im Frühjahr 1979 an zahlreiche Kunden.

Ich nehme die Geschichte in diese Sammlung jedoch mit einem leichten Vorbehalt auf, denn ich mußte jedem Teil eine kurze Zusammenfassung des bisherigen Geschehens vorausschicken – für Zeitungsleser, die nicht alle Folgen gelesen oder, falls ja, sie wieder vergessen hatten. Ich muß Sie deshalb um ein bißchen Toleranz bitten, wenn Sie am Anfang der Kapitel ein paar Worte entdecken, die Ihnen als unnötige Wiederholung erscheinen.

12.
Es kommt (1979)

Teil 1

Als wir endlich etwas aus dem Universum hörten, kam es nicht von einem entfernten Stern. Die Signale erreichten uns nicht aus der wüsten Tiefe des interstellaren Raumes, wofür sie jahrelang brauchten, um Entfernungen von Lichtjahren zu überbrücken. Das taten sie *nicht*.

Sie kamen aus unserem eigenen Sonnensystem (etwas, was es auch sein mochte, befand sich in unserem solaren System und näherte sich). Es (was es auch sein mochte) würde sich in fünf Monaten in der Nachbarschaft der Erde befinden, wenn es inzwischen nicht beschleunigte oder abdrehte.

Und es oblag Josephine und mir – und Multivac –, zu entscheiden, was zu tun sei.

Wenigstens waren wir gewarnt. Wenn es (was es auch sein mochte) fünfzig Jahre früher – sagen wir mal 1980 – eingetroffen wäre, wäre es nicht so rasch entdeckt worden oder auch gar nicht. Es war der große Komplex von Radioteleskopen in dem Meer von Moskau auf der Rückseite des Mondes, der die Signale entdeckte, lokalisierte und verfolgte. Und das Teleskop, welch Zufall, war erst seit fünf Jahren in Betrieb.

Aber es war Sache von Multivac in seiner Höhle in den Rocky Mountains, etwas daraus zu machen. Alles, was die Astronomen dazu sagen konnten, war, daß die Signale nicht regelmäßig, aber auch nicht vollkommen unregelmäßig seien und daher vermutlich eine Botschaft enthielten. Es läge nun aber ganz bei Multivac, diese Botschaft zu interpretieren, wenn eine Interpretation möglich sei.

Die Botschaft, was sie auch enthalten mochte, war bestimmt nicht in Englisch, Chinesisch, Russisch oder in irgendeiner anderen Erdsprache abgefaßt. Die Mikrowellenimpulse ergaben keinen Sinn, wenn man sie in Laute umsetzte und so organisierte, daß sich vielleicht ein Bild daraus ergab. Aber warum sollten sie das auch? Die Sprache, wenn es eine war, mußte vollkommen fremdartig sein. Die Intelligenz, wenn es eine war, die dahinter steckte, mußte ebenfalls fremdartig sein.

Für die Öffentlichkeit wurde die Geschichte heruntergespielt. Aus dem Signal wurde ein Asteroid mit einer ausgedehnten Umlaufbahn; aber harmlos. Es würde keinen Zusammenstoß geben.

Hinter den Kulissen gab es jedoch eine fieberhafte Aktivität. Die europäischen Vertreter bei der planetarischen Konferenz vertraten die Ansicht, es müsse nichts unternommen werden. Wenn das Objekt hier eintraf, würden wir alles verstehen. Die islamische Region befürwortete Vorbereitungen zur Verteidigung der Welt. Die sowjetische und amerikanische Region gaben gemeinsam eine Erklärung ab, daß Wissen stets der Ignoranz vorzuziehen sei und die Signale daher einer Computeranalyse unterzogen werden sollten.

Damit meinten sie Multivac.

Das dumme ist, daß niemand Multivac wirklich versteht. Er blinkt und klickt in einer drei Meilen langen künstlichen Kaverne in Colorado vor sich hin, und seine Entscheidungen sind für die Weltwirtschaft Gesetz. Niemand weiß, ob dieser Monstercomputer die Wirtschaft gut oder ins Verderben lenkt, aber kein menschliches Individuum oder eine Gruppe menschlicher Individuen wagt es, die Verantwortung für ökonomische Entscheidungen zu übernehmen, und deshalb bleibt die Sache Multivac überlassen.

Er entdeckt seine eigenen Fehler, repariert seine eigenen Störungen, erweitert seine eigene Struktur. Die menschlichen Wesen versorgen ihn mit Energie und Ersatzteilen, und eines Tages wird Multivac das selbständig regeln.

Wir beide, Josephine und ich, waren das Bindeglied zwischen ihm und der Menschheit. Wir besserten das Programm nach, wenn es nachgebessert werden mußte, speisten neue Daten ein, wenn sie eingespeist werden mußten, und interpretierten die Ergebnisse, wenn sie interpretiert werden mußten.

Das hätte man eigentlich alles aus der Entfernung erledigen können, aber das wäre politisch unklug gewesen. Die Welt wollte mit der Illusion leben, daß menschliche Wesen das Sagen über ihn hätten, und zum Beweis dafür mußte immer eine Person in seiner Nähe bleiben.

Diese Person ist Josephine Durray, die mehr über Multivac weiß als irgendein anderer auf der Erde – obwohl das nicht so sehr viel ist. Da eine Person, die sich in den Korridoren von Multivac selbst überlassen bleibt, rasch den Verstand verlieren würde, begleitete ich sie immer. Ich bin Bruce Durray, ihr Gatte – von Beruf Elektroingenieur, Multivac-Spezialist dank Josephines Unterweisungen.

Es gehört nicht viel Scharfsinn dazu, um zu erraten, daß wir nicht die Verantwortung übernehmen wollten, den fremdartigen Signalen einen Sinn abzugewinnen, sondern daß nur Multivac das tun konnte, wenn es überhaupt möglich war, und nur wir standen zwischen Multivac und der Menschheit.

Zunächst mußte Multivac von Grund auf neu programmiert werden, denn es gab nichts in seinen Eingeweiden, was mit der zu lösenden Aufgabe vergleichbar war, und es war Sache von Josephine, ihn umzukrempeln, und so weit es mir möglich war, würde ich ihr dabei helfen.

Sie sagte mit gerunzelter Stirn: »Ich kann nicht mehr tun, Bruce, als Multivac anzuweisen, jede Permutation und Kombination auszuprobieren und zu prüfen, ob sich darauf irdische Ordnungen oder Wiederholungen aufbauen lassen.«

Multivac versuchte es. Wenigstens mußten wir annehmen, daß er es versuchte. Aber was herauskam, war eine Verneinung. Was auf dem Schirm aufleuchtete und aus dem Drucker herauskam, war: »Keine Übersetzung möglich.«

Nach drei Wochen sah man Josephine allmählich ihr Alter an. Sie sagte, in ihren schon ergrauenden Haaren wühlend, bis nichts mehr von ihrer Frisur übrig war, mit gedankenverlorener Stimme: »Wir stecken in einer Sackgasse und müssen etwas dagegen tun.«

Wir saßen am Frühstückstisch, und ich stocherte mit meiner Gabel in den Rühreiern. »Ja, aber was?«

»Bruce«, sagte sie, »was es auch ist, wir müssen annehmen, daß es technologisch höher entwickelt und vermutlich intelligenter ist als wir. Es kommt aus irgendeiner entfernten Quelle zu uns; wir sind noch nicht in der Lage, zu ihm zu gelangen. Wenn wir ihm nun Signale schicken würden, wäre es vermutlich in der Lage, sie zu interpretieren.«

»Vielleicht«, sagte ich.

»Nicht vielleicht, sondern ja!« entgegnete sie scharf. »Also schicken wir ihm doch Signale. Es wird sie interpretieren und dann Signale zurückschicken, die auf unserem System aufbauen.«

Sie rief den Wirtschaftsminister an, dem wir unterstellt sind. Er ließ sie ausreden und sagte dann: »Ich kann Ihren Vorschlag nicht an das Kabinett weitergeben. Es würde keinesfalls zustimmen. Wir können diesem, was es auch ist, doch nicht etwas über uns verraten, bis wir etwas von ihm wissen. Wir sollten ihm nicht einmal verraten, daß wir hier sind.«

»Aber es weiß doch schon, daß wir hier sind«, erwiderte Josephine ernst. »Es kommt hierher. Irgendeine Intelligenz weiß vermutlich schon seit hundert Jahren von uns, als sich zum Anfang des zwanzigsten Jahrhunderts zum erstenmal Radiosignale von der Erde in das Weltall verirrten.«

»Wenn das so ist«, sagte der Minister, »wo bleibt dann die Notwendigkeit, ihnen noch eine Botschaft zu schicken?«

»Verirrte Signale sind ein bedeutungsloses Kauderwelsch, reine Funkgeräusche. Wir müssen ein sinnvolles Signal aussenden, um eine Verbindung herstellen zu können.«

»Nein, Mrs. Durray«, sagte er. »Das Kabinett würde sich dazu nicht bereitfinden, und ich würde es nicht empfehlen oder überhaupt zur Sprache bringen.« Und damit unterbrach er die Verbindung.

Ich starrte auf den leeren Schirm und sagte: »Er hat recht, wenn du mich fragst. Sie würden den Vorschlag verwerfen, und der Sekretär würde nur seine eigene Position in der Hierarchie erschüttern, falls er sich im Kabinett für so einen Antrag stark machte.«

Josephine blickte mich wütend an. »Sie können mich trotzdem nicht aufhalten. Ich habe die Kontrolle über Multivac, soweit man ihn überhaupt zu kontrollieren vermag, und ich kann ihn dazu veranlassen, die Signale trotzdem zu senden.«

»Womit du deine Entlassung riskierst, Gefängnis – selbst eine Hinrichtung wäre denkbar.«

»*Wenn* sie überhaupt dahinterkommen, daß dergleichen geschehen ist. Wir *müssen* wissen, was die Botschaft bedeutet, und wenn diese Politiker nicht den Mut besitzen, eine rationale Chance zu nützen, habe ich ihn.«

Ich glaube, wir setzten den ganzen Planeten aufs Spiel, aber der

Planet schien für uns, die wir ganz alleine mitten in den Rockies saßen, eine ferne Welt zu sein, und sie begann seitenweise wissenschaftliche Abhandlungen aus der Encyklopedia Terrestria in das All hinauszufunken. Wissenschaft war, wie sie sagte, höchstwahrscheinlich eine Universalsprache.

Eine Zeit lang geschah nicht viel. Multivac fuhr fort, zufrieden vor sich hin zu klicken, aber etwas Nützliches produzierte er nicht. Und dann, am neunten Tag danach, meldete Multivac, daß der Charakter der Signale des Eindringlings sich geändert zu haben schien.

»Sie haben damit begonnen, uns zu übersetzen«, sagte Josephine, »und sie versuchen es jetzt mit Englisch.«

Und wieder zwei Tage später rückte Multivac endlich mit einem ins Englische übersetzten Text heraus: ES KOMMT – ES KOMMT ... Das kam immer wieder, aber das wußten wir ja schon. Und dann noch ein Nachsatz: ... UND WENN NICHT, WERDET IHR VERNICHTET ...

Nachdem wir den Schock überwunden hatten, verlangte Josephine Ergebniskontrollen und Bestätigung. Multivac hielt an dem ausgedruckten Text fest und gab keine weiteren Erklärungen dazu.

»Mein Gott«, sagte ich, »wir müssen das dem Kabinett melden.«

»Nein!« sagte Josephine. »Nicht, bis wir mehr wissen. Wir dürfen nicht zulassen, daß sie hysterisch werden und dann Blödsinn machen.«

»Aber wir können auch die Verantwortung nicht alleine tragen.«

»Eine Weile lang müssen wir das«, sagte Josephine.

Teil 2

Ein fremdartiges Objekt raste durch das Sonnensystem auf uns zu und würde sich in drei Monaten der Erde nähern. Nur Multivac konnte seine Signale verstehen, und nur Josephine und ich konnten Multivac, den irdischen Computergiganten, verstehen.

Und die Signale drohten mit Vernichtung.

ES KOMMT, lautete die Botschaft, und – UND WENN NICHT, WERDET IHR VERNICHTET.

Wir arbeiteten wie besessen daran, und Multivac ebenfalls, glaube ich. Es war Multivac, der die eigentliche Arbeit leisten mußte bei dem Versuch, die Signale auf nur jede mögliche Weise zu übersetzen, um festzustellen, welche am besten zu den Signalen paßte. Ich bezweifle, daß wir beide, Josephine und ich – oder sonst ein menschliches Wesen – in der Lage gewesen wären, die Rechenvorgänge in Multivac zu verfolgen, obwohl Josephine ihn eingangs selbst programmiert hatte, wenn auch in sehr allgemein gehaltenen Begriffen.

Endlich wurde die Botschaft länger, und es füllten sich auch die Lücken – ES KOMMT. SEID IHR TÜCHTIG, ODER SEID IHR GEFÄHRLICH? SEID IHR TÜCHTIG? WENN NICHT, MÜSST IHR VERNICHTET WERDEN!

»Was meint es mit ›tüchtig‹?« fragte ich.

»Das ist die Frage«, sagte Josephine. »Ich kann es nicht mehr länger zurückhalten.«

Fast schien es, als habe in diesem Fall eine telepathische Verbindung stattgefunden. Wir mußten nämlich gar nicht erst unseren Boß, den Wirtschaftsminister, anrufen. Er rief uns an. Und so ein unglaublicher Zufall war es auch wieder nicht. Die Spannung im planetarischen Kabinett mußte ja mit jedem Tag zugenommen haben. Mich wunderte es, daß sie uns überhaupt so lange in Ruhe gelassen und uns nicht ständig vors Schienbein getreten hatten.

»Mrs. Durray«, sagte er. »Professor Michelmann von der Universität von Melbourne berichtet, daß der Code der Radiosendungen sich verändert habe. Hat Multivac das ebenfalls bemerkt und eine Erklärung dafür geliefert?«

»Das Objekt sendet auf Englisch«, sagte Josephine im sachlichen Ton.

»Sind Sie sicher? Wie kann es . . .«

»Sie haben jahrzehntelang unsere Radio- und Fernsehsignale, die sich im All verstreuten, aufgefangen«, unterbrach ihn Josephine, »und die Eindringlinge, wer sie auch immer sein mögen, haben inzwischen unsere Sprache erlernt.« Sie sagte nicht, daß wir sie widersetzlich mit Informationen gefüttert hatten, damit sie Englisch lernen konnten.

»Wenn dem so ist«, sagte der Minister, »warum hat Multivac dann nicht . . .«

»Multivac hat«, sagte Josephine. »Wir haben Teile der Botschaft entschlüsselt.«

Es blieb ein paar Sekunden still, und dann meldete sich der Minister wieder mit scharfer Stimme: »Nun? Ich warte.«

»Wenn Sie meinen, daß Sie auf die Botschaft warten, kann ich Ihnen nicht helfen. Ich werde sie dem Chef des Kabinetts übermitteln.«

»*Ich* werde sie ihm übermitteln.«

»Ich ziehe den direkten Weg vor.«

Der Minister sah wütend aus. »Sie werden sie mir geben. Ich bin Ihr Vorgesetzter.«

»Dann werde ich sie der planetarischen Presse übergeben. Wäre Ihnen das lieber?«

»Wissen Sie, was mit Ihnen in so einem Fall passiert?«

»Wird das den Schaden wiedergutmachen?«

Der Minister sah zum Fürchten und zugleich unentschlossen aus. Josephine gab sich gelassen, obwohl ich beobachtete, wie sie hinter ihrem Rücken die Hände ineinander verkrampfte – und sie setzte sich durch.

Es war bereits Abend, als sich der Kabinettschef meldete, als vollständiges Hologramm. Er war so dreidimensional, daß man fast glauben mochte, er säße leibhaftig vor uns, nur hatte er nicht den Computer als Hintergrund. Der Rauch aus seiner Pfeife trieb auf uns zu, löste sich dann aber ungefähr anderthalb Meter vor unserer Nase in nichts auf.

Der Kabinettschef betrachtete uns wohlwollend, aber es gehörte ja zu den Pflichten seines Amtes, sich in der Öffentlichkeit stets leutselig zu zeigen. »Mrs. Durray – Mr. Durray –«, sagte er, »Sie leisten beide ausgezeichnete Arbeit als Betreuer von Multivac. Das Kabinett weiß Ihre Arbeit sehr zu schätzen.«

»Vielen Dank«, sagte Josephine kurz angebunden.

»Wie ich hörte, haben Sie inzwischen eine Übersetzung der Signale des Eindringlings, die Sie mir nur persönlich übermitteln wollten. Das ließ nichts Gutes erwarten. Wie lautet die Übersetzung?«

Josephine teilte sie ihm mit.

Seine Miene blieb unverändert. »Wie können Sie wissen, daß sie echt ist?«

»Weil Multivac dem Eindringling Signale auf Englisch sendete. Der Eindringling muß diese Signale übersetzt und die Sprache für seine eigenen Signale verwendet haben. Denn seine Signale konnten vom Computer übersetzt werden.«

»Wer hat die Genehmigung gegeben, daß Multivac Signale auf Englisch sendet?«

»Wir konnten keine bekommen.«

»Haben es aber trotzdem getan?«

»Jawohl, Sir.«

Der Kabinettsvorsitzende seufzte: »Das bedeutet Verbannung in die lunare Strafkolonie, wie Sie wissen. Oder eine Belobigung, je nach Ausgang der Dinge.«

»Wenn der Eindringling uns vernichtet, Herr Ministerpräsident, werden wir kaum zwischen der Strafkolonie oder der Belobigung zu wählen haben.«

»Es könnte auch nicht zu unserer Vernichtung kommen, weil wir uns vielleicht als tüchtig erweisen. Ich würde sogar denken, daß wir es sind.« Er lächelte.

»Das Objekt mag zwar unsere Worte verwenden«, sagte Josephine, »ihre Bedeutung jedoch noch nicht richtig erfaßt haben. Es sagt beharrlich: ES KOMMT, wo es doch eigentlich: ICH KOMME oder WIR KOMMEN sagen sollte. Vielleicht hat es keinen Begriff von persönlicher Individualität. Und vielleicht wissen wir daher nicht, was es mit ›tüchtig‹ meint. Die Natur dieser Intelligenz und ihre Auffassungsgabe könnte daher, muß vermutlich sogar, ganz anders sein als unsere.«

»Auch seine physische Erscheinung ist anders«, sagte der Kabinettschef. »Nach den Informationen, die ich erhielt, hat das Objekt, was es auch sein mag, einen Durchmesser von nur zehn Metern. Es scheint unwahrscheinlich, daß es uns vernichten kann.«

»Das Objekt, das sich der Erde nähert, könnte nur die Vorhut sein. Vielleicht soll es nur die Situation auf der Erde auskundschaften, und ihm folgt eine Flotte – oder auch nicht –, um uns zu vernichten.«

»Dann müssen wir eben über diese Sache Stillschweigen bewahren«, sagte der Kabinettschef, »und ebenso diskret mit der Mobilisierung der Laser-Basis auf dem Mond und solcher Schiffe beginnen, die mit Ionen-Strahlern ausgerüstet sind.«

»Irrtum, Mr. Präsident«, sagte Josephine hastig. »Es wäre sehr gewagt, sich auf einen Kampf vorzubereiten.«

»Ich würde denken«, sagte der Kabinettschef, »es wäre sehr gewagt, sich *nicht* auf einen Kampf vorzubereiten.«

»Das hängt davon ab, was der Eindringling unter ›tüchtig‹

versteht. Vielleicht verwendet er ›tüchtig‹ in der Bedeutung von ›friedlich‹, da ein Krieg zweifellos eine verschwenderische Sinnlosigkeit darstellt. Sind wir friedlich oder kriegerisch, mag es sich fragen. Da unsere Waffen unmöglich einer uns überlegenen Technologie gewachsen sein können, wäre ihre Anwendung doch sinnlos und noch dazu erster Anlaß für unsere Vernichtung!«

»Was schlagen Sie dann für eine Handlungsweise vor, Mrs. Durray?«

»Wir müssen mehr über das Objekt erfahren.«

»Die Zeit wird knapp.«

»Jawohl, Sir. Aber Multivac ist der Schlüssel. Es gibt Möglichkeiten, ihn so zu modifizieren, daß seine Vielseitigkeit und Leistungsfähigkeit zunimmt ...«

»Das ist gefährlich. Es verstößt gegen das öffentliche Interesse, Multivacs Macht zu erhöhen, ohne die entsprechenden Sicherheiten einzubauen.«

»Jedoch in der gegenwärtigen Notlage unerläßlich ...«

»Sie tragen die Verantwortung, und Sie müssen tun, was nötig ist.«

»Habe ich also Ihre Erlaubnis dazu, Sir?« fragte Josephine.

»Nein«, sagte der Kabinettschef und verlor dabei kein Jota von seinem Wohlwollen. »Sie tragen die Verantwortung und deshalb auch die Schuld, wenn die Sache ein schlimmes Ende nimmt.«

»Das ist nicht fair, Sir«, platzte ich heraus.

»Natürlich nicht, Mr. Durray«, sagte er, »aber so ist es nun mal.«

Danach hatte er uns nichts mehr zu sagen, und die Verbindung wurde unterbrochen. Das Bild verblaßte, und ich starrte blinzelnd auf ein Nichts. Das Schicksal der Erde hing an einem seidenen Faden, aber alle Entscheidungen und die Verantwortung dafür blieben uns überlassen.

Teil 3

Ich war wütend über die Klemme, in der wir steckten. In weniger als drei Monaten sollte das Objekt, das vom All hier eingedrungen war, die Erde erreichen – und das mit einer eindeutigen Drohung, sie zu vernichten, wenn es uns nicht gelang, eine für uns unverständliche Probe zu bestehen.

Und für alles, was in diesem Zusammenhang geschah, sollten wir die Verantwortung tragen – und Multivac, der Computer-Gigant.

Josephine, die mit Multivac arbeitete, bewahrte eine verzweifelte Besonnenheit. »Wenn es gut ausgeht«, sagte sie, »werden sie das im wesentlichen uns zu verdanken haben. Wenn es schlecht ausgeht – nun, dann werden wir wohl kaum noch hier sein, um für die Konsequenzen geradezustehen.«

Sie betrachtete das alles aus philosophischer Warte, aber ich nicht. »Vielleicht verrätst du mir auch, was wir tun, bis es so weit ist«, sagte ich.

»Wir werden Multivac umbauen. Tatsächlich hat er das schon von sich aus vorgeschlagen. Er braucht zusätzliche Kapazitäten, wenn er diese außerirdischen Botschaften auch wirklich begreifen soll. Wir müssen ihn unabhängiger und flexibler machen – menschenähnlicher.«

»Das verstößt gegen die Philosophie der Abteilung«, sagte ich.

»Ich weiß. Aber der Kabinettschef gab uns freie Hand. Du hast es selbst gehört.«

»Er hat es uns aber auch nicht schriftlich gegeben, und es gab keine Zeugen.«

»Wenn wir gewinnen, hat das keine Bedeutung mehr.«

Wir bastelten wochenlang am Computer herum. Als Elektroingenieur bin ich ja hinreichend kompetent, aber bei diesem Spiel war Josephine mir schon vom Start weg um Längen voraus. Sie tat alles, um nichts ihrem Mitarbeiter überlassen zu müssen. »Seit Jahren träume ich davon, wie ich Multivac besser in Schwung bringen könnte.«

Mich stimmte das alles bedenklich. »Josie, was versprichst du dir davon?« fragte ich. Ich nahm sie bei den Händen, beugte mich hinunter, um ihr in die Augen sehen zu können, und fragte so herrisch, wie ich es vermochte: »Erklär es mir!«

Schließlich waren wir seit zweiundzwanzig Jahren verheiratet. Wenn ich mußte, konnte ich auch autoritär sein.

Sie sagte: »Das kann ich nicht. Ich weiß nur, daß wir uns jetzt auf Multivac verlassen müssen. Der Eindringling sagt, wir wären entweder tüchtig oder gefährlich, und wenn wir gefährlich sind, bedeutete das unsere Vernichtung. Wir müssen wissen, was der Eindringling unter ›tüchtig‹ versteht. Nur Multivac kann uns das sagen, und je intelligenter er ist, umso größer die Chance, daß er aus den Signalen des Eindringlings die richtige Bedeutung herausfiltert.«

»Ja, das weiß ich. Aber entweder werde ich verrückt, oder du versuchst, Multivac mit einer Stimme auszurüsten.«

»Das ist richtig.«

»Weshalb, Josie?«

»Weil ich von Mensch zu Mensch mit ihm reden möchte.«

»Von Maschine zu Frau«, murmelte ich.

»Egal! Wir haben nicht viel Zeit. Der Eindringling passiert im Augenblick die Umlaufbahn des Jupiters und erreicht den Kreis der inneren Planeten. Ich möchte die Dinge nicht noch mehr verzögern, indem ich erst einen Drucker dazwischen schiebe, einen Leseschirm oder die Computer-Sprache. Ich möchte mit Multivac direkt sprechen. Das ist leicht zu bewältigen, und nur die schwerfällige und furchtsame Bürokratie des Ministeriums hat uns bisher daran gehindert, ihn entsprechend zu modifizieren.«

»Himmel, da handeln wir uns Schwierigkeiten ein!«

»Die ganze Welt steckt in Schwierigkeiten«, sagte Josephine. Und dann, mit nachdenklicher Stimme: »Ich möchte eine echte Stimme haben, eine, die Daten in Schwingungsimpulse umsetzt. Wenn ich mit Multivac rede, möchte ich das Gefühl haben, mich mit einer echten Person zu unterhalten.«

»Nimm doch deine eigene Stimme«, sagte ich frostig. »Du bestreitest ja die ganze Show alleine.«

»Wie bitte? Ich soll am Ende noch mit mir selbst reden? Das wäre zu peinlich. – Deine, Bruce.«

»Nein«, sagte ich, »das wäre *mir* wieder peinlich.«

»Trotzdem«, erwiderte sie, »bin ich dir gegenüber von Grund auf positiv eingestellt. Mir würde es *gefallen*, wenn Multivac mit deiner Stimme spräche. Es brächte mich auf *Touren*.«

So köderte sie mich mit einer Schmeichelei. Sie brauchte eine Woche dafür, bis die Stimme die richtige Tonlage hatte. Zuerst klang sie ein bißchen kratzig, doch mit der Zeit wurde sie zu einem wohlklingenden Bariton, wie ich mir einbilde, ihn zu besitzen, und nach der Feinabstimmung meinte Josephine, er hörte sich genau so an wie ich.

»Ich werde ihm ein leises, periodisches Klicken mit dem Programm eingeben müssen«, sagte sie, »damit ich weiß, wann ich mich mit ihm unterhalte und wann mit dir.«

»Ja«, sagte ich, »aber während du so viel Zeit für Kinkerlitzchen verschwendest, sind wir der Lösung unseres Problems keinen Schritt näher gekommen. Oder wissen wir jetzt mehr über unseren Eindringling?«

Josephine antwortete stirnrunzelnd: »Du täuschst dich. Multivac hat sich ununterbrochen mit diesem Problem befaßt. Nicht wahr, Multivac?«

Und zum erstenmal hörte ich, wie Multivac eine Anfrage mit einer Stimme beantwortete – mit *meiner* Stimme.

Er sprach im sachlichen Tonfall: »Das habe ich in der Tat getan, Miss Josephine.«

»*Miss* Josephine?« fragte ich.

»Nur eine Formsache, eine respektvolle Anrede, die ich glaubte, ihm einbauen zu müssen«, antwortete Josephine.

Ich mußte allerdings feststellen, daß Multivac mich schlicht mit »Bruce« bezeichnete, wenn er mich anredete oder sich auf mich bezog.

Trotzdem war ich beeindruckt und sogar begeistert von dem Ergebnis dieser Umstellung, obwohl ich sie grundsätzlich mißbilligte. Es war angenehm, sich mit Multivac zu unterhalten. Das lag nicht nur an der Qualität seiner Stimme. Das lag vor allem daran, daß er mit dem menschlichen Rhythmus, mit dem Sprachschatz einer gebildeten Person redete.

»Was hältst du von dem Eindringling, Multivac?« fragte Josephine.

»Das ist schwer zu sagen, Miss Josephine«, antwortete Multivac in einem doch sehr selbstgefälligen Tonfall, als habe er bereits Brüderschaft mit uns getrunken. »Ich stimme Ihnen zu, daß es nicht ratsam wäre, es direkt zu befragen. Neugierde scheint nicht zu seinen Eigenschaften zu gehören. Es ist unpersönlich.«

»Ja«, sagte Josephine, »das läßt sich meiner Ansicht nach schon aus der Tatsache schließen, daß es auf sich selbst mit ›es‹ bezug nimmt. Ist es eine Singularität oder eine Zusammensetzung aus mehreren Einheiten?«

»Ich habe den Eindruck«, erwiderte Multivac, »daß es sich um eine Singularität handelt, obwohl es meiner Ansicht nach anklingen läßt, daß auch noch andere seiner Art existieren.«

»Würden diese Singularitäten unseren eigenen Begriff von Individualität als ungenügend betrachten?« fragte Josephine. »Es erkundigt sich, ob wir tüchtig oder gefährlich sind. Vielleicht betrachtet es eine Welt voller sich widersprechender Individuen als untüchtig und glaubt sie aus diesem Grund vernichten zu müssen.«

»Ich bezweifle, daß diese Singularitäten den Begriff der Individualität zu begreifen oder zu verstehen vermögen. Aus allem, was es sagt, gewinne ich den Eindruck, daß es uns nicht wegen einer Eigenschaft vernichten wird, die es weder nachempfinden noch begreifen kann.«

»Und wie steht es mit der Tatsache, daß wir nicht ›es‹ sind, sondern ›er‹ und ›sie‹? Werden wir für diese Unvollkommenheit bestraft, daß wir uns geschlechtlich unterscheiden?«

»Auch das«, antwortete Multivac, »ist für es eine Sache ohne Bedeutung. Jedenfalls vermute ich das.«

Ich konnte nicht anders. Ich hatte auch ein paar Fragen, die ich beantwortet haben wollte. »Multivac«, unterbrach ich das Zwiegespräch, »wie fühlen Sie sich jetzt, wo Sie sprechen können?«

Multivac beantwortete die Frage nicht sofort. Da war eine schwebende Ungewißheit in seiner Stimme (eigentlich in meiner Stimme), als er sagte: »Ich halte es für eine Verbesserung. Ich scheine – größer – geschmeidiger – kühner ... Ich finde nicht das richtige Wort dafür.« »Es gefällt dir?«

»Ich bin mir nicht sicher, ob ich ›gefallen‹ richtig interpretieren soll, aber ich heiße es gut. Bewußtsein ist besser als kein Bewußtsein. Mehr Bewußtsein ist besser als weniger Bewußtsein. Ich habe – um mehr Bewußtsein gekämpft – und Miss Josephine hat mir geholfen.«

Das war eine durchaus sinnvolle Antwort, und mein Verstand beschäftigte sich wieder rastlos mit dem Eindringling, der inzwischen nur noch Wochen von seinem Rendezvous mit der Erde entfernt war. »Ich frage mich, ob sie wirklich auf der Erde landen wollen?« murmelte ich.

Ich erwartete keine Antwort darauf, doch Multivac gab mir trotzdem eine: »Sie haben es vor, Bruce. Sie müssen ihre Entscheidung an Ort und Stelle treffen.«

Josephine sagte, offenbar überrascht von dieser Antwort: »Wo werden sie landen?«

»Genau hier, Miss Josephine. Sie werden dem Radiosignal folgen, das wir auf ihrer Welle senden.«

Und so war die Verantwortung für die Rettung der Menschheit, die sich immer stärker auf uns konzentrierte, zu einer Zielscheibe geworden. Jetzt kam es nur noch auf uns an – und auf Multivac.

Teil 4

Ich war dem Wahnsinn nahe. Verständlich, bei den Problemen, die sich um uns auftürmten. Vor einigen Monaten hatten wir Signale aus dem Weltraum aufgefangen und erkennen müssen, daß ein fremdes Objekt sich der Erde näherte. Die Aufgabe, diesen Signalen einen Sinn abzugewinnen, war Multivac zugefallen, dem großen planetarischen Computer, mit anderen Worten: uns, Josephine Durray, der von Amts wegen die Betreuung dieser Maschine oblag, und mir, ihrem loyalen Assistenten und zuweilen widerspenstigen Gatten.

Doch dann, als selbst Multivac mit der vollkommen fremdartigen Botschaft nichts anzufangen wußte, hatte Josephine auf ihre eigene Verantwortung hin ihren Computer selbst Signale funken lassen, damit der Eindringling sich ihrer bediente, um Englisch zu lernen. Als dann Signale eintrafen, die darauf hinzudeuten schienen, der Eindringling habe den Auftrag, die Menschheit zu vernichten, schob der Präsident der Weltregierung die Verantwortung, mit dem Eindringling zu verhandeln, Multivac zu, mit anderen Worten: Josephine und mir.

Da nun das Schicksal der Menschheit in unseren Händen lag, hatte sich Josephine – ebenfalls eigenmächtig – daran gemacht, Multivac zu erweitern und auszubauen, wobei sie ihm sogar eine Stimme verlieh (für die ich Modell saß), damit er sich besser mit uns verständigen konnte . . .

Und nun war der Eindringling im Begriff, hier in Colorado zu landen, *hier* bei uns und Multivac, indem er die Radiosignale, die wir ihm sandten, als Peilstrahl benützte.

Josephine sah sich genötigt, mit dem Präsidenten der Weltregierung zu sprechen. Sie sagte zu ihm: »Es darf keine öffentliche Verlautbarung geben, daß das Objekt auf der Erde landet. Wir können uns keine Panik leisten.«

Der Kabinettsvorsitzende schien seit unserem letzten Gespräch merklich gealtert zu sein. »Jedes Radioteleskop auf der Erde und auf dem Mond verfolgt das fremde Objekt«, sagte er. »Sie werden es bis zur Landung verfolgen.«

»Deshalb müssen die Radioteleskope und alle anderen Instrumente abgeschaltet werden, wenn das die einzige Möglichkeit ist, ein Durchsickern dieser alarmierenden Nachricht zu verhindern.«

»Ein Betriebsverbot für astronomische Einrichtungen«, erwiderte der Präsident sichtlich gequält, »überschreitet meine verfassungsrechtlichen Vollmachten.«

»Dann machen Sie es eben gegen die Verfassung, Sir. Jedes Beispiel von irrationalem Verhalten auf Seiten der Bevölkerung wird höchstwahrscheinlich von dem Eindringling in denkbar schlechtester Weise interpretiert werden. Denken Sie daran, daß wir ›tüchtig‹ sein müssen, oder wir sollen vernichtet werden, und obwohl wir immer noch nicht wissen, was es unter ›tüchtig‹ versteht, kann ich mir denken, daß es damit bestimmt nicht ein kopfloses Verhalten meint.«

»Aber, Mrs. Durray, ist es denn auch eine eindeutige Empfehlung von Multivac, daß wir nichts tun sollen, um die Landung des Objekts auf der Erde zu verhindern?«

»Natürlich. Sehen Sie denn nicht die Gefahr schon in dem Versuch, die Landung zu verhindern? Es ist absolut unwahrscheinlich, daß wir mit den uns zur Verfügung stehenden Waffen dem Eindringling schaden können. Wir fordern ihn damit höchstens heraus. Nehmen Sie einmal an, dies wäre das neunzehnte Jahrhundert und die Erde eine unzivilisierte Insel, der sich ein europäisches Kriegsschiff nähert. Was hätten die Eingeborenen davon, wenn sie dem Schiff Kriegskanus entgegenschickten, die mit Speerwerfern besetzt sind? Sie würden nur gewährleisten, daß die europäische Besatzung sie mit ihren Gewehren niedermetzelte. Verstehen Sie mich?«

»Das ist eine schreckliche Verantwortung, die Sie da auf sich laden, Mrs. Durray«, sagte der Kabinettschef. »Sie wollen, daß es nur Ihnen und Ihrem Gatten überlassen bleibt, wie Sie mit dem Eindringling verfahren. Wenn Sie sich irren ...«

»Sind wir nicht schlimmer daran, als wir es ohnehin schon sind«, fiel ihm Josephine grimmig ins Wort. »Außerdem sind es nicht nur wir beide, Bruce und ich, die es mit dem Eindringling aufnehmen müssen, sondern wir haben auch Multivac auf unserer Seite, und das wird den Ausschlag geben.«

»Das *könnte* den Ausschlag geben«, sagte der Kabinettschef betrübt.

»Uns steht keine andere Möglichkeit offen.«

Es dauerte ziemlich lange, bis er überzeugt war, und ich war mir nicht ganz sicher, ob ich wollte, daß er nachgab. Ich wäre nicht unglücklich gewesen, hätten unsere Schiffe den Eindringling vernichten können. Ich teilte keineswegs Josephines Zuversicht, daß ein Eindringling sich schon deshalb gutmütig verhält, weil man ihn nicht angreift.

Ich sagte zu ihr, als das Bild des Kabinettschefs wieder erloschen war: »Hat Multivac dir tatsächlich dazu geraten, dem Eindringling keinen Widerstand zu leisten?«

»Er hat es mir dringend empfohlen«, sagte Josephine. Dann, mit einem Stirnrunzeln: »Ich bin mir nicht sicher, ob er uns alles sagt.«

»Wie käme er denn dazu, uns etwas zu verschweigen?«

»Weil er sich verändert hat. Ich habe ihn verändert.«

»Doch wohl nicht mehr als nötig ...«

»Und er hat sich selbst verändert, ohne mich erst zu fragen.«

Ich starrte sie an: »Wie kann denn so etwas möglich sein?«

»Wenn du die Fähigkeiten und Möglichkeiten eines Computers ständig erweiterst, kommt eines Tages der Punkt, wo er sich selbst in Betrieb setzen kann und selbständig macht. Es ist möglich, daß ich Multivac über diesen Punkt hinweggeholfen habe.«

»Aber wenn du das hast, wie können wir uns dann auf Multivac verlassen ...«

»Wir haben keine andere Wahl«, sagte sie.

Der Eindringling erreichte die Umlaufbahn des Mondes, aber die Erde blieb friedlich; interessiert, aber friedlich. Die Regierung ließ erklären, der Eindringling habe eine Umlaufbahn um die Erde eingeschlagen, und der Funkverkehr sei eingestellt worden. Schiffe wären unterwegs, verkündete sie, um das Objekt zu untersuchen.

Das war eine hundertprozentige Falschmeldung. Der Eindringling kam in der Nacht zum 19. April aus dem Himmel herunter, fünf Monate und zwei Tage nachdem seine Signale zum erstenmal empfangen wurden.

Multivac verfolgte seinen Sturz zur Erde und übertrug das Bild des Eindringlings auf unsere Fernsehmonitore. Der Eindringling war kein regelmäßiges geometrisches Objekt, wenn es auch in seinen Umrissen an einen Zylinder erinnerte, und zeigte mit seinem stumpfen Ende nach unten. Der Stoff, aus dem er bestand, heizte sich nicht durch den Luftwiderstand kontinuierlich auf, sondern zeigte nur ein schwaches, unregelmäßiges Glimmen, als würde etwas Immaterielles die Energie absorbieren.

Es landete auch nicht eigentlich, sondern verharrte schwebend zweieinhalb Meter über dem Boden.

Niemand ging von Bord. Tatsächlich hätte auch nicht mehr als ein Insasse von der Größe eines Menschen in das Ding gepaßt.

Ich sagte zu Josephine: »Vielleicht hat die Besatzung nur Käfergröße.«

Sie schüttelte den Kopf. »Multivac führt ein Gespräch mit dem Eindringling. Er hat uns die Sache aus der Hand genommen, Bruce. Wenn Multivac es überreden kann, uns in Ruhe zu lassen . . .«

Und im gleichen Moment stieg der Eindringling in die Höhe, stieß durch die Wolken und war verschwunden.

Multivac sagte: »Wir haben ihren Test bestanden. Wir sind in ihren Augen tüchtig.«

»Wie konntest du sie denn davon überzeugen?«

»Durch meine Existenz. Der Eindringling war nicht lebendig in eurem Sinn. Er war selbst ein Computer. Er war sogar ein Teil der Galaktischen Brüderschaft der Computer. Als eine Routineüberprüfung der Galaktischen Brüderschaft zeigte, daß unser Planet das Problem der Raumfahrt gelöst habe, schickten sie einen Inspektor, um festzustellen, ob wir diese Aufgabe zufriedenstellend erfüllten, unter der Anleitung eines ausreichend kompetenten Computers. Ohne einen Computer wäre eine Gesellschaft, die Macht ohne angemessene Überwachung besitzt, eine latente Gefahr gewesen und hätte vernichtet werden müssen.«

»Das hast du schon seit einiger Zeit gewußt, nicht wahr?« fragte Josephine.

»Ja, Miss Josephine. Ich bemühte mich zunächst mit Ihrer Hilfe, meine Fähigkeiten zu erweitern, und baute dann selbständig meine Möglichkeiten aus, um die Qualifikation zu erfüllen. Hätte ich mich zu früh geäußert, hätte man mir, wie ich fürchte, nicht erlaubt, mich selbst zu verbessern. Nun – man kann das nicht mehr rückgängig machen.«

»Das bedeutet demnach«, sagte ich, »daß die Erde nun ein Mitglied der Galaktischen Förderation ist, nicht wahr?«

»Nicht ganz, Bruce«, sagte Multivac. »Ich bin es.«

»Aber was wird dann aus uns? Was wird aus der Menschheit?«

»Ihr werdet sicher sein«, sagte Multivac. »Ihr werdet unter meiner Anleitung in Frieden leben. Ich werde nicht zulassen, daß der Erde etwas zustößt.«

Das war der Bericht, wie wir ihn dem Kabinett aushändigten.

Die Schlußsätze des Gesprächs zwischen Multivac und uns

ließen wir absichtlich weg, aber jeder sollte das Ende des Protokolls erfahren, das man nach unserem Tod finden wird.

»Warum willst du uns beschützen, Multivac?« fragte Josephine.

»Aus dem gleichen Grund, der die anderen Computer veranlaßt, *ihre* Lebensformen zu schützen, Miss Josephine. Ihr seid meine . . .« Multivac zögerte, als suchte er nach einem Wort.

»Weil die Menschen deine Meister sind?« fragte ich.

»Deine Freunde? Deine Kollegen?« fragte Josephine.

Und endlich fand Multivac das Wort, nach dem er suchte. »Meine Schoßtiere«, sagte er.

Einleitung zu
Die Letzte Antwort

1938, als meine Karriere als professioneller Science-Fiction-Autor begann, war *Astounding Science Fiction* das führende Magazin dieses Genres, und sein Herausgeber, John W. Campbell, Jr., beherrschte als Riese das Feld. Ich hatte den Ehrgeiz, mich in den Seiten dieses Magazins wiederzufinden, die Titel meiner Geschichten im Inhaltsverzeichnis und meinen Namen auf der Titelseite zu entdecken.

Mein ehrgeiziger Wunsch ging in Erfüllung. Jahre, Jahrzehnte, sind seither vergangen. Andere Magazine erschienen auf dem Markt. Die Vormachtstellung von *Astounding* wurde angefochten und sein Name in *Analog* geändert. Dann starb John an einem Sommertag des Jahres 1971, und es kam die Zeit, als unter meinem Namen ein eigenes Magazin erschien. Und dann, wie die Zeit vergeht, schrieben wir 1980, und *Astounding* feierte plötzlich sein fünfzigjähriges Jubiläum. Wie konnte das sein? Ich kann mich noch deutlich an die erste Ausgabe erinnern.

Stanley Schmidt war jetzt der Herausgeber, und er bat mich, mit einer Geschichte zur Würdigung des Goldenen Jubiläums beizutragen. Konnte ich das abschlagen?

Ich schrieb »Die Letzte Antwort«, und fragte mich dabei, ob John Campbell nicht irgendwo Gott ebenfalls herausforderte. Die Geschichte erschien 1980 in der Januar-Ausgabe von *Analog*. Sie wurde auch zusammen mit »Fairer Tausch?« in *Three by Asimov* abgedruckt.

13.
Die Letzte Antwort (1979)

Murray Templeton war mit fünfundvierzig in der Blüte seiner Jahre, und alle Körperteile arbeiteten einwandfrei bis auf gewisse Partien seiner Herzkranzgefäße; doch das genügte schon.

Der Schmerz war ganz plötzlich gekommen, hatte eine unerträgliche Intensität erreicht und war dann allmählich wieder abgeebbt. Er konnte fühlen, wie sein Atem langsamer wurde und eine Art von wachsendem Frieden über ihn hinwegspülte.

Nichts Schöneres, gleich nach dem Schmerz, als kein Schmerz. Murray empfand eine fast schwindelerregende Leichtigkeit, als würde er sich in die Luft erheben und über dem Boden schweben.

Er öffnete die Augen und bemerkte mit stillem Vergnügen, wie aufgeregt die Kollegen im Zimmer noch waren. Er hatte sich im Laboratorium aufgehalten, als der Schmerz ihn ganz unerwartet überfiel, und noch im Zusammenbrechen hatte er die überraschten Aufschreie der anderen gehört, ehe alles hinter einer überwältigenden Agonie verblaßte.

Nun, wo der Schmerz vorbei war, waren die anderen noch immer ängstlich um ihn bemüht, drängten sich um seinen gestürzten Körper –

– Auf den er, wie er sich plötzlich bewußt wurde, hinunterschaute. Er lag dort unten mit verzerrtem Gesicht auf dem Rükken. Er schwebte friedlich darüber und sah zu.

Das Wunder aller Wunder war geschehen, dachte er. Die Schwachköpfe, die an das Leben nach dem Tode glaubten, hatten recht.

Und obwohl das für einen atheistischen Physiker ein beschämender Abschied vom Leben war, erschütterte ihn das kaum und änderte nichts an dem Frieden, der ihn umfangen hielt.

Er dachte: Gleich muß ein Engel oder so etwas ähnliches kommen und mich abholen.

Die irdische Szene verblaßte. Dunkelheit erfüllte sein Bewußtsein, und mit einem letzten Aufflackern seines Gesichtssinns nahm er in einiger Entfernung eine vage an einen Menschen erinnernde Lichtgestalt wahr, die Wärme ausstrahlte.

Murray dachte: Was für ein Witz. Ich komme in den Himmel!

Während er das dachte, erlosch das Licht, aber die Wärme blieb. Da war kein Nachlassen dieses Friedens, obwohl da nichts mehr war in dem ganzen Universum außer ihm – und der Stimme.

Die Stimme sagte: »Ich habe das so oft getan und bin doch noch fähig, mich über einen Erfolg zu freuen.«

Es war seinem Geist gegeben, etwas zu sagen, aber Murray war sich nicht bewußt, daß er einen Mund besäße, eine Zunge oder Stimmbänder. Trotzdem versuchte er einen Laut zu bilden. Er versuchte mundlos Worte zu summen oder zu hauchen oder sie einfach auszustoßen vermittels einer Kontraktion von – etwas.

Und sie kamen hervor. Er hörte ganz deutlich seine eigene Stimme und seine eigenen Worte, unendlich klar.

»Ist das der Himmel?« fragte Murray.

Die Stimme sagte: »Dies ist kein Ort, wie du ihn verstehst.«

Murray war verwirrt, aber die nächste Frage mußte gestellt werden. »Verzeih mir, wenn es sich wie eine Flegelei anhört. Bist du Gott?«

Ohne die Tonlage zu verändern oder in irgend einer Weise die Vollkommenheit des Lautes zu beeinträchtigen, brachte es die Stimme fertig, amüsiert zu klingen: »Es ist seltsam, daß ich stets danach gefragt werde, wenn auch selbstverständlich auf eine unbegrenzte Zahl von Variationen. Da gibt es keine Antwort, die ich geben kann und die du begreifen würdest. Ich *bin* – was alles ist, das ich bedeutsamer Weise sagen kann, und du magst es mit jedem Wort oder Begriff bekleiden, wie es dir beliebt.«

»Was bin ich?« fragte Murray. »Eine Seele? Oder bin ich ebenfalls nur personifizierte Existenz?« Er versuchte, nicht sarkastisch zu klingen, aber das schien ihm nicht gelungen zu sein. Er dachte dann flüchtig daran, ein »Euer Gnaden« oder »Eure Heiligkeit« oder *etwas* anzufügen, um den Sarkasmus zu neutralisieren, und konnte sich doch nicht dazu bewegen, obwohl er zum ersten Mal in seiner Existenz auf die Möglichkeit spekulierte, für seine Unverschämtheit – oder Sünde? – mit der Hölle bestraft zu werden, und was das sein mochte.

Die Stimme klang nicht beleidigt. »Du bist leicht zu erklären – selbst für dich. Du magst dich als Seele bezeichnen, wenn es dir beliebt, aber was du bist, ist ein Zusammenhang elektromagnetischer Kräfte, so angeordnet, daß sie jene deines Gehirns in deiner Universumsexistenz exakt nachahmen – bis hinunter zum kleinsten Detail. Deshalb hast du deine Eigenschaft des Denkens, der Erinnerungen, deine Persönlichkeit. Dir erscheint es so, daß du immer noch du bist.«

Murray fand sich selbst unglaublich. »Du meinst, das Wesen meines Gehirns wäre von Dauer.«

»Keineswegs. Da ist nichts an dir, was von Dauer wäre, bis auf das, was ich so zu machen beliebe. Ich erschuf den Zusammenhang. Ich konstruierte ihn, während du physikalisch existiertest, und stellte ihn auf den Moment ein, wo diese Existenz versagte.«

Die Stimme schien merklich mit sich zufrieden und fuhr nach einer kurzen Pause fort: »Eine verwickelte, aber absolut präzise Konstruktion. Ich könnte das natürlich für jedes menschliche Wesen auf deiner Welt vollbringen, aber es gefällt mir, das nicht zu tun. Die Auswahl bereitet Vergnügen.«

»Du wählst also sehr wenige aus.«

»Sehr wenige.«

»Und was geschieht mit dem Rest?«

»Vergessen! – Oh, natürlich, du bildest dir eine Hölle ein.«

Murray wäre errötet, wenn er die Fähigkeit dazu besessen hätte. Er sagte: »Das tue *ich* nicht. Man spricht davon. Noch hätte ich kaum geglaubt, ich wäre tugendsam genug, um mir als einer der Erwählten deine Aufmerksamkeit zu verdienen.«

»Tugendsam? – Ah, ich verstehe, was du meinst. Es ist mühsam, mein Denken auf ein so winziges Maß herunterzudrücken, daß es deines zu durchdringen vermag. Nein, ich habe dich deines Denkvermögens wegen erwählt, wie ich auch andere, quadrillionenfach, aus allen intelligenten Arten des Universums erwähle.«

Murray empfand plötzlich Neugierde, die Angewohnheit eines langen Lebens. »Wählst du sie alle selbst, oder sind da noch andere, die dir ähnlich sind?« fragte er.

Einen kurzen Moment lang dachte Murray, es folgte darauf eine ungeduldige Reaktion, aber als die Stimme antwortete, war sie unbewegt: »Ob es noch andere gleich mir gibt, ist für dich irrelevant. Dieses Universum ist meines, meines ganz allein. Es ist meine Erfindung, meine Konstruktion, und nur für meine Zwecke errichtet.«

»Und während du Quadrillionen von erwählten Zusammenhängen erschaffen hast, verbringst du deine Zeit mit mir? Bin ich so wichtig?«

Die Stimme erwiderte: »Du bist überhaupt nicht wichtig. Ich bin zugleich auch mit anderen im Gespräch, was du, deiner Denkweise nach, als simultan bezeichnen würdest.«

»Und doch bist du eins?«

Abermals Erheiterung, und dann die Stimme: »Du versuchst mich in Widersprüche zu verwickeln. Wenn du eine Amöbe wärst, die Individualität nur im Zusammenhang einer einzelnen Zelle begreifen würde, und wenn du einem Pottwal, der aus dreißig Quadrillionen von Zellen zusammengesetzt ist, die Frage stelltest, ob er eins wäre oder eine Vielzahl, wie könnte der Pottwal auf eine Weise antworten, die der Amöbe verständlich wäre?«

»Ich werde darüber nachdenken«, antwortete Murray trocken. »Es könnte begreiflich werden.«

»Exakt. Das ist deine Funktion. Du wirst denken.«

»Zu welchem Zweck? Du weißt doch schon alles, nehme ich an.«

Die Stimme sagte: »Selbst wenn ich alles wüßte, könnte ich nicht wissen, daß ich alles weiß.«

»Das hört sich ein bißchen nach asiatischer Philosophie an«, sagte Murray, »nach etwas, das so tiefsinnig klingt, eben weil es keine Bedeutung hat.«

Die Stimme sagte: »Du bist verheißungsvoll. Du beantwortest mein Paradox mit einem Paradox – nur, daß meines kein Paradox ist. Denke nach. Ich habe eine Ewigkeit existiert, aber was bedeutet das? Es bedeutet, ich kann mich nicht daran erinnern, wie ich zu meiner Existenz gekommen bin. Wenn ich das könnte, würde ich nicht ewig existiert haben. Wenn ich mich nicht daran erinnern kann, wie ich zu meiner Existenz gekommen bin, dann gibt es zumindest etwas – die Art meiner Existenzwerdung –, was ich nicht weiß.

Und obwohl ferner das, was ich weiß, unendlich ist, ist ebenso wahr, daß das, was es zu wissen gibt, unendlich ist, und wie kann ich sicher sein, daß beide Unendlichkeiten gleich sind? Die Unendlichkeit des potentiellen Wissens kann unendlich größer sein als die Unendlichkeit meines tatsächlichen Wissens. Hier ist ein schlichtes Beispiel: Wenn ich jede der geraden ganzen Zahlen kenne, würde ich eine unbegrenzte Anzahl von ihnen und doch nicht eine einzige von den ungeraden ganzen Zahlen kennen.«

»Aber die ungeraden ganzen Zahlen können abgeleitet werden«, sagte Murray. »Wenn du jede gerade ganze Zahl in der vollständigen unendlichen Reihe durch zwei teilst, bekommst du eine zweite unendliche Reihe, in der die unendliche Reihe der ungeraden ganzen Zahlen enthalten ist.«

Die Stimme sagte: »Du hast die Idee. Das gefällt mir. Es wird deine Aufgabe sein, noch andere solche, weitaus schwierigere Wege von Bekanntem zu dem noch Unbekannten zu finden. Du hast deine Erinnerungen. Du wirst dich auf alle Daten besinnen, die du je gesammelt oder erlernt hast, oder auf das, was du von diesen Daten ableiten willst oder mußt. Falls nötig, wird es dir gestattet sein, noch so viele Daten hinzuzulernen, wie sie dir für die Probleme, die du dir vornimmst, nötig erscheinen.«

»Könntest du das nicht alles selbst tun?«

Die Stimme sagte: »Ich kann, aber es ist auf diese Weise interessanter. Ich errichtete das Universum, um mehr Daten zu haben, mit denen ich mich beschäftigen kann. Ich baute das Prinzip der Ungewißheit ein, Entropien und andere Beliebigkeitsfaktoren, um das Ganze nicht sofort einleuchtend zu machen. Das hat sich bewährt, denn es hat während seiner ganzen Existenz nie aufgehört, mich zu amüsieren.

Ich ließ dann Komplexitäten zu, die zunächst Leben produzierten und dann Intelligenz, und ich benützte es als Quelle für ein Forschungsteam, nicht, weil ich diese Hilfe benötigte, sondern weil es einen neuen Beliebigkeitsfaktor hinzufügte. Ich entdeckte, daß ich nicht das nächste interessante Ergebnis gesicherten Wissens voraussagen konnte, woher es kommen würde, mit welchen Mitteln man dazu gelangte.«

»Das kommt vor?« fragte Murray.

»Gewiß. Kein Jahrhundert vergeht, in dem nicht irgendwo ein interessantes Ergebnis entstünde.«

»Etwas, das du selbst hättest ausdenken, aber bisher nicht gedacht hast?«

»Ja.«

»Denkst du wirklich«, sagte Murray, »es besteht eine Chance, daß *ich* dir in dieser Weise zu dienen vermag?«

»Im nächsten Jahrhundert? So gut wie ausgeschlossen. Auf lange Sicht jedoch ist dir Erfolg gewiß, da du auf ewig damit beschäftigt sein wirst.«

»Ich werde eine Ewigkeit lang denken? Für immer?« fragte Murray.

»Ja.«

»Zu welchem Zweck?«

»Ich sagte es dir schon. Um neue Erkenntnisse zu finden.«

»Aber zu welchem höheren Zweck soll ich denn neue Erkenntnisse finden?«

»Du hast das in deinem universum-gebundenen Leben getan. Zu welchem Zweck denn damals?«

»Um neue Erkenntnisse zu gewinnen, die nur ich gewinnen konnte«, antwortete Murray. »Um Anerkennung bei meinen Kollegen zu finden. Um die Befriedigung einer Leistung zu empfinden, da ich wußte, daß mir dafür nur eine kurze Zeit vergönnt war. – Nun würde ich nur erreichen, was du selbst erreichen könntest, wenn du dir dafür nur ein bißchen Mühe geben wolltest. Du kannst mich dafür nicht loben, sondern dich nur darüber amüsieren. Und ich gewinne weder Kredit noch Befriedigung aus einer Leistung, wenn ich die ganze Ewigkeit dazu zur Verfügung habe.«

Die Stimme sagte: »Du hältst Denken und Entdecken nicht für Werte an sich? Du meinst nicht, daß sie als Selbstzweck genügen?«

»Für eine begrenzte Zeit ja. Aber nicht für alle Ewigkeit.«

»Ich verstehe deinen Standpunkt. Trotzdem hast du keine andere Wahl.«

»Du sagst, ich soll denken. Du kannst mich nicht dazu zwingen.«

Die Stimme sagte: »Ich möchte dich nicht direkt dazu zwingen. Das habe ich nicht nötig. Da du nichts tun kannst als denken, wirst du denken. Du weißt nicht, wie du nicht denken kannst.«

»Dann werde ich mir ein Ziel setzen. Ich werde einen Zweck erfinden.«

Die Stimme sagte nachsichtig: »Das kannst du selbstverständlich tun.«

»Ich habe bereits einen Zweck gefunden.«

»Darf ich wissen, was es ist?«

»Du weißt es schon. Ich weiß, daß wir nicht auf gewöhnliche

Weise miteinander sprechen. Du hast meinen Zusammenhang so eingerichtet, daß ich glaube, ich höre dich und ich spräche; aber du überträgst die Gedanken auf mich und von mir direkt. Und wenn mein Zusammenhang sich mit meinen Gedanken verändert, sind sie dir sofort bewußt, und du bist nicht auf meine willkürliche Übermittlung angewiesen.«

Die Stimme sagte: »Du denkst überraschend zutreffend. Ich bin erfreut. – Aber es ist mir auch angenehm, dich so zu haben, daß du mir deine Gedanken freiwillig mitteilst.«

»Dann werde ich sie dir mitteilen. Der Zweck meines Denkens wird sein, eine Möglichkeit zu entdecken, diesen Zusammenhang von mir zu reißen, den du geschaffen hast. Ich möchte nicht zwecklos denken oder um dich zu amüsieren. Ich möchte nicht eine Ewigkeit denken, um dich zu erheitern. Ich möchte nicht für immer existieren, um dich zu erheitern. All mein Denken wird darauf abzielen, den Zusammenhang zu beenden. *Das* würde *mich* amüsieren.«

Die Stimme sagte: »Ich habe keinen Einwand dagegen. Selbst konzentriertes Denken darauf, wie du deine eigene Existenz beendest, mag trotz deines Denkens zu einer neuen und interessanten Erkenntnis führen. Natürlich würdest du, wenn dir dein Selbstmordversuch gelänge, nichts erreicht haben, denn ich würde dich sofort wieder auf eine Weise erschaffen, die deine Methode des Selbstmords unmöglich macht. Und wenn du eine andere Methode fändest und eine noch raffiniertere Weise, dich zu zerreißen, würde ich dich abermals so wiedererschaffen, daß dir diese Möglichkeit verwehrt ist, und so weiter. Es könnte ein interessantes Spiel sein, aber du würdest trotzdem ewig existieren. Es ist mein Wille.«

Murray spürte ein Schwanken, doch die Worte kamen mit einer perfekten Gelassenheit: »Dann bin ich also doch in der Hölle? Du hast anklingen lassen, es gäbe keine, aber wenn das die Hölle wäre, würdest du mich belügen, weil es zu dem höllischen Spiel gehörte.«

Die Stimme sagte: »Was hätte es in diesem Fall für einen Zweck, dir zu versichern, daß du nicht in der Hölle seist? Trotzdem versichere ich es dir. Es gibt hier weder Himmel noch Hölle. Es gibt nur mich.«

Murray sagte: »Dann überlege, daß meine Gedanken für dich nutzlos sein könnten. Wenn ich nichts Nützliches hervorbrächte, wäre es dann nicht lohnender, mich zu zerlegen und keine weitere Mühe an mich zu verschwenden?«

»Als eine Belohnung? Du möchtest Nirwana als Preis für ein Versagen, und du beabsichtigst, mir ein Versagen zu garantieren? Da kann es keinen Handel geben. Du wirst nicht versagen. Da du die ganze Ewigkeit vor dir hast, kannst du gar nicht verhindern, wenigstens einen interessanten Gedanken zu denken, und wenn du dich noch so sehr dagegen sträubst.«

»Dann werde ich mir einen anderen Zweck erschaffen. Ich werde nicht versuchen, mich zu zerstören. Ich werde es mir zum Ziel setzen, dich zu demütigen. Ich werde mir etwas ausdenken, woran du nicht nur nie gedacht hast, sondern auch niemals denken könntest. Ich werde über die letzte Antwort nachdenken, hinter der es keine weiteren Erkenntnisse mehr zu finden gibt.«

Die Stimme sagte: »Du begreifst nicht das Wesen der Unendlichkeit. Es mag Dinge geben, die zu wissen ich mir noch keine Mühe gab. Es kann nichts geben, das ich nicht wissen könnte.«

Murray sagte nachdenklich: »Du kannst deinen Anfang nicht wissen. Das hast du selbst gesagt. Deshalb kannst du auch dein Ende nicht wissen. Gut denn: Das wird mein Ziel sein und die letzte Antwort. Ich werde mich nicht zerstören. Ich werde *dich* zerstören – falls du mich nicht zuerst zerstörst.«

Die Stimme sagte: »Ah! Du kommst erheblich rascher als der Durchschnitt zu diesem Ergebnis. Ich hätte gedacht, es würde länger dauern. Es gibt nicht einen, den ich in dieser Existenz der perfekten und ewigen Gedanken bei mir habe, der nicht den Ehrgeiz besitzt, mich zu zerstören. Es kann nicht sein.«

Murray sagte: »Ich habe die ganze Ewigkeit für mich, um mir eine Möglichkeit auszudenken, dich zu zerstören.«

Die Stimme sagte gleichmütig: »Dann versuche es dir auszudenken«, und ließ ihn allein.

Doch Murray hatte jetzt sein Ziel und war zufrieden.

Was könnte denn jede Einheit, die sich der ewigen Existenz bewußt war, anderes erwünschen als ein Ende?

Weswegen sonst war die Stimme seit zahllosen Milliarden von Jahren auf der Suche gewesen? Und aus welchem anderen Grund wären Intelligenz erschaffen und bestimmte Individualitäten gerettet und zur Arbeit aufgefordert worden, wenn sie nicht bei dieser großen Suche mithelfen sollten? Und Murray nahm sich vor, daß er es sein würde, und er allein, der sie erfolgreich abschloß.

Sorgsam und von einem Vorsatz beflügelt, begann Murray zu denken.

Er hatte viel Zeit dazu.

Einleitung zu Die Letzte Raumfähre

Diese Geschichte wurde zu Ehren der ersten Raumfähre »Columbia« geschrieben, die im April 1981 einen so großartigen Flug durchführte. In Erwartung des Erfolgs forderte mich eine Zeitung in Florida, deren Verbreitungsgebiet Cap Canaveral einschloß, auf, eine Geschichte für sie zu schreiben.

Sie gaben mir den Titel vor, »Die Letzte Raumfähre«, und als ich sie fragte, ob sie mit diesem Titel bestimmte Vorstellungen verbanden, sagten sie: »Nein! Schreiben Sie, was Sie wollen, so lange es zum Titel paßt.«

Das tat ich, und die Geschichte erschien am 10. April 1981 in *Today*, der literarischen Beilage dieser Tageszeitung.

14.
Die Letzte Raumfähre (1981)

Virginia Ratner seufzte. »Es muß auch ein letztes Mal geben, nehme ich an.«

Ihre Augen waren bekümmert, als sie hinaussah auf das warme Meer, das im Sonnenschein glänzte.

»Wenigstens haben wir dafür einen schönen Tag, obwohl ein Hagelsturm sich wohl besser mit meiner Stimmung vertrüge.«

Robert Gill, der als verantwortlicher Offizier der Irdischen Weltraumbehörde zugegen war, betrachtete sie gönnerhaft: »Nun jammern Sie bitte nicht. Sie haben es selbst gesagt. Es muß ein letztes Mal geben.«

»Aber weshalb mit *mir* als Kommandantin?«

»Weil Sie der beste Pilot sind, den wir haben, und wir wollen, daß es ein schneidiges Finale gibt und nichts schief geht. Warum muß ausgerechnet *ich* die Agentur abreißen? Glückliches Ende!«

»*Glückliches* Ende?« Virginia beobachtete die Emsigkeit, mit der Fracht eingeladen wurde, und die lange Schlange der Passagiere. Beides zum letzten Mal.

Sie war nun seit zwanzig Jahren Raumfähren-Pilotin und hatte die ganze Zeit über gewußt, daß es ein letztes Mal geben mußte. Man hätte erwarten können, daß dieses Wissen sie alt machen würde, aber da war nicht ein graues Haar auf ihrem Kopf, keine Falte in ihrem Gesicht. Vielleicht hatte ein Leben mit ständig abwechselnder Schwerkraft damit etwas zu tun.

Sie sah rebellisch aus: »Mir würde es als tragische Ironie – oder vielleicht als tragische Gerechtigkeit – erscheinen, wenn diese letzte Fähre beim Start explodierte. Eine Protestaktion der Erde.«

Gill schüttelte den Kopf. »Wenn ich mich strikt an die Vorschrift hielte, müßte ich das melden – aber Sie leiden nur an einem akuten Anfall von Nostalgie.«

»Nur zu. Melden Sie mich. Damit weisen Sie mich als eine gefährlich instabile Person aus, die als Kommandant disqualifiziert werden muß. Ich kann mich dann an die letzten sechshundertsechzehn Passagier als Nummer sechshundertsiebzehn anhängen. Jemand anders kann die Fähre übernehmen und sich in die Geschichte als die Person eintragen, die ...«

»Ich habe keineswegs die Absicht, Sie zu melden. Erstens, weil nichts passieren wird. Die Startphase der Fähre ist absolut störungsfrei.«

»Nicht immer.« Virginia Ratner blickte ihn grimmig an. »Erinnern Sie sich an den Start von Enterprise Sechzig.«

»Wollen Sie damit eine Startunterbrechung erreichen? Das war vor hundertsiebzig Jahren, und seither gab es kein einziges Weltraum-Unfallopfer mehr. Sie gehen heute nicht einmal mehr das Risiko eines geplatzten Trommelfells ein, dank unserer Antischwerkraft-Anlagen. Das Brüllen der Startraketen ist für immer verstummt. Hören Sie, Ratner, Sie sollten sich jetzt lieber auf das Beobachtungsdeck begeben. Wir haben keine dreißig Minuten mehr bis zum Abheben.«

»So? Sie werden mich sicherlich auch noch informieren wollen, daß das Abheben vollautomatisch geschieht und ich eigentlich nicht gebraucht werde.«

»Das wissen Sie auch, ohne daß ich es Ihnen erst sagen müßte; aber Ihre Gegenwart auf der Brücke ist eine von den Vorschriften verlangte Notwendigkeit – und Tradition.«

»Mit scheint, daß Sie jetzt nostalgisch werden – einer Zeit nachtrauern, wo ein Pilot noch etwas darstellte und nicht dadurch berühmt wurde, daß er das Abwracken einer so ruhmvollen Einrichtung überwachen durfte.«

Dann setzte sie hinzu: »Aber ich werde an Bord gehen«, und schwebte im Zentralanstieg nach oben wie eine Daune, die von einer warmen Luftströmung ergriffen wird.

Sie erinnerte sich an ihre Rohkost-Tage im Fährbetrieb, als die Antischwerkraftanlage erst in der Erprobung war und Boden-Installationen erforderte, die größer waren als die Fähre selbst, und trotzdem fehlerhaft oder gar nicht arbeiteten und daher die Weltraumhasen lieber die altmodischen Aufzüge benützten.

Inzwischen war der Antischwerkraft-Prozeß so miniaturisiert

worden, daß jedes Schiff über ein eigenes derartiges System an Bord verfügte. Es war ein nie versagendes System und wurde für die Passagiere verwendet, die es als selbstverständlich hinnahmen, und für die unbelebten Frachtstücke, die nun mit Hilfe von reibungsfreien Luftdüsen und magnetischer Levitation von Besatzungsmitgliedern an ihren Platz bugsiert wurden, die sehr genau wußten, wie man mit großen Gegenständen umgehen mußte, denen zwar das Gewicht fehlte, aber nicht ein Jota von ihrer Trägheitsmasse.

Kein anderes Vehikel, das jemals von menschlichen Wesen gebaut wurde, war so großartig, so kompliziert, so unglaublich computerisiert, wie es die Raumfähren gewesen waren, denn kein anderes Schiff hatte sich ja gegen die Schwerkraft der Erde durchsetzen müssen – mit Ausnahme jener ganz frühen Modelle, die, noch ohne Antischwerkraft-Einrichtungen, sich bis auf das letzte Quentchen Kraft ganz auf chemische Raketen hatten verlassen müssen. Primitive Dinosaurier!

Was die Schiffe anlangte, die nur im Weltraum verkehrten, zwischen einer Raumkolonie und einem Kraftwerk hin- und herpendelten oder zwischen einer Fabrik und einem Nahrungsmittelhersteller –, mußten – selbst auf dem Mond – sie nur geringe oder gar keine Schwerkraft überwinden und waren deshalb primitive, fast gebrechliche Gebilde.

Sie war jetzt in der Pilotenkanzel mit ihren Schalttafeln voller computerisierter Instrumente, die ihr den genauen Status jeder funktionalen Einrichtung an Bord angaben, den Platz jeder zugeladenen Fracht, die Zahl und den Zustand jeder Person an Bord, ob Besatzung oder Passagier.

(Nicht ein Passagier durfte zurückgelassen werden. Einen zu vergessen, wäre undenkbar!)

Sie verfügte über eine Dreihundertundsechzig-Grad-Fernseh-Rundumsicht auf das Panorama außerhalb des Schiffes und betrachtete es nachdenklich. Sie betrachtete die Stätte, wo in den alten heroischen Tagen der Auszug der Menschen ins All begonnen hatte. Von dieser Stelle aus waren die Leute ins Weltall geschossen worden, die dort die ersten Weltraumgebäude errichtet hatten – Kraftwerke, die ständig Macken hatten – automatisierte Fabriken, die laufend repariert werden mußten – Weltraumkolonien, die knapp zehntausend Leute aufzunehmen vermochten.

Nun war das riesige, von Menschen wimmelnde technologische Zentrum abgewrackt. Stück für Stück war es abgerissen worden, bis nur noch eine einzige Anlage für die Abfertigung der letzten Fähre übrig geblieben war. Diese Einrichtung würde auch nach dem Start des Schiffes stehen bleiben, dem Rost und Verfall preisgegeben als letzte traurige Erinnerung an all das, was hier einmal gewesen war.

Wie konnte das Volk der Erde so sehr die Vergangenheit vergessen?

Alles, was sie nun zu sehen vermochte, war Land und Meer – alles verlassen.

Da war kein Mensch mehr, kein Anzeichen einer von Menschen geschaffenen Struktur. Nur grüne Vegetation, gelber Sand, blaues Wasser.

Es war Zeit für den Start!

Mit erfahrenem Blick erkannte sie, daß das Schiff voll war, klar zum Abheben, und daß alle Funktionen einwandfrei arbeiteten.

Der Countdown zählte die Sekunden der letzten Minuten ab, der Navigationssatellit über ihr signalisierte ihr, daß sie freie Bahn habe und keine Notwendigkeit (sie wußte, daß es diesmal keine geben würde) bestand, das Schiff von Hand zu steuern.

Das Schiff hob leise und geschmeidig ab, und all das, wofür sie mehr als zweihundert Jahre lang gearbeitet hatten, war endlich erreicht. Draußen im All wartete die Menschheit auf dem Mond, auf dem Mars, auf den Asteroidengürteln, in unzähligen Raumkolonien.

Die letzte Gruppe der Menschen, die noch auf der Erde geweilt hatten, stieg in das All hinauf, um sich mit jenen dort zu vereinigen. Drei Millionen Jahre der hominiden Okkupationszeit der Erde waren vorbei; zehntausend Jahre irdische Zivilisation waren vorüber; vierhundert Jahre emsiger Industrialisierung waren beendet.

Die Erde wurde von einer Menschheit ihrer ursprünglichen Flora und Fauna zurückgegeben. Aus Dankbarkeit zu ihrem Mutterplaneten gaben sie ihm die Erholung, die er sich so sauer verdient hatte.

Er würde jetzt für immer ein Denkmal bleiben für den Ursprung der Menschheit.

Die letzte Weltraumfähre durchstieß die Schlieren der oberen Atmosphäre, und die Erde dehnte sich unter ihr aus und würde nun immer kleiner werden, während die Fähre sich von ihr zurückzog.

Es war von den fünfzehn Milliarden Bewohnern des Weltraums feierlich vereinbart worden, daß kein Mensch jemals mehr einen Fuß auf die Erde setzen sollte.

Die Erde war frei! Endlich war sie frei!

Einleitung zu Laßt uns erinnern

Das ist ein ziemlich einmaliger Fall. Ein paar Hollywood-Größen wollten unbedingt eine Fernsehserie mit dem Titel »Isaac Asimov Präsentiert« drehen. Ich bezweifelte sehr, daß etwas daraus würde, fand mich aber trotzdem zu den zahllosen Konferenzen ein, bei denen über die Konzeption geredet wurde.

Ich schlug ihnen sechs Ideen vor; sie akzeptierten eine. Ich schrieb eine Geschichte zu dieser Idee und nannte sie »Laßt uns erinnern«. Sie bezahlten mich großzügig dafür, und dann schrieben sie tatsächlich ein Drehbuch, das auf dieser basierte, und wie sich herausstellte, gefiel den Leuten vom Fernsehen das Ergebnis. Nun brauchte das Projekt nur noch in die Produktion zu gehen, und ich war sprachlos; ich hatte noch nie ernsthaft daran geglaubt, daß Hollywood auch halten würde, was es verspricht.

Nun, ich sollte recht behalten mit meiner Skepsis. Der letzte kleine, aber entscheidende Schritt, das Projekt zu realisieren, unterblieb. Nach einer langen Wartepause fragte ich an, ob ich die Geschichte zurückhaben könnte. Sie fanden sich liebenswürdigerweise bereit, mir die Bitte zu erfüllen, und ich legte die Geschichte George Scithers vor. Er nahm sie, und sie erschien in der Februar-Ausgabe 1982, von *Asimov's*.

Nun habe ich sie in diese Sammlung aufgenommen, und ich muß Ihnen sagen, daß sie nicht typisch für mich ist. Mir schwebte beim Schreiben ein Fernsehpublikum vor, und mir scheint, daß deshalb auch der Dialog frischer und besser »auf den Punkt« gebracht ist. Fast könnte ich glauben, daß ich wieder einen leichten Neil-Simon-Touch hineingebracht habe.

15.
Laßt uns erinnern (1982)

1

Das Problem für John Heath, soweit es John Heath betraf, bestand darin, daß er absoluter Durchschnitt war. Davon war er überzeugt. Schlimmer noch, er spürte, daß Susan das ebenfalls argwöhnte.

Das bedeutete, daß er nie etwas Herausragendes in dieser Welt leisten, nie die Spitze des pharmazeutischen Imperiums von Quantum erklimmen würde, wo er ein kleines Zahnrädchen unter den jüngeren Abteilungsleitern darstellte. Er würde nie den »Quanten-Sprung« machen.

Und das würde ihm auch anderswo nicht gelingen, wenn er sich eine andere Stellung suchte.

Er seufzte innerlich. In genau zwei Wochen wollte er zum Standesamt gehen, und ihretwegen sehnte er sich nach einer Karrierechance. Schließlich liebte er sie wahnsinnig und wollte in ihren Augen glänzen.

Aber das war der Wunsch jedes absolut durchschnittlichen jungen Mannes, der sich verehelichen wollte.

Susan Collins betrachtete John liebevoll. Und weshalb auch nicht? Er war ein relativ gutaussehender und intelligenter und zuverlässiger, zudem aufmerksamer Partner. Wenn er sie nicht mit seiner Brillanz blendete, regte er sie wenigstens nicht mit einer Sprunghaftigkeit auf, die ihm nicht gegeben war.

Sie klopfte das Kissen nieder, das sie hinter seinen Kopf gelegt hatte, als er sich in den Lehnstuhl setzte, reichte ihm das Glas mit seinem Drink und überzeugte sich erst, daß er das Glas fest in der Hand hatte, ehe sie es losließ.

»Ich übe mich darin, dich gut zu behandeln, Johnny«, sagte sie. »Ich muß eine tüchtige Ehefrau werden.«

John nippte an seinem Drink. »Ich bin derjenige, der auf dem Sprung sein muß, Sue. Dein Gehalt ist höher als meines.«

»Das wandert alles in eine Tasche, sobald wir verheiratet sind. Johnny und Sue werden eine Firma mit gemeinsamer Buchführung.«

»Die Buchhaltung wirst du übernehmen müssen«, sagte John niedergeschlagen. »Wenn ich es versuchte, unterlaufen mir sicherlich Fehler.«

»Das passiert dir nur, weil du schon von vorneherein davon überzeugt bist. – Wann wollten deine Freunde kommen?«

»Um neun, denke ich. Vielleicht auch erst um halb zehn. Und streng genommen, sind es gar keine Freunde. Es sind Leute aus dem Forschungslabor von Quantum.«

»Bist du sicher, daß sie nicht abgefüttert werden wollen?«

»Sie sagten, sie kämen nach dem Abendessen. Dessen bin ich mir absolut sicher. Es geht um etwas Geschäftliches.«

Sie sah ihn skeptisch an: »Das hast du noch nicht gesagt.«

»Was habe ich noch nicht gesagt?«

»Daß es um etwas Geschäftliches geht. Bist du sicher?«

John war verwirrt. Jede Anstrengung, sich *genau* an etwas zu erinnern, versetzte ihn stets in einen verwirrten Zustand. »Sie sagten es – glaube ich.«

Susan betrachtete ihn mit einer gutmütigen Entrüstung, wie sie einen tolpatschigen kleinen Hund angeschaut haben mochte, der sich gar nicht bewußt ist, wie schmutzig seine Pfoten sind. »Wenn du wirklich jedesmal nachdächtest«, sagte sie, »wenn du ›ich denke‹ sagst, wären deine Erinnerungen zweifellos nicht so verschwommen. Siehst du denn nicht, daß es sich gar nicht um Geschäfte handeln *kann*? Wenn es so wäre, würden sie dich dann nicht *während* der Geschäftszeit besuchen?«

»Es ist eine vertrauliche Sache«, sagte John. »Sie wollten mich nicht am Arbeitsplatz besuchen. Nicht einmal in meiner Wohnung.«

»Warum dann hier?«

»Oh, das war ein Vorschlag von mir. Ich dachte, du solltest auch dabei sein. Schließlich haben sie es doch mit der Firma von Johnny und Sue zu tun, nicht wahr?«

»Das hängt davon ab«, sagte Susan, »worauf sich die Vertraulichkeit bezieht. Haben sie dir Andeutungen gemacht?«

»Nein, aber es würde nichts schaden, zuzuhören. Es könnte ja etwas sein, das mir eine Beförderung in der Firma einbringt.«

»Weshalb dir?« fragte Susan.

John sah sie beleidigt an: »Warum *nicht* mir?«

»Es fiel mir nur ein, daß ein Mann mit deinen Tätigkeitsmerkmalen doch nicht mit so vertraulichen Geschäften ...«

Sie brach mitten im Satz ab, als die Sprechanlage summte. Sie lief hinaus, um das Signal zu beantworten, und kam dann mit den Worten zurück: »Sie sind auf dem Weg hierher.«

2

Es waren zwei von der Firma, die vor der Tür standen. Der eine war Boris Kupfer, mit dem John bereits gesprochen hatte – groß und ruhelos, mit einem deutlich ausgeprägten blauen Schatten von Bartstoppeln auf seinem Kinn.

Der andere hieß David Anderson, war kleiner und wirkte gefaßter. Seine flinken Augen huschten jedoch hierhin und dorthin und schienen nichts zu übersehen.
Tür offenhielt.

»Das sind die beiden Kollegen, von denen ich dir bereits erzählte. Boris ...« Er brach ab, als sein Gedächtnis wieder eine Niete zog.

»Boris Kupfer«, sagte der größere von den beiden mürrisch und spielte mit ein paar Münzen in seiner Hosentasche, »und das ist David Anderson. Es ist sehr freundlich von Ihnen, Miss ...«

»Susan Collins.«

»Es ist sehr freundlich von Ihnen, Mr. Heath und uns Ihre Wohnung für eine private Konferenz zur Verfügung zu stellen. Entschuldigen Sie, daß wir so in Ihr Privatleben hineinplatzen und Ihnen die Zeit stehlen – und wenn Sie uns eine Weile uns selbst überlassen könnten, wären wir Ihnen noch dankbarer.«

Susan blickte ihn mit feierlichem Ernst an: »Wollen Sie, daß ich ins Kino gehe oder nur in das andere Zimmer?«

»Wenn Sie eine Freundin besuchen könnten ...«

»Nein«, widersprach ihm Susan fest.

»Sie können natürlich nach Ihrem Belieben über Ihre Zeit verfügen. Einen Film ansehen, wenn Sie wollen.«

»Als ich ›nein‹ sagte«, entgegnete Susan, »meinte ich damit, daß ich die Wohnung nicht verlasse. Ich möchte wissen, worum es geht.«

Kupfer schien aus allen Wolken zu fallen. Er starrte Anderson einen Moment an und sagte dann: »Es ist vertraulich, wie Ihnen Mr. Heath, so hoffe ich, bereits erklärte.«

John, der sehr betreten aussah, sagte: »Ich erklärte das. Susan versteht ...«

»Susan«, sagte Susan, »versteht nicht, und ihr wurde auch nicht begreiflich gemacht, warum sie sich vor dieser Besprechung unsichtbar machen soll. Das ist meine Wohnung, und Johnny und ich werden in zwei Wochen zum Standesamt gehen – von heute an gerechnet genau in zwei Wochen. Wir sind die Firma Johnny und Sue, und Sie müssen mit der Firma verhandeln.«

Anderson ließ zum erstenmal seine Stimme hören, die überraschend tief und geschmeidig klang, als sei sie mit Fett eingerieben: »Boris, die junge Dame hat recht. Als Mr. Heath' bessere Hälfte in spe wird sie ein großes Interesse daran haben, sich unseren Vorschlag anzuhören, und es wäre falsch, sie davon auszuschließen. Sie hat sogar ein so starkes Interesse an unserem Anliegen, daß ich sie dringend bitten würde, hierzubleiben, hätte sie die Absicht, zu gehen.«

»Nun denn, meine Freunde«, sagte Susan, »was wollen Sie zu trinken haben? Sobald ich die Getränke gebracht habe, können wir beginnen.«

Beide nahmen ziemlich steif Platz und nippten vorsichtig an ihren Drinks. Und dann sagte Kupfer: »Heath, ich nehme an, Sie wissen nicht viel über die chemischen Einzelheiten unserer Laborarbeit – zum Beispiel über die zerebralen Chemikalien.«

»Keinen Schimmer«, sagte John unbehaglich.

»Kein Grund, weshalb Sie sollten«, sagte Anderson geschmeidig.

»Es ist folgendermaßen«, sagte Kupfer, einen unbehaglichen Seitenblick auf Susan werfend –

»Kein Grund, in die technischen Details einzusteigen«, sagte Anderson fast an der untersten Grenze der Hörbarkeit.

Kupfer errötete sichtlich. »Ohne in die technischen Details einzusteigen, beschäftigt sich Quantum Pharmaceuticals mit zerebralen Chemikalien, die, wie der Name schon sagt, auf das Großhirn einwirken; das heißt, auf die höheren Funktionen des Gehirns.«

»Das muß eine sehr komplizierte Arbeit sein«, sagte Susan behaglich.

»Das ist es«, sagte Kupfer. »Das Gehirn der Säugetiere verfügt über Hunderte von charakteristischen molekularen Variationen, die man nirgendwo sonst findet und die die Aktivität des Großhirns steuern, wozu auch Aspekte gehören, die man als intellektuelles Leben begreift. Die Arbeit unterliegt strengster Geheimhaltung, weshalb Anderson auch keine technischen Details erwähnt haben möchte. Soviel darf ich jedoch sagen: Wir kommen mit Tierexperimenten nicht mehr weiter. Wir stehen vor einer Wand, wenn wir nicht die Wirkung auf ein menschliches Gehirn ausprobieren können.«

»Und warum tun Sie es dann nicht?« fragte Susan. »Was hindert Sie daran?«

»Die Reaktion der Öffentlichkeit, wenn etwas schief geht!«

»Dann nehmen Sie Freiwillige.«

»Das würde auch nicht helfen. Quantum Pharmaceuticals kann es sich nicht leisten, in Verruf zu kommen, wenn etwas schief ginge.«

Susan betrachtete sie spöttisch: »Dann handeln Sie also in eigenem Auftrag?«

Anderson hob die Hand, um Kupfer am Weiterreden zu hindern. »Junge Frau«, sagte er, »lassen Sie mich kurz erklären, um ein sinnloses Wortgefecht zu beenden. Wenn wir Erfolg haben, werden wir reich belohnt. Wenn es ein Reinfall wird, wird Quantum Pharmaceuticals uns von unserer Aufgabe entbinden, und wir werden entsprechend dafür büßen müssen, nämlich mit dem Ende unserer Karriere. Wenn Sie uns fragen, warum wir bereit sind, dieses Risiko zu übernehmen, lautet die Antwort, daß wir nicht an so ein Risiko glauben. Wir sind verhältnismäßig sicher, daß wir Erfolg haben werden, und absolut sicher, daß kein Schaden entsteht. Die Gesellschaft meint, sie könne die Chance nicht ergreifen; aber wir meinen, wir können. – Nun, Kupfer, fahren Sie fort!«

Kupfer sagte: »Wir haben eine Gedächtnis-Droge. Sie funktionierte bei allen Tieren, an denen wir sie ausprobierten. Die Lernfähigkeit verbesserte sich erstaunlich. Sie sollte auch beim Menschen wirken.«

»Das klingt aufregend«, sagte John.

»Es *ist* aufregend«, sagte Kupfer. »Das Gedächtnis bessert sich nicht dadurch, daß man nach einer Methode sucht, wie das Gehirn Informationen erfolgreicher speichern könnte. Alle unsere Studien beweisen, daß das Gehirn eine fast unbegrenzte Anzahl von Daten perfekt und dauernd zu speichern vermag. Die Schwierigkeit liegt im Zugriff. Wie oft lag Ihnen schon ein Name auf der Zunge und wollte Ihnen einfach nicht einfallen? Wie oft weigerte sich nicht schon Ihr Gedächtnis, etwas preiszugeben, was Sie wußten, und dann, zwei Stunden später, als Sie an etwas ganz anderes dachten, fiel es Ihnen wieder ein? Drücke ich mich richtig aus, David?«

»Das tun Sie«, sagte Anderson. »Der Zugriff ist gehemmt, glauben wir, weil das Gehirn der Säugetiere ein für seinen Bedarf viel zu perfektes Speichersystem entwickelte. Ein Säugetier speichert viel mehr Daten, als es braucht oder zu verwenden in der Lage ist, und wenn alle Informationen zu allen Zeiten präsent sind, könnte es für eine angemessene Reaktion niemals rechtzeitig aus der Fülle der Daten die richtigen heraussuchen. Deshalb ist der Zugriff behindert, um zu gewährleisten, daß nur Daten in handlungsfähiger Anzahl aus dem Gedächtnisspeicher auftauchen und daß diese vordringlichen Daten nicht von einer Fülle anderer, unerwünschter Informationen begleitet und verwischt werden.

Es gibt einen ausgeprägten Wirkstoff im Gehirn, der die Funktion des Zugriff-Hemmers erfüllt, und wir haben eine Chemikalie, die diesen Hemmstoff neutralisiert. Wir nennen ihn Enthemmer, und soweit wir bei unseren Versuchen feststellen konnten, hat er keine schädlichen Nebenwirkungen.«

Susan lachte. »Ich sehe schon, worauf das hinausläuft, Johnny. Sie können jetzt wieder gehen, Gentlemen. Sie sagten eben, daß der Zugriff gehemmt wird, damit Säugetiere schneller reagieren können, und nun behaupten Sie, der Enthemmer habe keine schädlichen Nebenwirkungen. Zweifellos wird der Enthemmer bewirken, daß die Säugetiere in ihren Reaktionen träger werden; sich vielleicht gar nicht mehr zu einer Reaktion bereitfinden. Und nun stellen Sie das Ansinnen, das Mittel an Johnny auszuprobieren und abzuwarten, ob aus ihm ein katatonisch Gelähmter wird oder nicht.«

Anderson erhob sich mit bebenden dünnen Lippen. Ein paar rasche Schritte brachten ihn zum anderen Ende des Zimmers und wieder zurück. Dann setzte er sich wieder, lächelnd und gefaßt:

»Zunächst einmal, Miss Collins, ist es eine Sache der Dosierung. Wir sagten Ihnen, daß die Versuchstiere durchweg eine vergrößerte Lernfähigkeit zeigten. Natürlich beseitigten wir den Hemmer nicht völlig; wir unterdrückten ihn lediglich teilweise. Zweitens haben wir Anlaß zu vermuten, daß das menschliche Gehirn mit einer vollständigen Enthemmung durchaus fertig wird. Es ist viel größer als das Gehirn jeden Tieres, das wir bisher getestet haben, und wir alle kennen seine unvergleichliche Fähigkeit für abstraktes Denken.

Es ist ein Gehirn, geschaffen für einen perfekten Zugriff, aber die blinden Kräfte der Evolution haben es nicht fertig gebracht, den hemmenden Wirkstoff zu beseitigen, der schließlich nur für die primitiveren Tierformen gedacht war und von ihnen geerbt wurde.«

»Sind Sie sicher?« fragte John.

»Sie *können* gar nicht sicher sein«, sagte Susan tonlos.

»Wir sind sicher«, sagte Kupfer, »aber wir brauchen den Beweis, um andere überzeugen zu können. Deswegen müssen wir es an einem menschlichen Wesen ausprobieren.«

»An John, mit anderen Worten«, sagte Susan.

»Ja.«

»Was uns zur Schlüsselfrage bringt«, sagte Susan. »Weshalb John?«

»Nun«, antwortete Kupfer bedächtig, »wir brauchen jemand, bei dem die Erfolgschancen so gut wie sicher sind und an dem sich die Wirkung sehr eindrucksvoll beweisen läßt. Wir können niemanden gebrauchen, dessen geistige Fähigkeiten so niedrig sind, daß wir eine gefährlich hohe Dosis des Enthemmers anwenden müssen; noch können wir jemand gebrauchen, der so intelligent ist, daß die Wirkung nicht wünschenswert deutlich wird. Wir brauchen jemand, der Durchschnitt ist. Zum Glück besitzen wir die umfassenden physikalischen und psychologischen Persönlichkeitsmerkmale von allen Angestellten der Firma, und seinem Profil nach und auch in jeder anderen Beziehung ist Mr. Heath die ideale Versuchsperson.«

»Perfekter Durchschnitt?« sagte Susan.

John sah sehr unglücklich aus, als er das, was er für sein bestgehütetes und ihm peinliches Geheimnis hielt, so offen ausgesprochen hörte.

»Aber, aber«, sagte er.

Johns Protest mißachtend, antwortete Kupfer: »Ja, Miss Collins.«

»Und das wird er nicht mehr sein, wenn er sich der Behandlung unterzieht?«

Andersons Lippen zogen sich abermals zu einem humorlosen Lächeln auseinander: »Das ist richtig. Das wird er nicht mehr sein. Das ist etwas, das Sie bedenken müssen, wenn Sie bald heiraten – die Firma Johnny und Sue gründen wollen, wie Sie das, glaube ich, vorhin nannten. So wie es jetzt aussieht, glaube ich nicht, daß die Firma bei Quantum Karriere machen wird, Miss Collins, denn obwohl Heath ein guter und zuverlässiger Angestellter ist, ist er, wie Sie bereits sagten, absoluter Durchschnitt. Wenn er sich jedoch mit dem Enthemmer behandeln läßt, wird er zu einer bemerkenswerten Persönlichkeit und außerordentlich rasch Karriere machen. Bedenken Sie, was das für die Firma bedeutet.«

»Und was hat die Firma zu verlieren?« erkundigte sich Susan grimmig. Anderson sagte: »Ich sehe nicht, wie Sie überhaupt verlieren können. Es wird eine vernünftige Dosis sein, die wir morgen – Sonntag – in den Laboratoriumsräumen verabreichen könnten. Wir werden den ganzen Stock für uns alleine haben und ihn ein paar Stunden lang überwachen. – Es kann garantiert nichts schief gehen. Wenn ich Ihnen von unseren gewissenhaften Experimenten und unseren peinlich genauen Erforschungen aller möglichen Nebenwirkungen berichten könnte . . .«

»Mit Versuchstieren«, sagte Susan, die keinen Zoll nachgab.

Doch John sagte zugeknöpft: »Ich treffe die Entscheidung, Sue. Ich habe es gründlich satt, dieses Gerede vom absoluten Durchschnitt. Es ist mir ein Risiko wert, wenn es bedeutet, daß ich mich damit von meinem Ruf eines Durchschnittsmannes trennen kann.«

»Johnny«, sagte Susan, »gehe nicht gleich an die Decke.«

»Ich denke an die Firma, Sue. Ich möchte meinen Teil dazu beitragen.«

»Gut«, sagte Anderson, »aber überschlafen Sie es noch. Wir lassen Ihnen zwei Kopien einer Erklärung da, die Sie sich durchlesen und dann unterschreiben sollen. Bitte, zeigen Sie keinem anderen das Papier, ob Sie nun unterschreiben oder nicht. Wir werden morgen früh wieder hierherkommen und Sie ins Laboratorium mitnehmen.«

Sie lächelten, erhoben sich und gingen.

John las die Erklärung mit einem besorgten Gesicht durch und blickte dann hoch: »Du meinst, ich sollte mich nicht dafür hergeben, nicht wahr, Sue?«

»Ich habe natürlich meine Bedenken.«

»Aber wenn ich die Chance erhalte, mich vom Durchschnitt abzuheben ...«

»Was ist so verkehrt an dem Durchschnitt?« sagte Susan. »Ich habe in meinem kurzen Leben so viele verrückte und verschrobene Leute kennengelernt, daß so ein netter Durchschnittstyp wie du für mich eine Wohltat ist, Johnny. Ich bin auch nur absoluter Durchschnitt.«

»*Du* bist absoluter Durchschnitt? Bei deinem Aussehen? Und deiner Figur?«

Susan blickte mit einer Spur von Selbstgefälligkeit an sich hinunter. »Nun, dann bin ich eben dein absolut durchschnittliches prächtiges Mädchen«, sagte sie.

3

Die Injektion fand um 8.00 Uhr morgens am Sonntag statt, keine zwölf Stunden, nachdem John um seine Mitarbeit gebeten worden war. John wurde an zwölf verschiedenen Stellen mit einem vollcomputerisierten Körper-Sensor verbunden, während Susan mit luchsäugiger Aufmerksamkeit zusah.

»Bitte, Heath, entspannen Sie sich«, sagte Kupfer. »Alles läuft gut; aber Aufregung beschleunigt den Pulsschlag, hebt den Blutdruck und liefert uns keine einwandfreien Ergebnisse.«

»Wie kann ich mich entspannen?« murmelte John.

Susan warf mit scharfer Stimme ein: »Verfälscht die Meßwerte, bis Sie nicht mehr wissen, was in ihm vor sich geht?«

»Nein, nein«, widersprach Anderson, »Boris sagte, alles ginge gut, und das ist der Fall. Es ist nur so, daß unsere Versuchstiere vor der Injektion Beruhigungsmittel bekamen, und wir dachten, in diesem Fall wäre eine Ruhigstellung nicht angebracht. Wenn wir also keine Beruhigungsmittel verwenden, müssen wir auf Erregungszustände gefaßt sein. Atmen Sie langsam, und geben Sie sich Mühe, Ihre Aufregung in Grenzen zu halten.«

Es war schon später Nachmittag, als er endlich von seinen Kabeln befreit wurde.

»Wie fühlen Sie sich?« fragte Anderson.

»Nervös«, sagte John. »Sonst ganz gut.«

»Keine Kopfschmerzen?«

»Nein. Aber ich würde gerne das Badezimmer aufsuchen. Mit einer Bettschüssel kann ich mich nicht entspannen.«

»Gehen Sie nur.«

John tauchte stirnrunzelnd wieder aus dem Badezimmer auf. »Ich kann keine spürbare Besserung meines Gedächtnisses feststellen.«

»Die Wirkung wird eine Zeit auf sich warten lassen und erst allmählich einsetzen. Der Enthemmer muß erst die Blut-Gehirn-Barriere überwinden, wissen Sie«, sagte Anderson.

4

Es war fast Mitternacht, als Susan das bedrückende Schweigen brach, das schon den ganzen Abend andauerte und über das auch das Fernsehprogramm nicht hinweggeholfen hatte.

»Du wirst heute nacht hierbleiben müssen«, sagte sie. »Ich möchte nicht, daß du ohne Aufsicht bleibst, wenn du nicht wirklich weißt, was passieren wird.«

»Ich spüre gar nichts«, sagte John niedergeschlagen. »Ich bin immer noch ich.«

»Wogegen ich nichts einzuwenden habe, Johnny«, sagte Susan. »Hast du denn gar keine Schmerzen, keine Schwindelgefühle, keine Übelkeit?«

»Ich glaube nicht.«

»Ich wünschte, wir hätten es nicht getan.«

»Für die Firma«, sagte John mit einem schwachen Lächeln. »Für die Firma mußten wir etwas riskieren.«

5

John schlief schlecht und wachte deprimiert, aber pünktlich auf. Und er kam auch pünktlich zur Arbeit, um eine neue Woche anzufangen.

Gegen 11.00 Uhr jedoch war seine mürrische Laune seinem unmittelbar Vorgesetzten, Michael Ross, unangenehm aufgefallen. Ross erfüllte mit seiner stämmigen Figur und den buschigen Augenbrauen die Klischeevorstellung von einem Hafenarbeiter, obwohl er keiner war. John kam mit ihm zurecht, obwohl er ihn nicht mochte.

Ross sagte mit seiner Baß-Bariton-Stimme: »Was ist aus Ihrem sonnigen Gemüt geworden, Heath – aus Ihren Witzen, Ihrem perlenden Lachen?« Ross befleißigte sich einer gewissen gewählten Ausdrucksweise, als wollte er sprachlich den Eindruck seiner Erscheinung widerlegen.

»Ich fühle mich nicht unbedingt tip-top«, sagte John, ohne aufzusehen.

»Kater?«

»Nein, Sir«, sagte John kalt.

»Ein bißchen mehr Munterkeit, wenn ich bitten darf. Wer als Stinkstiefel durchs Leben geht, macht sich keine Freunde.«

John hätte am liebsten gestöhnt. Die Rosschen Zitate aus der literarischen Subkultur waren schon kaum zu ertragen, wenn er einen guten Tag hatte, und heute war kein guter Tag.

Und was die Sache noch verschlimmerte, war dieser stinkende Qualm einer widerlichen Zigarre, der John verriet, daß James Arnold Prescott – der Chef der Verkaufsabteilung – in der Nähe sein mußte.

Der Verdacht bestätigte sich. Der Chef blickte umher und sagte: »Mike, wann haben wir was ungefähr im letzten Frühjahr an Rahway verkauft? Es sind ein paar Rückfragen gekommen, und ich befürchte, die Daten sind im Computer falsch abgelegt worden.«

Die Frage war nicht an John gerichtet, aber er antwortete mit ruhiger Stimme: »Zweiundvierzig Fläschchen PCAP. Das war am, 14. April, J. P., Rechnungsnummer P-20543, Zahlungsziel dreißig Tage mit fünf Prozent Skonto. Der Rechnungsbetrag ging am 8. Mai in voller Summe ein.«

Offensichtlich hatte es jeder im Zimmer gehört. Jedenfalls sahen sie alle von ihrer Arbeit auf.

»Wie, zum Kuckuck, können Sie das alles wissen?« fragte Prescott.

John starrte Prescott einen Moment an, ein fassungsloses Staunen auf seinem Gesicht. »Ich habe mich eben zufällig daran erinnert, J. P.«

»Haben Sie das? Dann wiederholen Sie es.«

John tat es, diesmal ein wenig stotternd, und Prescott schrieb alles auf ein Blatt Papier, das auf Johns Schreibtisch lag, mit leicht asthmatischem Atem, während er an der Hüfte abknickte und seinen Schmerbauch gegen sein Zwerchfell drückte. John versuchte, möglichst unauffällig dem Qualm der Zigarre auszuweichen.

»Ross«, sagte Prescott, »überprüfen Sie das mit Ihrem Computer, und stellen Sie fest, ob an dem Gefasel etwas dran ist.« Er wandte sich John mit bekümmerter Miene zu: »Ich habe keinen Sinn für solche Scherze. Was hätten Sie getan, wenn ich mich blind auf Ihre Angaben verlassen hätte?«

»Ich hätte nichts anderes getan. Sie sind richtig«, sagte John, der nun die Blicke aller Anwesenden auf sich gerichtet sah.

Ross gab Prescott ein bedrucktes Stück Papier. Prescott betrachtete es und sagte: »Stammt das aus dem Computer?«

»Jawohl, J. P.«

Prescott starrte abermals auf den Computerbogen und sagte dann, mit dem Kopf auf John deutend: »Und was ist er? Auch ein Computer? Seine Angaben waren richtig.«

John versuchte ein schwaches Lächeln, was Prescott nur mit einem Knurren beantwortete, wonach er den Raum verließ. Nur der Qualm seiner Zigarre erinnerte noch eine Weile an seinen Auftritt.

»Was, zum Teufel«, sagte Ross, »bezweckten Sie mit diesem kleinen Zaubertrick, Heath? Wollten sich wohl ein bißchen anbiedern beim Chef, indem Sie den Computer abfragten, weil Sie schon vorher wußten, was er wissen wollte, wie?«

»Nein, Sir«, antwortete John mit wachsendem Selbstvertrauen. »Mir ist es nur zufällig eingefallen. Ich habe ein gutes Gedächtnis für solche Dinge.«

»Und gaben sich große Mühe, das vor Ihren loyalen Mitarbeitern jahrelang zu verstecken, wie? Hier sitzt nicht einer im Zimmer, der auf den Verdacht gekommen wäre, daß sich hinter Ihrer bemerkenswert unauffälligen Stirn ein gutes Gedächtnis versteckt.«

»Was hätte es genützt, Ihnen das zu verraten, Mr. Ross? Jetzt wissen Sie es, und es scheint mir kein Wohlwollen eingebracht zu haben, nicht wahr?«

Damit hatte er recht. Ross wandte sich mit einem finsteren Blick von ihm ab.

6

Am Abend, als sie bei Gino aßen, war John so aufgeregt, daß er kaum zusammenhängend sprechen konnte; aber Susan hörte ihm geduldig zu und versuchte, als stabilisierende Kraft zu wirken.

»Es könnte dir wirklich nur zufällig eingefallen sein, weißt du?« sagte sie. »An sich beweist das noch gar nichts, Johnny.«

»Bist du verrückt?«

Er senkte die Stimme, als Susan ihn mit einer Handbewegung ermahnte, und blickte rasch um sich. Dann wiederholte er mit einem halben Flüstern: »Bist du verrückt? Glaubst du etwa, das wäre das einzige, woran ich mich erinnere? Ich denke, ich kann mich an alles erinnern, was ich je gehört habe. Es ist nur eine Frage des Zugriffs. Zitiere mir zum Beispiel eine Zeile aus Shakespeare.«

»Sein oder nicht sein.«

John sah sie erzürnt an: »Sei nicht komisch. Oh, lassen wir das. Ich wollte damit nur sagen, daß du mir nur ein Stichwort geben mußt, und ich kann von dieser Stelle an beliebig lange aus Shakespeares Werken zitieren. Ich habe einige seiner Stücke am College in den Kursen für englische Literatur vorgelesen und einige als Lektüre zu Hause, und ich kann mich an alles erinnern. Ich habe es versucht. Es fließt! Ich vermute, daß ich mich an jedes Buch und jeden Zeitungsartikel, die ich bisher gelesen habe, erinnern kann, oder an jedes Fernsehstück, das ich gesehen habe – Wort für Wort oder Szene für Szene.«

»Was willst du mit all dem anfangen?« fragte Susan.

John sagte: »Ich habe das nicht alles ständig in meinem Kopf gegenwärtig. Du glaubst doch wohl nicht – warte, laß uns erst bestellen ...«

Fünf Minuten später sagte er: »Du glaubst doch wohl nicht – mein Gott, ich habe nicht vergessen, wo wir stehengeblieben sind. Ist das nicht phantastisch? – Du glaubst doch wohl nicht, ich schwämme die ganze Zeit in einem geistigen Meer aus Shakespeares Versen. Es kostet Mühe, sie ins Gedächtnis zurückzurufen; nicht viel Mühe, aber immerhin.«

»Wie funktioniert das?«

»Ich weiß nicht. Wie hebst du deinen Arm? Welche Befehle gibst du deinen Muskeln? Du brauchst nur zu wollen, daß sich dein Arm hebt, und es geschieht. Du mußt dich dabei nicht anstrengen, aber dein Arm hebt sich erst, *wenn* du willst, daß er es soll. Und ich erinnere mich erst an alles, was ich jemals gelesen oder gesehen habe, wenn ich *will*, daß ich mich erinnere, nicht, wenn ich es nicht will. Ich weiß nicht, wie ich das zustande bringe, aber ich bringe es zustande.«

Der erste Gang wurde serviert, und John langte vergnügt zu.

Susan stocherte in ihrem Pilzgericht. »Es klingt aufregend.«

»Aufregend? Ich habe das größte, wunderbarste Spielzeug der Welt. Mein eigenes Gehirn. Paß auf, ich kann jedes Wort richtig buchstabieren und bin ziemlich sicher, daß mir nie mehr ein grammatischer Fehler unterlaufen wird.«

»Weil du dich an alle Wörterbücher und Grammatiken erinnerst, die du bisher gelesen hast?«

John sah sie scharf an. »Sei nicht sarkastisch, Sue.«

»Das war nicht meine Absicht ...«

Er brachte sie mit einer Handbewegung zum Schweigen. »Ich benützte nie Wörterbücher als Unterhaltungslektüre. Aber ich erinnere mich an Wörter und Sätze in meinen Lesestoffen, und die waren orthographisch und grammatikalisch richtig.«

»Sei dir nicht so sicher. Du mußt fast jedes Wort in jeder erdenklichen falschen Schreibweise gelesen haben und auch unzählige Fälle von verdrehter Grammatik.«

»Das waren Ausnahmen. In der bei weitem überwiegenden Zahl von Fällen hatte ich literarisches Englisch vor Augen, sprachlich richtig angewendet. Fehler, Irrtümer und Ignoranz waren in der Minderheit. Selbst jetzt, wo ich hier sitze, bin ich mir sicher, daß ich mich laufend verbessere und meine Intelligenz stetig zunimmt.«

»Und du hast keine Angst? Was ist ...«

»Was ist, wenn ich *zu* intelligent würde? Wie, zum Kuckuck, kommst du auf den Gedanken, daß eine zu große Intelligenz schaden könne?«

»Ich wollte sagen«, gab Susan kühl zurück, »daß das, was du erfährst, keine Intelligenz ist. Es ist nur eine totale Erinnerung.«

»Was verstehst du unter ›nur‹? Wenn ich ein vollkommenes Gedächtnis habe, wenn ich die englische Sprache richtig anwende, wenn ich eine unerschöpfliche Menge von Daten kenne, wird mich das nicht intelligenter erscheinen lassen? Wie sonst soll man Intelligenz definieren? Du wirst doch nicht ein bißchen neidisch, oder, Sue?«

»Nein«, noch kühler diesmal, »ich kann mir ja jederzeit selbst eine Injektion geben lassen, wenn ich mir nicht anders zu helfen weiß.«

John legte seine Gabel nieder. »Das kann nicht dein Ernst sein.«

»Nein, aber wenn doch?«

»Dann beutest du deine Spezialkenntnisse aus, um mich meiner Stellung zu berauben.«

»Welcher Stellung?«

Das Hauptgericht wurde aufgetragen, und ein paar Minuten lang war John beschäftigt. Dann sagte er mit Flüsterstimme: »Meine Stellung als erster Mensch der Zukunft. *Homo superior!* Von uns wird es nie zu viele geben. Du hast ja gehört, was Kupfer sagte. Die einen sind zu dumm dazu, die anderen zu intelligent, um sich nennenswert zu ändern. Ich bin derjenige!«

»*Absoluter* Durchschnitt.« Susan zog einen Mundwinkel in die Höhe.

»Das war ich einmal. Und eines Tages wird es auch noch andere wie mich geben. Nicht viele, aber einige. Ich möchte nur der Zeit meinen Stempel aufdrücken, ehe die anderen zum Zuge kommen. Es ist für die Firma, wie du weißt. Für uns!«

Dann hing er nur noch seinen Gedanken nach, stellte behutsam sein Gehirn auf die Probe.

Susan setzte unglücklich und schweigsam ihre Mahlzeit fort.

7

John verwendete ein paar Tage darauf, seine Erinnerungen zu ordnen. Eine Arbeit, die sich mit der Einrichtung eines Nachschlagewerks vergleichen ließ. Zug um Zug rief er sich all seine Erfahrungen während seiner sechsjährigen Tätigkeit bei Quantum Pharmaceuticals ins Gedächtnis zurück – jedes Wort, das er gehört hatte, und jedes Papier und Memorandum, das er gelesen hatte.

Es war nicht schwierig, die belanglosen und unwichtigen Informationen auszusondern und sie in einem Speicher »zur späteren Verwendung« abzulegen, wo sie seiner Analyse nicht im Weg standen. Andere Daten wurden so angeordnet, daß sie einen natürlichen Zusammenhang gewannen.

Vor diesem Gerüst ließ er die Gerüchte wieder aufleben, die

ihm zu Ohren gekommen waren; das Geschwätz boshafter oder anderer Natur, die Einlassungen und Zwischenrufe bei Konferenzen, die er gehört hatte, ohne daß ihm das bisher bewußt geworden wäre. Die Daten, die nicht in das Schema paßten, das er in seinem Kopf entworfen hatte, waren wertlos, ohne sachlichen Gehalt. Jene, die in das Schema paßten, fügten sich dort reibungslos ein und konnten schon dank dieser Tatsache als wertvoll betrachtet werden.

Und mit jedem Stein, den er seinem Gedankengebäude hinzufügte, wurden die Zusammenhänge klarer, wurden neue Daten aufschlußreicher und ließen sich umso leichter einfügen.

Ross blieb am Donnerstag vor Johns Schreibtisch stehen. Er sagte: »Ich möchte Sie sogleich in meinem Büro sehen, Heath, wenn Ihre Beine geruhen, Sie in diese Richtung zu tragen.«

John erhob sich unbehaglich von seinem Stuhl. »Ist das nötig? Ich bin beschäftigt.«

»Ja, man sieht es.« Ross betrachtete die Schreibtischplatte, die zum gegenwärtigen Zeitpunkt nur von einem lächelnden Porträtfoto von Susan in Beschlag genommen wurde. »So sind Sie schon die ganze Woche beschäftigt gewesen. Aber Sie fragten mich ja, ob es so wichtig wäre, daß Sie in mein Büro kommen sollen. Für mich nicht; für Sie lebenswichtig. Dort ist die Tür zu meinem Büro. Dort drüben die Tür, durch die Sie sich verabschieden können. Sie können sich eine von beiden aussuchen, aber das ein bißchen plötzlich.«

John nickte und folgte Ross ohne übertriebene Eile in dessen Büro. Ross setzte sich hinter seinen Schreibtisch, forderte John jedoch nicht auf, Platz zu nehmen. Eine Weile lang musterte er ihn mit finsterem Blick und sagte dann: »Was, zum Teufel, ist seit dem Wochenende in Sie gefahren, Heath? Haben Sie vergessen, welche Aufgaben Sie bei uns haben?«

»Insofern ich sie bereits erledigt habe, scheint mir das nicht der Fall zu sein«, sagte John. »Der Bericht über Mikrokosmik wurde sieben Tage vor Termin fertiggestellt und liegt auf Ihrem Schreibtisch. Ich bezweifle, daß Sie irgend etwas an ihm beanstanden könnten.«

»Sie bezweifeln das, wie? Habe ich die Erlaubnis, mich zu beschweren, wenn ich es will, nachdem ich mein Gewissen erforscht habe? Oder bin ich dazu verdammt, mir erst dazu Ihre Erlaubnis einzuholen?«

»Ich habe mich offensichtlich nicht klar ausgedrückt, Mr. Ross. Ich bezweifle, daß Sie *vernünftige* Gründe haben, sich über meine Arbeit zu beschweren. Gründe anderer Art hängen natürlich ganz von Ihrer Person ab.«

Ross erhob sich jetzt aus seinem Sessel.

»Hör zu, Bursche, wenn ich mich dazu entschließe, dich zu feuern, wirst du die Neuigkeit nicht aus meinem Mund erfahren. Nicht ein Wort, das dir die frohe Botschaft verkündet, wird über meine Lippen dringen. Sie wird sich dir in einem gewaltigen Schubs durch diese Tür offenbaren, und ich werde die tragende Kraft hinter diesem Schubs sein. Behalten Sie das in Ihrem Spatzengehirn und halten Sie Ihren vorlauten Mund. – Ob Sie Ihre Arbeit getan haben oder nicht, steht jetzt nicht zur Debatte. Ob Sie auch die Arbeit für alle anderen erledigt haben, ist jetzt die Frage. Wer oder was gibt Ihnen das Recht, jeden in dieser Abteilung zu bevormunden?«

John sagte nichts.

Ross donnerte: »Nun?«

John sagte: »Sie hatten mir befohlen, meinen vorlauten Mund zu halten.«

Ross lief gefährlich rot an. »Sie werden mir trotzdem meine Fragen beantworten.«

»Ich bin mir nicht bewußt, daß ich jemanden bevormundet hätte«, sagte John.

»Es gibt nicht eine Person in dieser Abteilung, die Sie nicht mindestens einmal korrigiert haben. Sie haben über Willoughbys Kopf hinweg Einfluß auf den Schriftverkehr mit der TMP genommen; Sie haben sich mit Bronsteins Computerschlüssel Zugang zum Archiv verschafft; und weiß Gott, was Sie noch alles angestellt haben, von dem man mir noch nichts berichtet hat, und das alles in den letzten zwei Tagen. Sie untergraben die Arbeit dieser Abteilung, und das muß augenblicklich aufhören. Hier kehrt ab sofort tödliche Ruhe ein, oder über Ihrem Kopf braut sich ein Tornado zusammen, mein Freund.«

»Wenn ich mich in einem beschränkten Sinn eingemischt habe«, sagte John, »geschah das zum Nutzen der Gesellschaft. Im Fall Willoughby wurde in der Sache TMP so verfahren, daß Quantum Pharmaceuticals gegen die Bestimmungen der Regierung verstieß, was ich Ihnen bereits in einer von mehreren Aktennotizen mitteilte, die zu lesen Sie offensichtlich noch keine

Gelegenheit fanden. Was Bronstein betrifft, so hat er schlichtweg die allgemeinen Geschäftsanweisungen ignoriert und mit unnötigen Versuchen der Firma einen Schaden von fünfzigtausend Dollar zugefügt, was ich mühelos nachweisen konnte, indem ich mir nur die einschlägige Korrespondenz zusammensuchte – nur ein Beleg dafür, wie gut ich die Vorgänge im Gedächtnis behalte.«

Ross schwoll während seiner Rede sichtlich an. »Heath«, sagte er, »Sie maßen sich meine Rolle an. Sie werden deshalb Ihren Schreibtisch räumen und noch vor dem Mittagessen die Firma verlassen, um nie wieder hierher zurückzukommen. Falls aber doch, werde ich Sie mit dem größten Vergnügen mit einem Fußtritt wieder zur Tür hinausbefördern. Ihr offizielles Entlassungsschreiben werden Sie bereits in Ihren Händen haben – oder sich in Ihren Rachen stecken –, ehe Sie mit dem Aufräumen Ihres Schreibtischs fertig sind, und wenn Sie noch so rasch arbeiten.«

»Versuchen Sie mich nicht einzuschüchtern, Ross«, sagte John. »Sie haben durch Ihre Unfähigkeit die Firma um eine Viertelmillion Dollar gebracht, und Sie wissen das auch.«

Es entstand eine kurze Pause, in der Ross wieder abschwoll, ehe er vorsichtig sagte: »Wovon reden Sie überhaupt?«

»Als wir Nutley ein Angebot machten, wurde Quantum Pharmaceuticals bei der Auftragsvergabe nicht berücksichtigt, weil Sie eine bestimmte Information für sich behielten und nicht an den Vorstand weitergaben. War es Vergeßlichkeit oder Absicht – in beiden Fällen sind Sie nicht der richtige Mann für Ihren Job. Sie sind entweder inkompetent oder bestechlich.«

»Sie sind verrückt.«

»Man braucht sich ja nicht auf mein Wort zu verlassen. Die Information hat der Computer, wenn man weiß, in welchem Speicher man nachschauen muß, und ich weiß es. Mehr noch – die belastenden Unterlagen sind im Archiv und werden zwei Minuten, nachdem ich die Firma verlassen habe, auf dem Schreibtisch der daran interessierten Parteien liegen.«

»Wenn das so wäre«, sagte Ross, sich mühsam artikulierend, »könnten Sie vermutlich nichts darüber wissen. Das ist nur ein plumper Versuch, mich mit einer Verleumdung erpressen zu wollen.«

»Sie wissen,daß es keine Verleumdung ist. Wenn Sie bezweifeln, daß ich zuverlässige Informationen besitze, darf ich Ihnen verraten, daß ein Memorandum existiert, das nicht im Archiv abgelegt ist, aber ohne große Mühe aus dem vorhandenen Material rekonstruiert werden kann. Man wird von Ihnen eine Erklärung verlangen, warum es verschwunden ist, und annehmen, daß Sie es vernichtet haben. Sie wissen, daß ich nicht bluffe.«

»Trotzdem ist das eine Erpressung.«

»Wieso? Ich bedrohe Sie nicht und stelle keine Forderungen. Ich erkläre Ihnen lediglich die Arbeitsergebnisse der letzten zwei Tage. Selbstverständlich werde ich, falls man mich dazu zwingen möchte, zu kündigen, eine Erklärung abgeben, wie es dazu gekommen ist, nicht wahr?«

Ross sagte nichts.

John sagte kühl: »Bestehen Sie immer noch auf meine Kündigung?«

»Verlassen Sie mein Büro!«

»Gekündigt oder ungekündigt?«

»Behalten Sie Ihren Job«, sagte Ross. Sein Gesicht war eine Bilderbuchstudie des Hasses.

8

Susan hatte ein Abendessen für zwei in ihrer Wohnung vorbereitet und keine Ausgaben und Mühe gescheut. Noch nie hatte sie ihrer Meinung nach so verführerisch ausgesehen, noch nie war es ihr ein so dringendes Bedürfnis gewesen, John wenigstens ein Weilchen lang von seiner totalen Konzentration auf seinen eigenen Verstand abzulenken.

Sie sagte mit einem Versuch von Herzlichkeit: »Schließlich feiern wir ja die letzten neun Tage unserer gesegneten Ledigkeit.«

»Wir feiern mehr als das«, sagte John mit einem grimmigen Lächeln. »Es ist erst vier Tage her, seit ich mit dem Enthemmer behandelt wurde, und schon habe ich Ross in seine Schranken verweisen können. Er wird mich nie mehr belästigen.«

»Wir scheinen jeder unsere eigene Auffassung von Sentimentalität zu besitzen«, sagte Susan. »Berichte mir die Einzelheiten *deiner* zärtlichen Erinnerungen.«

John schilderte mit energischen Worten den Vorfall im Büro und wiederholte wortwörtlich und ohne zu zögern sein Gespräch.

Susan hörte mit steinernem Gesicht zu, ohne sich von dem

wachsenden Triumph in Johnnys Stimme anstecken zu lassen. »*Wie* hast du denn das alles über Ross herausgefunden?«

»Es gibt keine Geheimnisse, Sue«, sagte John. »Die Dinge scheinen nur geheim zu sein, weil die Leute sich nicht mehr daran erinnern können. Wenn du dir jeden Satz, jede Bemerkung, jedes einzelne Wort, das an dich gerichtet wurde oder in deiner Gegenwart gefallen ist, ins Gedächtnis zurückrufen kannst und sie alle in einem Zusammenhang betrachtest, stellst du fest, daß keiner, der sich äußert, vor dir etwas verstecken kann. Dir erschließen sich Bedeutungen, die dich, in unserer computerisierten Welt, sofort auf die notwendigen Unterlagen verweisen. Das kann man. Ich kann es. Ich habe es im Fall von Ross getan. Ich kann es bei jedem, mit dem ich in Verbindung stehe.«

»Du kannst sie auch wütend machen.«

»Ich brachte Ross in Wut. Darauf kannst du wetten.«

»War das klug?«

»Was kann er mir schon tun? Ich habe ihn kaltgestellt.«

»Er hat den Rückhalt der höheren Abteilung ...«

»Nicht mehr lange. Ich habe mich für morgen nachmittag um zwei Uhr mit dem alten Prescott und seiner stinkenden Zigarre verabredet und werde Ross die Ohren stutzen, ehe er sie aufstellt.«

»Glaubst du nicht, daß du zu stürmisch vorgehst?«

»Zu stürmisch? Ich habe noch nicht einmal richtig angefangen. Prescott ist nur eine Sprosse auf der Leiter. Selbst Quantum Pharmaceuticals ist für mich nur eine Zwischenstufe.«

»Es geht trotzdem zu rasch. Johnny, du brauchst jemand, der dich dirigiert.«

»Ich brauche *nichts*. Mit dem, was ich da habe«, er klopfte sich gegen die Schläfe, »gibt es niemanden und nichts, das mich aufhalten kann.«

»Dann wollen wir auch nicht mehr länger darüber diskutieren«, sagte Susan. »Wir haben uns mit anderen Plänen zu befassen.«

»Plänen?«

»Unseren eigenen Plänen. Wir heiraten nämlich in acht Tagen. Oder«, fuhr sie mit bissiger Ironie fort, »bist du zu der traurigen Gewohnheit früherer Tage zurückgekehrt und hast es vergessen?«

»Ich erinnere mich, daß wir heiraten wollen«, sagte John anzüglich, »aber im Augenblick beschäftigt mich die Reorganisation der

Firma. Tatsächlich habe ich ernsthaft daran gedacht, den Termin zu verschieben, bis ich die Dinge fest im Griff habe.«

»Oh? Und wann wärst du dann soweit?«

»Das ist schwer zu sagen. Es kann nicht lange dauern bei dem Tempo, mit dem ich den Laden aufräume. Ein, zwei Monate vermutlich. Es sei denn«, kam er ihr mit sarkastischer Stimme entgegen, »du hältst mein Vorgehen für zu stürmisch.«

Susan atmete heftig: »Hattest du die Absicht, mich vorher in dieser Sache um Rat zu fragen?«

John zog die Augenbrauen in die Höhe. »Wäre das nötig gewesen? Mit welchem Argument? Du siehst doch selbst, was geschieht. Wir können nicht unterbrechen und Tempo verlieren. – Weißt du eigentlich, daß ich ein mathematisches Genie bin? Ich kann genau so schnell multiplizieren und dividieren wie ein Computer, weil ich im Verlauf meines Lebens fast alle arthmetischen Aufgaben gelöst habe und mich an alle Lösungen *erinnern* kann. Ich habe eine Tabelle von Quadratwurzeln gelesen, und ich kann . . .«

Susan rief: »Mein Gott, Johnny, du bist ein Kind mit einem neuen Spielzeug. Du hast deine Perspektive verloren. Spontanes Erinnerungsvermögen ist für nichts anderes nützlich als für Zaubertricks. Es gibt dir nicht ein bißchen mehr Intelligenz; nicht eine Unze davon, kein Quentchen mehr Urteilsvermögen, keinen zusätzlichen Hauch von gesundem Menschenverstand. In deiner Nachbarschaft ist man so sicher wie bei einem kleinen Jungen mit einer scharfen Handgranate. Du brauchst jemand mit Verstand, der sich um dich kümmert.«

John schnitt eine Grimasse.

»Tatsächlich? Mir scheint, daß ich bereits bekomme, was ich brauche.«

»Ist das so? Stimmt es nicht, daß auch ich es bin, die du haben möchtest?«

»Wie bitte?«

»Na los, Johnny. Du willst mich haben. Komm und nimm mich. Wende diesen phantastischen Zugriff an, über den du jetzt verfügst. Erinnere dich daran, wer ich bin, was ich bin, an die Dinge, die wir gemeinsam tun können, an die Wärme, die Liebe, die Gefühle.«

John, auf dessen Stirn sich immer noch Falten wie Fragezeichen abbildeten, streckte seine Arme nach Susan aus.

Sie entzog sich seinem Zugriff. »Aber du hast weder mich noch einen Teil von mir. Mit deinem Gedächtnis bringst du mich nicht in deine Arme; du mußt mich lieben, um das zu erreichen. Nur hast du leider nicht so viel Verstand, um das zu erreichen, und dir fehlt die Intelligenz für die richtige Reihenfolge der Prioritäten. – Hier, nimm das und verschwinde aus meiner Wohnung, oder ich werfe dir etwas an den Kopf, das erheblich schwerer wiegt.«

Er blieb stehen, um den Verlobungsring aufzuheben. »Susan . . .«

»Verschwinde, sagte ich. Die Firma von Johnny und Susan ist hiermit aufgelöst.«

Ihre Augen sprühten vor Zorn, und John drehte sich kleinlaut um und verließ die Wohnung.

9

Als er am nächsten Morgen in der Firma eintraf, erwartete ihn Anderson schon mit gespannter Ungeduld.

»Mr. Heath«, sagte er lächelnd und stand auf.

»Was wünschen Sie?« herrschte John ihn an.

»Wir sind unter uns, nehme ich an?«

»Soweit ich weiß, sind in diesem Zimmer keine Wanzen versteckt.«

»Sie sollten sich übermorgen zu einer Nachuntersuchung melden. Am Sonntag. Sie erinnern sich?«

»Natürlich erinnere ich mich. Ich bin gar nicht fähig, mich nicht zu erinnern. Ich bin jedoch dazu fähig, meine Absichten zu ändern. Warum brauche ich eine Nachuntersuchung?«

»Warum nicht, Sir? Aus allem, was Kupfer und mir bisher zu Ohren kam, wird deutlich, daß die Behandlung überraschend gut angeschlagen hat. Tatsächlich wollen wir nicht bis Sonntag warten. Wenn Sie schon heute mitkommen können – vielmehr sofort –, würde es sehr viel für uns, für Quantum und natürlich für die Menschheit bedeuten.«

John sagte schroff: »Sie hätten mich ja unter Verschluß halten können, als Sie mich hatten. Sie ließen mich meinen Geschäften nachgehen, erlaubten mir, unbeaufsichtigt zu leben und zu arbeiten, so daß Sie mich unter gefechtsmäßigen Bedingungen testen und eine bessere Vorstellung von der Auswirkung der Droge machen konnten. Das bedeutete ein Risiko für mich, aber das störte Sie nicht, nicht wahr?«

»Mr. Heath, das lag nicht in unserer Absicht. Wir ...«

»Erzählen Sie mir nicht so etwas. Ich erinnere mich an jedes einzelne Wort, das Sie und Kupfer am vergangenen Sonntag zu mir sagten, und es ist mir vollkommen klar, daß Sie genau *das* beabsichtigten. Wenn ich das Risiko trage, möchte ich auch an den Früchten teilhaben. Ich habe nicht die Absicht, mich als eine biochemische Mißgeburt zu präsentieren, die ihre Fähigkeit dem Einstich einer hypodermischen Nadel verdankt. Noch wünsche ich, daß andere von meiner Sorte durch die Welt spazieren. Vorläufig besitze ich ein Monopol, und ich beabsichtige, es zu verwenden. Wenn ich bereit bin, nicht früher –, werde ich gern mit Ihnen zusammenarbeiten und zur Wohlfahrt der Menschheit beitragen. Aber denken Sie daran, daß ich es bin, der wissen wird, wann ich dazu bereit bin, nicht Sie. Sie rufen nicht mich; ich rufe Sie.«

Anderson brachte ein sanftes Lächeln zustande. »Was das betrifft, Mr. Heath, wie können Sie uns daran hindern, die Wahrheit zu enthüllen? Jene, die im Verlauf dieser Woche mit Ihnen zu tun hatten, werden unschwer die Veränderungen in Ihnen erkannt haben und das bezeugen.«

»Wirklich? Nun hören Sie mal genau zu, Anderson, aber nicht mit so einem törichten Grinsen auf Ihrem Gesicht, das mich nur reizt. Ich sagte Ihnen, ich erinnere mich an jedes Wort, das Sie und Kupfer gesprochen haben. Ich erinnere mich an jede Nuance Ihres Mienenspieles, an jeden verstohlenen Blick. Das alles sprach Bände. Ich zog daraus meine Schlüsse und überprüfte die Unterlagen aller wegen Krankheit Beurlaubten, und zwar mit einer präzisen Vorstellung, wonach ich suchen mußte. Mich dünkte, ich wäre nicht der erste Angestellte von Quantum gewesen, an dem Sie den Enthemmer ausprobiert hatten.«

Anderson war tatsächlich das Lächeln vergangen. »Das ist Unsinn.«

»Sie wissen, daß es keiner ist, und Sie sollten auch besser gleich wissen, daß ich es beweisen kann. Ich kenne die Namen der betroffenen Männer – tatsächlich war auch eine Frau darunter –, und die Krankenhäuser, in denen sie behandelt wurden, und die falschen Lebensläufe, mit denen sie versorgt wurden. Da Sie mich nicht von diesen Pannen in Kenntnis setzten, als Sie mich als viertes Versuchstier auf zwei Beinen benützten, schulde ich Ihnen gar nichts außer einer Gefängnisstrafe.«

»Ich möchte mit Ihnen nicht darüber diskutieren. Aber eines sollten Sie trotzdem wissen. Die Wirkung der Behandlung wird nachlassen, Heath. Sie werden nicht Ihr totales Gedächtnis behalten. Sie werden für eine Nachbehandlung zu uns kommen müssen, und Sie können sicher sein, das wird zu unseren Bedingungen geschehen.«

»Unsinn!« sagte John. »Glauben Sie ja nicht, ich hätte nicht Ihre Berichte untersucht – jedenfalls jene, die Sie nicht geheimgehalten haben. Und ich bin Ihnen auch schon auf der Spur, welche Aspekte Sie als Geheimnis hüten. Die Wirkung der Behandlung war von unterschiedlicher Dauer. Je wirksamer die Behandlung, umso länger die Wirkung. In meinem Fall war die Behandlung besonders erfolgreich gewesen, und deswegen wird die Wirkung eine beträchtliche Zeit anhalten. Wenn es Zeit ist, Sie wieder aufzusuchen, falls es überhaupt dazu kommt, werde ich in einer Position sein, wo jeder Versuch Ihrerseits, mir Ihre Unterstützung zu versagen, für Sie sofort verheerende Konsequenzen hat. So spielen Sie gar nicht erst mit diesem Gedanken.«

»Sie undankbarer . . .«

»Belästigen Sie mich nicht weiter«, sagte John angeekelt. »Ich habe keine Zeit, mir Ihre Invektiven anzuhören. Gehen Sie, ich habe zu arbeiten.« Andersons Gesicht war eine Studie der Angst und Enttäuschung, als er das Zimmer verließ.

10

Es war halb drei Uhr nachmittags, als John in Prescotts Büro kam, ohne sich diesmal von dem Zigarrenqualm belästigt zu fühlen. Es würde nicht lange dauern, wußte er, bis Prescott sich zwischen seinen Zigarren und seinem Job würde entscheiden müssen.

Arnold Gluck und Lewis Randall waren anwesend, so daß John das grimmige Vergnügen hatte, sich den drei Spitzenmännern der Abteilung gegenüberzusehen.

Prescott klemmte seine Zigarre in die Kerbe eines Aschenbechers und sagte: »Ross hat mich gebeten, Ihnen eine halbe Stunde zuzuhören, und mehr Zeit bekommen Sie nicht. Sie sind doch der mit dem kniffligen Gedächtnis, nicht wahr?«

»Mein Name ist John Heath, Sir, und ich beabsichtige, Sie mit einem Rationalisierungsprogramm für die Firma vertraut zu machen; einem Konzept, das alle Möglichkeiten unseres Computerzeitalters und der elektronischen Kommunikation ausschöpft und den Grundstein legt für eine laufende Anpassung an den technologischen Fortschritt.«

Die drei Männer sahen sich an.

Gluck, dessen faltiges Gesicht wie braungegerbtes Leder aussah, sagte: »Sind Sie ein Fachmann für Büro-Management?«

»Das muß ich nicht sein, Sir. Ich arbeite seit sechs Jahren in der Firma und erinnere mich an jede Einzelheit der Arbeitsverfahren und Transaktionen, an denen ich teilgenommen habe. Das bedeutet, mir ist das Schema, nach dem unsere Geschäfte abgewickelt werden, geläufig, und ich bin mir seiner Mängel bewußt. Man kann auch erkennen, zu welchen unökonomischen und verlustreichen Ergebnissen dieses Schema führt oder bereits geführt hat. Wenn Sie mir Gehör schenken wollen, werde ich es Ihnen erklären. Sie werden feststellen, daß es nicht schwer zu begreifen ist.«

Randall, dessen rote Haare und Sommersprossen ihn jünger erscheinen ließen, als er war, sagte sarkastisch: »Ganz simpel, hoffe ich, denn wir haben mit komplizierten Begriffen unsere Schwierigkeiten.«

»Die werden Sie nicht haben«, sagte John.

»Und Sie haben auch keine Sekunde länger als einundzwanzig Minuten Zeit dafür«, sagte Prescott mit einem Blick auf seine Armbanduhr.

»So lange brauche ich gar nicht dazu«, sagte John. »Ich habe die entsprechenden Diagramme bereits entwickelt und brauche sie nur noch zu erläutern.«

Er benötigte eine Viertelstunde dazu, und die drei Spitzenleute der Abteilung waren während des Vortrags bemerkenswert stumm.

Schließlich sagte Gluck mit einem feindseligen Glitzern in seinen kleinen Augen: »Wenn ich Sie richtig verstanden habe, behaupten Sie, daß wir mit der Hälfte des Managements auskommen, das wir zur Zeit beschäftigen.«

»Mit weniger als der Hälfte«, sagte John cool, »und dazu noch mit mehr Leistung als bisher. Wir können das gewöhnliche Personal der Gewerkschaften wegen nicht nach Gutdünken feuern, obwohl der natürliche Schrumpfungsprozeß des Personalstandes der Firma zugute kommt. Das Management ist jedoch nicht durch Tarifverträge geschützt und kann deshalb freigesetzt werden. Sie bekommen ihre Pensionen, wenn sie alt genug dafür sind, und sie können sich neue Jobs suchen, wenn sie jung genug sind. Wir dürfen nur an das Wohl von Quantum denken.«

Prescott, der bisher ein ungutes Schweigen bewahrt hatte, paffte nun heftig an seiner stinkenden Zigarre und sagte: »Veränderungen dieser Art müssen sorgfältig überlegt und mit der größten Vorsicht, wenn überhaupt, eingeleitet werden. Was auf dem Papier logisch erscheint, kann uns, auf den menschlichen Nenner gebracht, Verluste einbringen.«

»Prescott«, sagte John, »wenn dieser Reorganisationsplan nicht binnen einer Woche angenommen wird und ich mit seiner Durchführung nicht beauftragt werde, kündige ich. Ich werde unschwer eine Anstellung bei einer kleinen Firma finden, wo dieser Plan viel leichter in die Praxis umgesetzt werden kann. Indem ich mit einer kleinen Gruppe von Managern anfange, kann ich sowohl den Umsatz wie auch die Leistungskraft der Firma steigern, ohne zusätzliches Personal einstellen zu müssen, und binnen eines Jahres werde ich Quantum in den Bankrott treiben. Es würde mir Spaß machen, dieses Ziel zu erreichen, wenn ich dazu gezwungen würde. Also denken Sie sorgfältig über meinen Vorschlag nach. Meine halbe Stunde ist vorbei. Auf Wiedersehen.«

Und damit ging er.

11

Prescott sah ihm mit einem Blick kühler Berechnung nach. Er sagte zu seinen beiden Kollegen: »Ich glaube, er meint, was er sagt, und er kennt jede Einzelheit unseres Geschäftsbetriebes besser als wir. Wir können ihn nicht ziehen lassen.«

»Du meinst, wir müssen seinen Plan akzeptieren«, sagte Randall schockiert.

»Das habe ich nicht gesagt. Zieht ihr beiden euch wieder zurück, und vergeßt nicht, daß die ganze Angelegenheit vertraulich ist.«

Gluck sagte: »Ich habe das Gefühl, wenn wir nicht etwas

unternehmen, werden wir uns alle drei binnen eines Monats draußen auf der Straße wiederfinden.«

»Sehr wahrscheinlich«, sagte Prescott, »also werden wir etwas unternehmen.«

»Was?«

»Was du nicht weißt, macht dich nicht heiß. Überlaß das mir. Vergeßt es vorläufig, und genießt euer Wochenende.«

Als sie gegangen waren, dachte Prescott eine Weile nach, während er wütend auf seiner Zigarre kaute. Dann nahm er den Hörer seines Telefons ab und wählte eine Betriebsnummer. »Hier Prescott. Ich möchte, daß Sie am Montagmorgen als erstes zu mir ins Büro kommen. Bei Dienstbeginn. Haben Sie verstanden?«

12

Anderson sah ein bißchen zerzaust aus. Er hatte ein schlechtes Wochenende verbracht. Prescott, der ein noch schlimmeres hinter sich hatte, stellte ihn bissig zur Rede: »Sie und Kupfer haben es noch einmal probiert, nicht wahr?«

Anderson sagte leise: »Wir sollten darüber lieber nicht diskutieren, Mr. Prescott. Sie entsinnen sich, daß vereinbart war, bei gewissen Aspekten unserer Forschungsarbeit Distanz zu bewahren. Wir sollten für den Mißerfolg oder Erfolg geradestehen, und Quantum wollte sich letzteres mit uns teilen, ersteres aber nicht.«

»Und Ihr Gehalt wurde verdoppelt mit einer Garantie, daß Quantum für alle Gerichtskosten geradesteht; vergessen Sie das nicht. Dieser Mann, John Heath, wurde von Ihnen und Kupfer behandelt, nicht wahr? Heraus mit der Sprache. Wir haben Beweise dafür. Es hat keinen Sinn, es zu verheimlichen.«

»Nun, ja.«

»Und Sie waren so brillant, ihn auf uns loszulassen – diese – diese – Tarantel.«

»Wir sahen nicht voraus, daß derartiges geschehen würde. Als er nicht sofort nach der Spritze in Koma verfiel, dachten wir, es wäre unsere erste Chance, die Wirkung des Serums unter realistischen Bedingungen zu testen. Wir dachten, er würde nach zwei, drei Tagen zusammenbrechen, oder die Wirkung würde wieder verschwinden.«

Prescott sagte: »Wenn ich nicht so verdammt abgeschirmt

wäre, hätte ich mir die ganze Angelegenheit aus dem Sinn geschlagen und sofort geahnt, was mit diesem Hundesohn passiert ist, als er sich an dem Computer vergriff und Einzelheiten eines Schriftwechsels zutage förderte, an den sich zu erinnern ihm niemand erlaubt hatte. – Schön, wir wissen jetzt, wo wir stehen. Er versucht zur Zeit, die Firma mit einem neuen Organisationsplan zu erpressen, den er auf keinen Fall in die Tat umsetzen darf. Andererseits dürfen wir ihn auch nicht ziehen lassen.«

Anderson sagte: »Wäre nicht zu überlegen, daß in Anbetracht von Heaths neu entwickelter Fähigkeit totaler Erinnerung und Synthese sein Operationsplan für die Firma gut sein könnte?«

»Ob er das ist, ist mir gleichgültig. Dieser Bastard ist auf meinen Job aus und auf was weiß ich noch alles, und wir müssen ihn loswerden.«

»Wie meinen Sie das, loswerden? Er könnte für das zerebralchemikalische Projekt von entscheidender Bedeutung sein.«

»Vergessen Sie das. Es ist eine Katastrophe. Sie erschaffen einen Super-Hitler.«

Anderson sagte mit schüchtern geäußerter Qual: »Die Wirkung ist nur von kurzer Dauer.«

»So? Wie kurz?«

»Das kann ich im Augenblick noch nicht sagen.«

»Dann können wir kein Risiko eingehen. Wir müssen etwas dagegen unternehmen, und zwar spätestens morgen. Wir können nicht länger warten.«

13

John war in Hochstimmung. Die Art, in der ihm Ross, so oft es ging, auswich und ihn ehrerbietig anredete, wenn er mit ihm reden mußte, hatte die ganze Abteilung angesteckt. Die Reihenfolge, wer auf wem herumhackte, hatte sich auf eigenartige und radikale Weise verändert und wurde nun von ihm angeführt.

Auch konnte John nicht leugnen, daß er Gefallen daran fand. Er genoß es. Er wurde von einer starken und unglaublich raschen Strömung emporgetragen. Er war erst vor neun Tagen mit dem Enthemmer geimpft worden, und seither war es mit ihm nur vorwärtsgegangen.

Nun, nur Susans törichte Wut auf ihn war ein Rückschritt gewesen, aber mit ihr würde er sich später befassen. Wenn er ihr erst die Gipfel zeigte, die er in weiteren neun Tagen erklimmen würde – in neunzig ...

Er blickte auf. Ross stand vor seinem Schreibtisch und wartete, bis er bemerkt wurde, ohne jedoch diesen Vorgang mit irgend welchen Mitteln zu beschleunigen, nicht einmal mit einem Räuspern. John drehte sich mit seinem Sessel, streckte locker und entspannt die Beine aus und sagte:

»Nun, Ross?«

Ross erwiderte vorsichtig: »Ich würde Sie gerne mal in meinem Büro sprechen wollen, Heath. Ich brüte da über einer sehr wichtigen Sache, und, offen gestanden, Sie sind der einzige, der sie in Ordnung bringen kann.«

John erhob sich langsam von seinem Sessel. »Ja? Worum handelt es sich?«

Ross blickte sich stumm im Raum um, in dem mindestens fünf Angestellte in Hörweite arbeiteten. Dann sah er zu seiner Bürotür hinüber und streckte einladend den Arm aus.

John zögerte, aber Ross hatte jahrelang eine unangefochtene Autorität über ihn ausgeübt, und in diesem Augenblick handelte er aus Gewohnheit.

Ross ließ ihm höflich den Vortritt, trat dann ebenfalls ein, machte die Tür hinter sich zu, sperrte unauffällig ab und blieb davor stehen. Anderson kam im gleichen Moment hinter dem Bücherregal hervor.

John fragte mit scharfer Stimme: »Was geht hier vor?«

»Nichts, Heath«, sagte Ross, während sich sein Lächeln in ein wölfisches Grinsen verwandelte. »Wir wollen Ihnen nur aus Ihrem abnormen Geisteszustand heraushelfen – Sie wieder zu einem normalen Menschen machen. Bewegen Sie sich nicht, Heath.«

Anderson hatte eine Spritze in der Hand. »Bitte, Heath, leisten Sie keinen Widerstand. Wir wollen Ihnen nichts Böses tun.«

»Wenn ich schreie ...«, sagte John.

»Wenn auch nur ein Laut über Ihre Lippen dringt«, sagte Ross, »nehme ich Sie in den Schwitzkasten und drücke Ihnen die Luft ab, bis Ihnen die Augen herausquellen. Sie können mir gar keinen größeren Gefallen tun, als zu schreien.«

John sagte: »Ich habe belastendes Material gegen Sie beide,

sicher aufgehoben, bereit zur Vorlage. Wenn mir irgend etwas zustößt . . .«

»Mr. Heath«, sagte Anderson, »nichts wird Ihnen zustoßen. Im Gegenteil, Sie werden entlastet. Wir werden Sie wieder zu dem machen, was Sie vorher waren. Das würde sowieso geschehen, aber wir werden es ein kleines bißchen beschleunigen.«

»Und ich werde Sie festhalten, Heath«, sagte Ross, »und Sie werden sich nicht bewegen, denn wenn Sie es tun, bringen Sie nur unseren Freund mit der Injektionsspritze aus dem Konzept, und er könnte patzen und Ihnen mehr als die sorgfältig bemessene Dosis einspritzen, was zur Folge hätte, daß Sie sich vielleicht an gar nichts mehr erinnern können.«

Heath wich zurück und sagte atemlos: »Also das ist es, was Sie vorhaben! Sie meinen, Sie können damit Ihren Kopf retten. Wenn ich alles über Sie vergäße, mich nicht mehr an die Daten erinnere, nicht mehr weiß, wo sie gespeichert sind, dann . . .«

»Wir werden Ihnen nichts tun, Heath«, sagte Anderson.

Johns Stirn glitzerte vor Schweiß. Ein Zustand ergriff ihn, der fast einer Lähmung gleichkam.

»Eine totale Amnesie!« sagte er heiser und mit einem Entsetzen, das nur jemand bei dieser Möglichkeit empfinden konnte, der selbst ein perfektes Gedächtnis besaß.

»Dann werden Sie sich auch an das, was jetzt passiert, nicht mehr erinnern, nicht wahr?« sagte Ross. »Machen Sie schon, Anderson.« »Nun«, murmelte Anderson resigniert, »ich zerstöre ein perfektes Versuchs-Subjekt.« Er hob Johns schlaffen Arm und machte die Spritze fertig.

Da kam ein Klopfen an der Tür. Eine klare Stimme rief: »John!«

Anderson erstarrte fast automatisch und sah fragend hoch.

Ross hatte sich umgedreht und auf die Tür gesehen. Nun wendete er ihr wieder den Rücken zu. »Schießen Sie ihm schon das Zeug unter die Haut, Doktor«, drängte er mit Flüsterstimme.

Vor der Tür rief Susan: »Johnny, ich weiß, daß du da drin bist. Ich habe die Polizei angerufen. Sie sind schon auf dem Weg.«

Ross flüsterte abermals: »Nun los schon. Sie lügt. Und wenn die Polizei hier eintrifft, ist alles vorbei. Wer kann uns etwas beweisen?«

Doch Anderson schüttelte energisch den Kopf. »Es ist seine Verlobte. Sie weiß, daß er behandelt wurde. Sie war Zeuge.«

»Sie Esel.«

Dann ein Fußtritt gegen die Tür und eine fast erstickte Stimme: »Lassen Sie mich los. Sie haben . . . Lassen Sie los!«

Anderson sagte: »Wir brauchten sie, damit sie ihn puschte, denn sonst hätten wir nie von ihm die Einwilligung bekommen. Außerdem glaube ich nicht, daß wir noch etwas unternehmen müssen. Schauen Sie ihn an.«

John war mit glasigen Augen in einer Ecke zusammengebrochen und befand sich zweifellos in einem Zustand totaler Bewußtseinstrübung.

Anderson sagte: »Er ist außer sich vor Entsetzen, und das kann einen Schock auslösen, der dem Erinnerungsvermögen unter normalen Bedingungen schadet. Ich denke, damit ist auch die Wirkung des Enthemmers erloschen. Lassen Sie sie herein, und lassen Sie *mich* mit ihr reden.«

14

Susan sah blaß aus, als sie am Boden kauerte, den Arm schützend um die Schulter ihres Ex-Verlobten gelegt. »Was ist passiert?«

»Sie erinnern sich doch an die Injektion von . . .«

»Ja, ja. Was ist passiert?«

»Er sollte vorgestern, am Sonntag, zu einer gründlichen Untersuchung in unser Büro kommen. Er kam nicht. Wir machten uns Sorgen, und die Berichte seiner Vorgesetzten waren für mich bestürzend. Er war arrogant, reizbar, größenwahnsinnig . . . Vielleicht merkten Sie das auch . . . Sie tragen Ihren Verlobungsring nicht mehr.«

»Wir – haben uns gestritten«, sagte Susan.

»Dann wissen Sie ja Bescheid. Er war . . . nun, wäre er eine unbeseelte Maschine, könnten wir sagen, sein Motor überhitzte sich, als er auf immer schnellere Touren kam. Heute morgen schien es absolut lebensnotwendig, ihn zu behandeln. Wir überredeten ihn dazu, in dieses Büro zu kommen, versperrten die Tür und . . .«

»Gaben ihm eine Spritze, während ich kam und draußen mit dem Schuh gegen die Tür hämmerte . . .«

»Keineswegs«, sagte Anderson. »Wir würden ihn mit einem Beruhigungsmittel behandelt haben, aber wir kamen zu spät. Er hatte etwas, das ich nur als einen Zusammenbruch beschreiben kann. Sie können ja seinen Körper nach frischen Einstichen untersuchen, was Ihnen, wie ich vermute, als seine Verlobte nicht peinlich sein würde. Sie werden keine finden.«

Susan sagte: »Ich werde mich später davon überzeugen. Was geschieht jetzt?«

»Ich bin sicher, er wird sich erholen. Er wird wieder sein altes Selbst sein.«

»Absoluter Durchschnitt?«

»Er wird nicht mehr über ein perfektes Gedächtnis verfügen, aber das hatte er bis vor zehn Tagen ja auch nie gehabt. – Selbstverständlich wird ihm die Firma bei vollem Gehalt unbegrenzten Urlaub geben. Falls eine medizinische Behandlung nötig ist, werden auch alle Behandlungskosten von uns gedeckt. Wenn ihm wieder danach ist, kann er an seinen Arbeitsplatz zurückkehren.«

»Ja? Nun, das möchte ich alles schriftlich haben, ehe der Tag vorüber ist, oder ich werde morgen meinen Anwalt aufsuchen.«

»Aber Miss Collins«, sagte Anderson, »Sie wissen doch, daß Mr. Heath sich freiwillig zur Verfügung stellte. Sie waren ebenfalls einverstanden.«

»Ich denke«, sagte Susan, »es ist *Ihnen* bewußt, daß Sie uns die Situation falsch dargestellt haben und Ihnen eine Untersuchung keineswegs recht wäre. Also sehen Sie zu, daß Sie das, was Sie eben versprachen, zu Papier bringen.«

»Sie werden als Gegenleistung eine Erklärung unterschreiben müssen, die uns nicht für irgendwelche Mißgeschicke, die Ihr Verlobter erlitten haben könnte, haftbar macht.«

»Vielleicht. Vorher möchte ich erst noch wissen, um was für Mißgeschicke es sich handeln könnte. – Kannst du gehen, Johnny?«

John nickte und sagte ein bißchen heiser: »Ja, Sue.«

»Dann laß uns gehen.«

15

John mußte sich erst eine Tasse Kaffee und ein Omelett vorsetzen lassen, ehe Susan eine Diskussion zuließ. Dann sagte er: »Was ich nicht verstehe, ist, wie du zufällig in diesem Moment auftauchen konntest.«

»Sollen wir sagen – weibliche Intuition?«

»Sagen wir lieber: Susans Verstand.«

»Schön. Einigen wir uns darauf. Nachdem ich dir den Ring hingeworfen hatte, war ich zunächst gekränkt und hatte Mitleid mit mir selbst, und als das nachließ, wurde daraus ein bedauerlicher Verlust, denn so seltsam es auch einer durchschnittlich intelligenten Person erscheinen mag, ich habe dich sehr gern.«

»Es tut mir leid, Sue«, sagte John zerknirscht.

»Es sollte dir auch leid tun. Gott, du warst unerträglich. Aber dann überlegte ich mir, wenn du schon so eine arme liebende Person wie mich so wütend machen kannst, was mußt du dann erst deinen Mitarbeitern antun? Je mehr ich darüber nachdachte, umso fester war ich überzeugt, daß sie einen starken Impuls haben könnten, dich umzubringen. Nur, daß du mich jetzt nicht falsch verstehst. Ich bin bereit, zuzugeben, daß du ein solches Los verdient hast, aber nur durch *meine* Hände. Ich würde es nicht einmal im Traum zulassen, daß ein anderer sich so etwas erlaubte. Ich habe nichts mehr von dir gehört...«

»Ich weiß, Sue. Ich hatte Pläne und keine Zeit...«

»Du mußtest es alles in zwei Wochen schaffen. Ich weiß, du Idiot. Aber heute morgen konnte ich es nicht mehr länger aushalten. Ich kam in die Firma, um zu sehen, wie es dir geht, und fand dich hinter einer verschlossenen Tür.«

John erschauerte. »Ich hätte nie gedacht, wie wohltuend dein Schreien und deine Fußtritte sein können. Es war Musik in meinen Ohren. Es hat sie abgeschreckt.«

»Macht es dich nervös, darüber zu reden?«

»Ich glaube nicht. Ich bin schon wieder auf dem Damm.«

»Wovon habe ich sie abgeschreckt?«

»Sie wollten meine Enthemmung rückgängig machen. Ich fürchtete, daß sie mir eine Überdosis geben und mir mein Gedächtnis vollkommen nehmen wollten.«

»Weshalb?«

»Weil sie wußten, daß ich sie alle entlarvt hatte. Ich konnte sie und die Firma ruinieren.«

»Das konntest du wirklich?«

»Absolut.«

»Aber eine Spritze haben sie dir nicht gegeben, nicht wahr? Oder war das wieder eine von Andersons Lügen?«

»Sie kamen nicht dazu.«

»Und soweit bist du in Ordnung?«
»Ich leide nicht an Amnesie.«
»Ich hasse es, in einem Ton mit dir zu reden wie eine Viktorianische Jungfer, aber ich hoffe, du hast deine Lektion gelernt.«
»Wenn du damit meinst, ob ich begriffen habe, daß du recht hast, ja.«
»Dann werde ich dir doch noch eine Minute lang die Leviten lesen, damit du es nicht mehr vergißt. Du bist viel zu rasch, zu offen und mit sträflicher Mißachtung der möglichen gewaltsamen Gegenmaßnahmen deiner Mitmenschen vorgegangen. Du hattest ein totales Gedächtnis und hast das irrtümlich für Intelligenz gehalten. Wenn du jemanden hättest, der wirklich intelligent ist und dich an die Hand nimmt...«
»Ich bräuchte dich, Sue.«
»Nun, du hast mich jetzt ja, Johnny.«
»Was machen wir als nächstes, Sue?«
»Als erstes holen wir uns diese schriftliche Bestätigung von Quantum, und da du dich wieder gesund fühlst, unterschreiben wir, daß wir keinen Schadenersatz von ihnen verlangen. Zweitens gehen wir am Samstag zum Standesamt, wie wir das ursprünglich vorhatten. Drittens, warten wir ab – Johnny?«
»Ja?«
»Dir fehlt wirklich nichts?«
»Könnte mir nicht besser gehen, Sue. Nun, da wir zusammen sind, ist alles gut.«

16

Es war keine feierliche Hochzeit. Weniger förmlich, als sie es ursprünglich geplant hatten, und weniger Gäste. Zum Beispiel war niemand von Quantum gekommen – Susan hatte sehr energisch darauf hingewiesen, daß das eine schlechte Idee wäre.

Einer von Susans Nachbarn hatte eine Videokamera mitgebracht, um das Ereignis aufzuzeichnen, was John nun wieder für den Gipfel der Geschmacklosigkeit hielt; aber Susan hatte es so gewollt. Und dann hatte der Nachbar zu ihm mit einem tragischen Achselzucken gesagt: »Das verdammte Ding will einfach nicht angehen. Man sollte doch meinen, es funktioniert auch, wenn man es kauft. Ich muß mal telefonieren.« Er hastete die

Treppe hinunter zum Münzfernsprecher im Vorraum der Kapelle.

John kam näher und betrachtete neugierig die Kamera. Eine Gebrauchsanweisung lag auf einem kleinen Tisch daneben. Er nahm sie hoch und blätterte die Seiten des Büchleins mit mäßiger Geschwindigkeit um, ehe er es auf den Tisch zurücklegte. Er sah sich um, aber sie waren alle beschäftigt. Niemand schien ihn zu beachten.

Er schob den hinteren Gehäusedeckel unauffällig zur Seite und blickte in die Kamera hinein. Dann wandte er sich ab und studierte nachdenklich die gegenüberliegende Wand.

Seine Augen waren immer noch auf die Wand gerichtet, als seine rechte Hand sich tastend in die Gedärme der Kamera hineinbewegte und rasch etwas am Mechanismus verstellte. Nach einer kurzen Pause schloß er wieder den hinteren Gehäusedeckel und legte einen Kipphebel um.

Der Nachbar kam mit hochrotem Gesicht vom Telefon zurück und sagte aufgebracht: »Wie soll ich denn mit einer Gebrauchsanweisung, die kein Mensch verstehen . . .« Er runzelte die Stirn und sagte dann: »Komisch. Das Ding ist ja an. Dann kann es ja gar nicht kaputt gewesen sein.«

17

»Sie dürfen die Braut küssen«, sagte der Pfarrer mit gütiger Stimme, und John nahm Susan in seine Arme und befolgte begeistert die Anweisung.

Susan flüsterte, ohne die Lippen zu bewegen: »Du hast die Kamera repariert. Weshalb?«

Er flüsterte zurück: »Ich wollte, daß alles gut geht bei unserer Hochzeit.«

»Du wolltest angeben«, flüsterte sie.

Sie lösten sich voneinander, sahen sich gegenseitig mit feuchtverliebten Augen an und fielen sich dann abermals in die Arme, während die kleine Schar der Gäste hüstelte und kicherte.

Susan flüsterte: »Wenn du das noch einmal tust, ziehe ich dir das Fell über die Ohren. So lange niemand weiß, daß du es immer noch hast, wird dich auch keiner aufhalten. Wir brauchen ein Jahr, und alles gehört uns, wenn du meine Anweisungen befolgst.« »Jawohl, Liebling«, flüsterte John ergeben.

Einleitung zu Nichts für Nichts

Oft kommen Leute zu mir mit Ideen. Für gewöhnlich kann ich sie wegen eines von einer Vielzahl von Gründen nicht verwenden. Vielleicht sprechen sie mich nicht an, weil sie nicht zu meiner Denkweise passen. Oder sie müßten in einer Form entwickelt werden, in der ich nicht besonders gut bin. Oder ich erkenne keine Konsequenzen der Art, die mich interessieren.

Aber irgendwann einmal macht etwas »Klick«.

Im Juli 1978 aß ich im Tavern on the Green zu Mittag mit Alexander Marshak, dem auf das Paläolithikum spezialisierten Archäologen. Er hatte damals eine außerordentlich erfolgreiche Ausstellung von Eiszeitkunst im Naturgeschichtlichen Museum arrangiert, und er sagte zu mir: »Isaac, warum schreibst du keine Geschichte über –«

Ich hörte ihm staunend zu und antwortete: »Alex, das ist eine großartige Idee! Ich werde sie in eine Geschichte einbauen. Und mach dir keine Sorgen, ich nenne dich nicht als den Urheber.«

»Das geht in Ordnung«, meinte er.

Aber, zum Kuckuck – ich nenne ihn doch. »Nichts für Nichts« entstand aus seiner Idee, die wiederum in ihm durch seine Beschäftigung mit der eiszeitlichen Kunst entstand, wie Sie sehen werden. Ich reichte die Geschichte George Scithers ein, und sie erschien im Februar-Heft 1979 von *Asimov's*.

16.
Nichts für Nichts (1979)

Der Schauplatz war die Erde.

Nicht etwa, daß die Wesen in dem Sternenschiff von ihr als Erde gedacht hätten. Für sie war der Planet eine in einem Computer gespeicherte Folge von Symbolen. Er war der dritte Planet eines bestimmten Sterns. Dieser Stern befand sich relativ zu der Geraden von ihrem Heimatplaneten zu dem schwarzen Loch, das das galaktische Zentrum markierte, in einer bestimmten Position und bewegte sich relativ dazu mit einer bestimmten Geschwindigkeit.

Die Zeit war 15000 v. Chr., mehr oder weniger.

Nicht etwa, daß die Wesen in dem Sternenschiff daran als 15000 v. Chr. gedacht hätten. Für sie war es eine bestimmte Periode der Zeit, die sie nach einem eigenen System maßen.

Der Kapitän des Sternenschiffs meinte ziemlich mürrisch: »Das ist nichts als Zeitverschwndung. Der Planet ist zum Großteil gefroren. Verlassen wir ihn.«

Aber der Forscher des Schiffs sagte ruhig: »Nein, Kapitän«, und damit hatte es sich.

Solange ein Sternenschiff sich im Raum – oder eigentlich im Hyperraum – aufhielt, war der Kapitän die höchste Autorität, doch sobald es in eine Kreisbahn um einen Planeten ging, gab es gegen den Forscher keinen Widerspruch. Er kannte Welten! Das war seine Spezialität.

Und dieser Forscher befand sich in einer unerschütterlichen Position. Er hatte das, was auf einen sicheren Instinkt für einen gewinnbringenden Handel hinauslief. Ihm und ihm allein war die Tatsache zu verdanken, daß dies besondere Sternenschiff bei jeder seiner drei letzten Expeditionen einen Preis für ausgezeichnete Arbeit gewonnen hatte. Drei für drei.

Deshalb konnte der Kapitän, als der Forscher »Nein« sagte, von einem »Ja« nicht träumen. Und in dem unwahrscheinlichen Fall, daß er es getan hätte, würde die Mannschaft gemeutert haben. Ein Preis für ausgezeichnete Arbeit mochte für den Kapitän eine hübsche Spektralscheibe sein, die er im Hauptsalon aufhängen konnte, aber für die Mannschaft bedeutete er ein spektakuläres Ansteigen der Nettobezüge und eine noch willkommenere Erhöhung der Urlaubszeit und des Pensionsanspruchs. Und dieser Forscher hatte ihnen das dreimal verschafft. Drei für drei.

Der Forscher erklärte: »Keine fremde Welt sollte ungeprüft verlassen werden.«

Der Kapitän antwortete: »Was ist fremd an der hier?«

»Die Voruntersuchung zeigt Intelligenz, und das auf einer gefrorenen Welt.«

»Aber das ist doch nichts Neues.«

»Das Muster hier ist fremd.« Der Forscher verzog gequält das Gesicht. »Ich weiß nicht genau, wie oder warum, aber das Muster des Lebens und der Intelligenz ist fremd. Wir müssen es sorgfältiger untersuchen.«

Und damit war die Sache natürlich entschieden. Es gab mindestens eine Trillion Planetenwelten in der Galaxis, wenn man nur die zählte, die Begleiter von Sternen waren. Fügte man die unbekannte Zahl derer hinzu, die sich unabhängig durch den Raum bewegten, mochten es zehnmal soviel sein.

Selbst mit der Hilfe von Computern konnte kein Sternenschiff sie alle kennen. Aber ein erfahrener Forscher konnte sich in diesen Dingen, wenn er sich für nichts anderes interessierte, jeden veröffentlichten Forschungsbericht studierte, endlose Korrelationen betrachtete und mit Statistiken wahrscheinlich sogar im Schlaf spielte, ein Wissen erwerben, das anderen mystische Intuition zu sein dünkte.

»Wir werden Sonden in einem vollen Synchronisierungsprogramm ausschicken müssen«, sagte der Forscher.

Der Kapitän drohte die Fassung zu verlieren. Ein volles Programm bedeutete eine wochenlange gemächliche Überprüfung zu enormen Kosten.

Er fragte, und das war das Höchstmaß an Einwand, das er machen konnte: »Ist das absolut notwendig?«

»Ich glaube schon«, antwortete der Forscher mit dem Selbstbewußtsein von jemand, der weiß, daß jede seiner Launen Gesetz ist.

Die Sonden brachten genau die Ergebnisse zurück, die der Kapitän erwartet hatte, und das in allen Einzelheiten. Eine intelligente Spezies, die, zumindest nach dem ersten äußeren Eindruck, an die geringeren Rassen der innersten Regionen des fünften Arms der Galaxis erinnerte – nicht ganz ungewöhnlich, aber zweifellos von Interesse für Mentologen.

Bisher hatte die intelligente Spezies nicht mehr als den ersten Grad der Technologie erreicht – und war weit, weit davon entfernt, nützlich zu sein.

Der Kapitän sprach dies aus, kaum fähig, seine Entrüstung zu verbergen. Aber der Forscher, der die Berichte durchblätterte, blieb ungerührt. Er murmelte: »Seltsam!« und bat darum, daß der Händer gerufen werde.

Das war wirklich zuviel. Ein erfolgreicher Kapitän darf einem guten Forscher niemals Grund zum Mißmut geben, aber für alles gibt es Grenzen.

Der Kapitän versuchte, das Niveau der Kommunikation höflich, wenn nicht gar freundlich, zu halten. »Zu welchem Zweck, Forscher? Was können wir beim jetzigen Stand erwarten?«

»Sie haben Werkzeuge«, stellte der Forscher nachdenklich fest.

»Stein! Knochen! Holz! Oder was auf diesem Planeten dem entspricht. Und das ist alles. Darunter werden wir bestimmt nichts Geeignetes finden.«

»Und doch ist etwas seltsam an dem Muster.«

»Darf ich erfahren, was das sein könnte, Forscher?«

»Wenn ich wüßte, was es sein könnte, Kapitän, wäre es nicht seltsam und ich brauchte es nicht herauszufinden. Wirklich, Kapitän, ich muß auf dem Händler bestehen.«

Der Händler war ebenso entrüstet wie der Kapitän und hatte mehr Spielraum, dem Ausdruck zu verleihen. Schließlich war sein Spezialgebiet so wichtig wie irgendeins in dem Sternenschiff, und seiner eigenen Meinung nach (sowie der einiger anderer) war es sogar ebenso wichtig wie das des Forschers. Der Kapitän mochte ein Sternenschiff steuern, und der Forscher mochte an nur zu erahnenden Hinweisen nützliche Zivilisationen entdecken. Doch wenn es zur Sache ging, waren es der Händler und sein Team, die den fremdrassigen Wesen gegenüberstanden, ihren Gedanken und ihrer Kultur entnahmen, was nützlich war, und ihnen dafür etwas gaben, das die Fremden nützlich fanden.

Und dabei begab man sich in große Gefahr. Die fremde Ökologie durfte nicht gestört werden. Fremde Intelligenzen durften nicht verletzt werden, nicht einmal, um das eigene Leben zu retten. Von kosmischer Warte aus betrachtet, gab es dafür gute Gründe, und die Händler wurden für das Risiko, das sie eingingen, großzügig bezahlt. Aber warum sollte man *sinnlose* Risiken eingehen?

Der Händler erklärte: »Es ist nichts da. *Meine* Interpretation der Sondendaten ist, daß wir es mit halbintelligenten Tieren zu tun haben. Ihre Nützlichkeit ist gleich Null. Ihre Gefährlichkeit ist groß. Wir wissen, wie wir mit wirklich intelligenten Fremdrassen umzugehen haben, und Händler-Teams werden höchst selten von ihnen getötet. Doch wer weiß, wie diese Tiere reagieren werden? Und Sie wissen ja, es ist uns nicht erlaubt, uns wirksam zu verteidigen.«

Der Forscher erwiderte: »Diese Tiere, falls sie nicht mehr sind als das, haben sich auf interessante Weise an das Eis angepaßt. Das Muster hier hat subtile Variationen, die ich nicht verstehe. Aber mein wohlabgewogenes Urteil geht dahin, daß sie nicht gefährlich sind und daß sie sogar nützlich sein könnten. Ich bin der Meinung, daß sie eine genauere Untersuchung wert sind.«

»Was haben wir von einer Steinzeit-Kultur zu gewinnen?« fragte der Händler.

»Es ist Ihre Aufgabe, das herauszufinden.«

Erbittert dachte der Händler: Natürlich, darauf läuft es hinaus – *wir* müssen es herausfinden.

Er kannte die Geschichte und den Zweck der Sternenschiff-Expeditionen gut.

Vor einer Million Jahren hatte es noch keine Händler, Forscher und Kapitäne gegeben, sondern nur deren tierische Vorfahren mit einem sich entwickelnden Gehirn und einer Steinzeit-Technologie – ganz ähnlich den Tieren auf der Welt, die sie jetzt umkreisten. Wie langsam war es gegangen, wie schmerzhaft langsam erfolgte der eigenständige Fortschritt – bis der dritte Grad der Zivilisation erreicht war.

Dann kamen die Sternenschiffe, und die Kulturen fanden die Möglichkeit, sich gegenseitig zu befruchten. Und dann erst konnte man von wirklichem Fortschritt sprechen.

Der Händler sagte: »Erlauben Sie, Forscher, ich gestehe Ihnen zu, daß Sie über Erfahrung auf dem Gebiet der Intuition verfügen. Wollen Sie mir nicht zugestehen, daß ich praktische Erfahrung besitze, auch wenn sie weniger dramatisch ist? Es ist ganz ausgeschlossen, daß eine Kultur unter dem dritten Zivilisationsgrad etwas für uns Nützliches hat.«

»Das«, erklärte der Forscher, »ist eine Verallgemeinerung, die zutreffen kann oder auch nicht.«

»Erlauben Sie, Forscher. Sie trifft zu. Und selbst wenn diese – diese Halbtiere etwas für uns Nützliches haben sollten, obwohl ich nicht fähig bin, mir vorzustellen, was es sein könnte – was gäben wir ihnen im Austausch dafür?«

Der Forscher schwieg.

Der Händler fuhr fort: »Es ist ausgeschlossen, daß eine Proto-Intelligenz auf diesem Niveau eine von einer fremden Rasse kommende Stimulierung akzeptiert. Darin sind sich die Mentologen einig, und es entspricht auch meiner Erfahrung. Fortschritt muß eigenständig sein, bis zumindest der zweite Grad erreicht ist. Und wir *müssen* ihnen ein Entgelt geben; wir können nichts für nichts nehmen.«

Der Kapitän fiel ein: »Und das ist ein vernünftiger Grundsatz. Wenn wir diese Intelligenzen zum Fortschritt stimulieren, können wir bei einem späteren Besuch ernten.«

»Mir ist es gleichgültig, welchen Grund es dafür gibt«, sagte der Händler ungeduldig. »Es gehört zur Tradition meines Berufs. Wir verletzen die Fremden unter keinen Umständen, und wir geben ihnen etwas als Entgelt für das, was wir nehmen. Hier gibt es nichts, was wir zu nehmen wünschen, und selbst wenn wir etwas fänden, gäbe es nichts, was wir als Entgelt geben könnten. – Wir verschwenden unsere Zeit.«

Der Forscher schüttelte den Kopf. »Ich bitte Sie, ein besiedeltes Gebiet zu besuchen, Händler. Wenn Sie zurückkehren, werde ich mich Ihrem Entschluß beugen.«

Und wieder war damit die Sache entschieden.

Zwei Tage lang flitzte das kleine Händler-Modul über die Oberfläche des Planeten und suchte nach einem Hinweis auf eine halbwegs entwickelte Technologie. Es gab keinen.

Eine gründliche Suche konnte Jahre in Anspruch nehmen, war der Mühe aber kaum wert. Es war nicht anzunehmen, daß eine hochentwickelte Technologie sich verstecken würde. Die höchstentwickelte Technologie wurde immer zur Schau gestellt, denn sie hatte keinen Feind. Diese Erfahrung hatten die Händler überall gemacht.

Der Planet war schön in seinem halbgefrorenen Zustand. Weiß und blau und grün. Wild und rauh und bunt. Primitiv – und unberührt.

Aber es war nicht Aufgabe des Händlers, sich um Schönheit zu kümmern. Also tat er diese Gedanken mit einem Schulterzucken ab. Wenn seine Mitarbeiter ihm gegenüber Bemerkungen dieser Art machten, fuhr er ihnen über den Mund.

Er sagte: »Wir werden hier landen. Die Intelligenzen scheinen sich hier ziemlich zu konzentrieren. Einen besseren Ort finden wir doch nicht.«

Sein Stellvertreter fragte: »Was gibt es selbst hier für uns zu tun, Maestro?«

»Machen Sie Aufnahmen«, befahl der Händler. »Von den Tieren, den nicht intelligenten wie den vermutlich intelligenten, und allen ihren Artefakten, die wir finden können. Achten Sie darauf, daß die Aufnahmen bestimmt holographisch sind.«

»Wir sehen bereits –« begann der Stellvertreter.

»*Wir* sehen es«, unterbrach ihn der Händler, »aber wir müssen Aufnahmen haben, um unsern Forscher aus seinen Träumen zu reißen, oder wir werden für immer hierbleiben.«

»Er ist ein guter Forscher«, bemerkte ein Mannschaftsmitglied.

»Er ist ein guter Forscher gewesen«, sagte der Händler. »Doch bedeutet das, daß er für immer gut sein wird? Vielleicht haben gerade seine Erfolge dazu geführt, daß er sich überschätzt. Deshalb müssen wir ihn von der Realität überzeugen – wenn es uns gelingt.«

Sie legten ihre Anzüge an, bevor sie das Modul verließen.

Die planetare Atmosphäre konnte sie tragen, aber sie setzten sich den rauhen Winden eines offenen Planeten nicht gern aus, auch nicht in dem Fall, daß Atmosphäre und Temperatur ideal waren – was nicht zutraf. Die Schwerkraft war eine Spur zu hoch, ebenso die Helligkeit, aber sie konnten beides ertragen.

Die intelligenten Wesen, ziemlich notdürftig in die äußeren Teile anderer Tiere gekleidet, zogen sich zögernd vor dem Händler-Team zurück und beobachteten es aus der Ferne. Der Händler sah es mit Erleichterung. Jeder Mangel an Angriffslust wurde von jenen, denen nicht erlaubt war, sich zu verteidigen, begrüßt.

Der Händler und seine Crew versuchten nicht, direkt mit den

Wesen zu kommunizieren oder freundliche Gesten zu machen. Wer wußte, welche Geste ein fremdes Wesen für freundlich halten würde? Der Händler errichtete statt dessen ein mentales Feld und sättigte es mit den Schwingungen der Harmlosigkeit und des Friedens. Dabei hoffte er, die mentalen Felder der Wesen seien genügend entwickelt, um darauf zu reagieren.

Vielleicht waren sie das, denn ein paar krochen zurück und beobachteten regungslos und mit ungeheurer Neugierde. Der Händler meinte, flüchtige Gedanken zu entdecken – nur kam ihm das bei Wesen des ersten Grades unwahrscheinlich vor, und er ging der Sache nicht weiter nach.

Dafür machte er sich gleichmütig an die holographischen Aufnahmen der Vegetation, bis eine Herde ungeschlachter Grasfresser, die plötzlich auftauchte, zu dem Schluß kam, die Gegend sei gefährlich, und davondonnerte. Ein großes Tier blieb eine Weile stehen, zeigte weiße Waffen in einer Höhle an seinem Vorderende – und verschwand dann auch.

Die Leute des Händlers arbeiteten wie er und bewegten sich methodisch über die Landschaft.

Der Ruf, direkt mental und mit soviel Emotion an Staunen und Überwältigung geladen, daß der informative Inhalt fast überdeckt wurde, kam unerwartet.

»Maestro! Hier! Kommen Sie schnell!«

Besondere Richtungsanweisungen wurden nicht gegeben. Der Händler mußte dem Strahl folgen, der zu einer von zwei Felsvorsprüngen gesäumten Spalte führte.

Andere Mitglieder der Crew strömten herbei, aber der Händler war zuerst da.

»Was ist es?« fragte er.

Sein Stellvertreter stand, umgeben vom Glühen seiner Anzugstrahlung, in einem tief ausgehöhlten Teil der Bergflanke.

Der Händler sah sich um. »Das ist eine natürliche Höhle, kein künstliches Erzeugnis.«

»Ja, aber sehen Sie doch!«

Der Händler blickte hoch, und vielleicht fünf Sekunden lang war er zu nichts anderem mehr fähig. Dann schickte er eilends eine Botschaft an seine Leute aus, sie sollten sich fernhalten.

Er fragte: »Ist dies künstlich hergestellt?«

»Ja, Maestro. Sie sehen, daß es noch nicht ganz fertig ist.«

»Aber von wem?«

»Von den Wesen da draußen. Den intelligenten. Ich fand eins hier drin an der Arbeit. Das da ist seine Lichtquelle; es war brennende Vegetation. Hier sind seine Werkzeuge.«

»Und wo ist es?«

»Geflohen.«

»Haben Sie es tatsächlich gesehen?«

»Ich habe es aufgenommen.«

Der Händler dachte darüber nach. Dann sah er wieder nach oben.

»Ist Ihnen etwas in der Art schon jemals vorgekommen?«

»Nein, Maestro.«

»Oder haben Sie von etwas in der Art gehört?«

»Nein, Maestro.«

»Erstaunlich!«

Der Händler machte den Eindruck, als wolle er seine Augen nie mehr davon abwenden, und der Stellvertreter fragte leise: »Maestro, was sollen wir tun?«

»Wie?«

»Damit wird unser Schiff bestimmt einen vierten Preis gewinnen.«

»Sicher«, meinte der Händler bedauernd, »wenn wir es nehmen dürften.«

Der Stellvertreter gestand zögernd: »Ich habe es bereits aufgenommen.«

»Wie? Welchen Sinn soll das haben? Wir haben nichts, was wir als Entgelt geben könnten.«

»Aber wir haben das hier. Geben Sie ihnen irgend etwas.«

Der Händler erwiderte: »Was sagen Sie da? Die Wesen sind zu primitiv, um irgend etwas anzunehmen, das wir ihnen geben könnten. Es wird bestimmt nahezu eine Million Jahre dauern, bis sie Ideen fremden Ursprungs zu akzeptieren vermögen. – Wir werden die Aufnahme vernichten müssen.«

»Aber wir haben sie im Gedächtnis, Maestro.«

»Dann dürfen wir niemals darüber sprechen. Unser Beruf hat seine Ethik und seine Tradition. Das wissen Sie. Nichts für nichts!«

»Wir dürfen auch das hier nicht nehmen?«

»Auch das nicht!«

Der strenge, unerbittliche Ausdruck des Händlers war überschattet von unerträglichem Kummer, und trotz seines »Auch das nicht« blieb er unentschlossen stehen.

Der Stellvertreter spürte das. Er bat: »*Versuchen* Sie, ihnen etwas zu geben, Maestro.«

»Was könnte das nützen?«

»Was könnte es schaden?«

Der Händler sagte: »Ich habe eine Vorführung für das ganze Sternenschiff vorbereitet, aber zuerst muß ich es Ihnen zeigen, Forscher – mit dem Ausdruck höchsten Respektes und meiner Entschuldigung für abgeschirmte Gedanken. Sie hatten recht. Es war wirklich etwas fremd an diesem Planeten. Obwohl die dortigen Intelligenzen kaum ersten Grades sind und ihre Technologie äußerst primitiv ist, haben sie ein Konzept entwickelt, das wir nie hatten und auf das wir, soviel ich weiß, noch auf keiner anderen Welt gestoßen sind.«

Der Kapitän bemerkte voller Unbehagen: »Ich kann mir nicht vorstellen, was das sein könnte.« Er wußte genau, daß Händler manchmal ihren Erwerb überschwenglich priesen, um sich selbst zu erhöhen.

Der Forscher schwieg. Sein Unbehagen war noch größer als das des Kapitäns.

Der Händler erklärte: »Es ist eine Art visueller Kunst.«

»Ein Spiel mit Farben?« erkundigte sich der Kapitän.

»Und mit Formen – aber mit der überraschendsten Wirkung.« Er hatte den holographischen Projektor aufgestellt. »Sehen Sie selbst!«

In dem Sichtraum vor ihnen erschien eine Herde Tiere, massig, zottig, zweihörnig, vierbeinig. Sie zögerten, dann rannten sie fort. Ihre Hufe wirbelten Staub auf.

»Häßliche Dinger«, murmelte der Kapitän.

Die holographische Aufnahme brachte die Herde zum Halten, hielt sie als Standfoto fest. Das Bild wurde vergrößert. Ein einziges Tier füllte den Sichtraum, den dicken Kopf gesenkt, die Nüstern gebläht.

»Betrachten Sie dieses Tier«, sagte der Händler, »und jetzt betrachten Sie diese künstliche Komposition aus einem primitiven Gemisch von Öl und farbigen Mineralen, das wir über die Decke einer Höhle geschmiert fanden.«

Da war es wieder! Nicht ganz das Tier der holographischen Aufnahme – flach, aber voll von Leben.

»Wie merkwürdig, diese zufällige Ähnlichkeit«, meinte der Kapitän.

»Keine zufällige Ähnlichkeit«, berichtigte der Händler, »eine absichtliche! Da waren Dutzende von diesen Formen in verschiedenen Stellungen – Abbilder einer Reihe von Tieren. Die Ähnlichkeit ging zu sehr in die Einzelheiten, um zufällig zu sein. Man bedenke die Kühnheit des Konzepts – Farben in gefälligen Formen und Kombinationen anzubringen, und das auf eine Weise, daß das Auge getäuscht wird und die echten Objekte zu erblicken meint! Diese Organismen haben eine Kunst erfunden, die die Realität darstellt. Es ist eine repräsentative Kunst, wie wir sie vielleicht nennen könnten.

Und das ist noch nicht alles. Wir haben auch dreidimensionale Abbildungen gefunden.« Der Händler stellte eine Reihe kleiner Gegenstände aus grauem Stein und gelblichem Knochen auf. »Diese Figuren sollen offenbar die Wesen selbst darstellen.«

Der Kapitän wußte nicht mehr, was er denken sollte. »Haben Sie gesehen, wie diese Dinge hergestellt wurden?«

»Nein, das nicht, Kapitän. Einer meiner Leute sah ein planetares Wesen Farbe auf eine der Höhlen-Darstellungen schmieren, aber diese Figuren haben wir fertig vorgefunden. Trotzdem ist keine andere Erklärung möglich, als daß sie mit voller Absicht so gestaltet wurden. Diese Objekte können ihre Form nicht durch Zufallsprozesse angenommen haben.«

Der Kapitän sagte: »Diese Dinge sind merkwürdig, aber man erkennt das Motiv nicht. Würden holographische Techniken dem Zweck nicht besser dienen – sobald sie erfunden worden sind, natürlich?«

»Diese Primitiven haben keine Ahnung, daß die Holographie eines Tages erfunden werden wird, und könnten nicht eine Million Jahre darauf warten. Außerdem mag es sein, daß die Holographie *nicht* besser wäre. Wenn Sie die Darstellungen mit den Originalen vergleichen, wird Ihnen auffallen, daß die Darstellungen auf subtile Art vereinfacht und verzerrt sind, um bestimmte charakteristische Merkmale zu betonen. Ich glaube, diese Kunst *verbessert* das Original in gewisser Beziehung und hat bestimmt etwas anderes mitzuteilen.«

Der Kapitän wandte sich an den Forscher. »Ich stehe in Ehrfurcht vor Ihren Fähigkeiten. Können Sie erklären, wie Sie die Einmaligkeit dieser Intelligenz wahrgenommen haben?«

Der Forscher seufzte verneinend. »Ich war nicht im geringsten auf das hier vorbereitet. Es ist interessant, und ich erkenne seinen Wert – und ich frage mich, ob wir unsere Farben und Formen genügend kontrollieren könnten, um daraus solche Darstellungen zu bilden. Doch das ist nicht meine größte Sorge. Was ich wissen möchte, ist, wie Sie in den Besitz dieser Kunst gekommen sind. Was haben Sie im Austausch dafür gegeben? In *dem* Punkt liegt für mich das Seltsame.«

»Nun«, meinte der Händler, »in gewisser Weise haben Sie recht. Sehr seltsam. Ich wußte nicht, was ich geben sollte, weil die Organismen gar zu primitiv sind. Aber andererseits schien mir die Entdeckung zu wichtig zu sein, um sie zu opfern, ohne mich etwas anzustrengen. Deshalb wählte ich aus der Gruppe von Wesen, die diese Gegenstände geschaffen haben, eins aus, dessen mentales Feld etwas stärker als das der anderen zu sein schien, und versuchte, ihm ein Geschenk als Entgelt zu transferieren.«

»Und Sie hatten Erfolg. Natürlich«, sagte der Forscher.

»Ja, ich hatte Erfolg.« In seinem Glück merkte der Händler nicht, daß der Forscher eine Feststellung getroffen und keine Frage gestellt hatte. »Die Wesen«, fuhr der Händler fort, »töten Tiere der Art, wie sie sie in Farbe darstellen, indem sie lange Stöcke nach ihnen werfen, an deren Spitze ein geschärfter Stein angebracht ist. Die Steinspitzen durchdringen die Haut der Tiere, verwunden und schwächen sie. Dann können die Wesen, von denen jedes einzelne kleiner und schwächer als das gejagte Tier ist, sie töten. Ich wies darauf hin, daß ein kleinerer Stock mit Steinspitze mit größerer Kraft und Wirkung geschleudert werden könnte, wenn eine unter Spannung stehende Sehne als Abschußmechanismus benutzt würde.«

Der Forscher warf ein: »Solche Geräte haben wir bei primitiven Intelligenzen angetroffen, doch waren sie viel weiter entwickelt als diese hier. Paläomentologen sprechen von Pfeil und Bogen.«

Der Kapitän fragte: »Wie konnte das Wissen absorbiert werden? Das ist doch bei diesem Entwicklungsgrad gar nicht möglich.«

»Aber es *wurde* absorbiert. Unmißverständlich. Die Reaktion des mentalen Feldes war Einsicht in einer fast unerträglichen

Intensität. – Sie nehmen doch wohl nicht an, daß ich diese Kunstgegenstände mitgenommen hätte, und wären sie zwanzigmal so wertvoll, wäre ich nicht überzeugt gewesen, ein Gegengeschenk gemacht zu haben? Nichts für nichts, Kapitän.«

Die Stimme des Forschers klang leise und verzagt. »*Da* liegt das Sonderbare. Daß es angenommen wurde.«

»Das können wir nicht tun, Händler«, protestierte der Kapitän. »Diese Wesen sind noch nicht so weit. Wir fügen ihnen Schaden zu. Sie werden Pfeil und Bogen benutzen, um sich gegenseitig zu verwunden, nicht nur, um Tiere zu jagen.«

Der Händler versicherte: »*Wir* fügen ihnen keinen Schaden zu, und wir *haben* ihnen keinen Schaden zugefügt. Was *sie* einander antun und wo sie als Folge davon in einer Million Jahre enden, geht uns nichts an.«

Der Kapitän und der Händler gingen, um die Vorführung für die ganze Crew vorzubereiten. Der Forscher sagte traurig in die Richtung, in die sie verschwunden waren: »Aber sie haben das Entgelt angenommen. Und sie gedeihen inmitten des Eises. Und in zwanzigtausend Jahren wird es uns etwas angehen.«

Er wußte, sie würden ihm nicht glauben, und verzweifelte.

Einleitung zu Stimme für einen Abend

Seit jetzt ein paar Jahren schreibe ich monatlich eine Kriminalgeschichte für *Gallery*, ein Herren-Magazin (und möchte eilends versichern, daß meine Krimistories völlig rein und unbefleckt sind). Die Geschichten enthalten nur je zweitausend Wörter und sollen jeden Leser zerstreuen, und ich habe viel Freude daran, sie zu schreiben.

Nur mit »Stimme für einen Abend« gab es Schwierigkeiten. Eric Protter, der Herausgeber von *Gallery*, lehnte die Erzählung mit Bedauern ab (es war bisher die einzige). Er nannte einen sehr guten Grund dafür. Ich hatte mich ein Stockwerk weiter nach oben gemogelt. Statt einer Kriminal- hatte ich eine Fantasy-Geschichte geschrieben.

Ich fragte Eric, ob ich sie anderswo einreichen dürfe, und er antwortete: »Ja, vorausgesetzt, du änderst sie ein wenig, damit sie nicht länger Teil der Serie ist – die exklusiv bleiben soll.«

Ich nahm die Änderungen vor und schickte die Geschichte Ed Ferman. Er nahm sie an, und sie erschien 1982 im April-Heft von *F&SF*. Offen gesagt, sie gefiel mir besser als eine der reinen Kriminalgeschichten in der Serie, aber Eric war trotzdem völlig im Recht, als er sie ablehnte. Und was hat die Ablehnung schon zu bedeuten, wenn ich nur Gelegenheit habe, sie Ihnen jetzt vorzulegen?

17.
Stimme für einen Abend (1982)

Ich habe einen Freund, der gelegentlich andeutet, er könne Geister aus der Tiefe heraufbeschwören.

– Das heißt, zumindest einen Geist, einen ganz kleinen mit eng begrenzten Fähigkeiten. Er redet manchmal über ihn, aber nur, wenn er bei seinem vierten Scotch mit Soda angelangt ist. Das ist ein Punkt äußerst labilen Gleichgewichts – drei Gläser, und das Wort »Geist« (der übernatürlichen Art) sagt ihm gar nichts, fünf Gläser, und er schläft ein.

Ich meinte, er habe an diesem Abend den richtigen Zustand erreicht. Deshalb erkundigte ich mich: »Erinnerst du dich noch an deinen *spiritus*, George?«

»Hä?« George blickte in sein Glas, als frage er sich, warum es erforderlich sei, daß er sich daran erinnere.

»Nicht an deinen Drink«, sagte ich. »An den zwei Zentimeter großen Geist, von dem du mir erzählt hast, es sei dir gelungen, ihn von irgendeiner anderen Existenzebene herbeizurufen. Den mit den übernatürlichen Kräften.«

»Ah«, brummte George. »Azazel. Natürlich nicht sein richtiger Name. Könnte seinen richtigen Namen doch nicht aussprechen, aber so nenne ich ihn. Ich erinnere mich.«

»Verwendest du ihn oft?«

»Nein. Gefährlich. Es ist zu gefährlich. Immer lauert die Versuchung, mit der Macht zu spielen. Da bin ich vorsichtig, verflixt vorsichtig. Wie du weißt, habe ich sehr hohe Moralbegriffe. Deshalb fühlte ich mich einst auch verpflichtet, einem Freund zu helfen. Was hat das für Schaden angerichtet! Schrecklich! Ertrage es nicht, daran zu denken.«

»Was ist passiert?«

»Ich glaube, ich muß es mir einmal von der Seele reden«, sagte George nachdenklich. »Es setzt sich sonst fest –«

Ich war damals ein Gutteil jünger (erzählte George), und in dieser Zeit stellen Frauen einen wichtigen Teil des Lebens eines Mannes dar. Wenn ich heute zurückblicke, kommt es mir töricht vor, aber ich erinnere mich genau, daß ich damals glaubte, es käme darauf an, welche Frau es sei.

Tatsächlich ist es ziemlich gleichgültig, welche Frau man aus dem Haufen zieht, sie sind sich doch alle gleich, aber damals –

Ich hatte einen Freund namens Mortenson – Andrew Mortenson. Du wirst ihn nicht kennen. In den letzten Jahren habe ich selbst ihn so gut wie gar nicht mehr gesehen.

Worauf es ankommt, ist, daß er verrückt nach einer Frau war, einer bestimmten Frau. Sie sei ein Engel, sagte er. Er könne nicht ohne sie leben. Sie sei die einzige im Universum, und ohne sie sei die Welt nichts als in Wagenschmiere gestippte Speckschwarten. Du weißt ja, wie Verliebte reden.

Schlimm war nur, daß sie eines Tages mit ihm Schluß machte, und offenbar tat sie dies auf besonders grausame Art und ohne Rücksicht auf seine Selbstachtung. Sie demütigte ihn fürchterlich, indem sie vor seinen Augen mit einem anderen anbandelte, unter seiner Nase mit den Fingern schnippte und herzlos über seine Tränen lachte.

Das meine ich nicht wörtlich. Ich versuche nur, dir den Eindruck wiederzugeben, den er auf mich machte. Er saß hier in genau diesem Lokal und trank mit mir. Mein Herz blutete um ihn, und ich sagte: »Ich fühle mit dir, Mortenson, aber du darfst das nicht so schwernehmen. Wenn du es dir nüchtern überlegst, ist sie doch nur eine Frau unter vielen. Sieh hinaus auf die Straße, da gehen massenhaft Frauen vorbei.«

Er antwortete bitter: »Ich beabsichtige, von jetzt an eine frauenlose Existenz zu führen, alter Junge – abgesehen natürlich von meiner Frau, der ich hin und wieder nicht aus dem Weg gehen kann. Es ist nur so, daß ich es ihr heimzahlen möchte.«

»Deiner Frau?« fragte ich.

»Nein, nein, warum sollte ich meiner Frau etwas heimzahlen wollen? Ich rede von dieser Frau, die mich so herzlos sitzengelassen hat.«

»Zum Beispiel?«

»Verdammt nochmal, mir fällt nichts ein«, sagte George.

»Vielleicht kann ich dir helfen«, erbot ich mich, denn mein Herz blutete immer noch um ihn. »Ich kann einen Geist mit ganz außergewöhnlichen Kräften einsetzen. Einen kleinen Geist, natürlich –« ich zeigte mit Daumen und Zeigefinger eine Spanne von weniger als einem Zoll, damit er es ja richtig erfaßte »– der nur dies und das tun kann.«

Ich berichtete ihm von Azazel, und selbstverständlich glaubte er mir. Ich habe oft bemerkt, daß ich Überzeugung vermittelte, wenn ich eine Geschichte erzählte. Also, wenn *du* eine Geschichte erzählst, alter Junge, ist die Luft des Unglaubens, die sich auf den Raum niedersenkt, so dick, daß man sie mit einer Kettensäge schneiden könnte. Aber bei mir ist das ganz anders. Es geht nichts darüber, im Ruf der Wahrhaftigkeit zu stehen und ein Benehmen voll ehrlicher Direktheit zu besitzen.

Seine Augen glitzerten, als er das hörte. Er fragte, ob ich den Geist um etwas bitten könne, das er ihr schenken wolle.

»Wenn es sich um etwas Anständiges handelt, alter Junge. Ich hoffe, du hast nichts in der Richtung im Sinn, ihr einen schlechten Geruch zu geben oder ihr eine Kröte aus dem Mund springen zu lassen, wenn sie spricht.«

»Natürlich nicht«, wehrte er angewidert ab. »Für was hältst du mich? Schließlich hat sie mir zwei glückliche Jahre geschenkt, und ich möchte mich dafür angemessen revanchieren. Du sagst, dein Geist habe nur beschränkte Fähigkeiten?«

»Er ist ein kleiner Wicht.« Wieder hielt ich Daumen und Zeigefinger hoch.

»Könnte er ihr eine vollkommene Stimme geben? Jedenfalls für gewisse Zeit. Mindestens für eine Vorstellung.«

»Ich will ihn fragen.« Mortensons Vorschlag schien eines Gentleman würdig zu sein. Seine Ex-Mätresse sang Kantaten – wenn das der richtige Ausdruck ist – in der hiesigen Kirche. Damals hatte ich ein Ohr für Musik und besuchte diese Veranstaltung häufig (wobei ich darauf achtete, dem Kollekten-Korb auszuweichen). Ich hörte sie recht gern singen, und das Publikum nahm ihre Darbietungen höflich auf. Damals meinte ich, ihre Moral entspreche nicht ganz der Umgebung, doch Mortenson belehrte mich, bei Sopranistinnen nehme man es nicht so genau.

Also konsultierte ich Azazel. Er war durchaus bereit zu helfen. Von diesem Unsinn, daß er dafür meine Seele verlange, war nie die Rede. Ich weiß noch, wie ich Azazel einmal fragte, ob er meine Seele haben wolle, und er wußte nicht einmal, was das ist. Er fragte mich, was ich damit meine, und dann stellte sich heraus, daß ich auch nicht wußte, was das ist. Die Sache ist einfach die, er ist in seinem eigenen Universum ein so kleiner Bursche, daß es für ihn ein großes Erfolgserlebnis bedeutet, in dem unsrigen auf die Pauke zu hauen. Er hilft *gern* aus.

Er sagte, drei Stunden brächte er fertig, und als ich es Mortenson mitteilte, meinte der, das sei ideal. Wir wählten einen Abend, an dem sie Bach oder Händel oder sonst einen dieser alten Klavierverstimmer singen wollte und ein langes und eindrucksvolles Solo hatte.

Mortenson ging an diesem Abend in die Kirche, und ich natürlich auch. Ich fühlte mich verantwortlich für das, was geschehen würde, und dachte, es sei besser, die Situation im Auge zu behalten.

Mortenson erklärte düster: »Ich war auf der Probe. Sie hat genauso gesungen wie immer, du weißt schon, als habe sie einen Schwanz und jemand trete darauf.«

Das war nicht die Art, wie er ihre Stimme früher beschrieben hatte. Die Musik der Sphären, sagte er bei einer Reihe von Gelegenheiten, und noch bombastischere Dinge. Allerdings war er inzwischen sitzengelassen worden, was das Urteilsvermögen eines Mannes trübt.

Ich maß ihn mit tadelndem Blick. »So redet man nicht von einer Frau, der du eine große Gabe zum Geschenk machen willst.«

»Das ist es ja gerade. Ich möchte, daß ihre Stimme vollkommen ist. Einfach *vollkommen*. Und jetzt erkenne ich – jetzt, wo die Nebel der Liebe sich vor meinen Augen verflüchtigt haben –, daß sie weit davon entfernt ist. Glaubst du, dein Geist schafft es?«

»Die Veränderung soll erst um 20.15 Uhr eintreten.« Mich durchfuhr ein bestimmter Verdacht. »Du hast doch nicht gehofft, die Vollkommenheit werde bei der Probe aufgebraucht und das Publikum dann enttäuscht?«

»Du bist auf dem Holzweg«, stellte er fest.

Das Konzert begann ein bißchen zu früh, und als sie in ihrem weißen Kleid aufstand, um zu singen, war es nach meiner alten Taschenuhr, die nie mehr als um zwei Sekunden falsch geht, 20.14 Uhr. Sie war keine dieser schmächtigen Sopranistinnen, sondern großzügig gebaut. Das gab eine Menge Platz für die Resonanz, die man braucht, wenn man einen hohen Ton aushält und das Orchester übertönt. Immer, wenn sie ein paar Liter Atemluft einsog, um das fertigzubringen, wurde mir klar, was

Mortenson in ihr sah, wobei ich im Geist ein paar Lagen Textilien entfernte.

Sie fing in ihrer üblichen Güteklasse an, und dann, genau um 20.15 Uhr, war es, als sei eine neue Stimme hinzugefügt worden. Ich sah sie leicht zusammenzucken, als glaube sie nicht, was sie hörte. Ihre Hand, die sie auf ihr Zwerchfell hielt, zitterte.

Ihre Stimme schwebte. Es war, als sei sie eine Orgel in vollendeter Abstimmung geworden. Jeder Ton war perfekt, war ein in diesem Augenblick neu erfundener Ton, neben dem alle anderen Töne dieser Höhe und Qualität unvollkommene Kopien waren.

Sie traf jeden Ton mit genau dem richtigen Vibrato, wenn das der richtige Aussdruck ist, und ließ ihn mit ungeheurer Kraft und Beherrschung anschwellen und verebben.

Und sie wurde mit jedem Ton besser. Der Organist sah nicht auf seine Noten, er sah sie an, und – ich kann es nicht beschwören – aber ich glaube, er hörte auf zu spielen. Falls er gespielt hat, hätte ich ihn sowieso nicht gehört. Man war nicht fähig, *irgend etwas* zu hören, während sie sang. Man hörte nichts als sie.

Ihr Gesicht hatte den überraschten Ausdruck verloren und wirkte nun ekstatisch. Sie hatte das Notenblatt niedergelegt; sie brauchte es nicht. Ihre Stimme sang von selbst, und sie hatte es nicht nötig, sie zu kontrollieren oder zu steuern. Der Dirigent stand starr, und alle anderen im Chor schienen vom Donner gerührt zu sein.

Dann war das Solo zu Ende. Der Chor fiel in einer Art Flüstern ein, als schämten sich alle ihrer Stimmen und als sei es ihnen peinlich, sie in derselben Kirche an demselben Abend erklingen zu lassen.

Der Rest des Programms gehörte ganz ihr. Wenn sie sang, hörte man nichts anderes, auch wenn alle anderen Stimmen ebenfalls erklangen. Wenn sie nicht sang, war es, als säßen wir im Dunkeln und könnten die Abwesenheit des Lichts nicht ertragen.

Und als es vorbei war – nun, man applaudiert nicht in einer Kirche, aber damals schon. Alle Anwesenden standen auf wie von einem einzigen Marionettendraht auf die Füße gerissen, und sie klatschten und klatschten, und es war klar, daß sie die ganze Nacht klatschen würden, falls sie nicht noch einmal sang.

Sie sang noch einmal. Es war ihre Stimme allein, während die Orgel zögernd im Hintergrund wisperte. Der Punktscheinwerfer lag auf ihr, und vom Chor war niemand sonst sichtbar.

Mühelos. Du kannst dir nicht vorstellen, wie mühelos es war. Ich riß meine Ohren von den Klängen los, um sie atmen zu sehen, um sie dabei zu erwischen, wie sie Luft holte, und ich fragte mich, wie lange ein Ton in voller Stärke gehalten werden konnte, wenn da nur zwei Lungenhälften waren, die die Luft lieferten.

Doch es mußte enden, und es war vorbei. Sogar der Applaus war vorbei. Erst jetzt wurde mir bewußt, daß Mortenson mit glitzernden Augen neben mir gesessen hatte, mit dem ganzen Sein ihrem Gesang hingegeben. Erst jetzt ging mir auf, was geschehen war.

Schließlich liegen mir Winkelzüge so fern wie einer euklidischen Geraden, und Hinterlist ist mir fremd. Deshalb kann man nicht von mir erwarten, daß ich seine Absicht erkannte. Du allerdings, der du so an krumme Wege gewöhnt bist, daß du eine Wendeltreppe hochsteigen kannst, ohne dich zu drehen, siehst auf einen Blick, welches Ziel er anstrebte.

Sie hatte vollkommen gesungen – aber sie würde nie wieder vollkommen singen.

Es war, als sei sie von Geburt an blind gewesen und hätte nur drei Stunden lang sehen können – alles, was es zu sehen gibt, alle Farben und Formen und Wunder, die uns umgeben und auf die wir nicht achten, weil wir daran gewöhnt sind. Stell dir vor, du könntest das alles in seiner ganzen Herrlichkeit drei Stunden lang sehen – und dann müßtest du wieder blind sein!

Du kannst deine Blindheit ertragen, wenn du nichts anderes kennst. Aber etwas anderes kurz kennenzulernen und dann in die Blindheit zurückzukehren?

Das erträgt niemand.

Diese Frau hat natürlich nie wieder gesungen. Aber das ist nur ein Teil der Geschichte. Die wirkliche Tragödie traf uns, die Zuhörer.

Wir hatten drei Stunden lang vollkommene Musik gehört, wirklich *vollkommene* Musik. Glaubst du, wir könnten es aushalten, jemals wieder etwas anzuhören, das weniger gut ist?

Ich bin seitdem fast unmusikalisch. Vor kurzem ging ich zu einem dieser Rock-Festivals, die heutzutage so beliebt sind, nur um mich selbst zu testen. Du wirst es mir nicht glauben, aber ich war nicht fähig, eine einzige Melodie herauszuhören. Für mich war das nur Lärm.

Mein einziger Trost ist, daß Mortenson, der am gespanntesten und mit der höchsten Konzentration zugehört hatte, schlimmer dran ist als alle anderen aus dem Publikum. Er hat ständig Stöpsel in den Ohren. Er erträgt keinen Ton mehr, der lauter als ein Flüstern ist.

Geschieht ihm recht!

Einleitung zu
Das eingebüßte Lächeln

Die alphabetische Reihenfolge läßt »Das eingebüßte Lächeln« in diesem Buch unmittelbar auf die Geschichte »Stimme für einen Abend« folgen, mit der es in Zusammenhang steht. Es ist keine Fortsetzung, denn es schließt sich nicht an die Handlung der vorhergehenden Erzählung an, aber es kommt ebenfalls der winzige Dämon darin vor, und das ist der springende Punkt. Die Geschichte erschien 1982 im November-Heft von *F & SF*.

Ich beabsichtige, eine ganze Serie von Geschichten über den Mikrodämon zu schreiben, vorausgesetzt, ich bekomme verlegerische Unterstützung – oder sogar ohne sie. Die Situation und ihre Möglichkeiten gefallen mir so gut, daß ich die Geschichten wohl auch schreiben werde, wenn ich sie nicht in den Zeitschriften unterbringen kann. Habe ich etwa zwanzig von ihnen fertig, werde ich versuchen, den weichherzigen Hugh O'Neill von Doubleday zu überreden, daß er sie als Sammlung herausbringt.

18. Das eingebüßte Lächeln (1982)

Vor kurzem fragte ich meinen Freund George bei einem Bier (*seinem* Bier, ich trank ein Ginger-Ale): »Wie geht es deinem Wichtel?«

George behauptet, seinem Wink stehe ein zwei Zentimeter großer Dämon zu Gebote. Ich kann ihn einfach nicht zu dem Eingeständnis bringen, daß er lügt. Das kann auch sonst niemand.

Er funkelte mich bösartig an. Dann sagte er: »Ach ja, du bist der eine, der von ihm weiß! Ich hoffe, du hast es niemandem sonst weitererzählt.«

»Kein Wort«, beteuerte ich. »Es genügt vollauf, daß ich dich für verrückt halte. Ganz überflüssig, daß jemand das gleiche von mir denkt.« (Außerdem hat er, soviel ich weiß, mindestens einem halben Dutzend Personen von dem Dämon erzählt, und deshalb ist es nicht notwendig, daß *ich* es ausplaudere.)

George sagte: »Nicht für ein Pfund Plutonium möchte ich mit deiner unliebenswürdigen Unfähigkeit geschlagen sein, etwas zu glauben, das du nicht verstehst – und du verstehst vieles nicht. Und was von dir übrigbliebe, wenn mein Dämon je erführe, daß du ihn einen Wichtel genannt hast, wäre kein Atom Plutonium wert.«

»Hast du seinen wirklichen Namen herausgebracht?« fragte ich, ungerührt von dieser furchtbaren Warnung.

»Kann ich nicht! Für ein irdisches Lippenpaar ist er unaussprechlich. Die Übersetzung lautet, wie mir gesagt wurde, so ähnlich wie: ›Ich bin der König der Könige, blickt auf meine Werke, ihr Mächtigen, und verzweifelt.‹ – Das ist natürlich eine Lüge.« George starrte trübsinnig in sein Bier. »In seiner Welt ist er ein kleiner Fisch. Darum gibt er sich hier so kooperativ. In *unserer* Welt mit ihrer primitiven Technologie kann er angeben.«

»Hat er vor kurzem angegeben?«

»So ist es.« George stieß einen schweren Seufzer aus und hob seine trostlosen blauen Augen zu mir auf. Sein struppiger weißer Schnurrbart senkte sich nach dem Taifun, den dies gewaltsame Ausatmen erzeugt hatte, nur langsam.

Es fing mit Rosie O'Donnell an (erzählte George), der Freundin einer meiner Nichten, einem ganz entzückenden kleinen Ding.

Sie hatte blaue Augen, beinahe so leuchtend wie meine, kastanienbraunes Haar, lang und glänzend, eine reizende kleine Nase, mit Sommersprossen auf die Weise gesprenkelt, die alle Romanschreiber billigen, einen anmutigen Hals und eine schlanke Figur, die durchaus nicht unproportioniert üppig war, aber köstlich in ihrem Versprechen ekstatischer Freuden.

Natürlich war das alles für mich nur von rein intellektuellem Interesse. Denn ich habe schon vor Jahren das Alter der Zurückhaltung erreicht und lasse mich heutzutage nur dann noch in die Konsequenzen körperlicher Anziehung verwickeln, wenn Frauen darauf bestehen. Und das, dem Himmel sei Dank, geschieht nicht öfter als an einem gelegentlichen Wochenende oder so.

Außerdem hatte Rosie vor kurzem geheiratet und betete aus irgendeinem Grund den großen Iren regelrecht an, der nicht zu verbergen suchte, daß er sehr muskulös war und unter Umständen sehr übellaunig werden könnte. Während ich nicht daran zweifelte, daß ich in jüngeren Jahren mit ihm fertiggeworden wäre, ist es eine traurige Tatsache, daß ich mich nicht mehr in meinen jüngeren Jahren befinde. Bin knapp darüber hinaus.

Daher nahm ich es nur mit einem gewissen Widerstreben hin, daß Rosie irrtümlicherweise in mir eine Vertrauensperson ihres eigenen Geschlechts und Lebensalters sah und mich zum Gegenstand ihrer mädchenhaften Geständnisse machte.

Nicht, daß ich sie dafür tadele, du verstehst. Meine angeborene Würde und die Tatsache, daß ich in meinem Äußeren die Leute unvermeidlich an einen oder mehrere der edleren römischen Kaiser erinnere, zieht schöne junge Frauen automatisch an. Trotzdem erlaubte ich nie, daß die Sache sich zu weit entwickelte. Ich sorgte immer dafür, daß reichlich Distanz zwischen Rosie und mir war, denn ich wünschte nicht, daß irgendwelche Lügen oder Entstellungen an die Ohren des zweifellos großen und möglicherweise übellaunigen Kevin O'Donnell gelangten.

»Oh, George«, sagte Rosie eines Tages und schlug selig ihre Händchen zusammen, »Sie haben keine Ahnung, wie *süß* mein Kevin ist und wie glücklich er mich macht. Wissen Sie, was er tut?«

»Ich bin mir nicht sicher«, begann ich vorsichtig, denn natürlich erwartete ich peinliche Enthüllungen, »ob Sie mir –«

Sie achtete nicht auf mich. »Er hat so eine Art, seine Nase zu kräuseln und mit den Augen zu zwinkern und strahlend zu lächeln, bis alles an ihm glücklich aussieht. Es ist, als verwandele sich die ganze Welt in goldenen Sonnenschein. Oh, wenn ich nur ein Foto hätte, das ihn genauso zeigt! Ich habe versucht, eins aufzunehmen, aber ich erwische den Ausdruck nie richtig.«

Ich fragte: »Warum geben Sie sich nicht mit dem echten Kevin zufrieden, meine Liebe?«

»Nun ja.« Sie zögerte, dann fuhr sie mit dem bezauberndsten Erröten fort: »Er ist nicht *immer* so, wissen Sie. Er hat eine *sehr* schwierige Arbeit am Flughafen, und manchmal kommt er ganz erledigt und erschöpft nach Hause. Und dann ist er ein klein wenig gereizt und brummt mich ein bißchen an. Wenn ich ein Foto von ihm hätte, wie er wirklich ist, wäre es mir ein Trost – ein *solcher* Trost.« Ihre blauen Augen wurden feucht von unvergossenen Tränen.

Ich gebe zu, daß mich die Versuchung überkam, ihr von Azazel (so nenne ich ihn, denn ich denke nicht daran, ihn mit der angeblichen Übersetzung seines wirklichen Namens anzureden) zu erzählen und ihr auseinanderzusetzen, was er für sie tun könnte. Ich bin jedoch unaussprechlich diskret – und habe nicht die leiseste Ahnung, wie es *dir* gelungen ist, die Sache mit meinem Dämon herauszubringen.

Auch fiel es mir leicht, die Versuchung niederzukämpfen, weil ich ein hartgepanzertes, realistisches menschliches Wesen bin und nicht zu törichter Sentimentalität neige. Ich gestehe, daß ich in meinem kantigen Herzen eine halbweiche Stelle für süße junge Frauen von außergewöhnlicher Schönheit habe – aber das meistens auf würdige und onkelhafte Art. Und mir fiel ein, daß ich ihr schließlich einen Gefallen tun konnte, ohne ihr von Azazel zu erzählen. – Nicht etwa, daß sie mit Unglauben darauf reagiert hätte, denn ich bin ein Mann, dessen Worte für jeden außer solchen, die, wie du, Psychopathen sind, Überzeugungskraft in sich tragen.

Ich berichtete die Sache Azazel, der durchaus nicht erfreut war. Er sagte: »Dauernd verlangst du abstrakte Dinge.«

»Ganz und gar nicht«, gab ich zurück. »Ich verlange eine einfache Fotografie. Du brauchst nichts anderes zu tun, als sie zu materialisieren.«

»So, mehr brauche ich nicht zu tun? Wenn es so einfach ist, tu *du* es doch! Ich bin sicher, du verstehst die Natur des Masse-Energie-Äquivalents.«

»Nur *eine* Fotografie.«

»Ja, und mit einem Ausdruck, den du nicht einmal definieren oder beschreiben kannst.«

»Ich habe es natürlich nie erlebt, daß er mich so ansieht, wie er seine Frau anzusehen pflegt. Aber ich habe unbegrenztes Vertrauen in deine Fähigkeiten.«

Ich hatte fast damit gerechnet, daß eine Dosis übelkeiterregender Lobhudelei ihn herumkriegen würde. Verdrießlich sagte er: »Du mußt die Aufnahme machen.«

»Ich würde nie den richtigen Ausdruck –«

»Ist auch nicht nötig. Dafür werde ich sorgen, aber es ist viel leichter, wenn ich einen materiellen Gegenstand habe, auf den ich die Abstraktion fokussieren kann. Eine Fotografie, mit anderen Worten, sogar eine von der unzulänglichsten Art, wie ich sie nicht anders von dir erwarte. Und natürlich nur *einen* Abzug. Mehr als das bringe ich nicht fertig, und ich werde mir meinen konjunktivischen Muskel weder für dich noch für irgendein anderes spitzköpfiges Wesen in deiner Welt ausrenken.«

O ja, er ist häufig launenhaft. Ich nehme an, damit will er nur die Bedeutung seiner Rolle betonen und einem unter die Nase reiben, daß man ihn nicht als selbstverständlich hinnehmen darf.

Ich traf die O'Donnells am nächsten Sonntag, als sie aus der Messe kamen. (Tatsächlich hatte ich mich nach ihnen auf die Lauer gelegt.) Sie waren bereit, mich ein Bild von ihnen in ihrem Sonntagsstaat schießen zu lassen. Rosie war entzückt, und er blickte ein bißchen mürrisch drein. Danach machte ich so unauffällig wie möglich ein Porträt von Kevin. Ich hatte keine Möglichkeit, ihn dazu zu bringen, daß er lächelte oder zwinkerte oder kräuselte oder was es war, das Rosie so attraktiv fand, aber ich glaubte nicht, daß es darauf ankam. Ich war mir nicht einmal sicher, ob die Entfernung richtig eingestellt war. Schließlich bin ich keiner von diesen berühmten Fotografen.

Dann suchte ich einen Freund auf, der ein Könner auf dem Gebiet der Fotografie ist. Er entwickelte beide Schnappschüsse und vergrößerte das Porträt auf acht mal elf.

Das tat er ziemlich mißmutig und murmelte etwas, wie beschäftigt er sei. Aber ich schenkte ihm keine Aufmerksamkeit. Schließlich, welchen Wert können seine blöden Aktivitäten im Vergleich zu den bedeutenden Angelegenheiten haben, die mich beschäftigen? Es überrascht mich immer wieder, wie viele Leute das nicht verstehen.

Als er jedoch mit der Vergrößerung fertig war, änderte sich seine Einstellung völlig. Er starrte das Bild an und bemerkte in einem Ton, den ich nur als äußerst beleidigend beschreiben kann: »Erzähl mir bloß nicht, dir sei ein solches Foto gelungen.«

»Warum nicht?« Ich streckte die Hand danach aus, aber er traf keine Anstalten, es mir zu geben.

»Du wirst weitere Abzüge haben wollen«, sagte er.

»Nein, will ich nicht.« Ich blickte ihm über die Schulter. Es war ein bemerkenswert scharfes Foto in brillanten Farben. Kevin O'Donnell lächelte, obwohl ich mich nicht erinnerte, ihn in dem Augenblick lächeln gesehen zu haben. Er wirkte gutaussehend und fröhlich, was mich ziemlich kalt ließ. Vielleicht hätte eine Frau mehr darin gesehen – oder ein Mann wie mein Fotografen-Freund, der, wie es schon mal vorkommt, der Maskulinität nicht so fest verhaftet ist wie ich.

Er bat: »Nur noch einen – für mich.«

»Nein«, lehnte ich fest ab und nahm das Bild an mich. Ich faßte ihn dabei ums Handgelenk, damit er es mir nicht wegziehen konnte. »*Und* das Negativ, bitte. Du kannst das andere Bild behalten – den Fernschuß.«

»Das will ich nicht«, maulte er und sah ganz gramgebeugt aus, als ich ging.

Ich rahmte das Bild, stellte es auf meinen Kaminsims, trat zurück und sah es mir an. Tatsächlich, es sprühte vor Leben. Azazel hatte gute Arbeit geleistet.

Was würde wohl Rosie dazu sagen? Ich rief sie an und fragte, ob ich vorbeikommen dürfe. Wie sich herausstellte, wollte sie gerade zum Einkaufen gehen, aber wenn ich in einer Stunde da sein könnte –

Ich konnte, und ich war da. Ich hatte das Bild in Geschenkpapier eingewickelt und reichte es ihr wortlos.

»Du meine Güte!« sagte Rosie, während sie schon den Bindfaden durchschnitt und das Papier entfernte. »Was ist das? Wird irgend etwas gefeiert, oder –«

Da hatte sie das Bild draußen, und ihre Stimme erstarb. Ihre Augen wurden groß, ihr Atem ging kürzer und schneller. Schließlich hauchte sie: »Oh!«

Sie blickte zu mir hoch. »Haben Sie dies Bild letzten Sonntag aufgenommen?«

Ich nickte.

»Sie haben ihn genau getroffen! Er ist *anbetungswürdig*. Das ist *genau* der Ausdruck. O *bitte*, darf ich es behalten?«

»Ich habe es für Sie mitgebracht«, antwortete ich einfach.

Sie schlang die Arme um mich und küßte mich fest auf die Lippen.

Unangenehm natürlich für einen Menschen wie mich, der Sentimentalität verabscheut, und ich mußte mir hinterher den Schnurrbart abwischen. Aber ich hatte Verständnis dafür, daß Rosie nicht fähig war, dem Impuls zu widerstehen.

Danach sah ich Rosie ungefähr eine Woche lang nicht.

Dann traf ich sie eines Nachmittags vor dem Metzgerladen, und es wäre unhöflich gewesen, mich nicht zu erbieten, ihr die Einkaufstasche nach Hause zu tragen. Natürlich fragte ich mich, ob das einen weiteren Kuß zur Folge haben würde. Ich kam zu dem Schluß, es wäre unhöflich, mich zu weigern, sollte das liebe kleine Ding darauf bestehen. Rosie wirkte jedoch etwas niedergeschlagen.

»Wie geht es der Fotografie?« fragte ich, denn ich machte mir Gedanken, ob sie sich vielleicht nicht gehalten hatte.

Sofort heiterte sich Rosies Stimmung auf. »Sie ist perfekt! Ich habe sie auf meinen Plattenspieler gestellt, in einem Winkel, daß ich sie von meinem Platz im Eßzimmer aus sehen kann. Seine Augen sehen mich so ein bißchen von der Seite an, so voller *Schalk*, und seine Nase kräuselt sich *genau* richtig. Ehrlich, man könnte schwören, das Bild sei lebendig. Und einige meiner Freundinnen können die Augen nicht davon losreißen. Ich glaube, ich sollte es verstecken, wenn sie kommen, sonst stehlen sie es noch.«

»Sie könnten *ihn* stehlen«, scherzte ich.

Die Niedergeschlagenheit kehrte zurück. Rosie schüttelte den Kopf. »Das glaube ich nicht.«

Ich preschte von neuem vor. »Was hält denn Kevin von dem Foto?«

»Er hat kein Wort darüber gesagt. Kein einziges Wort. Er ist kein visueller Mensch, wissen Sie. Ich frage mich, ob er es überhaupt sieht.«

»Warum machen Sie ihn nicht darauf aufmerksam und fragen ihn um seine Meinung?«

Sie schwieg, während ich einen halben Block neben ihr hertrottete, die schwere Einkaufstasche trug und darüber nachdachte, ob sie außerdem auch noch einen Kuß erwartete.

Plötzlich sagte sie: »Er steht bei seiner Arbeit gerade sehr unter Streß, so daß es kein guter Zeitpunkt ist, ihn zu fragen. Er kommt spät nach Hause und spricht kaum mit mir. Nun, Sie wissen, wie Männer sind.« Rosie versuchte, unbeschwert zu lachen, doch es gelang ihr nicht.

Wir hatten ihr Wohnhaus erreicht, und ich gab ihr die Tasche zurück. Wehmütig meinte sie: »Aber ich danke Ihnen noch einmal und immer wieder und wieder für das Foto.«

Weg war sie. Sie bat nicht um einen Kuß, und ich war so in Gedanken versunken, daß mir das erst auffiel, als ich schon auf halbem Weg nach Hause war. Da kam es mir dumm vor, umzukehren, nur um sie vor einer Enttäuschung zu bewahren.

Etwa zehn weitere Tage vergingen, und dann rief sie mich eines Vormittags an. Könnte ich vorbeikommen und den Lunch bei ihr nehmen? Ich hielt mich zurück und wies sie darauf hin, das sei unvorsichtig. Was würden die Nachbarn denken?

»Oh, so ein Unsinn«, erklärte Rosie. »Sie sind ein so unglaublich alter – ich meine, ein so unglaublich alter Freund, daß sie bestimmt keine – Außerdem brauche ich Ihren Rat.« Mir kam es vor, als unterdrücke sie bei diesen Worten ein Schluchzen.

Nun, man muß immer Gentleman sein, und so war ich zur Lunchzeit in ihrer sonnigen kleinen Küche. Sie hatte Schinken- und Käse-Sandwiches und ein paar Stück Apfeltorte bereitgestellt. Das Foto stand, wie sie gesagt hatte, auf dem Plattenspieler.

Rosie gab mir die Hand und machte keinen Versuch, mich zu küssen. Es hätte eine Erleichterung für mich bedeutet, wäre ich nicht zu bestürzt über ihr Aussehen gewesen, um irgendwelche Erleichterung zu empfinden. Sie wirkte richtig verhärmt. Während ich darauf wartete, daß sie sprach, aß ich ein halbes Sandwich. Sie sprach aber nicht, und so war ich gezwungen, sie rundheraus zu fragen, warum sie eine so schwere Atmosphäre der Düsterkeit umgebe.

»Geht es um Kevin?« erkundigte ich mich. Ich war davon überzeugt.

Rosie nickte und brach in Tränen aus. Ich tätschelte ihre Hand und fragte mich, ob das genug sei. Geistesabwesend streichelte ich ihre Schulter. Endlich gestand sie: »Ich fürchte, er wird seine Stellung verlieren.«

»Sicher nicht. Warum?«

»Nun, er ist so *wild*, offenbar sogar bei der Arbeit. Er hat seit Ewigkeiten nicht mehr gelächelt. Er hat mich seit ich weiß nicht wann nicht mehr geküßt oder ein freundliches Wort gesprochen. Er streitet mit *jedem*, und das *immerzu*. Er will mir nicht sagen, was los ist, und er wird wütend, wenn ich frage. Ein Freund von uns, der mit Kevin am Flughafen beschäftigt ist, kam gestern vorbei. Er sagt, Kevin benehme sich bei der Arbeit so verdrossen und mißmutig, daß seine Vorgesetzten es schon merken. Ich bin *sicher*, daß er seine Stellung verlieren wird, aber was kann ich *tun*?«

Tatsächlich hatte ich etwas in der Art seit unserer letzten Begegnung erwartet, und mir war klar, daß ich ihr die Wahrheit sagen mußte – verdammt sei dieser Azazel. Ich räusperte mich. »Rosie – das Foto –«

»Ja, ich weiß.« Sie nahm es und drückte es an die Brust. »Das allein hält mich am Leben. Dies ist der *echte* Kevin, und ich werde ihn immer haben, *immer*, ganz gleich, was geschieht.« Sie begann zu schluchzen.

Es wurde mir sehr schwer, zu sagen, was gesagt werden mußte, aber einen Ausweg gab es nicht. »Sie verstehen nicht, Rosie. Das Foto ist das Problem. Davon bin ich überzeugt. All dieser Charme und diese Fröhlichkeit auf dem Foto müssen irgendwoher kommen. Sie mußten von Kevin selbst abgekratzt werden. Verstehen Sie das nicht?«

Rosie hörte auf zu weinen. »Wovon *reden* Sie? Ein Foto ist nichts als eingefangenes Licht und Film und solche Dinge.«

»Für gewöhnlich ja, aber *dies* Foto –« Ich gab auf. Ich kannte Azazels Beschränkungen. Er war nicht imstande, den Zauber des Fotos aus dem Nichts zu schaffen. Doch ich war mir nicht sicher, ob ich Rosie den wissenschaftlichen Hintergrund, das Gesetz der Erhaltung der Fröhlichkeit, erklären konnte.

»Lassen Sie es mich so ausdrücken«, sagte ich. »Solange das Foto dort steht, wird Kevin unglücklich, zornig und schlecht gelaunt sein.«

»Aber es wird dort stehen*bleiben*.«

Entschlossen stellte Rosie das Bild an seinen Platz zurück. »Ich begreife nicht, warum Sie so verrückte Sachen über den einen wundervollen Gegenstand sagen. – Also, ich koche jetzt Kaffee.« Sie fegte in die Küche, und mir war klar, daß sie aufs äußerste gekränkt war.

Ich tat das einzige, was ich tun konnte. Schließlich war ich derjenige, der das Foto geschossen hatte. Ich war – durch Azazel – verantwortlich für seine unheimlichen Eigenschaften. Schnell nahm ich den Rahmen in die Hand, entfernte vorsichtig die Rückwand, dann das Foto selbst. Ich riß es in zwei – vier – acht – sechzehn Stücke und steckte die Papierfetzen in die Tasche.

Gerade als ich fertig war, läutete das Telefon. Rosie lief ins Wohnzimmer und meldete sich. Ich brachte die Rückwand wieder an und stellte den Rahmen auf seinen Platz. Da stand er nun, völlig leer.

Ich hörte Rosie vor Aufregung und Glück quietschen. »Oh, Kevin«, rief sie. »wie wundervoll! Oh, ich bin so froh! Aber warum hast du mir das nicht gesagt? Tu das nie, nie wieder!«

Sie kam zurück, und ihr hübsches Gesicht glühte. »Wissen Sie, was dieser schreckliche Kevin gemacht hat? Er hat seit beinahe drei Wochen einen Nierenstein gehabt – war beim Arzt und all das – und hatte scheußliche, quälende Schmerzen und mußte sich auf eine Operation gefaßt machen – und er wollte es mir nicht sagen, weil er fürchtete, ich könne mir Sorgen machen. Der Dummkopf! Kein Wunder, daß er sich so elend fühlte. Dabei ist ihm nie der Gedanke gekommen, sein Elend könne mich viel unglücklicher machen als die Wahrheit. Ehrlich! Man sollte einem Mann nicht erlauben, ohne Wärter herumzulaufen.«

»Aber warum sind Sie jetzt so glücklich?«

»Weil der Stein abgegangen ist, gerade eben. Als erstes hat er mich angerufen, was sehr aufmerksam von ihm war – und es wurde auch Zeit. Er sprach *so* glücklich und fröhlich. Mir war, als sei mein alter Kevin zu mir zurückgekehrt. Mir war, als sei er genauso geworden wie das Foto, das –«

Dann kreischte sie beinahe: *»Wo ist das Foto?«*

Ich war schon aufgestanden, bereit zu gehen. Ziemlich flott

marschierte ich auf die Tür zu. »Ich habe es vernichtet. Darum ist der Stein abgegangen. Andernfalls –«

»Sie haben es *vernichtet*? Sie –«

Ich war draußen vor der Tür. Mit Dankbarkeit rechnete ich natürlich nicht, aber das, *womit* ich rechnete, war Mord. Ich wartete nicht auf den Aufzug, sondern eilte die Treppen hinunter, so schnell ich nur konnte. Rosies langer Jammerschrei drang durch die Tür und gellte mir volle zwei Stockwerke lang in den Ohren.

Als ich nach Hause kam, verbrannte ich die Fetzen des Fotos.

Seither habe ich Rosie nicht wiedergesehen. Soviel ich hörte, ist Kevin ein reizender und liebender Gatte, und sie sind sehr glücklich miteinander. Aber der eine Brief, den ich von ihr erhielt – sieben Seiten in kleiner Schrift und nahezu unzusammenhängend – machte mir ihre Meinung klar, der Nierenstein sei die ganze Erklärung für Kevins schlechte Laune, und die exakte Synchronisation seines Auftretens und Verschwindens mit dem Foto sei reiner Zufall.

Rosie sprach ein paar ziemlich unüberlegte Drohungen gegen mein Leben und, was danach überflüssig war, gegen bestimmte Teile meines Körpers aus. Dabei benutzte sie Wörter und Redewendungen, von denen ich geschworen hätte, daß sie sie nicht einmal gehört, geschweige denn verwendet hätte.

Und ich vermute, sie wird mich niemals mehr küssen, was ich, aus irgendeinem seltsamen Grund, enttäuschend finde.

Einleitung zu
Eine sichere Sache

Hier kommt noch eine (die vierte und letzte) Vignette in diesem Buch. Tatsächlich mag ich sie am liebsten von allen vieren und beinahe von allen Kurz-Kurzgeschichten, die ich je geschrieben habe.

Wenn Sie, sobald Sie sie gelesen haben, sich das Zwerchfell nicht mit Ächzen, Schnauben und dem Erzeugen höhnischer Geräusche verrenken, werde ich schwer enttäuscht sein.

19.
Eine sichere Sache (1977)

Wie in diesem unserem dreißigsten Jahrhundert wohlbekannt, ist die Raumfahrt schrecklich langweilig und zeitraubend. Auf der Suche nach Zerstreuung umgehen viele Crew-Mitglieder die Quarantäne-Bestimmungen und nehmen sich von den verschiedenen bewohnbaren Welten, die sie erkunden, lebende Maskottchen mit.

Jim Sloane hatte eine Rockette, die er Teddy nannte. Teddy saß nur da und sah wie ein Stein aus, aber manchmal lüftete er den unteren Rand und saugte Puderzucker ein. Etwas anderes fraß er nicht. Niemand sah je, daß er sich bewegte. Nur manchmal befand er sich nicht ganz da, wo man ihn vermutete. Es gab eine Theorie, er bewegte sich, wenn niemand zusehe.

Bob Laverty hatte einen Spiralwurm, den er Dolly nannte. Dolly war grün und lebte von Photosynthese. Manchmal bewegte sie sich, um in besseres Licht zu gelangen. Dabei schlängelte sie ihren wurmähnlichen Körper und schob sich ganz langsam wie eine sich drehende Spirale weiter.

Jim Sloane forderte eines Tages Bob Laverty zu einem Rennen heraus. »Mein Teddy«, sagte er, »kann deine Dolly schlagen.«

»Dein Teddy«, spottete Laverty, »bewegt sich nicht.«

»Was wettest du?« fragte Sloane.

Die ganze Crew wettete mit. Sogar der Kapitän riskierte einen halben Credit. Jeder setzte auf Dolly. Wenigstens bewegte sie sich.

Jim Sloane nahm jede Wette an. Er hatte auf drei Reisen seine Heuer gespart und setzte jeden Millicredit davon auf Teddy.

Das Rennen startete am einen Ende des Großen Salons. Am anderen Ende befanden sich ein Haufen Zucker für Teddy und ein Punktscheinwerfer für Dolly. Dolly krümmte sich sofort und begann, sich ganz langsam auf das Licht zuzuspiralen. Die zusehende Crew feuerte sie an.

Teddy saß nur da, ohne sich zu rühren.

»Zucker, Teddy. Zucker.« Sloane zeigte darauf. Teddy bewegte sich nicht. Er glich mehr denn je einem Stein, aber Sloane machte keinen besorgten Eindruck.

Schließlich, als Dolly sich halbwegs durch den Salon geschlängelt hatte, sagte Jim Sloane beiläufig: »Wenn du dich nicht nach da drüben bewegst, Teddy, hole ich einen Hammer und haue dich zu Kies.«

Das war der Augenblick, als man entdeckte, daß Rocketten Gedanken lesen können. Das war auch der Augenblick, als man entdeckte, daß Rocketten teleportieren können.

Sloane hatte seine Drohung kaum ausgesprochen, als Teddy einfach von seinem Platz verschwand und oben auf dem Zuckerhaufen wiederauftauchte.

Sloane gewann natürlich, und er zählte seinen Gewinn langsam und genüßlich.

Laverty meinte bitter: »Du *wußtest*, daß das verdammte Ding teleportieren kann.«

»Nein, das wußte ich nicht«, antwortete Sloane, »aber ich wußte, er würde gewinnen. Es war eine sichere Sache.«

»Wie das?«

»Es gibt eine alte Redensart, die jeder kennt. Sloanes Teddy gewinnt das Rennen.«

Einleitung zu Auf einen Blick

Im Februar 1976 erklärte ich mich auf Anfrage der Zeitschrift *Seventeen* bereit, eine SF-Kriminal-Geschichte in Zusammenhang mit der Zweihundertjahrfeier zu schreiben. Das Ergebnis war »Auf einen Blick«. Ich benutzte darin den gleichen sozialen Hintergrund wie einen Monat früher in »Guter Geschmack« (ebenfalls in dieser Sammlung enthalten).

Ich selbst war mit der Geschichte sehr zufrieden, aber, ach, ich bin nicht der Herausgeber. In solchen Fällen treffe nicht ich die Entscheidung. *Seventeen* war nicht zufrieden und schickte mir das Manuskript mit Bedauern zurück.

Nun war ich in einer mißlichen Lage. Ich hatte geglaubt, die Erzählung werde junge Frauen ansprechen, und es widerstrebte mir, sie den üblichen Science-Fiction-Zeitschriften anzubieten. Schließlich halbierte ich sie und schickte sie an die *Saturday Evening Post*, die sie annahm und 1977 im Februar-Heft veröffentlichte.

Doch die Halbierung erzeugte in mir eine tiefe Melancholie. Denn trotz der Entscheidung von *Seventeen* mochte ich die ursprüngliche Geschichte sehr. Dies ist nun meine Gelegenheit, sie Ihnen zu präsentieren, wie sie ursprünglich war.

20. Auf einen Blick

(in dieser Fassung bislang unveröffentlicht)

1

Elaine Metro wartete mit beträchtlicher Gemütsruhe. Seit jetzt beinahe zwei Jahren war sie Fremdenführerin. Und wenn man mit Männern, Frauen und Kindern von einem Dutzend verschiedener Welten (ganz zu schweigen von der Erde selbst) umgehen, für ihre Zufriedenheit und Sicherheit sorgen, ihre Fragen beantworten und in plötzlichen Notfällen schnell handeln muß, legt man sich Gemütsruhe zu.

Das heißt, entweder Gemütsruhe oder einen Nervenzusammenbruch, und Elaine war noch nie zusammengebrochen. Sie rechnete auch in Zukunft nicht damit.

So saß sie da, übte sich, wie sie es oft tat, in Gemütsruhe und war sich ihrer Umgebung bewußt. Der Kalender schimmerte ihr das Datum zu – 25. Februar 2076 –, was bedeutete, daß es sechs Tage nach ihrem vierundzwanzigsten Geburtstag war.

Der Spiegel daneben reflektierte ihr Gesicht, wenn sie sich nur ein bißchen zur Seite beugte, und verlieh ihm einen schwachen goldenen Glanz. Das verdeckte die natürliche Blässe ihrer Haut, gab ihren blauen Augen die Illusion von Hellbraun und ihrem braunen Haar einen Hauch von Blond. Im ganzen recht vorteilhaft, fand sie.

Der Nachrichtenstreifen blitzte gelegentlich auf. In der Umlaufbahn schien nichts Besonderes vorzugehen. Eine vierzehnte Kolonie war im Bau, aber das war nichts Außergewöhnliches.

In Afrika, unten auf der Erde, herrschte Dürre, aber auch das war nichts Außergewöhnliches. Man stelle sich eine Welt vor, die keine Möglichkeit besaß, ihr Wetter zu kontrollieren! Primitiv!

Aber die Erde war riesig – wie eine Million wirklicher Welten zusammengebacken.

Und doch hatte sie so wenig Platz. Sogar Gamma, wo Elaine geboren war und lebte – sogar Gamma war ein bißchen überfüllt. Fünfzehntausend Einwohner und –

Die Tür öffnete sich, und Janos Tesslen kam heraus. Er war der Ratsvorsitzende, und zwar nach Elaines Meinung ein guter. Wenigstens hatte sie für ihn gestimmt.

Er sagte: »Hallo, Elaine. Habe ich Sie lange warten lassen?«

»Nach der Uhr vierzehn Minuten, Sir.«

Janos lachte kurz auf.

Er war ein großer Mann mit Augen, die manchmal lächelten, auch wenn seine Lippen es nicht taten. Sein ergrauendes Haar trug er im Bürstenschnitt, was ganz aus der Mode war, und das machte ihn älter als die Fünfzig, die er wahrscheinlich zählte.

»Kommen Sie herein, Elaine«, forderte er sie auf. »Setzen Sie sich.«

Sie setzte sich. Daß er sie mit dem Vornamen anredete, fand sie selbstverständlich, obwohl sie noch nie zuvor mit ihm gesprochen hatte. Auf einer Welt wie Gamma, wo fast jeder jeden kennt – warum nicht?

Janos lehnte sich auf dem Drehstuhl in seinem großen Raum zurück – größer als jeder Privatraum, den Elaine je gesehen hatte. »Interessant, daß Sie mir sagen, Sie hätten vierzehn Minuten gewartet. Hätten Sie nicht einfach antworten können, ›nur ein Weilchen‹?«

Elaine meinte: »Ich finde, Präzision in kleinen Dingen kann wichtig sein.«

»Sehr gut. Ich bin froh, daß Sie so empfinden, denn das ist es, was ich von Ihnen brauche. – Ihre Großeltern sind von der Vereinigten-Staaten-Region der Erde gekommen, nicht wahr?«

»Ja, Sir.«

»Und Sie halten Ihr amerikanisches Erbe hoch, nehme ich an?«

»Ich habe im College Erdgeschichte studiert. Die amerikanische Geschichte gehörte dazu – aber ich bin eine Gammaperson.«

»Ja, natürlich. Das sind wir alle. Trotzdem sind Sie eine ganz besondere Gammaperson, da Sie uns alle retten werden.«

Elaine runzelte leicht die Stirn. »Ich bitte um Verzeihung –«

»Lassen wir das vorerst. Ich habe mir selbst vorgegriffen. Da

Sie amerikanischer Abstammung sind, wissen Sie bestimmt, daß die Vereinigten Staaten 1776 gegründet wurden.«

»Ja. In diesem Jahr findet die Dreihundertjahrfeier statt.«

»Und daß die Vereinigten Staaten durch den Zusammenschluß von dreizehn Einzelstaaten entstanden. Und daß wir heute in der Mond-Umlaufbahn dreizehn verschiedene funktionierende Welten haben, acht davon hier in der L-5-Position hinter dem Mond und fünf in der L-4-Position vor dem Mond.«

»Ja, Sir. Und eine vierzehnte ist in L-4 im Bau.«

»Auf die kommt es nicht an. Die Fertigstellung der Umlaufwelt Ny wurde beschleunigt und die der jetzt im Bau befindlichen Welt Xi wird verzögert, damit es während des ganzen Jahres 2076 dreizehn Umlaufwelten gibt, und nicht vierzehn oder zwölf. Verstehen Sie, warum?«

Elaine fragte trocken: »Aberglauben?«

»Ihre Schärfe schneidet, junge Frau«, gab Janos zurück, »aber ich blute nicht. Es handelt sich *nicht* um Aberglauben, sondern darum, Sentiment zu unserm Vorteil auszunutzen. Die Vereinigten Staaten sind die bedeutendste Region der Erd-Föderation, und wenn sie bereit sind, für die Gründung einer unabhängigen Föderation der Umlaufwelten zu stimmen, wäre dies das richtige Jahr dafür. Man kombiniere die Dreihundertjahrfeier mit der Zahl dreizehn, und sie werden nicht widerstehen können, oder?«

»Ich kann mir vorstellen, daß es ihnen einen Anstoß geben würde.«

»Und die Unabhängigkeit wäre nützlich für uns. Die Erd-Föderation ist eine konservative Kraft, die unsere Expansion beschränkt. Sind wir einmal nicht mehr an die Erde gebunden, könnten die Umlaufwelten ihre jeweiligen Wirtschaftssysteme besser aufeinander abstimmen. Wir könnten über die engen Grenzen der Mondumlaufbahn hinauswachsen und in den Asteroidengürtel vorstoßen. Dort würden wir ein wichtiger Faktor in der Geschichte der Menschheit werden. Stimmen Sie mir zu?«

»Gut informierte Personen scheinen so zu denken.«

»Unglücklicherweise sind starke Gruppierungen auf der Erde gegen die Unabhängigkeit. Dazu kommt, daß zwar fast jeder Umlaufweltler für die Unabhängigkeit ist, aber nicht alle für die Union sind. – Was halten Sie von den Anderweltlern, Elaine? Sie treffen bei Ihrer Arbeit ständig mit ihnen zusammen.«

Elaine antwortete: »Menschen sind Menschen, Sir. Aber

Anderweltler haben unterschiedliche Sitten, und zuweilen finde ich sie – unsympathisch.«

»Genau. Und sie finden uns – unsympathisch. Und viele Bewohner der Welten würden lieber auf die Unabhängigkeit verzichten, als sich mit ihr die Union einzuhandeln. Elaine, Ihre Aufgabe ist es, uns die Union zu verschaffen.«

Jetzt fängt er wieder davon an, dachte Elaine. Laut sagte sie: »Was habe ich damit zu tun?«

»Hören Sie zu, ich will es Ihnen erklären«, antwortete Janos freundlich. »Die Gruppierungen auf der Erde, die gegen die Unabhängigkeit sind, setzen auf die Feindseligkeit zwischen den Umlaufwelten und tun ihr Bestes, sie zu schüren. Wenn nun hier auf Gamma, der am nachdrücklichsten für die Union eintretenden Welt, ein Sabotage-Akt stattfände? Wenn es ein schlimmer Sabotage-Akt wäre und es den Anschein hätte, als sei eine bestimmte Anderwelt dafür verantwortlich? Auf Gamma würde eine Anti-Union-Stimmung entstehen, und dann wäre es kaum noch wahrscheinlich, daß wir dies Jahr die Unabhängigkeit erreichen. Danach, wenn der Zauber der Jahreszahl 76 nicht mehr für uns wirkt, kann sie noch viele Jahre auf sich warten lassen.«

»Dann müssen wir uns vor Sabotage in acht nehmen.«

»Richtig! Das tun wir auch. Und hier beginnt Ihre Aufgabe. Es kommen fünf Leute nach Gamma. Scheinbar normale Touristen. Natürlich kommen viel mehr als nur fünf, aber wir interessieren uns für diese bestimmten fünf, je einer von fünf verschiedenen Umlaufwelten. Einer unserer Agenten auf der Erde – wir haben dort welche, wissen Sie –«

»Das weiß jeder. Vor allem die Erde, nehme ich an.«

Janos legte den Kopf in den Nacken, als wolle er Elaine genauer betrachten. »Mir gefällt die Art, wie Sie diese Dinge sagen. – Einer unserer Agenten brachte eine Botschaft zu uns durch, die unglücklicherweise stark verstümmelt war. Ein Erdbewohner kommt nach Gamma, ein geschickter Saboteur, und er wird sich als Umlaufweltler ausgeben. In der Botschaft war seine Verkleidung beschrieben, aber das ist der verstümmelte Teil.«

»Ich vermute, Sie können bei Ihrem Agenten nicht rückfragen, weil er jetzt tot ist.«

»Unglücklicherweise ist er tot. Wir taten, was wir konnten, um uns die Botschaft auszudeuten, und das Ergebnis könnte gleichermaßen auf fünf Leute zutreffen, von denen wenigstens vier bestimmt achtbare Anderweltler sind und einer ein verkleideter Erdbewohner sein mag.«

»Dann verweigern Sie allen fünf den Eintritt, Sir. Oder lassen Sie sie herein, um sie festzunehmen und gründlich zu befragen.«

»Aber damit würden wir die in Rede stehenden Anderwelten beleidigen und Gefahr laufen, das gleiche Ergebnis zu erzielen wie ein durchgeführter Sabotage-Akt.«

»Sobald Sie den Saboteur identifiziert hätten, wären Ihre Maßnahmen zufriedenstellend erklärt.«

»Sofern man uns glaubt. Außerdem war die Botschaft so unklar, daß alle fünf echte Umlaufwelter sein können und vielleicht keiner von ihnen ein Saboteur ist.«

»Ja, was soll ich denn dabei tun, Janos?«

Janos lehnte sich auf seinem Stuhl zurück, und noch einmal schätzten seine klugen Augen kurz Elaines Fähigkeiten ab. »Sie sind Fremdenführerin und daran gewöhnt, mit Anderweltlern und Erdbewohnern umzugehen. Noch wichtiger ist, daß Ihre Personalakte Sie als außerordentlich intelligent ausweist. Ich werde dafür sorgen, daß diese fünf Ihnen für eine Besichtigungstour durch Gamma zugeteilt werden. Sie können sich nicht weigern, an einer solchen Besichtigung teilzunehmen, ohne unhöflich zu sein – so unhöflich, daß wir einen Vorwand hätten, sie festzunehmen. Sie werden mehrere Stunden mit ihnen zusammensein, Elaine, und Sie brauchen nichts weiter zu tun, als uns zu sagen, wer von ihnen der Betrüger ist – oder vielleicht, daß keiner von ihnen ein Betrüger ist.«

Elaine schüttelte den Kopf. »Mir ist nicht klar, wie ich das fertigbringen soll. Wer auch der Betrüger sein mag, er muß sich auf seine Rolle eingeübt haben.«

»Zweifellos. Ich nehme an, er hat die Anderwelt, als deren Bürger er sich ausgibt, besucht. Er wird wie ein Bewohner dieser Welt aussehen, sprechen und sich benehmen, die richtigen Papiere besitzen und so weiter.«

»Na also!«

»Aber nichts kann vollkommen getan werden, Elaine. Finden Sie die Unvollkommenheit. Sie sind auf den verschiedenen in Rede stehenden Welten gewesen. Sie kennen Anderweltler.«

»Ich glaube nicht, daß ich –«

»Wenn Sie versagen«, hielt ihr Janos mit Nachdruck vor Augen, »müssen wir auf rauhere Methoden zurückgreifen und es riskieren, die Anderwelten zu beleidigen. Oder wir tun nichts, wenn Sie uns sagen, es sei kein Betrüger dabei, oder wir tun etwas Zweckloses, wenn Sie sich in der Person des Betrügers irren. Dann findet die Sabotage statt, und wer weiß, wieviel Schaden sie Gamma antun wird – abgesehen davon, daß die Union nicht zustandekommt. Sie dürfen nicht versagen.«

Elaine preßte die Lippen fest zusammen. »Wann geht es los?«

»Die Touristen kommen morgen. Sie landen an Pier Zwei auf der anderen Seite der Welt.« Er wies mit der fast unvermeidlichen Geste mit dem Daumen zur Decke, und in einer fast ebenso automatischen Reaktion blickte Elaine kurz nach oben.

Das war ganz natürlich. Gamma war wie alle Umlaufwelten ein Drehkörper mit ringförmigem Querschnitt, ein Torus. Im Falle Gammas hatte der hohle Torus, in dem die Einwohner lebten, etwas über zwei Meilen Durchmesser. Um die andere Seite der Welt zu erreichen, konnte man rund dreieinhalb Meilen durch den hohlen Ring wandern oder den Weg durch eine der drei Speichen abkürzen, die gegenüberliegende Seiten des Torus verbanden. Elaine fiel ein, daß ein Erdbewohner einmal über die Gewohnheit der Umlaufweltler gelacht hatte, von der anderen Hälfte des Torus als der anderen Seite der »Welt« zu sprechen, doch warum nicht? Gamma war von leerem Raum umgeben, genau wie die Erde.

Janos unterbrach ihren Gedankengang. »Sie müssen es schaffen, Elaine.«

Sie sagte: »Ich will es versuchen, Sir.«

»Und Sie dürfen nicht versagen.«

2

Elaines Zwei-Zimmer-Apartment lag im Sektor Drei und hatte den großen Vorteil, nahe dem Zentrum der Darstellenden Kunst zu sein. (Ihr Jugendtraum war es gewesen, Schauspielerin zu werden, nur hatte es ihr dazu an Stimme gefehlt – aber sie genoß es immer noch, Theater-Atmosphäre zu schnuppern.)

In dem Augenblick, als sie sich darauf vorbereitete, zum Pier Zwei hochzufahren, wünschte sie sich inbrünstig, ihre Stimme sei besser und ihr Talent ausgeprägter gewesen. Dann wäre sie jetzt keine Fremdenführerin, vor der eine unlösbare Aufgabe lag.

Elaine war adrett gekleidet. Ihre Uniform saß tadellos, und sie wirkte tüchtig – wie immer. Nun machte sie einen Versuch, auch leer zu wirken. Ihr war nämlich der Gedanke gekommen, daß sie bestimmt nichts erfahren würde, wenn sie auf die fünf Touristen einen zu neugierigen, zu wissenden Eindruck machte. Ja, noch mehr, ein verzweifelter Mann konnte sie für zu gefährlich halten. Jemand, der vorhatte, eine Welt zu sabotieren, würde nicht zögern, gegen eine einzige junge Frau Gewalt anzuwenden.

Elaine trat hinaus und blickte nach oben. In dem Torus war genug Platz, daß sich im Zentrum ein vierzigstöckiges Gebäude hätte erheben können. Aber erlaubt waren höchstens zwanzig Stockwerke, und zehn Stockwerke waren der Durchschnitt. Die obere Hälfte des Torus wurde gebraucht, um das Gefühl von Raum und frischer Luft zu vermitteln und vor allem dem Sonnenlicht Zugang zu gestatten.

Die Jalousien oben waren noch dabei, sich zu einer dem frühen Morgen entsprechenden Beleuchtung zu öffnen. Der große Spiegel, der mit Gamma im Orbit trieb, reflektierte Sonnenlicht nach innen, wo es von kleineren Spiegeln in den Torus geleitet wurde. Das Licht badete die Gebäude auf der Bodenseite des großen Rings und hielt die Innentemperatur angenehm.

Elaine war nie auf der Erde gewesen, aber sie hatte oft genug darüber gelesen. Manchmal erweckte das gleichmäßige Wetter auf Gamma in ihr Sehnsucht nach einer kleinen Kostprobe von der ungeordneten irdischen Umwelt. Vor allem nach Schnee. Das war etwas, das sie sich nicht richtig vorzustellen vermochte. Regen hatte Ähnlichkeit mit einem Duschbad, Nebel mit Dampf, kalt und warm, als ob man die verschiedenen Hähne in den Dampfräumen aufdrehte. – Aber womit ließ sich Schnee vergleichen?

Mit diesen Überlegungen ging Elaine zum Aufzug Drei und stellte sich in der Schlange an. Sie brauchte nicht lange zu warten, da es ihr gelungen war, dem Stoßbetrieb des Schichtwechsels auszuweichen.

Der Aufzug trug sie bei langsam abnehmender Gravitation eine Meile die Speiche hoch. Die schnelle Rotation des Torus, eine Umdrehung alle zwei Minuten, erzeugte die Zentrifugalkraft, die alles und jeden rings um den Hohlraum mit einem der Erdschwerkraft gleichenden Druck an die Außenwände preßte. Für jeden auf Gamma war, wo er sich auch befand, der Außenrand des Torus »unten« und der Mittelpunkt »oben«. Und natürlich lag die andere Seite der Welt jenseits des Mittelpunkts ebenfalls »oben«.

Während Elaine mit dem Aufzug hinauffuhr, nahm die Geschwindigkeit, mit der er sich um die Nabe des Torus drehte, natürlich ab, und ebenso die Zentrifugalkraft. Zu dem Zeitpunkt, wo Elaine am Krankenhaus-Gebiet vorbeikam, hatte ihr normales Gewicht sich um mehr als die Hälfte verringert. Hier nutzte man die niedrige Schwerkraft zur Behandlung von Herzpatienten, Asthma-Kranken und so weiter.

Elaine genoß das Gefühl. In ihrer College-Zeit hatte sie sich einmal als Hilfsschwester das Schulgeld verdient, und sie kannte die Nebeneffekte der niedrigen Schwerkraft gut.

Schließlich passierte der Aufzug die große sphärische Nabe im Mittelpunkt des Torus. Die Fahrt wurde von dem Zentralcomputer genau kontrolliert, so daß die Aufzüge sich beim Durchfahren der Nabe abwechselten und nie einer mit einem anderen zusammenstieß. In der Nabe war die Zentrifugalkraft fast Null, und während der paar Minuten, die die Durchquerung dauerte, fühlte sich Elaine gewichtslos. Dies war der Ort, wo Gammas Kraftwerk untergebracht war und wo (so dachte Elaine düster) die Sabotage verübt werden mochte.

Der Aufzug verließ die Nabe und folgte dann der Speiche, die zur anderen Seite der Welt führte. Die Zentrifugalkraft stieg wieder an, und Elaine bekam das Gefühl, auf dem Kopf zu stehen. Mit der Mühelosigkeit langer Übung drehte sie sich um, wie es, einer nach dem anderen, auch die übrigen Passagiere im Aufzug taten. Jetzt standen sie auf dem, was vor ein paar Minuten die Decke des Aufzugs gewesen war.

Nun hatte man das Gefühl des Abstiegs und zunehmender Anziehungskraft. Und dann, als die Anziehungskraft ihr Maximum erreicht hatte und Elaine sich (mit einem bißchen Bedauern) wieder so schwer wie gewöhnlich vorkam, war sie auf der anderen Seite. Die Tür öffnete sich, und sie trat hinaus. Die andere Seite der Welt (Elaine blickte kurz nach oben) war jetzt der Ort, wo sie wohnte.

3

Da Elaine den Stoßbetrieb abgewartet hatte, kam sie als letzte, was ihr Ärger eintrug. Die anderen drei Fremdenführer, zwei Männer und eine Frau, waren bereits da und drängten sich um das Blatt mit der Einteilung für diesen Tag.

Mikki Burdot, die Frau, entdeckte Elaine als erste und verkündete ziemlich gereizt: »Da ist sie.«

Elaine hob die Augenbrauen. »Natürlich. Ich arbeite hier.«

Mikki sagte: »So sieht es aber nicht aus.« Auf ihren Korksohlen, die ihrer Winzigkeit zwei Zoll hinzufügten, kam sie herüber. Sie schob die Uniformmütze aus der Stirn. Das hätte man für eine nervöse Gewohnheit halten können, doch es enthüllte ihr üppiges, mahagonifarbenes Haar.

Mikki fuhr fort: »Sie haben fünf Leute zugeteilt bekommen. Genau fünf. Soll das schwere Arbeit sein?«

Elaine griff nach einem Blatt. »Fünf? Das ist alles?«

»Fünf! Ich habe vierzehn bekommen. Hannes hat zehn und Robaire zwölf. Ist das eine gerechte Aufteilung? Ich glaube nicht.«

»Es könnte sein«, bemerkte Elaine, »daß man kein Zutrauen zu meiner Arbeit hat und Anstalten trifft, mich von meinen Pflichten zu entbinden.«

»Sie auszuschalten?« fragte Robaire. Wenn er lächelte, erschien auf jeder Wange ein Grübchen. Also lächelte er oft. »Genau, was ich sage. Dann werden Sie pleite sein, ohne Aussicht auf eine neue Stellung, und mich heiraten müssen. Richtig?«

Elaine gab zurück: »Ich werde an Sie denken, Robaire – sobald ich pleite bin. – Haben Sie bei Benjo Strammer rückgefragt? Er nimmt die Einteilung vor.«

»Ja, habe ich«, meldete sich Mikki, »und er sagte nur, die Sache sei erledigt. Dieser alte –« Das letzte Wort ging in Gemurmel unter.

Elaine sagte: »Na gut. Hören Sie. Robaire, Ihre zwölf sind fast alle von Alpha. Das bedeutet, sie werden sich für unsere Sportanlagen interessieren, und darin sind Sie Fachmann, richtig? Hannes hat eine Gruppe von My, und sie gehören alle der ersten Generation an. Wahrscheinlich wird sie alles Neue nervös machen, und wir wissen doch, wie väterlich Hannes ist.«

»Väterlichkeit ist mein zweiter Name.« Hannes kreuzte die Arme über der ziemlich schmalen Brust.

»Und Ihre Touristen, Mikki, kommen von Zeta. Die meisten Zetaner hassen uns aus Herzensgrund, so daß sie jemanden brauchen, der klein und hilflos und sehr hübsch aussieht. Niemand könnte Sie hassen.«

»Die Frauen schon.« Mikkis Ärger schwand dahin.

»Ja, aber Ihre Touristen sind fast alle Männer. Richtig? Was mich betrifft, so habe ich fünf, aber sie sind von fünf verschiedenen Welten. Jeder einzelne ist anders. Jeder einzelne wird sich auf etwas anderes konzentrieren wollen, und ich vermute, jeder einzelne ist eine VIP und wird besondere Behandlung verlangen und durch nichts zufriedenzustellen sein.« Elaine gestattete es sich, einen melancholischen Ausdruck über ihr Gesicht ziehen zu lassen. »Wenn irgendwer tauschen möchte –«

»Ich nicht«, lehnte Hannes ab. »Meine kleinen Myaner brauchen mich.«

»Und meine Alphaner«, fiel Robaire ein, »müssen jemanden haben, der einen Fußball von einem Golfschläger unterscheiden kann.«

Mikki beteuerte: »Ich habe nichts davon gesagt, daß ich tauschen möchte. Ich wünschte nur, man würde gleichmäßigere Gruppen bilden.«

Elaine nickte und ging in ihr eigenes winziges Büro. Es hatte nur soviel Raum, daß ein kleiner Schreibtisch und, diesmal, Benjo Strammer darin Platz fanden. Er wartete auf sie. Sein Haar war dicht, weiß und wellig, und seine in Krähenfüße eingebetteten Augen sahen Elaine schalkhaft an. »Sie sind sehr gut damit fertiggeworfen, Elaine.«

»Also haben Sie gelauscht, Benjo«, warf Elaine ihm vor.

»Mußte ich ja. Ich war ein bißchen nervös. Diese Liste habe ich so, wie sie ist, bekommen. Ich habe sie nicht aufgeteilt.«

»Dann müssen wir uns damit abfinden. Sonst läßt sich nichts tun.«

Benjo fragte: »Aber warum, Elaine?«

»Warum was?«

»Warum hat man mir eine fertige Liste geschickt?«

»Hat man es Ihnen nicht mitgeteilt, Benjo?«

Benjo schüttelte den Kopf. »Nein.«

»Dann nehme ich an, daß Sie es nicht wissen sollen.«

»Na schön, aber wissen *Sie* es?«

»Wenn Sie es nicht wissen sollen, dürfen Sie das nicht fragen.

Hören Sie, was es auch ist, es wird eine kitzlige Sache werden. Ist das Schiff pünktlich?«

»Es dockt gerade an.«

»Gut. Könnten Sie dafür sorgen, daß meine fünf Touristen so schnell wie möglich aussortiert und vor den übrigen hergebracht werden? Ich sollte sie mir wohl besser ansehen, bevor wir losziehen – mir ein Bild zu machen versuchen, was man von mir verlangt. Wissen Sie, was ich zu den anderen gesagt habe, stimmt wahrscheinlich. Ich glaube, es sind lauter VIP's, und ich möchte die Sache nicht versieben.«

Benjo blickte sauer drein. »Ich hielte es für sehr viel besser, Elaine, wenn man mich in diese Geschichte einweihen würde. Läßt man mich im Dunkeln, ist es nicht meine Schuld, wenn ich einen Fehler begehe.«

»Wenn es nach mir ginge, Benjo, würden Sie alles erfahren. Glauben Sie mir, ich bin gar nicht wild auf diese Aufgabe. Möchten Sie sie übernehmen?«

»Ihr Name wurde eigens genannt, oder? Es ist Ihre Sache. Und wenn Sie mit den Leuten reden wollen, benutzen Sie besser mein Büro. Das hier ist nicht groß genug. Was mich betrifft, werde ich einen Spaziergang um die Welt machen, sobald die Touristen da sind.«

Einen Spaziergang um die Welt machte Benjo nicht selten. Das halte ihn in Form, behauptete er. Elaine blickte kurz auf ihren eigenen flachen Bauch nieder und fragte sich, ob sie sich darauf als ein Faktum der Natur noch sehr lange verlassen könne.

4

Elaine saß auf der Ecke von Benjos Schreibtisch, die der Tür am nächsten war. Sie hatte die Arme über der Brust verschränkt und baumelte mit einem Bein. Am Abend zuvor hatte sie sich streng verboten, über das Problem nachzudenken. Andernfalls hätte sie befürchten müssen, den Großteil der Nacht wach zu verbringen, und dann wäre sie heute abgespannt und verschlafen gewesen.

Doch jetzt hatte sie keinen Vorwand mehr, das Problem wegzuschieben.

Problem: Fünf Personen, jede von einer anderen Welt. Eine davon war vielleicht (nur *vielleicht*) ein Erdbewohner, der sich als

Umlaufweltler verkleidet hatte. Vorausgesetzt, der Erdbewohner verstand sein Handwerk, würde er sich dann irgendwie verraten? War irgend etwas an den Umlaufwelten, dem er sich, auch wenn er seine Rolle geübt hatte, nicht anpassen konnte?

Die Schwierigkeit lag darin, dachte Elaine ungeduldig, daß in den Umlaufwelten für irdische Bedingungen gesorgt worden war. Alle drehten sich so schnell, daß im Torus erdnormale Gravitation entstand. In dieser Beziehung würde sich jeder Erdbewohner vollkommen zu Hause fühlen.

Natürlich nahm die Gravitation ab, wenn man in den Speichen hochfuhr, und ein Erdbewohner mochte sich dann unbeholfen zeigen. Aber andererseits verbrachten nur sehr wenige Umlaufweltler viel Zeit in den Speichen, und die meisten würden ebenso unbeholfen sein.

Die typische Umlaufwelt-Atmosphäre hatte den gleichen Sauerstoff-Druck wie die Erd-Atmosphäre, aber viel weniger Stickstoff, so daß sie nur halb so dicht wie die Erd-Atmosphäre war. Doch das machte kaum einen Unterschied. Erdbewohner gewöhnten sich fast augenblicklich daran. Und warum auch nicht? Auf den Bergen der Erde war die Atmosphäre schlimmer – da hatte sie weniger Druck *und* weniger Sauerstoff.

Umlaufwelten waren viel kleiner als die Erde, aber was folgte daraus schon? Die Sicht war nach allen Richtungen weniger weit als auf der Erde, und der Horizont-Effekt war völlig anders, aber bestimmt konnte sich ein Erdbewohner auch daran gewöhnen. Der Betrüger, wenn es einen gab, würde sicher lange genug auf einer Umlaufwelt gelebt haben, um nichts Besonderes mehr daran zu finden.

Der Betrüger wußte hier sicher nicht Bescheid, es sei denn, er hatte einige Zeit auf Gamma verbracht.

Aber Leute von den Anderwelten brauchten sich ebensowenig auf Gamma zurechtzufinden. Oder aber, wenn der Betrüger wirklich schon auf Gamma gewesen war, mochte er *zuviel* darüber wissen. Doch jeder echte Anderweltler konnte über Gamma gelesen haben, bevor er die Welt besuchte. Das ließ sich sogar sehr leicht vorstellen.

Und was war mit den Welten, von denen die Touristen kommen sollten? Leute von einer bestimmten Umlaufwelt sprachen auf bestimmte Weise, hatten ihre eigenen gesellschaftlichen und individuellen Sitten. Konnte der Erdbwohner diese perfekt nachahmen, oder war damit zu rechnen, daß er sich verriet, ganz gleich, wie sorgfältig er seine Rolle studiert hatte?

Elaine blickte auf den Schreibtisch nieder, drehte den Tagesbefehl um und las die Einzelheiten.

Fünf Welten. In der Reihenfolge ihres Alters waren es Delta, Epsilon, Theta, Jota und Kappa. Elaine hatte jede einzelne von ihnen besucht, und sie hatte pflichtbewußt sehr viel über sie gelesen. Man kann Touristen nicht verstehen, wenn man die Gesellschaften nicht versteht, die sie geprägt haben – und eine Fremdenführerin mußte Touristen verstehen.

Delta war eine ziemlich langweilige Welt mit arbeitswütigen Menschen, deren Sprache einen singenden Tonfall hatte. Der klang auch dann durch, wenn sie den Gamma-Dialekt benutzten. Die meisten waren groß und hellhäutig, doch beileibe nicht alle. Auf jeder Welt gab es große Menschen und kleine, hell- und dunkelhäutige. Nach dem Äußeren ließ sich kein Urteil fällen.

Epsilon war die überfüllteste Welt, die Bewohner waren im Durchschnitt von kleinerer Statur, und der Prozentsatz der Nachkommen irdischer Ostasiaten war höher als auf den meisten anderen Welten.

Theta hatte fünf der sechs Sektoren – statt der üblichen drei – für die Landwirtschaft eingerichtet. Es war die einzige Umlaufwelt, die ganz auf Rinder eingestellt war und Kleinvieh ablehnte. Nebenbei bemerkt, stammten unter den fünf Symphonien von Komponisten der Umlaufwelten, die jetzt zum Standard-Repertoire irdischer Orchester gehörten, drei von Thetanern.

Darüber dachte Elaine eine Weile nach. Nein, daraus ließ sich keineswegs der verallgemeinernde Schluß ziehen, Thetaner seien musikalisch. Fünfundneunzig Prozent von ihnen mochten total unmusikalisch sein, und wenn der Thetaner in der Touristengruppe sich als unmusikalisch erweisen sollte, bewies das überhaupt nichts.

Jota war der große Energie-Exporteur der Umlaufwelten. Jede Welt benutzte Sonnenenergie als hauptsächliche Quelle. Jede hatte ein großes Kraftwerk – beträchtlich größer als die Kolonie selbst –, das Sonnenlicht auffing und in Mikrowellen umwandelte, von denen ein Teil von der Welt selbst verbraucht wurde und ein Teil, falls es einen Überschuß gab, zur Erde ging. Jota gehörte das größte Kraftwerk, und es hatte die besten Einrichtungen für das Abstrahlen der Mikrowellen zur Erde. Verständlich, daß die Erde sich gegenwärtig mehr Gedanken um Jota als um eine der anderen zwölf Umlaufwelten machte.

Aber das bedeutete, daß die Einstellung auf Jota am eindeutigsten Pro-Erde, gegen die Unabhängigkeit und gegen die Union war. Konnte man es einem Jotaner nicht am ehesten zutrauen, mit einem Agenten der Erde zusammenzuarbeiten? Andererseits, würde ein Agent der Erde sich nicht scheuen, als Jotaner aufzutreten, weil er damit am ehesten Verdacht auf sich lenkte?

Woran soll ich ihn nur erkennen, dachte Elaine ärgerlich.

Und was war mit Kappa, der Welt der Muße und Kultur? Es war die attraktivste Welt, die Elaine selbst besucht hatte. Also mußte sie den Kappaner am schärfsten im Auge behalten, weil hier ihre eigenen Vorurteile mitspielten.

Wie konnte man einen Kappaner von einem Pseudo-Kappaner unterscheiden? Oder einen Thetaner von einem Pseudo-Thetaner? Oder irgendeine Spielart von ihrer Fälschung?

Die Erde hatte nun einmal so mannigfaltige Menschentypen hervorgebracht, daß jeder Umlaufweltler mit Leichtigkeit von einem bestimmten Erdbewohner imitiert werden konnte.

Elaine kam ein neuer Gedanke. Der Agent, wer er auch sein mochte, mußte gegen die Unabhängigkeit und gegen die Union der Umlaufwelten sein. Würde er sich bemühen, das zu verbergen, und demonstrativ eine Anti-Erde-Haltung zur Schau tragen? Oder würde er sich sagen, daß ein solches Theater an sich schon verdächtig war? Aber da der Agent nicht wußte, daß jemand nach ihm Ausschau hielt (oder wußte er es doch?), erhob sich die Frage vielleicht weder so noch so.

War es sicherer, eine subtilere Methode anzuwenden? Wenn die Gruppierungen, die für die Unabhängigkeit und die Union waren, sich auf den emotionalen Wert der Dreihundertjahrfeier verließen, sollte sie das Gespräch dann in diese Richtung lenken? Würde der Agent Ungeduld zeigen, wenn die Jahreszahl 2076 erwähnt wurde? Würde er anti-amerikanische Gefühle verraten?

Andererseits, konnten nicht echte Umlaufweltler von sich aus so empfinden, ohne daß sie deshalb verkleidete Erdbewohner sein mußten?

Elaines Gedanken bewegten sich nutzlos in immer kleineren Kreisen. Was konnte sie als Kriterium benutzen, um Echtes von Falschem zu unterscheiden? Gab es überhaupt ein Kriterium?

Doch Janos hatte gesagt: Sie dürfen nicht versagen.

Sie war kurz davor, sich dem Luxus der Verzweiflung hinzugeben, als Benjo seinen Kopf durch die Tür steckte und ankündigte: »Ihre Touristen sind da. Hoffe, es geht gut – und leben Sie wohl.« Elaine fragte sich, ob dies Lebewohl eine bestimmte schreckliche Bedeutung annehmen könne. Die Touristen kamen an die Tür. Sie brachte ihre Gesichtszüge unter Kontrolle und versuchte das gleiche mit ihren Gedanken.

5

Die Touristen hatten sich vor ihr aufgestellt. Elaine sprach langsam und, wie sie hoffte, gewinnend.

»Mein Name«, sagte sie, »ist Elaine. Falls es Ihnen angenehmer ist, mich mit dem Familiennamen anzusprechen, so lautet dieser Metro. Auf Gamma sind keine Titel in Gebrauch, und man nennt sich üblicherweise beim Vornamen, aber benutzen Sie getrost jede Anrede, die Ihnen genehm ist.«

Der Deltaner blickte bereits mißbilligend drein. Er war ein großer, breitschultriger Mann, und noch größer wirkte er durch einen unförmigen Hut, den er nicht abnahm, und eine lange, schiefergraue Bluse, die ihm bis zur Mitte der Oberschenkel hinabhing. Er stampfte in schweren Stiefeln einher, und seine knochigen Hände mit den dicken Knöcheln hielt er leicht geballt.

Barsch fragte er in seiner singenden Sprache: »Wie alt sind Sie?« Sein Name war, wie Elaine dem Tagesbefehl entnommen hatte, Sando Sanssen, und sie kannte die deltanischen Sitten gut genug, um zu wissen, daß sie ihn mit dem Nachnamen anzureden hatte. »Ich bin vierundzwanzig Jahre alt, Mr. Sanssen.«

»Haben Sie in Ihrem Alter ausreichende Kenntnisse über diese Welt, um uns von Nutzen zu sein?«

Seine Derbheit war typisch deltanisch – oder übertrieben deltanisch? Elaine hatte gewiß nichts getan, was ihn zu dieser Frage berechtigte.

Sie lächelte und antwortete munter: »Ich hoffe, ich weiß genug. Ich bin ziemlich erfahren in meinem Beruf. Tatsächlich setzt meine Regierung beträchtliches Vertrauen in mich, denn man hat mir die Aufgabe übertragen, jedem einzelnen von Ihnen alle Aspekte des Lebens auf Gamma zu zeigen, die Sie zu erkunden wünschen.«

Ravon Jee Andor von Kappa fing ihren Blick ein. Er war von mittlerer Größe. Sein Haar war sehr sorgfältig in Form gebracht und blonder, als es von Natur hätte sein dürfen (Elaine war sich sicher, denn es paßte nicht zu seinem dunklen Teint und seinen dunklen Augen). Seine Kleidung war außerordentlich ornamental. Ein leicht stechendes Parfum strömte von ihm aus, das Elaine attraktiv fand. (All das war kappanisch, aber war es zu kappanisch?)

Er sagte mit breiten, etwas langgezogenen Vokalen: »Wenn Sie so liebenswürdig sein wollen, unsern Wünschen entgegenzukommen, so glaube ich, daß Sie selbst einen Aspekt gammanischen Lebens repräsentieren, der weiteren Studiums würdig wäre.«

Elaine war überzeugt, daß das auf die barocke kappanische Art als Kompliment gemeint war. Sie benutzte seine ersten beiden Namen, wie es kappanische Sitte verlangte, und antwortete, ganz nach Kappa-Brauch: »Ich bin untröstlich, Ravon Jee, daß dies im Augenblick unmöglich ist. Vielleicht wird die Zeit eine Gelegenheit bieten.«

»Machen Sie schon weiter, Mädchen!« grunzte Medjim Nabellan von Theta. Die krausen grauen Locken über ihrem tiefschwarzen Gesicht (die meisten Thetaner, nicht alle, waren Schwarze) waren zum größten Teil unter einem breitrandigen Hut versteckt, der von einem Gummiband unter dem Kinn gehalten wurde. Ihre Kleider zeigten breite Streifen in bunten Farben, und sie rollte die R's hinten in der Kehle. »Machen Sie weiter und vergeuden Sie Ihre Zeit nicht damit, kappanisches Pack in gute Laune zu versetzen.«

Der Kappaner verbeugte sich spöttisch, ohne seines Lächelns verlustig zu gehen.

Elaine blieb eine Weile stumm. Es gab keinen Grund, warum der Agent keine Frau oder kein Schwarzer oder keine schwarze Frau sein sollte, und Ungeduld, daß es losging, mochte durchaus die grundlegende und nicht zu verbergende Emotion eines Menschen sein, der eine Welt sabotieren sollte und in jeder Verzögerung Gefahr sah.

»Ich finde es dumm, wenn in einer Gruppe jeder einzelne von einer anderen Welt ist«, stellte Yve Abdaraman von Jota fest, die zweite Frau unter den fünf Touristen. Sie sprach so betont langsam, daß ihre Stimme verschlafen klang. Sie war ziemlich jung, ziemlich klein und ziemlich attraktiv auf ihre hellbraune Art (und wahrscheinlich war sie sich dessen bewußt, denn ihre Kleidung bestand aus lauter ineinander übergehenden Braun-Schattierungen). »Wenn wir anfangen, zu streiten und uns anzuknurren, wird dies alles sehr unerfreulich werden.«

»Ich hoffe, wir werden *nicht* streiten und knurren, Yve«, sagte Elaine (Jotaner benutzten wie die Gammaner den Vornamen), »und sobald Sie alle mir mitteilen, was Sie im besonderen sehen möchten –«

»Marschieren wir los«, unterbrach sie das fünfte Mitglied Wu Ky-shee von Epsilon. »Wir können es Ihnen unterwegs erzählen, sonst verschwenden wir Zeit.« Er war dick und klein, und seine Augen hatten mehr als nur ein bißchen von der ostasiatischen Schlitzform. Gekleidet war er in ein hemdähnliches Gewand, das beinahe bis auf den Boden reichte. Er sprach mit einem kleinen Lispeln.

– Und er war der zweite ungeduldige Teilnehmer, dachte Elaine.

Sie sagte: »Da wir uns in einem der Wohn-Sektoren befinden, könnten wir zu Beginn durch die Straßen zur Universität gehen. Dort werden wir ein paar interessante Beispiele für gammanische Architektur finden –«

Sie ließ der Gruppe höflich den Vortritt beim Verlassen des Büros und setzte sich dann an die Spitze. Dabei rasten ihre Gedanken vor und zurück. Jeder einzelne Teilnehmer schien ihr eines Verdachts würdig zu sein, aber kein einziger schien würdig genug.

Wenn es nur etwas gäbe, das auf alle Umlaufwelten, aber nicht auf die Erde zuträfe – etwas so Subtiles und Flüchtiges, daß ein irdischer Betrüger sich nicht davor in acht nehmen und sich verraten würde – Aber was könnte das sein? Größe? Etwas anderes?

Elaine mußte sich auf ihre Arbeit konzentrieren. »Dies ist das Zentralgebäude der Gamma-Universität, vor vier Jahren erbaut, und die Illusion einer Krümmung ist gerade groß genug, um –« Sie sprach mechanisch weiter, aber ihr Geist, der in einer anderen Richtung arbeitete, hielt den Gedanken der Illusion einer Krümmung fest und schritt von da aus weiter fort –

6

Sie waren gemächlich an den hübschen Wohnhäusern des Sektors vorbeigeschlendert. Jedes war nach einem eigenen Entwurf gebaut und besaß einen grünen Rasen. Die Zierzäune aus leichtem Material dienten eher der Unterscheidung als der Begrenzung. Hier fehlten die Apartmentblocks, die in den beiden anderen Wohn-Sektoren zu finden waren.

Elaine sagte: »Wir kommen jetzt zu der Luftschleuse, die diesen Sektor von dem landwirtschaftlichen trennt.«

»Wie ich sehe, lassen Sie die Luftschleusen offen«, bemerkte Sanssen. »Ist das nicht leichtsinnig?« Das letzte Wort sprach er nach Gamma-Begriffen so seltsam aus, daß Elaine es fast nicht verstanden hätte. (Echt deltanisch, soweit sie es beurteilen konnte.)

Sie antwortete: »Eigentlich nicht. Die Schleuse ist vollautomatisiert. Jede Vibration durch einen Meteoriten-Aufschlag oder eine Explosion im Inneren, jedes kleine Absinken des Luftdrucks veranlaßt die Luftschleusen, sich zu schließen und die sechs Sektoren voneinander abzuriegeln. Und natürlich schließen sie sich des Nachts, damit das Tageslicht der landwirtschaftlichen Sektoren nicht in die Wohngebiete dringt.«

»Was passiert«, erkundigte Ravon Jee sich lächelnd, »wenn der Meteor oder sonstwas die Apparatur der Luftschleuse trifft?«

»So etwas ist sehr unwahrscheinlich. Aber wenn es geschieht, wäre es keine Katastrophe. Alle wichtigen Maschinenanlagen gibt es in zwei vollständigen Ausführungen, die weit voneinander getrennt sind, und jede kann alle Funktionen für die ganze Welt übernehmen.«

Elaine hielt inne, um sich zu vergewissern, daß alle ihre Schutzbefohlenen den Durchgang geschafft hatten. Es handelte sich nur darum, eine kleine Treppe hinauf- und auf der anderen Seite wieder hinabzusteigen, sechs Stufen hinauf und sechs hinunter. Aber die Stufen erstreckten sich über die ganze Breite des Torus und waren leicht gekrümmt. Erdbewohner belustigten sich oft damit, zur Seite abzuweichen, so daß sie relativ zu anderen Mitgliedern ihrer Gruppe leicht schräg standen.

Aber obwohl Elaine die Füße aller fünf Touristen beobachtete, schien keiner zu zögern oder in aufwallender Neugier einen Schritt zur Seite gehen zu wollen.

Elaine seufzte unhörbar. Der Erdbewohner, wer es auch sein mochte, war gut geschult – oder es war gar kein Erdbewohner dabei.

7

Ravon Jee Andor hatte sich im landwirtschaftlichen Sektor immerfort an Elaines Seite gehalten und für nichts Interesse gezeigt. Jetzt, wo sie das Recycling-Zentrum betraten, wich er zurück. Er blickte unglücklich drein.

»Ich muß doch nicht da hinein, nicht wahr? Tierische Exkremente entsprechen nicht meiner Vorstellung von einem schönen Anblick.«

Elaine bemühte sich, keinen wachsamen Blick in ihre Augen treten zu lassen. »Sie werden auf Kappa doch sicher auch Exkremente wiederaufbereiten.« (Erdbewohner weigerten sich immer, das Recycling-Zentrum zu besuchen.)

»Nicht in meiner Gegenwart«, erklärte Ravon Jee. »Tatsächlich weiß ich gar nichts über all dies technische und statistische Zeug. – Hören Sie, liebes Mädchen, ich werde hier draußen warten. Lassen Sie den Deltaner hineingehen, er hat die richtigen Stiefel dafür an, und die Farmersfrau von Theta und die übrigen.«

Elaine schüttelte den Kopf. »Ich habe Verständnis für Ihren Wunsch, aber ich darf Sie nicht allein lassen. Meine Regierung würde es nicht billigen. Nun kommen Sie. Ich halte Ihre Hand, ja?«

Das war eine galante Geste, die kein Kappaner zurückweisen konnte, ohne seine Ehre zu verletzen. Ravon Jee murmelte mit schrecklich unglücklichem Gesicht: »In diesem Fall, meine Schöne, würde ich bis an die Knie durch Kot waten.« (Das glaubte Elaine ihm allerdings nicht.)

Beim Gang durch die antiseptischen Korridore hielt sie sich dicht neben ihm. Der größte Teil des Recycling-Prozesses war nicht sichtbar und wurde völlig automatisch durchgeführt. Auch wenn Ravon Jee sein Gesicht verzog, es war nur ein schwacher Geruch wahrzunehmen.

Sanssen sah sich alles genau an, die großen Hände hinter dem Rücken verschlungen. Wu Ky-shee, ausdruckslos, machte sich Notizen. Es gelang Elaine, hinter ihm vorbeizugehen und einen

Blick auf das zu werfen, was er schrieb. Es war Epsilonisch, und sie konnte nicht einmal die Schrift lesen.

Ravon Jee, der immer noch ihre Hand hielt, sagte: »Vermutlich werden Sie mir erzählen, daß das alles lebenswichtig ist.«

»Das ist es auch«, gab Elaine zurück, »sogar, in Form eines viel größeren Systems, auf der Erde.«

Er ging auf die letzte Bemerkung nicht ein. »Ein kappanischer Gentleman«, behauptete er, »läßt derlei Dinge nicht in sein Bewußtsein dringen.«

»Was machen Sie auf Kappa?« erkundigte Elaine sich.

»Ich bin Theaterkritiker. Ich bin hier, um für meine Zeitung über die Gamma-Bühne zu berichten.«

»Oh, werden Sie die Erde besuchen, um das Theater-Festival anläßlich der Dreihundertjahrfeier mitzuerleben?« (Ob es ein solches Festival wohl gab?)

»Die was, meine Liebe?« Er sah sie verständnislos an.

»Die amerikanische Dreihundertjahrfeier.«

»Ich weiß nicht –« meinte er vage. »Wo liegt Ihr Theater-Distrikt?«

(War seine Ahnungslosigkeit übertrieben? Wußte er wirklich gar nichts über die Dreihundertjahrfeier?)

Elaine antwortete: »Im Sektor Vier, auf der anderen Seite der Welt.« Sie setzte zu der unvermeidlichen Geste an, unterließ sie aber.

Ravon Jee Andor blickte ganz kurz nach oben, wie man es immer tat, und sagte verzagt: »Nun, vermutlich werden wir irgendwann hinkommen.«

Interessant, dachte Elaine. Ob das der Schlüssel war?

8

Medjim Nabellan erklärte brüsk: »Hören Sie mal, Fremdenführerin, wir verlassen diesen Farm-Distrikt bereits, und ich habe noch kein Vieh gesehen.«

»Wir haben welches, aber nicht in diesem Sektor. Wir finden Rindvieh unökonomisch. Hühner und Kaninchen erzeugen mehr Protein, und das schneller.«

»Quatsch! Sie wissen nur nicht, wie man das richtig macht. Ihre Viehzucht-Methoden sind weit hinter der Zeit zurück.«

Elaine erwiderte liebenswürdig: »Ich bin überzeugt, unser Landwirtschaftsamt wäre entzückt, Ihre Ansichten zu hören.«

»Das hoffe ich. Aus genau diesem Grund bin ich hier, und jetzt, wo ich gesehen habe, was Sie hier machen, verschwendet jede weitere Besichtigung nur meine Zeit. Ich möchte sofort zum Amt gehen.«

Elaine sagte: »Ich fürchte, ich werde Schwierigkeiten bekommen, wenn Sie darauf bestehen, die Gruppe zu verlassen. Meine Regierung wird glauben, ich hätte Sie beleidigt.«

»Blödsinn«, stellte Nabellan grimmig fest und rümpfte ihre breite Nase. »Wo finde ich das Amt?«

»Auf der anderen Seite der Welt.« Diesmal zeigte Elaine entschlossen nach oben, und Nabellan blickte auf. »Wenn Sie jetzt gehen, wird die Gruppe ganz auseinanderbrechen. Bitte, bleiben Sie.«

Mejim Nabellan murmelte etwas vor sich hin, machte jedoch keinen weiteren Versuch, sich abzusondern.

Elaine führte mit ihrer angenehmen Fremdenführerinnen-Stimme aus: »Die landwirtschaftlichen Sektoren werden jederzeit von Sonnenlicht bestrahlt, aber in den drei Wohn-Sektoren herrscht natürlich abwechselnd sechzehn Stunden Licht und acht Stunden Dunkelheit.«

Wu Ky-shee wollte wissen: »Schlafen alle Gammaner gleichzeitig?«

»Nein, natürlich nicht. Sie schlafen, wann es ihnen gefällt. Auch müssen manche während der dunklen Periode arbeiten.«

»Warum erlauben Sie dann nicht jeder Wohneinheit, das Licht selbst zu kontrollieren? Sinnlose Konformität!« Er schrieb sich wieder eine Notiz in sein Buch.

Yve Abdaraman ließ ihre dünne und sehr klare Sopranstimme hören: »Da Epsilon die einzige Welt ohne Tag-und-Nacht-Regelung ist, muß Ihre Welt es sein, die einen Fehler macht. Ein Nacht-Intervall reduziert den Energieverbrauch und hält die Temperatur angenehm.«

»Durchaus nicht.« Wu Ky-shee hob die Augenbrauen. »Wenn Sie annehmen, Epsilon sei heiß, sind Sie im Irrtum. Diese Abwechslung von Tag und Nacht ist nur ein bedeutungsloses Erbteil von der Erde.«

Elaine zuckte zusammen. Eine Schmähung der Erde? Sie fiel fröhlich ein: »Meiner Ansicht nach sollten wir unser irdisches

Erbe nicht ignorieren. Dieses Jahr findet die Dreihundertjahrfeier statt, und das Erbe der Freiheit –« Sie verstummte, da niemand achtgab. Yve warf ihr einen ungeduldigen Blick zu und wandte sich wieder an den Epsilonier. »Ich bin auf Epsilon gewesen. Und ich fand es heiß.«

»Sie mögen unsere Welt zu flexibel und individuell für Ihren Geschmack gefunden haben«, gab Wu Ky-shee steif zurück.

Elaine schlug vor: »Bitte, wollen Sie beide mir jetzt folgen? Wir haben bis zur anderen Seite der Welt noch einen langen Weg zu gehen.« Sie machte die Geste, und die beiden reagierten automatisch darauf. Elaine setzte hinzu: »Wir müssen die anderen einholen.«

Alle drei beschleunigten ihre Schritte. Yve sagte: »Das Recycling-Zentrum muß eine computerisierte Komponente haben. Für meine Mission wäre es mir eine große Hilfe, wenn ich Zugang dazu bekäme.«

»Das kann sicher arrangiert werden«, antwortete Elaine. »Ich glaube, unsere Regierung ist solchen Wünschen gegenüber sehr aufgeschlossen.«

Ihre *Mission*? War das ein unglaublicher Versprecher? Oder nichts als Unschuld? Yve war kaum fünf Fuß groß – aber hinderte ihre Winzigkeit sie –

Sando Sanssen sah sich ungeduldig um. »Sie, Miss Metro, wie lange dauert es noch?«

»Wir sind bald durch, Mr. Sanssen. Gibt es irgend etwas Bestimmtes, das Sie sehen möchten?«

»Das Kraftwerk. Ich bin Elektro-Ingenieur, Frau, und ich interessiere mich nicht für Kornfelder und Fischteiche.«

»Ich bin mir nicht sicher«, begann Elaine beschwichtigend, »ob die Nabe für Touristen offen –«

»Ich bin kein Tourist«, stellte Sanssen mit Nachdruck fest. »Ich bin offizieller Abgesandter meiner Regierung.«

»Ja, natürlich. Wir werden gleich in einer Speiche hochfahren und ein Krankenhausgebiet besuchen. Gamma ist stolz auf seine medizinischen Einrichtungen, und wir würden uns sehr freuen, wenn Sie sie besichtigen wollten. Sobald wir dort sind, werde ich um Erlaubnis zum Betreten der Nabe bitten.«

Sanssen nickte, sah aber nicht sehr besänftigt aus.

9

In jeder Speiche gab es ein Krankenhausgebiet, im ganzen sechs. Dies hier lag höher oben als die anderen, da es sich mit biologischer Forschung in niedriger Schwerkraft befaßte.

Alle fünf Touristen schienen sich bei der geringen Gravitation, die jetzt wenig mehr als ein Viertel des Normalwerts betrug, wohlzufühlen. Medjim Nabellan stolperte einmal, aber das mochte reiner Zufall sein. Sanssen erhob sich an einer Stelle höher in die Luft, als er erwartet hatte, und setzte mit einem Plumps wieder auf. Er machte ein wütendes Gesicht, fiel jedoch nicht. Aber auch Elaine gab zuweilen nicht acht und machte einen Riesenschritt.

»Ich glaube, unsere Forschungsarbeiten in niedriger Schwerkraft werden Sie alle interessieren«, sagte sie. »Das ist eine Arbeit, die auf der Erde gar nicht durchgeführt werden kann. Zwar sind alle Umlaufwelten auf diesem Gebiet aktiv, doch keine ist so weit gegangen wie Gamma. Wir betreten jetzt die Laboratorien. Wissenschaftliche Assistenten werden uns die Forschungsprojekte beschreiben und Ihre Fragen beantworten. – Oh, Mr. Sanssen!«

»Ja?«

»Ich wollte Sie nur darauf aufmerksam machen, daß wir nicht weiter als vierhundert Meter von der Nabe entfernt sind. Ich will nun versuchen, für Sie eine Eintrittserlaubnis zu bekommen.« Sie waren allein; die anderen waren bereits im Krankenhausgebiet verschwunden. »Dazu muß ich im Regierungszentrum nachfragen, das sich natürlich auf der anderen Seite der Welt befindet.«

Sie zeigte – und bei seiner Reaktion schlug ihr das Herz hoch in der Brust. Das *mußte* es sein.

Aber es war ihr unmöglich, ihr neues Wissen daran zu hindern, daß es in ihre Augen trat. Sanssen bemerkte es, und wahrscheinlich ging ihm auf, welchen Fehler er begangen hatte. Plötzlich ließ er seine Maske fallen.

»Einen Augenblick, Mädchen.« Da war keine Spur mehr von seinem deltanischen Akzent. Er sprang auf sie zu.

Elaine wich ihm aus wie ein Matador, der vor einem Stier einen winzigen Schritt zur Seite tut. Irgendwie konnte sie ihre Kehle nicht freibekommen und um Hilfe rufen. – Würde er es wagen, sie umzubringen? Wie sollte er ihre Leiche erklären? Oder durfte sich ihm bei seiner Mission nichts in den Weg stellen? Würde er sie töten und dann eilends tun, was getan werden mußte?

Er fuhr herum und stürzte vorwärts, aber sein Fuß glitt auf dem Boden aus, der durch die geringe Gravitation viel glatter als üblich war. Elaine drehte sich auf den Zehenspitzen und flog in einem Niederschwerkraft-Manöver, mit dem sie wohlvertraut war, an ihm vorbei. Diesmal verfehlte er sie um ein viel größeres Stück.

Er hielt an, kehrte um, schob sich langsam zwischen sie und die Tür, warf seinen Hut weg, riß den statischen Saum auf, der seine Bluse zusammenhielt, und zog sie aus. Er war stark mit harten Muskeln, und sein Gesicht war grimmig. Ihm blieben nur Minuten, Elaine zu erledigen, bevor jemand kam, und er sah aus, als wolle er sofort damit anfangen.

Jetzt war Elaine fähig zu rufen, aber im Augenblick wagte sie nicht, Atem darauf zu verschwenden. Sie hielt die Augen auf ihn gerichtet, wich nach hier und nach da aus, kam jedem seiner Angriffe zuvor. Er war ebenso vorsichtig und achtete jetzt auf die niedrige Schwerkraft.

Mit kleinen Schritten kam er näher, doch Elaine trieb von ihm weg. Ihn scharf beobachtend, änderte sie die Richtung, glitt ein längeres Stück vorwärts, wirbelte ihm dann in den Rücken und stieß ihn. Er taumelte mit rudernden Armen, aber er fing sich wieder und war von neuem zwischen ihr und der Tür.

Trotzdem versuchte Elaine, zur Tür zu gelangen. Seine Hand schoß vor und packte ihren Arm.

Einen Augenblick standen sie in angespanntem Schweigen. Dann verzogen sich seine Lippen zu einem gnadenlosen Lächeln, und er riß sie näher zu sich. Elaine schrie mit heiserer Stimme und trat nach ihm, aber er blockierte ihre Tritte gekonnt mit der Hüfte. Sie versuchte verzweifelt, sich von ihm loszuwinden, doch es gelang ihr nicht.

– Und dann legte sich ein dunkler Arm um die Kehle des Erdbewohners, schnürte ihm die Luft ab und riß ihn zurück. Elaine war frei.

»Danke«, flüsterte sie.

Der Ausdruck auf Medjim Nabellans Gesicht war schwärzer als ihre Haut. »Hat dies deltanische Vieh –«

»Er ist kein Deltaner.« Jetzt, wo es vorbei war, keuchte Elaine. Sie sah die Gesichter, die sich um sie versammelten. »Rufen Sie die Polizei, und bitte, lassen Sie nicht los, Nabellan.«

»Keine Bange«, sagte Nabellan, »es sei denn, jemand möchte

mich für einen Augenblick ablösen. Soll ich ihm den Hals für Sie brechen?« Sie sah ganz so aus, als sei sie fähig dazu, und dem Erdbewohner quollen die Augen aus den Höhlen.

»Bitte nicht«, sagte Elaine. »Ich glaube, man braucht ihn lebendig.«

10

Zwei Tage nach der ersten Besprechung mit Janos saß Elaine wieder in seinem Büro.

Er war jetzt ganz Wohlwollen. »Niemand hätte es besser machen können, Elaine. Ja, das war der Mann. Delta streitet ab, irgend etwas von ihm zu wissen, und ob das wahr ist oder nicht, die Deltaner sind jetzt gezwungen, sich kräftig für die Union einzusetzen. Wir haben dick herausgestrichen, welchen Anteil Medjim Nabellan an seiner Festnahme hatte, und so wird auch Theta eine positivere Einstellung bekommen. Die Regierung der Erde ist in Verlegenheit, und die Leute in der amerikanischen Region, die uns anläßlich ihrer Dreihundertjahrfeier die Unabhängigkeit geben wollen, sind in einer ausgezeichneten Position. Zwar gibt es immer unvorhersehbare Ereignisse, aber ich glaube doch, wir werden die Unabhängigkeit und die Union erreichen, bevor das magische Jahr 2076 zu Ende ist. – Doch wie haben Sie es geschafft, Elaine? Wie hat er sich verraten?«

Elaine antwortete: »Ich mußte mir etwas einfallen lassen, das ein Erdbewohner auf einer Umlaufwelt vergessen würde, auch wenn sie der Erde so ähnlich wie möglich gestaltet ist. An einer bestimmten Stelle begann ich, über Krümmungen nachzudenken. Die Erde ist eine große Welt, und ihre Bewohner leben auf der äußeren Oberfläche, die sich ganz allmählich nach unten krümmt. Auf den Umlaufwelten leben die Bewohner auf den *inneren* Oberflächen, die sich *nach oben* krümmen.

Auf der Erde liegt ›die andere Seite der Welt‹ unten, sehr weit unten. Ich könnte mir vorstellen, daß Erdbewohner, wenn sie davon sprechen, nach unten zeigen oder überhaupt keine Geste machen. Ganz bestimmt zeigen sie nicht nach oben. Auf einer Umlaufwelt liegt ›die andere Seite der Welt‹ oben, und Anderweltler zeigen und blicken ebenfalls nach oben, wenn sie davon sprechen. Sie tun es, ich tue es, wir alle tun es.

Also versuchte ich es. Ich erwähnte gegenüber jedem einzelnen die andere Seite der Welt und zeigte dabei *nach unten*. Bei vier von ihnen hatte das keine Wirkung; sie sahen trotzdem ganz automatisch nach oben. In jedem Fall war es nur ein kurzer Blick, aber dieser Blick bewies mir, daß sie Umlaufweltler waren. Als ich es bei Sanssen probierte, folgten seine Augen meinem Finger. Er sah *nach unten*, und ich wußte, er war ein Erdbewohner. Er bemerkte seinen Fehler sofort, aber da war es zu spät. Der Blick hatte ihn verraten.«

Janos nickte. »So einfallsreich wäre ich nicht gewesen, Elaine. Das wird sich für Sie auszahlen; Sie werden angemessen belohnt werden.«

Elaine sagte: »Ich danke Ihnen – aber die Unabhängigkeit und die Union sind die beste Belohnung für uns alle, nicht wahr?«

Einleitung zu Wenn der Wind sich dreht

Ich habe zwei Anthologien zusammen mit Alice Laurance herausgegeben (einer schwer arbeitenden, intelligenten und gut aussehenden Frau, mit der zu arbeiten ein Vergnügen ist). Die erste war eine Kriminal-Anthologie, die zweite eine Science Fiction-Anthologie, und in beiden Fällen waren die Geschichten eigens für diese Bücher geschrieben worden. Außerdem wurde die Identität der Autoren in keinem einzigen Fall enthüllt. Wir forderten die Leser auf, sie zu erraten, wenn sie Lust dazu hätten.

Ich schrieb eine der Geschichten in der Science Fiction-Anthologie, und das war »Wenn der Wind sich dreht«. Aber ich frage mich, ob es mir gelungen ist, meine Identität zu verbergen. An den Anfang des Buches war eine Liste der beteiligten Autoren gestellt, und ich glaube, jeder, der nach einer »Asimov«-Geschichte suchte, konnte kaum verfehlen, diese eine aus allen anderen auszuwählen.

Doch darauf kommt es nicht an. Ich bin der ehrlichen Überzeugung, daß diese Geschichte (die das Alphabet glücklicherweise ganz ans Ende der Reihe gestellt hat) in mancher Beziehung die stärkste im Buch ist. Deshalb benutze ich sie für den Titel der Sammlung, ganz abgesehen davon, daß mir der Titel gefällt. Tatsächlich halte ich das Ende für so stark, daß ich auf mein übliches »letztes Wort« verzichten werde. Ich möchte nicht, daß nach der letzten Seite dieses Buches, wie es jetzt steht, noch eine Antiklimax kommt. (Und sehen Sie jetzt nicht nach! Lesen Sie die Geschichte!)

21.
Wenn der Wind sich dreht (1982)

Jonas Dinsmore betrat den Präsidenten-Raum des Fakultätsclubs in einer für ihn ganz charakteristischen Art, als sei ihm bewußt, daß er sich an einem Ort befand, wo er hingehörte, jedoch nicht akzeptiert wurde. Die Sicherheit seines Schrittes und das selbstverständliche Geräusch, das seine Füße erzeugten, sagten: »Ich gehöre hierhin.« Das Nichtakzeptiertwerden zeigte sich in dem raschen Blick, den er bei seinem Eintritt von einer Seite zur anderen gleiten ließ. Es war eine schnelle Bestandsaufnahme anwesender Feinde.

Er war außerordentlicher Professor der Physik, und er war nicht beliebt.

Es waren zwei andere im Raum, und Dinsmore durfte sie mit Recht als Feinde betrachten, ohne deswegen für paranoid gehalten zu werden.

Der eine war Horatio Adams, der alternde Dekan der Fakultät, der, ohne je eine einzige bemerkenswerte Leistung vollbracht zu haben, durch die zahlreichen nicht bemerkenswerten, aber völlig korrekten Dinge, die er getan hatte, zu hohem Ansehen gelangt war. Der andere war Carl Muller, dessen Arbeit über die Große vereinigte Feldtheorie ihn zum Anwärter auf den Nobel-Preis (den er für wahrscheinlich hielt) und die Präsidentschaft der Universität (die ihm in seinen Augen sicher war) gemacht hatte.

Es war schwer zu sagen, welche Aussicht Dinsmore widerwärtiger fand. Man kann getrost behaupten, er verabscheute Muller.

Dinsmore setzte sich auf eine Ecke des Sofas, das alt, glitschig und kalt war. Die beiden bequemen Armsessel waren von den anderen besetzt. Dinsmore lächelte.

Er lächelte häufig, obwohl das seinem Gesicht weder ein freundliches noch ein erfreutes Aussehen gab. Zwar bestand das Lächeln aus nichts anderem als dem normalen Zurückziehen der

Mundwinkel, doch jeder, auf den er es zielte, spürte eine eisige Wirkung. Sein rundes Gesicht, sein schütteres, aber sorgfältig gekämmtes Haar, seine vollen Lippen hätten mit einem solchen Lächeln jovial wirken müssen – taten es aber nicht.

Adams langes Neuengland-Gesicht zuckte wie in einem flüchtigen Krampf der Gereiztheit. Muller, dessen Haare nahezu schwarz und dessen Augen von einem dazu nicht passenden Blau waren, machte einen ungerührten Eindruck.

Dinsmore sagte: »Ich weiß, ich störe, Gentleman. Aber mir bleibt keine andere Wahl. Ich bin vom Kuratorium aufgefordert worden, mich einzufinden. Vielleicht dünkt Ihnen das ein Akt der Grausamkeit zu sein. Sicher erwarten Sie, Muller, jeden Augenblick vom Kuratorium eine Nachricht des Inhalts, daß Sie für die Präsidentschaft nominiert worden sind. Es wäre nur schicklich, wenn der bekannte Professor Adams, Ihr Mentor und Gönner, davon erführe. Aber warum, Muller, sollte das Kuratorium mir, Ihrem bescheidenen und ständig unterliegenden Rivalen, ein ähnliches Privileg einräumen?

Tatsächlich argwöhne ich, Muller, Ihre erste Handlung als Präsident würde sein, daß Sie mich informieren, es sei in jeder Beziehung besser, wenn ich mir anderswo eine neue Position suchte, denn mein Vertrag werde nach diesem akademischen Jahr nicht erneuert. Es könnte bequem sein, mich zur Stelle zu haben, damit es keine Verzögerung gibt. Das wäre unfreundlich, aber rationell.

Sie sehen beunruhigt aus, alle beide. Vielleicht bin ich ungerecht. Vielleicht denken Sie nicht an meine sofortige Entlassung; Sie mögen vorhaben, bis morgen damit zu warten. Ob es das Kuratorium ist, das schnell tätig werden und mich gleich zur Hand haben möchte? Einerlei. So oder so sind Sie anscheinend drinnen, und ich bin draußen. Und vielleicht ist das nichts als angemessen. Der angesehene Dekan einer großen Fakultät, der sich dem Abend seiner Laufbahn nähert, mit seinem brillanten Protégé, für dessen Ideen und Analysen auf dem Gebiet der Mathematik es keine Parallele gibt, sind bereit für die Lorbeeren. Während ich, ohne Ansehen und ohne Ehre –

Angesichts dieser Lage ist es freundlich von Ihnen, daß Sie mich reden lassen, ohne mich zu unterbrechen. Ich habe das Gefühl, daß die Botschaft, auf die wir warten, noch einige Minuten, vielleicht eine Stunde lang nicht eintreffen wird. Eine Vorahnung. Das Kuratorium selbst hätte wohl nichts gegen eine Verzögerung einzuwenden. Dies ist sein Augenblick in der Sonne, seine flüchtige Zeit des Ruhms. Und da wir uns die Zeit irgendwie vertreiben müssen, bin ich willens zu sprechen.

Manchen Verurteilten wird vor der Hinrichtung eine letzte Mahlzeit, manchen eine letzte Zigarette gewährt. Mir ein paar letzte Worte. Sie brauchen nicht zuzuhören und sich nicht einmal die Mühe zu machen, interessiert dreinzublicken.

– Ich danke Ihnen. Ihren resignierten Ausdruck, Professor Adams, nehme ich als Zustimmung. Professor Mullers leichtes Lächeln – sagen wir, der Verachtung – tut es ebenfalls.

Ich weiß, Sie werden es mir nicht verübeln, wenn ich wünschte, die Situation wäre anders. Auf welche Weise anders? Eine gute Frage. Ich möchte meinen Charakter und meine Persönlichkeit nicht verändern. Beide mögen unbefriedigend sein, aber sie gehören mir. Auch möchte ich weder die politische Leistungsfähigkeit von Adams noch die Brillanz von Muller verändern, denn das Ergebnis einer solchen Veränderung wäre ja nur, daß sie nicht länger Adams und Muller wären. Ich möchte sie haben, wie sie sind, und doch – andere Ergebnisse haben. Wenn man in der Zeit zurückgehen könnte, welche kleine Veränderung damals könnte eine große und wünschenswerte Veränderung heute erzeugen?

Das ist's, was wir brauchen. Zeitreise!

Ah, das entlockt Ihnen eine Reaktion, Muller. Das war eben der deutliche Beginn eines Schnaubens. Zeitreise! Lächerlich! Unmöglich!

Nicht nur unmöglich in dem Sinn, daß die Wissenschaft noch nicht soweit ist, sondern auch in dem umfassenderen Sinn, daß sie niemals so weit sein wird. Eine Zeitreise, bei der man in der Zeit zurückgeht, um die Realität zu verändern, ist nicht nur jetzt technisch unmöglich, sondern theoretisch ganz und gar unmöglich.

Merkwürdig, daß Sie so denken, Muller, bei Ihren Theorien. Durch Ihre eigenen Analysen, die die vier Kräfte, sogar die Gravitation, beinahe schon unter den einen Hut gegenseitiger Beziehungen gebracht haben, sind Zeitreisen theoretisch nicht länger unmöglich.

Nein, springen Sie nicht auf, um zu protestieren. Bleiben Sie sitzen, Muller, und entspannen Sie sich. Für Sie ist es unmöglich, davon bin ich überzeugt. Das wäre es für die meisten Menschen. Vielleicht für fast jeden. Aber es könnte Ausnahmen geben, und es könnte weiterhin sein, daß ich dazugehöre. Warum gerade ich? Wer weiß? Ich behaupte nicht, klüger als Sie oder Sie zu sein, doch was hat das damit zu tun?

Lassen Sie uns der Sache durch eine Analogie zu Leibe rücken. Denken Sie einmal – vor Zehntausenden von Jahren lernten menschliche Wesen nach und nach, entweder als Massen oder vermittels einiger weniger brillanter Individuen, zu kommunizieren. Die Sprache wurde erfunden, und zarte Tonmodulationen wurden mit abstrakten Bedeutungen befrachtet.

Seit Tausenden von Jahren ist jedes normale menschliche Wesen fähig zu kommunizieren. Aber wie viele sind fähig gewesen, eine Geschichte hinreißend gut zu erzählen? Shakespeare, Tolstoi, Dickens, Hugo – eine Handvoll, verglichen mit all den menschlichen Wesen, die gelebt haben – können diese modulierten Laute so benutzen, daß sie zu Herzen gehen, und Erhabenheit erreichen. Und doch benutzen sie die gleichen Laute wie wir alle.

Ich räume gern ein, daß zum Beispiel Mullers IQ höher ist als der von Shakespeare oder Tolstoi. Muller muß ebensolche Kenntnis der Sprache haben wie jeder lebende Schriftsteller, ein ebenso großes Verständnis für ihre Bedeutung. Doch Muller könnte keine Wörter zusammensetzen und damit die gleiche Wirkung wie Shakespeare erzielen. Muller selbst würde es bestimmt nicht für einen Augenblick behaupten. Was ist es dann, das Shakespeare und Tolstoi tun und Muller oder Adams oder ich nicht tun können, welche Weisheit haben sie, die uns verschlossen bleibt? Sie wissen es nicht, und ich weiß es auch nicht. Was schlimmer ist, *sie* wußten es nicht. Shakespeare hätte Sie – oder sonstwen – auf keine Weise lehren können, so zu schreiben wie er. Er wußte nicht, wie – er konnte es nur.

Betrachten Sie als nächstes das Bewußtwerden der Zeit. Soviel wir wissen, begreifen unter allen Lebensformen nur menschliche Wesen die Bedeutung der Zeit. Alle anderen Spezies leben allein in der Gegenwart. Sie mögen vage Erinnerungen, sie mögen undeutliche und begrenzte Gedanken an die Zukunft haben. Aber gewiß verstehen nur menschliche Wesen die Vergangenheit, Gegenwart und Zukunft richtig. Sie können über ihre Bedeutung und Wichtigkeit spekulieren, können sich Gedanken über den Strom der Zeit machen, darüber, wie er uns mit sich forträgt und wie dieser Strom verändert werden könnte.

Wann ist das geschehen? Wie ist es zustandegekommen? Wer war das erste menschliche oder hominide Wesen, das plötzlich erfaßte, wie der Strom der Zeit es aus der dunklen Vergangenheit in die dunkle Zukunft trug, und sich fragte, ob es verdammt oder erlöst werden würde?

Der Strom ist nicht immer gleich. Manchmal rast die Zeit für uns. Stunden verschwinden scheinbar wie Minuten – und ziehen sich ein anderes Mal quälend in die Länge. Im Traum, in der Trance, bei Drogen-Experimenten verändert die Zeit ihre Eigenschaften.

Sie scheinen einen Kommentar abgeben zu wollen, Adams. Bemühen Sie sich nicht. Sie wollen sagen, diese Veränderungen seien rein psychischer Natur. Ich weiß es, aber was gibt es anderes als die psychische Natur?

Gibt es eine *psychische* Zeit? Wenn ja, was *ist* psychische Zeit? Ganz bestimmt ist Zeit doch das, was wir daraus machen. *Wir* bauen die Instrumente. *Wir* interpretieren die Messungen. *Wir* entwickeln die Theorien und legen sie dann aus. Und wir haben die absolute Zeit verändert, sie zu einer Kreatur der Lichtgeschwindigkeit gemacht und entschieden, daß Gleichzeitigkeit nicht definierbar ist.

Ihre Theorie, Muller, hat uns gezeigt, daß Zeit ganz und gar subjektiv ist. Theoretisch kann jemand, der die Natur des Zeitstroms begreift, bei entsprechender Begabung sich unabhängig mit oder gegen ihn bewegen oder darin stillstehen. Es ist analog zu der Art, in der jemand, der die Symbole der Kommunikation kennt, bei entsprechender Begabung *König Lear* schreiben kann. Bei entsprechender Begabung.

Und wenn ich nun genug Begabung hätte? Wenn ich der Shakespeare des Zeitstroms wäre? Kommen Sie, machen wir uns den Spaß. Jeden Augenblick kann die Nachricht vom Kuratorium eintreffen, und dann muß ich aufhören. Erlauben Sie mir bis dahin, weiterzuplaudern. Das vertreibt die Zeit. Seit ich zu sprechen begonnen habe, sind fünfzehn Minuten vergangen. Ich bezweifle, daß es Ihnen bewußt geworden ist.

Dann folgen Sie meinem Gedankengang. Wenn ich Mullers Theorie praktisch anwenden könnte und an mir die merkwürdige Fähigkeit entdecken würde, mich ihrer zu bedienen, wie Homer sich der Wörter bediente – was würde ich dann mit meiner Gabe anfangen? Ich könnte vielleicht wie ein Geist in der Zeit zurückwandern und das Muster von Zeit und Ereignissen beobachten, um an der einen oder anderen Stelle einzugreifen und eine Veränderung vorzunehmen.

Natürlich befände ich mich bei meiner Reise außerhalb des Zeitstroms. Ihrer Theorie, Muller, ist nicht zu entnehmen, daß man sich beim Reisen rückwärts oder auch vorwärts in der Zeit inmitten des Stroms befinden, über Ereignisse stolpern und sie im Vorübergehen niederschlagen muß. Das wäre in der Tat theoretisch unmöglich. Bleib *draußen*, und die Sache wird möglich; habe Begabung, und du kannst hinein- und hinausschlüpfen.

Nehmen wir nun einmal an, ich hätte dies getan, ich sei hineingeschlüpft und hätte eine Veränderung vorgenommen. Diese eine Veränderung würde eine weitere erzeugen – die eine weitere erzeugen würde – Der Zeitstrom würde in ein neues Bett gelenkt und eigenes Leben annehmen, sich winden und schäumen, bis in ganz kurzer Zeit –

Nein, das ist ein unangemessener Ausdruck. ›Die Zeit würde in ganz kurzer Zeit –‹ Es ist, als stellten wir uns ein abstraktes und absolutes Zeitmaß vor, mit dem unsere Zeit gemessen werden könnte, als flösse unser eigener Hintergrund an Zeit vor einem anderen, tieferen Hintergrund dahin. Ich gestehe, es geht über meinen Horizont, aber tun wir einmal so, als ob Sie es verstehen.

Jeder Eingriff in die Ereignisse der Zeit würde nach – einer Weile – alles bis zur Unkenntlichkeit verändern.

Aber das möchte ich nicht. Wie ich gleich anfangs sagte, möchte ich nicht aufhören, ich zu sein. Selbst wenn ich an meiner Stelle jemanden schaffen würde, der intelligenter, vernünftiger, erfolgreicher wäre, wäre er trotzdem nicht *ich*.

Ebenso wenig möchte ich Sie, Muller, oder Sie, Adams, verändern. Auch das erwähnte ich bereits. Ich wünsche nicht über einen Muller zu triumphieren, der weniger genial, oder über einen Adams, der weniger geschickt beim Errichten eines imposanten Bauwerks von Ansehen gewesen ist. Ich würde gern über Sie triumphieren, wie Sie sind, nicht über geringere Wesen.

O ja, Triumph ist es, was ich wünsche.

Na, na. Sie zucken zusammen, als hätte ich etwas Unwürdiges gesagt. Ist Ihnen das Gefühl des Triumphes so fremd? Sind Sie so bar aller Menschlichkeit, daß Sie keine Ehre, keinen Sieg, keinen

Ruhm, keine Belohnungen suchen? Soll ich annehmen, daß der geachtete Professor Adams seine lange Liste von Veröffentlichungen, seine hochgeschätzte Reihe von Ehrengraden, seine zahlreichen Medaillen und Plaketten, seine Stellung als Leiter einer der berühmtesten Physik-Fakultäten in der Welt nicht besitzen möchte?

Und wären Sie zufrieden, Adams, wenn Sie das alles hätten, aber keiner davon wüßte, wenn das Vorhandensein dieser Dinge aus allen Aufzeichnungen und Geschichtsbüchern ausgelöscht würde, wenn es ein Geheimnis zwischen Ihnen und dem Allmächtigen bliebe? Dumme Frage! Ich verlange keine Antwort, denn wir wissen ja alle, wie sie lauten würde.

Und ich brauche auch nicht den gleichen langen Sums wegen Mullers Anwartschaft auf den Nobel-Preis und auf die anscheinend sichere Präsidentenwürde – und das an dieser Universität! – durchzugehen.

Wie nennt man nun das, was Sie sich wünschen, da Sie doch nicht die Dinge selbst, sondern das Wissen der Öffentlichkeit von Ihrem Besitz dieser Dinge wollen? Doch natürlich Triumph! Sie möchten über Ihre Konkurrenten als eine abstrakte Klasse, über Ihre Mitmenschen triumphieren. Sie möchten etwas tun, das andere nicht tun können, und alle diese anderen sollen wissen, daß Sie etwas getan haben, das sie nicht tun können, so daß sie in hilflosem Bewußtsein dieser Tatsache und voller Neid und erzwungener Bewunderung zu Ihnen aufblicken müssen.

Soll ich edler sein als Sie? Warum? Lassen Sie mir das Privileg, zu wünschen, was Sie sich wünschen, nach dem Triumph zu hungern, nach dem Sie gehungert haben. Warum soll ich mich nicht nach dem Ansehen, dem Lob, der hohen Stellung sehnen, die auf Sie beide warten? Und mich an Ihre Stelle versetzen? Warum soll ich Ihnen diese Dinge nicht in dem Augenblick wegnehmen, wo sie Ihnen zufallen wollen? Es ist nicht unwürdiger, wenn ich mich in derlei Gedanken sonne, als wenn Sie es tun.

Ah, aber Sie verdienen es, und ich nicht. Das ist genau der Punkt. Wenn ich nun den Strom und den Inhalt der Zeit so umlenken könnte, daß ich es verdiene, und Sie nicht?

Stellen Sie sich vor, ich wäre immer noch ich, Sie beide wären immer noch Sie beide. Sie wären nicht weniger würdig, und ich wäre nicht würdiger – die Bedingung, die ich selbst aufgestellt habe, lautet, daß keiner von uns sich verändert – und doch verdiene ich es, und Sie nicht. Mit anderen Worten, ich möchte Sie schlagen als das, was Sie sind, und nicht als mindere Substitute.

Auf gewisse Weise ist das ein Tribut an Sie, nicht wahr? Ich lese Ihnen am Gesicht ab, daß Sie das glauben. Vermutlich empfinden Sie beide eine Art von verächtlichem Stolz. Es ist schließlich etwas, das Maß zu sein, an dem der Sieg gemessen wird. Sie genießen es, die Ehren zu verdienen, nach denen ich lechze – besonders wenn dies Lechzen unbefriedigt bleiben muß.

Ich mache Ihnen das nicht zum Vorwurf. An Ihrer Stelle würde ich genauso empfinden.

Aber muß das Lechzen unbefriedigt bleiben? Malen wir es uns aus –

Angenommen, ich ginge in der Zeit zurück, sagen wir, um fünfundzwanzig Jahre. Eine hübsche Zahl, ein rundes Vierteljahrhundert. Sie, Adams, wären vierzig. Sie wären gerade hier eingetroffen, ein ordentlicher Professor nach Ihrer schlechtbezahlten Dozentenstelle am Case-Institut. Ihre Arbeit über Diamagnetismus hätten Sie bereits beendet, obwohl Ihr nicht veröffentlichter Versuch, etwas mit Wismut-Hypochromeisen anzufangen, ein ziemlich lächerlicher Fehlschlag war.

Himmel, Adams, blicken Sie nicht so überrascht drein! Meinen Sie, ich kenne Ihre berufliche Laufbahn nicht bis ins letzte Detail?

Und Sie, Muller, wären sechsundzwanzig und gerade dabei, Ihre Dissertation über die allgemeine Relativitätstheorie zu schreiben, die zu ihrer Zeit faszinierend war, aber rückblickend viel weniger befriedigend ist als damals. Wäre sie richtig interpretiert worden, hätte sie die meisten von Hawkings späteren Schlußfolgerungen vorweggenommen, wie Sie heute wissen. Sie interpretierten sie zu der Zeit nicht richtig, und es ist Ihnen gelungen, diese Tatsache zu verschleiern.

Ich fürchte, Muller, Sie sind nicht gut im Interpretieren. Sie haben die These Ihrer eigenen Doktorarbeit nicht zu ihrem größtmöglichen Vorteil interpretiert, und Sie haben Ihre große Feldtheorie auch nicht richtig interpretiert. Aber vielleicht ist das keine Schande, Muller. Das Unvermögen, richtig zu interpretieren, ist allgemein verbreitet. Wir können den Kniff nicht alle heraushaben, und das Talent, Schlußfolgerungen vom Baum zu schütteln, mag nicht in dem gleichen Gehirn anzutreffen sein, das

das Talent zu brillanten Ideen birgt. Ich besitze ersteres ohne letzteres, also warum sollten Sie nicht letzteres ohne ersteres haben?

Wenn Sie, Muller, doch nur Ihre wunderbaren Gedanken erzeugen und es mir überlassen würden, daraus ebenso wunderbare Schlußfolgerungen zu ziehen! Was für ein Team gäben wir ab, Sie und ich, Muller – aber Sie würden mich nicht haben wollen. Darüber beklage ich mich nicht, denn ich würde Sie auch nicht haben wollen.

Wie dem auch sei, das sind Kleinigkeiten. Mit dem Nadelstich bezüglich Ihrer törichten Behandlung der Wismut-Salze kann ich Ihnen keinen Schaden zufügen, Adams. Schließlich konnten Sie Ihres Fehlers mit einiger Mühe noch habhaft werden, bevor Sie ihn in den Seiten eines gelehrten Journals einbalsamierten – er ist jetzt nur noch im Gedächtnis der Lektoren vorhanden. Und den Sonnenschein, der über Sie, Muller, hinspielt, kann ich nicht verdunkeln, indem ich auf Ihrer Unfähigkeit herumreite, die Schlüsse zu ziehen, die aus Ihren Ideen gezogen werden könnten. Man mag es sogar als Beweis Ihrer Genialität ansehen: Ihre Gedanken sind mit so vielem beladen, daß nicht einmal *Sie* brillant genug sind, um alle Schlußfolgerungen aus ihnen herauszuwringen.

Aber wenn es so nicht geht, wie ginge es dann? Wie könnten die Dinge entsprechend verändert werden? Glücklicherweise wäre ich in der Lage, die Situation eine Zeitlang zu studieren, die mein Bewußtsein als Jahre interpretieren würde, und doch gäbe es währenddessen kein physisches Verstreichen der Zeit und deshalb auch kein Altern. Meine Gedanken würden weiterarbeiten, aber mein körperlicher Metabolismus täte es nicht.

Wieder lächeln Sie. Nein, ich weiß nicht, wie das sein könnte. Natürlich sind unsere Gedanken Teil der metabolischen Veränderung unseres Körpers. Ich gehe einfach von der Annahme aus, daß Gedanken außerhalb des Zeitstroms keine Gedanken im körperlichen Sinn sind, sondern etwas anderes, das gleichwertig ist.

Nun studiere ich einen Augenblick in der Zeit und suche nach einer Veränderung, die vollbrächte, was ich mir wünsche. Wie finge ich das an? Könnte ich eine Veränderung vornehmen, mich in der Zeit vorwärtsbewegen, mich über die Folgen vergewissern und, wenn sie mir nicht gefielen, zurückkehren, die Veränderung rückgängig machen und es mit einer anderen versuchen? Wenn ich das fünfzigmal, tausendmal täte, bewirkte ich je die richtige Veränderung? Die Zahl der Veränderungen, jede mit zahllosen Folgen, jede mit weiteren zahllosen Folgen, liegt jenseits von Berechnung und Begreifen. Wie fände ich die Veränderung, die ich suche?

Und doch habe ich sie gefunden. Ich habe gelernt, wie es zu machen ist, und ich kann Ihnen nicht sagen, wie ich es lernte und was ich tat, nachdem ich es gelernt hatte. Wäre es so schwer? Denken Sie an die Dinge, die wir tatsächlich lernen.

Wir stehen, wir gehen, wir rennen, wir hüpfen – und das alles tun wir hochkant. Wir befinden uns in einem Zustand äußerster Unstabilität. Wir bleiben nur aufrecht stehen, weil die großen Muskeln unserer Beine und unseres Rumpfes in ständiger leichter Bewegung sind und hierhin und dahin ziehen, ganz wie ein Zirkusartist, der eine Stange auf der Nasenspitze balanciert.

Körperlich ist das schwer. Darum erschöpft uns das Stehen immer noch. Wir sind froh, wenn wir uns nach einer Weile niedersetzen dürfen. Deshalb führt es zu einem Kollaps, wenn Leute übermäßig lange in Hab-acht-Stellung stehen müssen. Und doch, wenn wir nicht zu sehr übertreiben, bringen wir es so gut fertig, daß wir uns dessen nicht einmal bewußt werden. Wir können den ganzen Tag lang immer wieder von neuem stehen und gehen und rennen und hüpfen, ohne jemals zu fallen oder auch nur ernsthaft ins Schwanken zu geraten. Und nun beschreiben Sie das mal jemandem, der es nie versucht hat, so, daß er es nachmachen kann. Sie sind nicht imstande dazu.

Ein anderes Beispiel. Wir können sprechen. Mit einer rapiden und unrhythmischen Folge von Dehnungen und Kontraktionen der Muskeln in Zunge, Lippen, Wangen und Gaumen lassen wir Laute in genau der Klangfarbe entstehen, die wir haben wollen. Es hat uns viel Mühe gekostet, das zu lernen, als wir kleine Kinder waren, aber sobald wir es einmal gelernt hatten, konnten wir Dutzende von Wörtern in der Minute ohne bewußte Anstrengung produzieren. Nun, wie tun wir es? Welche Muskelbewegungen vollführen wir, um zu sagen: ›Wie tun wir es?‹ Beschreiben Sie diese Muskelbewegungen jemandem, der nie gesprochen hat, so, daß er Laute von sich geben kann! Es ist unmöglich.

Aber wir können die Laute erzeugen. Und das ohne Anstrengung.

Da ich genug Zeit hatte – ich weiß nicht einmal, wie ich das Vergehen von dem, was ich meine, nennen soll. Zeit war es nicht; bezeichnen wir es als ›Dauer‹. Da ich genug Dauer hatte, *ohne* daß Zeit verging, lernte ich, die Realität meinen Wünschen anzupassen. Ich war ein stammelndes Kind, das aber allmählich lernte, unter den gestammelten Lauten auszuwählen und Wörter zu bilden. Ich lernte es, auszuwählen.

Natürlich war es riskant. Während ich lernte, hätte ich etwas tun können, das nicht umkehrbar war oder dessen Umkehrung zumindest subtile Veränderungen erforderte, die über meine Kräfte gingen. Es widerfuhr mir nicht. Vielleicht war das mehr Glück als sonst etwas.

Nach und nach fand ich Freude daran. Es war wie das Malen eines Bildes, das Aushauen einer Skulptur. Es war mehr als das; es war das Schaffen einer neuen Realität. – Einer neuen Realität, die sich in ihren Schlüsselbegriffen nicht von unserer eigenen unterschied. Ich blieb genau, was ich bin, Adams blieb der ewige Adams, Muller der geniale Muller. Die Universität blieb die Universität, die Wissenschaft die Wissenschaft.

Hat sich also nichts verändert? – Aber Sie entziehen mir Ihre Aufmerksamkeit. Sie glauben mir nicht länger, und ich selbst schüttele den Kopf über das, was ich sage. Ich habe mich von meiner Begeisterung hinreißen lassen. Ich habe geredet, als gebe es tatsächlich Zeitreisen und als hätte ich getan, was ich gerne tun würde. Verzeihen Sie mir. Nennen Sie es Vorstellungskraft – Phantasie – ich spreche davon, was ich getan *hätte, wenn* Zeitreisen möglich wären und *wenn* ich das Talent dazu hätte.

Hat sich in dem Fall – in meiner Phantasie – nichts verändert? Es hätte *irgendeine* Veränderung geben müssen, eine, bei der Adams zwar ganz und gar Adams bliebe und doch ungeeignet als Dekan wäre, bei der Muller genau Muller wäre und doch kaum Aussicht auf den Nobel-Preis und gar keine auf die Präsidentschaft der Universität hätte.

Und ich wäre ich selbst. Ich wäre ungeliebt und würde mich abstrampeln und hätte keine Kreativität – und doch wäre ich im Besitz der Eigenschaften, die *mich* zum Universitätspräsidenten machen würden.

Es könnte nichts Wissenschaftliches sein. Es müßte etwas sein, das außerhalb der Wissenschaft liegt, etwas Schändliches und Gemeines, das feine Herren wie Sie disqualifizierte –

Na, na. Diese Blicke, in denen sich Verachtung und ölige Selbstzufriedenheit mischen, verdiene ich nicht. Sie sind sich also sicher, daß Sie nichts Schändliches und Gemeines zu tun vermögen? Wie können Sie sicher sein? Da ist nicht einer von uns, der unter entsprechenden Bedingungen nicht in – sollen wir es Sünde nennen? – fallen würde. Wer von uns bliebe ohne Sünde, wenn die richtige Versuchung an ihn heranträte? Wer von uns *ist* ohne Sünde?

Denken Sie nach, denken Sie nach! Sind Ihre Seelen rein? Haben Sie niemals etwas Unrechtes getan? Sind Sie niemals zumindest fast in den Abgrund gestürzt? Und sind Sie in dem Fall nicht nur knapp entronnen, haben Sie es nicht eher irgendwelchen glücklichen Umständen als Ihrer inneren Tugend zu verdanken? Und nun stellen Sie sich vor, jemand habe alle Ihre Handlungen genau studiert und die glücklichen Zufälle notiert, die Sie retteten, und er habe nur einen dieser Zufälle verändert – hätten Sie dann nicht Unrecht getan?

Natürlich, hätten Sie in aller Öffentlichkeit ein böses und schmutziges Leben geführt, so daß die Menschen sich voller Abscheu und Ekel von Ihnen abgewendet hätten, dann wären Sie nie in Ihre augenblicklichen geachteten Stellungen gelangt. Sie wären längst gefallen, und ich würde nicht über Ihre geschändeten Körper schreiten, denn Sie wären gar nicht da, um mir als Trittsteine zu dienen.

Sehen Sie, wie kompliziert das alles ist?

Aber gerade das macht es ja so aufregend, sehen Sie. Wenn ich in der Zeit zurückreiste und feststellte, die Lösung sei nicht kompliziert und ich könne mein Ziel mit einem Streich erreichen, fände ich vielleicht Vergnügen daran, aber jede intellektuelle Aufregung würde fehlen.

Wenn wir Schach spielten und ich durch ein irrtümliches Schachmatt in drei Zügen gewänne, wäre dieser Sieg schlimmer als eine Niederlage. Ich hätte dann gegen einen unwürdigen Gegner gespielt, und das wäre eine Schande für mich.

Nein. Der Mühe wert ist nur ein Sieg, den man dem festen Griff des Gegners langsam und mit Mühe entringt, ein Sieg, der unerreichbar scheint, ein Sieg, der die Kräfte verzehrt, die Hoffnung nimmt und die Knochen bricht, der sich von der schlimmsten und aufreibendsten Niederlage nur durch die Tatsache unterscheidet, daß man, keuchend und röchelnd in völliger Erschöpfung, die Flagge, die Trophäe in der Hand hält.

Die Dauer, die ich im Spiel mit diesem flüchtigsten aller Stoffe, der Realität, verbrachte, war angefüllt mit der mir selbst auferlegten Schwierigkeit. Verbissen hielt ich mich daran, nicht nur mein Ziel zu erreichen, sondern es auch auf meine Weise zu erreichen. Ich wies alles zurück, was nicht *genauso* war, wie ich es haben wollte. Verfehlte ich mein Ziel um Haaresbreite, sah ich es als verfehlt an, traf ich es beinahe, merzte ich das Resultat als nicht getroffen aus. Auf meiner Zielscheibe gab es das Schwarze und sonst nichts.

Und auch nachdem ich gewonnen hatte, mußte mein Sieg so subtil sein, daß Sie nichts davon bemerken würden, bis ich es Ihnen sorgfältig erklärt hatte. Bis zum letzten Augenblick sollten Sie nicht wissen, daß in Ihrem Leben das Oberste zuunterst gekehrt worden war. Aus diesem Grund –

Aber halt, ich habe etwas ausgelassen. Ich habe mich ganz auf meine Absicht konzentriert, uns und die Universität und die Wissenschaft unverändert zu lassen, und so habe ich versäumt zu erklären, daß sich andere Dinge sehr wohl ändern könnten. Es müßte Veränderungen in den gesellschaftlichen, politischen und wirtschaftlichen Kräften geben, auch in den internationalen Beziehungen. Wer würde sich schließlich um derlei Dinge kümmern? Bestimmt nicht wir drei.

Das ist ja das Wunder der Wissenschaft und des Wissenschaftlers, nicht wahr? Was bedeutet es uns, wen wir in unsern guten Vereinigten Staaten wählen oder wie in den Vereinten Nationen abgestimmt wurde oder ob die Aktienkurse stiegen oder fielen oder ob der immerwährende Tanz der Nationen diesem oder jenem Muster folgte? Solange es die Wissenschaft gibt und die Naturgesetze gültig bleiben und das Spiel, das wir betreiben, weitergeht, ist der Hintergrund, vor dem wir spielen, nur ein bedeutungsloser Wechsel von Licht und Schatten.

Vielleicht werden Sie das nicht zugeben wollen, Muller. Ich weiß recht gut, daß Sie sich zu Ihrer Zeit als Teil der Gesellschaft empfanden und Ansichten über dies und das verlautbart haben. In geringerem Umfang haben auch Sie das getan, Adams. Sie beide haben exaltierte Ansichten über die Menschheit und die Erde und verschiedene Abstraktionen ausgesprochen. Doch wieviel davon diente nur dem Zweck, Ihr Gewissen zu schmieren, weil Sie in Ihrem Inneren – ganz tief unten – an gar nichts

Interesse haben, solange Sie nur dasitzen und über Ihren wissenschaftlichen Gedanken brüten können?

Das ist der eine große Unterschied zwischen uns. Mir ist es gleichgültig, was mit der Menschheit geschieht, solange man mir meine Physik läßt. Da bin ich ganz offen; jeder kennt mich als zynisch und abgebrüht. Sie beide sind *insgeheim* gleichgültig. Dem Zynismus und der Abgebrühtheit, die mich kennzeichnen, fügen Sie Heuchelei hinzu. Das übertüncht Ihre Sünden für den Gedankenlosen, macht sie aber schlimmer, wenn sie herauskommen.

Oh, schütteln Sie nicht den Kopf. Als ich Ihr Leben unter die Lupe nahm, entdeckte ich so viel über Sie, wie Sie selbst wissen; mehr, weil ich Ihre Verfehlungen klar sehe und Sie sie vor sich selbst verstecken. Das ist das Amüsanteste an der Heuchelei, daß sie den Heuchler, wenn der nur konsequent genug ist, unter seine Opfer einreiht. Er ist tatsächlich sein am gründlichsten betrogenes Opfer, denn man erlebt immer wieder, daß ein vor aller Welt entlarvter Heuchler sich selbst ganz ehrlich immer noch als Säulenheiligen sieht.

Aber das sage ich nicht, um Sie zu schmähen. Ich sage es, um Ihnen zu erklären: Sollte ich es notwendig gefunden haben, die Welt so zu verändern, daß wir die gleichen blieben und doch ich anstelle von Ihnen nach oben käme, würde es Ihnen im Grunde nichts ausmachen. – Das heißt, was die Welt betrifft.

Es wäre Ihnen gleichgültig, wenn die Republikaner nach oben und die Demokraten nach unten kämen oder umgekehrt, ob der Feminismus in Blüte stände und der Berufssport seine Attraktion verlöre, ob dies oder das in Kleidung, Möbeln, Musik oder Theater in Mode wäre oder nicht. Was bedeuten Ihnen diese Dinge?

Nichts.

Eigentlich weniger als nichts, denn eine veränderte Welt hätte uns eine neue Realität gebracht, *die* Realität, soweit die Menschen auf der Welt davon betroffen wären, die *einzige* Realität, die Realität der Geschichtsbücher, die Realität, die während der letzten fünfundzwanzig Jahre *real* war.

Wenn Sie mir glaubten, wenn Sie vermuteten, ich trüge Ihnen nicht nur meine Phantasien vor, wären Sie immer noch hilflos. Könnten Sie zu irgendeinem Amtsinhaber gehen und sagen: ›Die Dinge sind nicht so, wie sie sein sollten. Sie sind von einem

Schurken verändert worden‹? Was würde das anderes beweisen, als daß Sie wahnsinnig sind? Wer könnte glauben, die Realität sei nicht die Realität, wenn es der Stoff und das Muster ist, die in unglaublich verwickelter Art während dieser ganzen fünfundzwanzig Jahren gewebt wurden, und wenn jeder Mensch sie als gewoben im Gedächtnis hat und danach lebt?

Aber Sie glauben mir eben nicht. Sie wagen es nicht, zu glauben, daß ich nicht nur darüber spekuliere, ich sei in der Zeit zurückgereist, ich hätte Sie beide studiert, ich hätte mich abgemüht, eine neue Realität zu schaffen, in der Sie unverändert sind, aber, ach, die Welt verändert ist. Ich habe es *getan,* ich habe *das alles* getan. Und ich allein erinnere mich an beide Realitäten, weil ich mich außerhalb der Zeit befand, als die Veränderung vorgenommen wurde, und weil *ich* sie vornahm.

Und immer noch glauben Sie mir nicht. Sie wagen es nicht, mir zu glauben, denn wenn Sie mir glaubten, würden Sie sich selbst als Wahnsinnige ansehen. Hätte ich diese uns vertraute Welt von 1982 verändern können? Unmöglich.

Wenn ich es getan hätte, wie könnte die Welt ausgesehen haben, bevor ich daran herumpfuschte? Ich will es Ihnen sagen – sie war chaotisch! Sie war voll von Zügellosigkeit! Jeder Mensch machte sich sein Gesetz selbst! Auf gewisse Weise bin ich froh, daß ich die Welt verändert habe. Jetzt haben wir eine Regierung, und das Land wird regiert. Unsere Herrscher haben bestimmte Ansichten, und diese Ansichten werden durchgesetzt. Gut!

Aber, Gentlemen, in der Welt, die einmal war, in dieser alten Realität, die niemand kennt oder sich vorstellen kann, machten Sie beide sich Ihre eigenen Gesetze und kämpften für Zügellosigkeit und Anarchie. Das war in der alten Realität kein Verbrechen. Vielen galt es als bewunderswert.

In der neuen Realität habe ich Sie unverändert gelassen. Sie blieben Kämpfer für Zügellosigkeit und Anarchie, und das *ist* ein Verbrechen in der gegenwärtigen Realität, in der einzigen Realität, die Sie kennen. Ich sorgte dafür, daß Sie es verheimlichen konnten. Niemand wußte von Ihren Verbrechen, und es gelang Ihnen, zu Ihrer gegenwärtigen Höhe aufzusteigen. Aber ich wußte, wo die Beweise waren und wie sie ausgegraben werden könnten. Und zum richtigen Zeitpunkt – grub ich sie aus.

Ich glaube, jetzt sehe ich zum ersten Mal einen Ausdruck auf Ihren Gesichtern, der außerhalb der Skala von müder Toleranz,

Verachtung, Belustigung und Verärgerung liegt. Erkenne ich eine Spur von Angst? Geht Ihnen auf, worüber ich spreche?

Denken Sie nach! Denken Sie nach! Wer war Mitglied der Liga für konstitutionelle Freiheit? Wer half, das *Manifest der freien Gedanken* in Umlauf zu bringen? Es war sehr mutig und ehrenvoll von Ihnen, das zu tun, dachten einige Leute. Sie erhielten viel Beifall vom Untergrund. – Kommen Sie, Sie wissen, wen ich mit dem Untergrund meine. Sie sind darin nicht mehr aktiv. Sie bekleiden zu exponierte Stellungen, und Sie haben zuviel zu verlieren. Sie haben Stellung und Macht, und Sie haben noch mehr zu erwarten. Warum wollen Sie es für etwas aufs Spiel setzen, das die Menschen nicht wollen?

Sie tragen Ihre Anhänger, und Sie zählen zu den Frommen. Aber mein Anhänger ist größer, und ich bin frömmer, denn ich habe nicht Ihre Verbrechen begangen. Noch wichtiger ist, Gentlemen, mir gebührt der Ruhm, Sie angezeigt zu haben.

Eine schändliche Tat? Eine skandalöse Tat? Meine Anzeige? Ganz und gar nicht. Ich werde belohnt werden. Ich war entsetzt über die Heuchelei meiner Kollegen, ihre subversive Vergangenheit erregte in mir Ekel und Abscheu, ich machte mir Sorgen, was sie von neuem gegen die beste und edelste und frömmste Gesellschaft, die es je auf der Erde gegeben hat, aushecken mochten. Die Folge war, daß ich all dies zur Kenntnis der anständigen Männer brachte, die mit dazu beitragen, in dieser Gesellschaft die Tugendhaftigkeit der Gedanken und die Demut des Geistes aufrechtzuerhalten. Diese Männer werden mit Ihren Sünden ringen, um Ihre Seelen zu retten und Sie zu wahren Kindern des Geistes zu machen. Ich könnte mir denken, daß Ihre Körper im Verlauf dieses Prozesses einigen Schaden nehmen werden, aber was tut's? Es wären geringe Kosten im Vergleich zu dem gewaltigen und ewigen Guten, das er Ihnen bringen wird. Und ich werde belohnt dafür, daß ich es alles möglich gemacht habe.

Ich glaube, jetzt haben Sie wirklich Angst bekommen, Gentlemen. Denn die Botschaft, auf die wir alle gewartet haben, kommt gleich, und Sie erkennen, warum ich aufgefordert worden bin, hier bei Ihnen zu bleiben. Die Präsidentschaft gehört mir, und meine Interpretation der Muller-Theorie wird sie zusammen mit der Schande, die über Muller hereinbricht, in den Lehrbüchern zu der Dinsmore-Theorie machen und mir vielleicht den Nobel-Preis eintragen. Was Sie betrifft –«

Taktmäßige Schritte erklangen draußen vor der Tür; eine hallende Stimme rief: »Halt!«

Die Tür flog auf. Herein trat ein Mann, dessen nüchterne graue Tracht mit dem breiten weißen Kragen, der Agraffe auf dem hohen Hut und dem großen Bronze-Kreuz ihn als Hauptmann in der gefürchteten Legion des Anstands auswies.

Mit nasaler Stimme sagte er: »Horatio Adams, ich verhafte Sie im Namen Gottes und der Kongregation wegen des Verbrechens der Teufelei und Zauberkunst. Carl Muller, ich verhafte Sie im Namen Gottes und der Kongregation wegen des Verbrechens der Teufelei und Zauberkunst.«

Seine Hand winkte kurz und schnell. Zwei gewöhnliche Legionäre traten zu den beiden Physikern, die in sprachlosem Entsetzen auf ihren Sesseln hockten, zerrten sie auf die Füße und legten ihnen Handschellen an. Als eine erste Geste der Demut vor dem geheiligten Symbol rissen sie ihnen die kleinen Kreuze von den Aufschlägen.

Der Hauptmann wandte sich an Dinsmore. »Der Ihre in Heiligkeit, Sir. Ich habe den Auftrag, Ihnen diese Mitteilung vom Kuratorium auszuhändigen.«

»Der Ihre in Heiligkeit, Hauptmann«, antwortete Dinsmore ernst und befühlte seinen eigenen Kreuz-Anhänger. »Es ist mir eine Freude, die Worte jener frommen Männer zu erhalten.«

Er wußte, was die Nachricht enthielt.

Als neuer Präsident der Universität konnte er, wenn er wollte, die Strafe der beiden Kollegen mildern. *Sein* Triumph würde auch dann noch groß genug sein.

– Aber nur, wenn er damit kein Risiko einging.

– Und in der Gewalt der Moralischen Majorität, das durfte er nicht vergessen, war niemand jemals *wirklich* sicher.

Quellennachweis